Gaea

Gaea

Miecz Przeznaczenia

命運之劍

獵魔士

Andrzej Sapkowski

安傑・薩普科夫斯基——著 林蔚昀——譯

Miecz Przeznaczenia

命運之劍

獵魔士

可能的極限

一

「我說啊，他是不會從那裡面出來的。」那個臉上長滿麻子的傢伙點著頭，肯定地說：「他進去已經一小時又一刻鐘了，一定早就完蛋了。」

城裡的居民擠在廢墟中，沉默地看著在那片殘骸中張大的黑洞，那遍布碎礫、通往地穴的入口。一個身穿黃色長衫的胖子緊張不安地站著，咳嗽了一聲，摘下縐巴巴的四角帽。

「我們再等一會兒。」他說，從稀疏的眉毛上揩了揩汗。

「還等什麼？」麻子臉噴了口鼻息說：「市長，那個地洞裡可是住著一隻翼蜥啊，您難道忘了？誰要是進去那裡，就沒有活著走出來的機會。怎麼，死在裡面的人還不夠多嗎？爲什麼要等？」

「畢竟我們和他約好了。」胖子不確定地咕噥。「怎麼可以這麼做？」

「市長，您是和活人做約定的。」穿著屠夫皮圍裙的人說，他是麻子臉的同伴。「但現在他已經是死人一個了，這件事根本不必懷疑。打從一開始我們就知道他是去那裡送死，就像之前那些傢伙一樣。再說他甚至連鏡子都沒帶，只提了把劍進去。每個人都知道，要是沒有鏡子想殺翼蜥根本是作夢。」

「市長，省下這筆錢吧。」麻子臉說：「反正也沒有任何人會來領取了。您就好好回家休息，而巫師的馬和財產我們就接收了，這麼好的東西丟著沒人要眞是可惜啊。」

「就是嘛。」屠夫說：「這麼壯的母馬，馱包也塞得滿滿的，讓我們來看看裡頭裝了些什麼。」

「怎麼可以這樣？你們在說什麼？」

「市長，乖乖閉上嘴，不要插手，不然您頭上會腫一個包的。」麻子臉警告。

「眞壯的母馬。」屠夫重複。

「別動那匹馬，親愛的。」

屠夫慢慢地轉身，看到某個陌生人從一片斷垣後頭、從聚集在地穴入口的人群身後走了出來。陌生人有頭濃密的栗色鬈髮，他穿著棉布長衫和深褐色束腰外衣，腳下踏著馬靴，身上沒帶任何武器。

「離那匹馬遠一點。」他重複道，不懷好意地微笑著。「怎麼能這樣？別人的馬、別人的馱包、別人的財產，而你卻用你那雙流膿的血紅眼睛死盯著它們瞧？還把自己的髒手伸過去？這樣做道德嗎？」

麻子臉慢慢地把手伸進大外套底下，看了屠夫一眼。屠夫點點頭，向人群偏了偏頭，兩個矮壯的短髮男子從裡面走了出來，手中都拿著在屠宰場裡用來打昏動物的棍棒。

「你又是哪根蔥？」麻子臉仍然把手插在懷裡，問：「竟敢來告訴我們什麼事道德，什麼事不道德？」

「親愛的，這你管不著。」

「你身上沒帶武器。」

「沒錯。」陌生人笑得更不懷好意了。「我是沒帶。」

「眞不幸。」麻子臉把手連同一把長刀從懷裡抽出來。「你沒帶武器，這眞是不幸啊。」

屠夫也抽出像彎刀一樣長的刀。兩名壯漢向前走去，舉起手中的棍棒。

「我不用帶武器。」陌生人一動也不動地說：「我的武器會跟著我走。」

廢墟中走出兩個年輕女孩，踏著自信、輕盈的步伐。群眾立刻讓了一條路出來，四散退到兩邊去。兩個女孩露齒一笑，瞇起眼睛，她們從眼角到耳際有大片藍紫色刺青，腰際圍著山貓皮毛，手上戴著鎖鏈手套。當她們走動時，結實的肌肉在她們的大腿和渾圓裸露的手臂上有力地彈動著。她們的肩膀上覆蓋著鎖子甲，肩後露出馬刀的刀柄。

麻子臉非常緩慢地彎下膝蓋，把刀放在地上。

殘骸中傳出一陣石頭撞擊的聲音，好像有人在地上拖拉什麼笨重的物體。然後一雙手從黑暗中出現，扶在牆面破碎的邊緣。接著，身體其他的部分也出現了——那人滿頭白髮，髮上沾滿磚塊的粉末，他有張蒼白的臉，肩上揹著一把劍。人群開始竊竊私語。

白髮人彎下腰，吃力地從洞穴中拖出一個奇形怪狀的軀體，上面覆滿了被血浸濕的沙礫。他拖著那個生物蜥蜴般的長尾，一言不發地把它扔在胖市長腳邊。市長跳開一步，撞上了頹傾的圍牆一角。他看著那生物彎曲、像鳥喙一樣的嘴，膜狀的雙翼、長滿鱗片的四肢、鐮刀般銳利的爪子、隆起的喉袋——之前是鮮紅色的，現在看起來則是骯髒的褐紅色——以及凹陷、玻璃般的眼珠。

「這是你們的翼蜥，」白髮人拍拍褲子上的灰塵，說：「就像我們約定的一樣，請付兩百林塔，貨眞價實的林塔，不是損壞過的【註】。我話說在前頭——我可是會檢查的。」

市長顫抖著雙手，把裝著錢的皮袋掏了出來。白髮人盯著麻子臉和放在他腳邊的刀一會兒，然後看了看穿著深褐色外衣的男人，還有身上纏著山貓皮的女孩們。

「就像平常一樣。」他邊說，邊從市長抖個不停的手中接過錢袋。「我爲這點小錢替你們冒生命危險，而你們卻在我涉險同時打起我的東西的主意，你們這些該死的傢伙從來不會改變。」

「我們沒動您的東西。」屠夫一邊後退，一邊囁嚅。那兩個拿著棍棒的人早就躲到人群中去了。「先生，您的東西好端端地在那裡。」

「我眞是高興得不得了。」白髮人微笑著說。他的微笑在蒼白的臉上綻開，像道裂開的傷口。群眾一看到這微笑就快速往四方退去。「所以呢，兄弟，我不會動你。安安分分地走吧，但是最好快點。」

麻子臉也後退著想離開，他的臉色突然變得蒼白，這使得他的麻子看起來更明顯、更醜陋。

「喂，等等。」穿著深褐色外衣的人叫住他。「你忘了東西。」

「什麼……先生？」

「你向我亮了刀。」

個子較高的女孩突然晃了晃原本張得大開的雙腿，猛地把腰一旋。不知何時抽出的馬刀，在半空中發出尖銳的嘶鳴。麻子臉的頭顱飛到空中，劃出一道弧線，然後掉進張大的地穴入口。他的身體像被砍倒的樹幹，僵硬、沉重地倒在粉碎的磚塊之間；群眾同聲驚呼。另一名女孩把手放在刀柄上，飛快轉過身去，準備好迎接來自背後的攻擊；但這完全沒必要，因爲群眾早已爭先恐後、連滾帶爬地跑過廢墟，沒命地往城市的方向逃去。跨著大步、跑在最前頭的是胖胖市長，而在他身後幾呎的則是壯碩的屠夫。

「漂亮的一擊。」白髮人冷冷地下了評語，用戴著黑手套的手遮住眼前的陽光。「漂亮的一擊，用的是澤利勘尼亞的馬刀。我向自由戰士高超的武藝及美貌致敬，在下是利維亞的傑洛特。」

「而我呢，」穿著深褐色外衣的陌生人指指衣服上泛白的紋章——底色是黃色、中間並排站了三隻黑鳥——說：「我是波爾赫，又叫作三隻寒鴉。這是我的女孩們，蒂亞和薇亞。我都這麼叫她們，因爲她們眞正的名字實在太難唸了，會讓人舌頭打結。就像你猜想的一樣，她們兩個都是澤利勘尼亞人。」

「我想，我還能保有我的馬和財產，都得感謝她們。謝謝妳們，女戰士。謝謝，波爾赫大人。」

「叫我三隻寒鴉，『大人』的頭銜就省了吧。利維亞的傑洛特，你還有事要留在這裡辦嗎？」

「正好相反。」

「太好了。我有個提議：在往河港的路上，離這不遠的岔路口有間酒館叫『沉思的龍』。在這一帶，沒有一家店的飯菜比得上它。我正好要去那裡吃飯，還要住一晚。如果你肯陪我一起去，我會很高興。」

「波爾赫，」白髮人從馬匹旁轉過身，看著陌生人的眼睛說：「我不希望我們之間有什麼誤會，我是個獵魔士。」

「我猜到了。你說這句話的語氣好像在說：『我是個痲瘋病人。』」

【註】在古代，人們習慣從錢幣上割下一角（或沿著邊緣割一圈），拿那些割下來的金屬去轉賣獲利。因此，錢幣的面值雖然不變，卻越來越輕，實際價值也減少，成爲所謂的劣幣。

昂。她們低聲交頭接耳，比較高的那女孩，薇亞，突然從喉頭發出低沉粗野的大笑。

「她們會說通用語【註】嗎？」傑洛特低聲說，用眼角覷著她們。

「一點點。她們不是很愛說話，這點值得慶幸。傑洛特，你的湯怎麼樣？」

「嗯。」

「我們喝吧。」

「嗯。」

「傑洛特，」三隻寒鴉放下湯匙，高雅地打了個嗝，說：「我們回頭談一下我們在路上說的事吧。根據我的理解，身爲獵魔士，你從世界的盡頭流浪到另一個盡頭，如果你在路上碰到什麼怪物，你就殺了它，靠領賞金過活。這就是獵魔士的工作內容？」

「差不多。」

「有沒有過這種事——人們特別叫你去什麼地方？比如說，去完成什麼特殊任務。那時怎麼辦，你會去完成它嗎？」

「這要看是什麼人叫我去，還有要做什麼。」

「還要看價錢？」

「是的。」獵魔士聳聳肩說：「樣樣都在漲價，人總得活下去，就像某個我認識的女巫常說的。」

「蠻有選擇性的方式，很方便——我會這麼說。但裡頭畢竟還是有些基本信念，傑洛特。就像某個我認識的巫師常說的，秩序之力和混沌之力的衝突。我可以想像，你是在完成一項保護人類不受邪惡侵害的任務，不管在什麼時候、什麼地方，沒有任何差別。事情很清楚，你的立足點是柵欄的哪一邊。」

「秩序之力、混沌之力。波爾赫，這些都是空洞的字眼，你何必一定要把我放在柵欄的某一邊？你所說的衝突——在人們眼中是永恆的衝突，在我們出生前老早就存在了，而我們死了很久以後也會持續下去。那個替馬兒上蹄鐵的鐵匠是站在哪一邊的？那位剛剛才端來一大鍋羊肉的酒館主人呢？在你看來，混沌和秩序之間的界線是什麼？」

「這很簡單。」三隻寒鴉看著獵魔士的眼睛，說：「混沌的代表是威脅，它是具有攻擊性的一方。而秩序則是受威脅的一方，是須要保護的，要有人來保護它。啊，我們喝吧，該開動吃羊肉了。」

「說得對。」

注重身材的澤利勘尼亞女孩們不吃羊肉，於是利用這段休息時間猛灌啤酒。薇亞把身體靠在女伴的肩膀上，對她低聲說了些什麼，她的麻花髮辮摩擦著桌面。那個矮個子女孩蒂亞大聲發出狂笑，高興地瞇起紋有刺青的眼皮。

「是啊。」波爾赫啃著骨頭說：「如果你同意，讓我們回到剛才的話題吧。照我的理解，你不想要被歸類在這兩種力量的任何一方，你只是完成自己的工作。」

「沒錯。」

「但你無法逃離混沌和秩序的衝突。雖然你用鐵匠來做比喻，但你畢竟不是個鐵匠。我看到你是怎

【註】這邊指的是人類和精靈及其他非人類種族所共用的語言。

麼工作的。你走進廢墟的地下室，然後從裡面拖出一隻被砍死的翼蜥。親愛的，替馬兒上蹄鐵和殺死翼蜥是有差別的。如果賞金優渥，你就會跳上馬，去殺死雇主叫你殺死的生物。比方說，可怕的龍在那裡肆虐……」

「這不是個好例子。」傑洛特打斷：「你看，你馬上就把所有的事搞混了。雖然龍毫無疑問地代表混沌，我卻不會殺死牠們。」

「怎麼會？」三隻寒鴉舔了舔手指說：「這太有趣了！在所有的怪物中，龍大概是最卑鄙、最殘忍、最頑固的，牠是最令人噁心的爬蟲。牠會噴火、攻擊人類，還會抓走那些──嗯，你知道的──處女。關於牠們的故事還不夠多嗎？身爲獵魔士，你一定曾殺過幾頭龍，別告訴我你沒幹過。」

「我不獵龍。」傑洛特冷冷地說：「當然，我獵飛天翼蜥【註一】、龍蜥【註二】還有飛天妖怪【註三】。但是我不獵眞正的龍，這其中包括綠龍、黑龍和紅龍。記住我的話，就這樣。」

「你眞的嚇了我一跳。」三隻寒鴉說：「嗯，好吧，我記住了。關於龍的事我們說夠了，我看到遠方有紅色的東西，那一定是我們的龍蝦。喝吧！」

他們喀拉喀拉地用牙齒咬碎龍蝦殼，吸出裡面雪白的肉。龍蝦裡流出的鹽水沾滿了手腕，讓人隱隱作痛。波爾赫用木杓子從桶裡舀酒──裡面的啤酒已經快見底了。兩個澤利勘尼亞女孩更是興高采烈，帶著不懷好意的微笑在酒館裡四處張望；獵魔士很確定她們正在尋找大鬧一場的機會。三隻寒鴉一定也注意到了，因爲他突然抓起龍蝦尾巴，威脅地朝她們晃了晃。女孩們小聲地咯咯笑著，蒂亞把嘴嘟了起來，像要親嘴似地，眨了眨眼睛──在她布滿刺青的臉上，這個動作給人陰森恐怖的印象。

「簡直像山貓一樣野。」三隻寒鴉向傑洛特低聲說：「最好對她們小心點。她們啊，親愛的，總是手腳很快。喀嚓喀嚓兩聲，地板上什麼時候流滿了腸子都不知道。但是呢，花在她們身上的每一分錢都值得。要是你知道她們能幹什麼……」

「我知道。」傑洛特說：「很難找到更好的護衛。澤利勘尼亞女孩是天生的戰士，她們從小就接受戰鬥的訓練。」

「我不是指這個。」波爾赫把龍蝦的螯吐在桌上。「我指的是她們在床上的表現。」

傑洛特不安地看著女孩們，兩個人都微笑了。薇亞很快地、幾乎沒有引起任何注意地把手伸向盤子。她瞇眼看著獵魔士，喀吱喀吱地咬起龍蝦，嘴角流下發亮的鹽水。三隻寒鴉大聲地打了個嗝。

「所以，傑洛特——」他說：「你不獵綠色和其他顏色的龍，我記住了。但是——如果可以問原因——爲什麼只限定於這三個顏色？」

「四個，如果你一定要這麼嚴謹。」

「你剛說的是三個。」

「波爾赫，你對龍很感興趣。有什麼特別的原因嗎？」

【註一】飛天翼蜥（Widlogon/Forktail），身形不大的飛天怪物，背上有鱗片，牠所屠殺的生靈比龍多出百倍。
【註二】龍蜥（Oszluzg/Dracolizard），長得像大蜥蜴的飛天怪物，人類常經常把牠們和龍搞混。
【註三】飛天妖怪（latawiec），作者沒有多作描述，只知道是一種會飛的怪物。

「沒什麼，只是好奇。」

「啊哈。關於顏色呢，我們就是用顏色來定義真正的龍，雖然這並不是什麼準確的定義。綠龍是最常見的，雖然顏色比較接近灰色，就像普通的龍蜥。紅龍其實是偏紅，或者是像磚塊一樣的紅褐色。有種大龍是暗褐色的，但我們通常喚牠黑龍。最少見的是白龍，這種龍我從來沒見過，牠們似乎住在遙遠的北方。」

「眞有趣。你知不知道，我還聽說過什麼龍？」

「我知道。」傑洛特啜了一口啤酒，說：「就像我所聽說過的一樣，金龍。這種龍不存在。」

「你憑什麼這麼說？因爲你從來沒見過牠們？但是白龍你也沒見過。」

「這不是重點。在海的那一邊，在歐菲拉和贊格威巴拉，住著身上有黑條紋的白馬。我也沒見過牠們，但我知道牠們存在。金龍只是神話中的生物，只是個傳說。我們這麼說好了——就像不死鳥【註】一樣，這世上沒有不死鳥，也沒有金龍。」

薇亞把身子靠在臂彎上，饒富興味地看著獵魔士。

「你一定知道自己在說什麼，你是個獵魔士。」波爾赫舀光了桶裡最後一杓酒。「但是我想呢，每個神話和傳說一定有些根源，在這根源中存在某些東西。」

「有是有的。」傑洛特同意：「大多是夢想、渴望、追思。一種信念——人們希望相信世上沒有可能的極限，或者有時候會有意外。」

「沒錯，意外。也許曾經有過一頭金龍，只有一次、無法重複的突變？」

「如果真的有，那牠就會碰上所有突變都會碰上的命運。」獵魔士別過頭說：「牠太不一樣，以致於無法延續下去。」

「哈。」三隻寒鴉說：「現在你在反對自然的定律，傑洛特。我認識的那個巫師常說，自然界中每種生物都會延續自己的生命，不管用什麼方式。一個生命的結束是另一個生命的開始，沒有可能的極限，至少自然不知道這樣的極限。」

「你的巫師朋友是個超級樂天派。他只是沒注意到一點：自然所犯下的錯誤，或者那些想要玩弄自然的人所犯下的錯。金龍還有其他類似的變種——如果存在的話——無法延續下去，不能讓牠們這麼做的理由很簡單——就是很自然的、可能的極限。」

「什麼樣的極限？」

「變種……」傑洛特面容扭曲。「變種不能生育，波爾赫。牠們只能在傳說中延續，無法在自然中延續，只有傳說和神話不知道可能的極限。」

三隻寒鴉沉默著，傑洛特看著女孩們，看著她們突然變得嚴肅的臉。薇亞出其不意地把身子向他靠近，用結實的手臂抱住他的脖子。他感覺到她濕潤、沾滿啤酒的嘴唇貼在自己臉頰上。

「她們喜歡你。」三隻寒鴉慢慢地說：「我靠，她們喜歡你。」

「這有什麼好奇怪的嗎？」獵魔士憂鬱地微笑了。

【註】不死鳥（Phoenix），一種神話中的鳥類，會從火中重生。

「沒什麼，這得好好喝一杯慶祝。老闆！再來一桶啤酒！」

「別發神經了，最多一只陶瓶。」

「來兩瓶酒！」三隻寒鴉大叫。「蒂亞，我得出去一下。」

澤利勘尼亞女孩站起身來，拿起放在椅子上的馬刀，用銳利的目光掃過房間。就像獵魔士注意到的，之前雖然有幾個人帶著不懷好意的眼光瞄著裝得滿滿的錢袋，現在卻沒有人想跟著微帶醉意、身體輕輕搖晃著的波爾赫走到院子裡去。蒂亞聳聳肩，跟著她的主人走了出去。

「妳眞正的名字叫什麼？」傑洛特問那個留下來的女孩。薇亞露出潔白的牙齒。她的襯衫領口敞開得很開，幾乎已到了可能的極限。獵魔士毫不懷疑這是爲了挑釁屋裡的人們而設計的。

「阿薇亞愛內拉。」

「很好聽。」獵魔士很確定澤利勘尼亞女孩會把嘴唇嘟起來，向他眨眼。他猜的沒錯。

「薇亞？」

「嗯？」

「妳們爲什麼和波爾赫一起走？妳們不是自由戰士嗎？妳能不能回答我這個問題？」

「嗯。」

「嗯是什麼意思？」

「他……」澤利勘尼亞女孩皺起眉，努力地尋找形容詞。「他是……最……美麗的。」

獵魔士點點頭。女人如何判斷男人是否具有吸引力的標準讓他困惑，這已經不是第一次了。

三隻寒鴉吃力地走進房間，繫好褲頭，大聲地向酒館主人下了些命令。蒂亞站在他身後兩步之遙，假裝一副沒事的樣子，掃視著酒館，商人和筏夫極力避免接觸她的目光。薇亞開始吸食下一隻龍蝦，不時用意有所指的眼神看著獵魔士。

「我又點了些鰻魚，這次是用烤的。」三隻寒鴉沉重地坐下，沒繫好的皮帶發出錚錚的聲響。「那些龍蝦把我弄得有點疲倦，我又覺得餓了。傑洛特，我幫你把住宿的房間也打理好了，整晚出去亂晃畢竟沒什麼意義，我們玩個痛快。女孩們，敬妳們一杯！」

「瓦塞克赫爾。」薇亞說，向他舉起酒杯。蒂亞眨眨眼睛，伸了個懶腰。和傑洛特預期的不一樣，她誘人的乳房沒有使她的領口綳開。

「我們玩個痛快吧。」三隻寒鴉把身體傾過桌面，拍了一下蒂亞的屁股。「我們玩個痛快，獵魔士。喂，老闆！過來這兒！」

酒館主人很快地跑過來，用圍裙擦著手。

「你們這裡有大木桶嗎？那種拿來洗衣服，又大又堅固的木桶。」

「要多大，大人？」

「給四個人用。」

「給……四個……」酒館主人張大了嘴。

「沒錯，四個人。」三隻寒鴉確定地說，從口袋裡掏出裝得滿滿的錢袋。

「有的，有的。」酒館主人舔了舔嘴唇。

「太好了。」波爾赫大笑。「叫人把它抬上樓，放到我的房間，裝滿熱水。動作快點，親愛的。還有啤酒也拿上來，來三只陶瓶吧。」

兩個澤利勘尼亞女孩低聲地咯咯笑，眨巴著眼睛。

「你中意哪一個？」三隻寒鴉問：「嗯？傑洛特？」

獵魔士搔了搔後腦。

「我知道很難選。」三隻寒鴉充滿同理心地說：「我有時候也沒辦法決定。好啦，我們到木桶裡再想這件事。喂，女孩們！扶我上樓！」

III

橋上放了路障。一根堅固的長木棍放在木頭腳架上，擋住了去路。木棍的前後站了拿著戟的士兵，他們穿著飾有鈕釦的皮外套，頭上還戴著鎖鏈做的頭罩。路障上方有面繪著銀色獅鷲的紫紅色旗幟，懶洋洋地在空中晃動。

「搞什麼鬼？」三隻寒鴉驚訝地說，慢慢向前騎去。「不能過嗎？」

「有通行證嗎？」最靠近他們的士兵說，他嘴裡還嚼著一根小樹枝，不知是因爲肚子餓還是只爲了殺時間。

「什麼通行證？發生什麼事？瘟疫？還是戰爭？你們把路擋起來是誰下的命令？」

「凱因岡的領主，涅達米爾國王的命令。」士兵把樹枝挪到嘴邊，指了指旗幟。「沒有通行證就別想上山去。」

「白痴得要死。」傑洛特疲倦地說：「這裡可不是凱因岡，而是赫渥波勒的領土。要在布拉河的橋上收通行稅也是赫渥波勒的事，和凱因岡無關。涅達米爾國王有什麼權力下這個命令？」

「不要問我。」士兵吐出樹枝，說：「這和我無關，我的職責是檢查通行證。有問題，去和我們的十夫長談。」

「他在哪兒？」

「那裡，在通行稅官的小屋後，在那曬太陽呢。」士兵說。他沒看傑洛特，只盯著在馬鞍上伸著懶腰的澤利勘尼亞女孩，目光集中在她們裸露的大腿。

在通行稅官的小屋後，乾燥的木頭堆上坐著一個守衛，正用戟的把手尖端在沙地上畫一個女人——或者說——她身體的一部分——從一種非常不尋常的視角出發。在他身旁半躺著一個清瘦的男人，輕輕撥著魯特琴的琴弦。他頭上戴著一頂李子色的花俏帽子，上面裝飾著銀色釦帶和晃著的鷺鳥長羽毛。帽沿壓得低低的，遮住了他的眼睛。

傑洛特認得這頂帽子和上面的羽毛裝飾。從布宜那到亞魯加河流域，在宮殿、堡壘、旅店、酒館和妓院，沒有人不認識這頂帽子的主人——特別是在妓院。

「亞斯克爾！」

「獵魔士傑洛特！」詩人把帽沿拉高，露出一雙愉快、聰慧的眼睛。「這眞是太巧了！你怎麼會在這裡？你身上有通行證嗎？」

「你們爲什麼都在講那個通行證的事？」獵魔士跳下馬。「亞斯克爾，這裡到底發生了什麼事？我和這位騎士波爾赫——又叫三隻寒鴉——還有我們的護衛想到布拉河的對岸，而現在我們發現，我們沒辦法到對岸去。」

「我也沒辦法。」亞斯克爾站起來，脫下帽，誇張地用宮廷禮儀向澤利勘尼亞女孩們鞠了躬。「他們也不讓我到對岸去。我，亞斯克爾，是方圓一千米拉內最有名的歌手和詩人，而這個十夫長卻不讓我過去。雖然就如你們所見，他也是個藝術家。」

「沒有通行證，任何人都別想過去。」十夫長沉著臉說，然後用木棍的尖端爲沙地上的畫作點睛。

「反正我們還是過得去。」獵魔士說：「我們從左岸過河。雖然到漢格佛斯走那條路比較遠，但如果有必要，就得這麼做。」

「到漢格佛斯？」吟遊詩人驚訝地說：「傑洛特，你不是要去找涅達米爾嗎？你不是爲了那頭龍才想過去的？」

「什麼龍？」三隻寒鴉感興趣地問。

「你們不知道？你們眞的不知道？喔，各位，那我一定要把這件事從頭到尾告訴你們。不管怎樣，我都要在這裡等有通行證的人通過。也許其中會有認識我的人，讓我加入他們。坐下吧。」

「等等。」三隻寒鴉說：「太陽已經快要升到天頂了，而我喉嚨乾得像火燒似的，我們不要口乾舌燥地討論。蒂亞、薇亞，快到城裡去買桶酒回來。」

「大人，您很討人喜歡……」

「我是波爾赫，又叫三隻寒鴉。」

「我是亞斯克爾，又叫『無可匹敵』——有些女孩是這麼叫我的。」

「說吧，亞斯克爾。」獵魔士不耐煩地說：「我們不會在這裡耗到晚上。」

吟遊詩人用手指抱住魯特琴的琴頸，用力撥了幾下弦。

「你們要聽押韻的還是正常版本？」

「正常的。」

「悉聽尊便。」亞斯克爾並沒有放下魯特琴。「尊貴的先生們，請聽好了，我這就告訴你們一星期前附近的自由市赫渥波勒發生了什麼事。就在某個黯淡的清晨，朝陽才剛出來沒多久，把草地上氤氳的霧氣染得一片粉紅……」

「我們剛才說要聽正常版的。」傑洛特提醒他。

「難道不是嗎？嗯，好啦，好啦，我懂。長話短說，不用隱喻。赫渥波勒南方的牧場上飛來了一頭龍。」

「喂喂喂，」獵魔士說：「我看這不可能吧。這一帶好多年沒人看見龍了，該不會是普通的龍蜥吧？有些龍蜥也可以長到這麼大的……」

「獵魔士，不要污辱我，我知道自己在說什麼，我看到那頭龍了。幸運的是，我那時剛好在赫渥波勒的市集上，所有的事我都親眼看到了。民謠已經寫好了，但是你們不想聽……」

「說下去。牠很大嗎？」

「有三匹馬那麼長。到頸部的身高比馬矮，但是比馬肥多了，顏色像沙一樣灰。」

「也就是綠色。」

「對。牠出乎意料地飛過來，飛到羊群之間，趕走了牧羊人，殺死了十二隻羊，吃了四隻，然後就飛走了。」

「飛走了……」傑洛特點點頭說：「就這樣嗎？」

「不。因為第二天早上牠又飛來了，這次離城市更近了一點。牠從天空中快速下降，飛到在布拉河畔洗衣服的女人堆裡。呵，她們可是嚇得四處亂跑，我一生中還沒看過這麼好笑的事呢！龍在城市上空飛了兩圈，然後又飛到牧場上去攻擊羊。這時候才開始人心惶惶、天下大亂，因為之前根本沒什麼人相信牧羊人的話。市長開始動員城市裡的民兵部隊和公會，但是在他們開始有所行動之前，一群沒文化的平民就把這件事攬到自己身上，並且解決了牠。」

「怎麼幹的？」

「很有趣的民間方法。當地某個叫什麼柯卓耶德來著的鞋匠，想出了對付這頭爬蟲的辦法。他們殺了一隻羊，往裡頭塞滿了鐵筷、顛茄、犬毒芹、硫磺和鞋匠用的焦油。為了保險起見，當地藥局的主人往裡面倒了兩夸脫用來治癧子的藥水，而克勒維神殿的祭司還為那隻死羊做了禱告。然後他們把這隻準備好的羊放到羊群之中，用木樁把牠架起來。一開始沒有人真的相信，那頭龍會想去吃這臭氣熏天的狗屎，但是結果卻出乎所有人的意料。那頭爬蟲根本不理會那些咩咩叫的活羊，反而把誘餌和木樁一起吞下肚了【註】。」

「然後呢？說下去，亞斯克爾。」

「我不是正在說嗎？不然你以爲我在做什麼？接下來發生了什麼事，你們都聽好了。沒多久的光景——大概是技巧純熟的男人解開女人的束腹要花的時間——那頭龍就開始大吼大叫，從嘴巴和屁股噴出一團團煙霧。牠翻著觔斗想要飛起來，然後摔到地上，一動也不動。兩個志願者跑上前去，想看看那中毒的爬蟲是否還活著。那兩人一個是當地挖墳墓的，一個是當地的白痴——那傢伙的媽是樵夫的女兒，腦筋也有些問題。他爸則是矛槍隊的傭兵，事情發生時他們有好幾個人，也不知道他的生父到底是誰。那些人還是在努吉波布省長叛亂時來到赫渥波勒的。」

「吹牛也不打草稿，亞斯克爾。」

「我沒有吹牛，只是讓故事更加生動，這其中是有差別的。」

「沒什麼差別。趕快講下去，別浪費時間。」

「所以啦，就像我說的，掘墓人和勇敢的白痴跑去做了一下調查。我們之後爲他們立了個小小的、但還挺漂亮的土塚。」

【註】這裡算是對波蘭民間傳說的致敬及惡搞。傳說中，克拉科夫城（Kraków）有頭惡龍肆虐，令國王克拉克（Krak）頭痛不已。他於是昭告全國，若有人能殺死龍就把公主嫁給他。一個鞋匠把一頭塞了硫磺的假羊丟給龍吃，龍吃了以後腹痛不止，跑到維斯瓦河邊猛灌水，最後活活爆炸而死。

「啊哈。」波爾赫說：「這表示那時候龍還活著。」

「當然啦。」亞斯克爾高興地說：「還活著。但牠已經很虛弱，所以沒有吃掉掘墓人，也沒有吃那個白痴，只是舔了舔他們的血。但之後令人擔心的是，牠飛走了，雖然起飛的時候碰到不小的困難。牠每飛一厄爾半的高度，就砰一聲摔到地上，然後又再次爬起來。有一段時間用走的，拖著兩條後腿。有些膽子大的人遠遠跟在牠後頭，想看看牠會走到哪裡。你們猜怎麼著？」

「說下去，亞斯克爾。」

「那頭龍走入了紅隼山的峽谷，走到布拉河的源頭，躲進了那裡的洞穴。」

「現在一切都很清楚了。」傑洛特說：「那頭龍八成在那洞穴裡沉睡了一百年，我曾聽說過這樣的事，那裡一定有牠守護的寶藏。現在我知道爲什麼橋被封了起來，有人想要動手去搶那些寶藏，而這個人就是凱因岡的涅達米爾。」

「沒錯。」吟遊詩人同意：「整個赫渥波勒都爲這件事而群情激憤，因爲他們認爲龍和寶藏是屬於他們的。但他們在猶豫要不要和涅達米爾作對。涅達米爾雖然是個鬍子都還沒開始刮的小子，但他已經向大家證明和他作對不是好玩的。而這頭龍對他來說非常重要，這就是爲什麼他手腳這麼快。」

「應該說，那些寶藏對他來說非常重要。」

「其實他更想要的是龍，而不是寶藏。你們瞧，涅達米爾一直都在摩拳擦掌，打著鄰國馬列歐列的主意。那裡的親王突然莫名其妙暴斃了，留下了一個——嗯，這麼說好了——已經可以上床的公主。馬列歐列的高官對涅達米爾或其他競爭者都沒什麼好感，因爲他們知道新主子會像勒住馬頭一樣緊緊勒住他們，不會像小公主那麼好欺負。於是他們不知道從哪裡找出某個老舊、沾滿灰塵的預言，說公主的玉手和王冠只屬於打倒龍的人。因爲在這一帶已經幾百年沒人曾看見龍了，他們便以爲從此天下太平。」

「涅達米爾當然把那個傳說嘲笑了一頓，反正他可以用蠻力去佔領馬列歐列。但是當赫渥波勒有頭龍的消息傳了開來後，他了解到自己能以其人之道還治其人之身，給馬列歐列那些大臣一點顏色瞧瞧。如果他帶著一頭龍的首級出現在他們面前，人民會像迎接眾神派來的皇帝一樣列隊歡迎他，而大臣們連屁都不敢放一個。他像隻無頭蒼蠅一樣想抓這頭龍，你們現在還會覺得奇怪嗎？尤其是要抓一頭行動困難、還得拖著後腿走的龍？這對他來說可是天上掉下來的禮物，是命運的微笑啊，我靠。」

「所以他把路封起來了，省得有競爭對手。」

「也許是吧，也是爲了防範赫渥波勒人。另外，他派使者帶著通行證、騎著快馬在整個地區找那些可以殺死龍的人。因爲涅達米爾對提著劍走入洞穴去屠龍這件事並不是很熱中。他只花一眨眼的工夫就找來了那些最有名的屠龍高手，大多數人你應該知道，傑洛特。」

「有可能。有誰來了？」

「比如說，鄧尼斯勒的艾克。」

「哦……」獵魔士輕輕吹了聲口哨，說：「虔誠、善良的艾克，誠實又正直的騎士，竟然親自大駕光臨了。」

「傑洛特，你聽說過他？」波爾赫問：「他眞的對獵龍這麼有一套？」

「不只是龍，艾克對付所有的怪物都很有一套，甚至連蠍獅【註一】和獅鷲【註二】都能殺。我聽說他也殺了幾頭龍。挺厲害的，不過這渾球干擾我的生意，因爲他雖然殺怪物，卻不收錢。亞斯克爾，還有誰？」

「克林菲利德的刀客們。」

「呵，即使那頭龍恢復體力也必死無疑。這三個傢伙合作得天衣無縫，他們打怪物的手法不是很光明正大，但很有效。他們殺了雷達尼亞所有的龍蜥和飛天翼蜥，還順便殺了三頭紅龍和一頭黑龍，這已經算厲害了。就這些人了嗎？」

「不。還有六個矮人，其中五個長有鬍子，他們的首領叫亞爾潘．齊格林。」

「我沒聽說過。」

「但石英山的奧奇維斯特龍你應該聽過吧？」

「我聽過，而我也看過從牠洞穴裡搜出來的寶石。那裡面有顏色非常稀少、珍貴的藍寶石，還有像野櫻桃一樣大的金剛石。」

「那我現在就告訴你，解決奧奇維斯特龍的就是亞爾潘．齊格林和他的矮人們。有一首關於這件事的民謠，但是寫得爛斃了，因爲作者不是我。如果你沒聽過，那也沒什麼損失。」

「全部就這些人了？」

「對，不包括你在內。你說你不知道龍的事，誰知道呢？這也許是眞的。但是現在你已經知道了，你打算怎麼做？」

「不怎麼做，我對這頭龍不感興趣。」

「哈！眞狡猾，傑洛特。反正你也沒有通行證。」

「我再說一遍，我對這頭龍不感興趣。而你呢，亞斯克爾？你這麼想去那裡做什麼？」

「很平常啊。」吟遊詩人聳聳肩說：「我總得離這些具有吸引力的大事件近一點吧？關於和龍的戰鬥會很轟動。當然，我可以靠別人告訴我的故事來寫歌，但親眼見到戰役後唱出來的歌就是不一樣。」

「戰役？」三隻寒鴉大笑說：「說它是殺豬或是把屍體切成幾大塊比較恰當吧。我聽你這樣說，實在是目瞪口呆。這些有名的武士快馬加鞭來到這裡，只爲了殺死一頭被某個野人毒得奄奄一息、半死不活的龍，眞是令人想笑又想吐。」

「你搞錯了。」傑洛特說：「如果那頭龍沒有當場被毒死，這表示牠的身體已經克服了毒素，那頭野獸的力量一點也沒有減弱。不過這也沒什麼太大的意義，反正克林菲利德的刀客會宰了牠，但是——如果你想知道——要說不會發生戰役，這是不可能的事。」

「所以你賭刀客會贏，傑洛特？」

「當然。」

「說到這啊，」一直沉默至今的藝術家守衛這時說話了：「龍是魔法的生物，不靠巫術是沒辦法殺

【註一】蠍獅（Manticore），類似斯芬克斯的神話生物，有赤色毛皮，蝙蝠的翅膀和蠍子的尾巴，並擁有尖銳的牙齒和獅子的形態。

【註二】獅鷲（Griffin）也是傳說中的生物，亦稱之爲「格芬」或「格里芬」，擁有獅身及鷹的頭、喙和翅膀。

死牠的。如果你問有誰能辦到這點，除了昨天那個從這裡經過的女巫，不會有別人。」

「誰？」傑洛特把頭偏過去。

「女巫。」守衛重複：「我剛不是說了嗎。」

「她說了名字嗎？」

「說了，但我忘了。她有通行證。挺年輕，挺漂亮的，有自己的魅力，但是那對眼睛……先生們，您們自己也知道。誰要是被那樣的眼睛盯著，全身都會發毛。」

「亞斯克爾，你知道些什麼嗎？你想會是誰？」

「不知道。」吟遊詩人做了個鬼臉，說：「年輕、漂亮，還有那對眼睛，真是有幫助的線索。每個女巫不都是這樣。我認識滿多女巫，沒有一個看起來超過二十五、三十歲，而她們之中有些人還記得拿威格拉德是一片原始森林的時代呢。話說回來，曼德拉草【註】做成的魔法藥水是拿來幹什麼用的？她們也可以拿曼德拉草來點眼睛，好讓眼睛閃閃發亮。哼，女人。」

「她不是紅頭髮？」獵魔士問。

「不是，先生。」十夫長說：「黑頭髮。」

「她的馬是什麼顏色？是不是栗色，上面有白色星形記號？」

「不，也是黑色的，像她一樣。各位先生啊，我告訴你們，她會把那頭龍解決掉。屠龍是巫師的工作，人類的力量是無法對抗牠的。」

「我倒想聽聽鞋匠柯卓耶德對這件事有什麼看法呢。」亞斯克爾大笑著說：「如果他手上有比鐵筷和顛茄更毒的東西，那頭龍的皮大概早就掛在赫渥波勒的圍欄上風乾了，民謠也會寫好，而我也不必在這裡曬太陽了……」

「涅達米爾怎會沒把你帶在身邊？」傑洛特不悅地看著詩人，說：「當他上路的時候，你人還在赫渥波勒。難道國王不喜歡藝術家嗎？到底發生了什麼事，你不在國王跟前彈奏，反而在這裡曬太陽？」

「這都要怪某個年輕的寡婦。」亞斯克爾陰鬱地說：「去他的。我在她那裡玩太久，而第二天涅達米爾和其他人已經在河的對岸了。他們甚至把那個柯卓耶德和赫渥波勒民兵部隊的偵察兵也帶上路了，就是把我給忘了。我試著向這個十夫長解釋，但他只顧自說自話……」

「有通行證我就放行。」拿著戟的士兵無所謂地說，一邊朝通行稅官小屋的牆上撒尿。「沒有通行證別想過去，這是規定……」

「喔，」三隻寒鴉打斷他的話：「女孩們帶著啤酒回來了。」

「而且她們不只兩個人。」亞斯克爾站起來說：「你們看那匹馬，就像龍一樣。」

澤利勘尼亞女孩從樺樹林那方飛也似地騎了過來，不友善地從兩邊包圍著那個騎士。那人坐在一匹巨大、壯碩、不安的公馬背上。

獵魔士也站了起來。

【註】曼德拉草（Mandrake）又名風茄，開鈴狀小花，結卵圓形的果實，根部呈現人形，狀似男女，因此常作爲巫術用途及春藥。全株有毒，可用來當麻藥和鎮靜劑。傳說將它拔出地面時會尖叫，聽到的人會當場斃命。

騎士穿著飾有銀穗帶的紫天鵝絨長衫，以及鑲有黑貂皮的短大衣。他挺直背脊坐在馬鞍上，驕傲地看著他們。傑洛特熟悉這種眼神，而他不喜歡這種眼神。

「各位先生好，我是多勒加雷。」騎士緩緩、傲慢地下了馬，做了自我介紹。「多勒加雷大師。巫師。」

「傑洛特大師。獵魔士。」

「亞斯克爾大師。詩人。」

「波爾赫，又叫三隻寒鴉。而我的女孩們──正在那邊把酒桶的塞子拿下來──你已經認識了，多勒加雷先生。」

「沒錯。」巫師不帶笑意地說：「我和美麗的澤利勘尼亞女戰士們已互相鞠過躬了。」

「好啦，乾杯。」亞斯克爾向每個人分發薇亞拿過來的皮酒杯。「巫師先生，也和我們一起喝一杯吧。波爾赫先生，也給十夫長一杯嗎？」

「當然。士兵，過來和我們一起坐。」

「依我看──」巫師優雅地啜了一小口酒，說：「各位坐在橋的路障之前，是爲著和我相同的目的而來的囉？」

「多勒加雷先生，如果您指的是龍──」亞斯克爾說：「那就對了。我想去那裡寫我的歌謠。可惜，這邊這位十夫長一點人情味都沒有，不讓我過去。他向每個人要求通行證。」

「我請求各位原諒。」士兵喝完自己的啤酒，咂了咂嘴。「我接到命令，有通行證才能放人，不然我的腦袋就落地了。而全赫渥波勒的人已備好馬車，想要到山上去找那頭龍。我接到的命令是……」

「士兵，你的命令——」多勒加雷皺起眉頭說：「只針對那些會造成干擾、沒有教養和文化的平民，那些散布疾病、隨便拉人上床的妓女，還有小偷、人渣和渾球。但你的命令管不到我。」

「沒有通行證，我不會放任何人過去。」十夫長憤怒地說：「我發誓……」

「別發誓了，」三隻寒鴉打斷他：「還是再喝點吧。蒂亞，再給勇敢的士兵倒一杯。各位，我們坐下吧。站著牛飲，沒有該有的高貴氣息，眞不像貴族該做的事。」

他們在酒桶周圍的木頭堆上坐下。士兵高興地臉色發紅，顯然很滿意被當成貴族。

「喝吧，勇敢的百夫長。」三隻寒鴉向他勸酒。

「我是十夫長，不是百夫長。」士兵的臉更紅了。

「但你會是百夫長，一定的。」波爾赫露齒一笑。「像你這麼聰明的人，一定很快就會升遷。」

多勒加雷拒絕添酒，轉向傑洛特。

「城裡的人們還在談翼蜥的事，談得很熱鬧啊，尊貴的獵魔士。但你現在已經開始尋找龍了。」他悄聲說：「我很好奇你是眞的這麼缺錢，抑或也是爲了純粹的愉悅而謀殺這些瀕臨絕種的生物？」

「眞奇怪的好奇心。」傑洛特說：「來自於某個拚命狂奔到這裡、只爲了趕上殺龍時機的人。他來到這裡，正是爲了把龍嘴裡的牙敲下來。畢竟，這玩意對製作巫師的藥和魔法液來說是非常珍貴的。尊貴的巫師，從活龍嘴裡敲下來的牙眞的是最好的嗎？」

「你確定我是爲了這個而來的？」

「我很確定。但已經有人趕在你前頭一步了，多勒加雷。在你之前，有位你的女同行已經到了橋的另一邊，她身上帶著你沒有的通行證。她有頭黑髮，如果這對你有任何意義。」

「騎著黑馬來的？」

「好像是。」

「葉妮芙。」多勒加雷陰沉地說。獵魔士震了一下，沒有任何人注意到。

一陣安靜，只聽得到未來的百夫長斷斷續續的打嗝聲。

「沒有通行證……任何人都不……」

「兩百林塔夠嗎？」傑洛特平靜地從口袋裡掏出自胖市長手上接過來的錢袋。

「傑洛特，」三隻寒鴉謎樣地微笑了。「所以你畢竟……」

「對不起，波爾赫。我很抱歉，但我不和你們一起去漢格佛斯了，也許下次吧。說不定我們還有機會碰面。」

「我沒有任何理由要去漢格佛斯。」三隻寒鴉慢慢地說：「沒有，沒有任何理由，傑洛特。」

「先生，把袋子收起來吧。」未來的百夫長威脅地說：「這是普通的賄賂啊。給我三百我也不會讓你過去。」

「那五百呢？」波爾赫拿出自己的袋子，說：「傑洛特，把袋子收起來，通行稅讓我來付。這件事開始讓我覺得好玩了。士兵先生，五百。一人一百，我漂亮的女孩們就算成一個人。怎麼樣？」

「噢、噢、噢。」未來的百夫長把波爾赫的錢袋揣進懷裡，憂心道：「我要怎麼向國王說才好？」

「告訴他，」多勒加雷站起身，從腰帶上拿出一根裝飾精緻的象牙魔杖。「當你看到那個的時候，你嚇壞了。」

「看到什麼，先生？」

巫師揮了揮魔杖，大聲喊出咒語。長在河畔小坡上的松樹突然爆出一團火光，從樹根到樹頂，全在一瞬間瘋狂地燃燒了起來。

「上馬！」亞斯克爾跳起來，把魯特琴甩到肩上。「上馬，各位先生！還有女士！」

「放下路障！」富有的十夫長——很有機會變成百夫長——向拿著戟的士兵們大叫。

在橋上，路障之後，薇亞拉緊韁繩，馬兒激烈地狂奔，咚咚踩過木棍。女孩發出一聲刺耳的尖嘯，她的麻花髮辮在空中飛舞。

「沒錯，薇亞！」三隻寒鴉回應了她的呼聲：「走吧，各位，策馬向前！我們用澤利勘尼亞的方式前進，像暴風般呼嘯！」

IV

「喲，你們看，」刀客中最年長的波赫特說。他身形巨大壯碩，看起來就像棵老橡樹的樹幹。「各位先生，涅達米爾竟然沒把你們趕得遠遠的，雖然我本來很確定他會這麼做呢。算了，反正我們這些平民老百姓也沒資格懷疑國王的決定。過來營火這邊吧，孩子們，爲自己找個躺下的地方。啊對了，獵魔士，這件事就對我們說吧——你到底和國王談了些什麼？」

「沒什麼。」傑洛特說，一邊把馬鞍拉到火堆邊，背往馬鞍上舒適地一靠。「他甚至沒從帳篷裡走出來，只是派了那個萬能的管事，叫什麼來著……」

「格蘭史坦。」矮壯、留著長鬚的矮人亞爾潘．齊格林低聲說，一邊把從林子裡拖來那沾滿樹脂的巨大殘幹滾進火堆。「高傲的自大狂、被養肥的閹豬。當我們加入的時候，他就來到我們面前，鼻子翹得和天一樣高，說：『噗，噗，矮人們，記清楚這裡是誰在發號施令，還有要聽誰的話。在這裡下令的人是涅達米爾國王，他說的話就是法律……』諸如此類。我在那邊聽他講，邊想：我要叫我的男孩們把他推倒，然後在他大衣上撒泡尿。但之後我就打消了這個念頭，因爲你們知道的，人們又會開始傳言：矮人很邪惡、很愛攻擊人、很卑鄙，完全沒辦法和他們……我靠，這叫什麼來著……共生之類的。然後某座小城馬上就會有場大屠殺。所以我乖乖地聽著，還不停地點頭。」

「看來，格蘭史坦只會做一件事。」傑洛特說：「因爲他也向我們說了同樣的話，我們也不停點頭。」

「如果你們要問我，」第二個刀客把破毛毯往柴堆上一放，說：「我會說涅達米爾沒把你們趕走眞是件壞事。這麼一大票人要去殺那頭龍，這麼多黑壓壓的人頭，看了都令人害怕。這已經不是遠征，而是到墓園的送葬行列。我得說，我不喜歡在人群中戰鬥。」

「尼須區卡，放輕鬆點。」波赫特說：「和一群人一起旅行比較有精神啊。怎麼，你是沒殺過龍嗎？屠龍的遠征總是會吸引一大票人，就像市集或流動妓院。但是當爬蟲眞正出現時，你知道在戰場上留下來的會是誰。只有我們，沒有別人。」

波赫特沉默了一陣，舉起外面套了柳條籃的大酒瓶喝了一大口酒，大聲擤了下鼻涕，咳了一聲。

「也就是說，」他繼續說：「經驗告訴我們，常常是等龍被殺死了以後，屠殺和眞正好玩的事兒才要開始。那時人頭會像梨子一樣掉下來。開始分寶藏的時候，獵人們會往彼此身上撲去。怎麼樣啊，傑洛特？嗯？我沒說錯吧？獵魔士，我在和你說話來著。」

「我知道這樣的意外事件。」傑洛特冷淡地同意。

「你知道？一定是聽來的吧，因爲我從沒聽說你獵過龍。我活到現在，還沒聽說任何一個獵魔士獵過龍。所以你會出現在這裡，實在太奇怪了。」

「確實。」最年輕的刀客，肯納特——又叫黃蜂——慢條斯理地說：「確實很奇怪。而我們……」

「等會兒，黃蜂，現在是我在說話。」波赫特打斷他：「再說，我不打算把話說得太長，反正獵魔士已經知道我是什麼意思。我了解他，他也了解我。到目前爲止，我們各走各的陽關道和獨木橋，從來不曾撞到過，我想今後也不會撞到。孩子們，你們想，比如說——如果我想要干擾獵魔士的工作，或者想要偷走他的戰利品，獵魔士一定馬上會用他的獵魔士寶劍向我殺過來，而他也有權這麼做。我說得沒錯吧？」

沒有人同意他的話，也沒有人不同意。看起來，波赫特也不特別在乎人們同意與否。

「啊哈。」他繼續說：「就像我說的，一群人一起旅行比較有趣。有獵魔士作伴，搞不好還很有用呢。這一帶荒郊野外的，沒什麼人煙，如果突然跳出一隻螳螂怪、巨怪或斯奇嘉，我們可就有麻煩了。

有傑洛特在，就不會有麻煩，因爲這是他的專長嘛。但屠龍可不是他的專長，對不對？」

再一次，沒有人同意，也沒有人不同意。

「三隻寒鴉先生——」波赫特說下去，一邊把酒瓶遞給矮人。「是和傑洛特一起來的，這對我來說是足夠的保證了。所以誰會干擾我們呢？尼須區卡、黃蜂，該不會是亞斯克爾吧？」

「亞斯克爾——」亞爾潘・齊格林把酒瓶遞給吟遊詩人，說：「只要有什麼有趣的事發生，他總是會跟過去。他不會干擾任何人，不會幫任何人，也不會走得比別人慢。嗯，就像黏在狗尾巴上的牛蒡子一樣。對不對，男孩們？」

「男孩們」——其實是粗壯、長滿鬍子的矮人——從喉嚨裡發出低沉的笑聲，一邊晃動著長鬚。亞斯克爾把帽子往腦後撥去，喝了口酒。

「喔，天殺的。」他咳著吸了口大氣。「我差點連話都說不出來了。這是用什麼做的，蠍子嗎？」

「傑洛特，有件事讓我不太高興。」黃蜂從詩人手中接過酒瓶，說：「就是你把那個巫師帶了過來。這裡已經有太多巫師了。」

「沒錯。」矮人接下去說：「黃蜂說的一點都不假。說我們在這兒需要多勒加雷，就像說乳豬需要戴馬鞍一樣。我們不久前才剛有了一位自己的女巫，尊貴的葉妮芙，呸，呸。」

「是——啊。」波赫特脫下了脖子上鑲滿尖銳鋼釘的皮項圈，搔了搔他像牛一樣的頸子。「這裡有太多巫師了，各位先生。正確來說，是多了兩位，還有他們和我們的涅達米爾走得太近了。你們看看，我們在這裡坐在星空下，坐在火堆旁，而他們呢，各位先生，已經在國王溫暖的帳篷裡籌劃陰謀了。

哼，狡猾的狐狸，我說的是涅達米爾、女巫、巫師和格蘭史坦，最糟糕的就是那個葉妮芙。要我告訴你們他們在密謀什麼嗎？就是怎麼把我們騙得昏頭轉向。」

「而且還吃著狍肉。」黃蜂陰沉地插嘴：「而我們在這裡吃的是什麼？土撥鼠！我問你們，土撥鼠是什麼東西？是老鼠，還會是別的嗎？我們在這裡吃什麼？吃老鼠！」

「沒什麼。」尼須區卡說：「不久後我們就可以吃烤龍尾巴了，世上沒有比炭烤龍尾巴還要美味的東西。」

「葉妮芙，」波赫特繼續說：「是個噁心、邪惡、傲慢的女人。和你的女孩們完全不一樣哪，波爾赫先生。她們又安靜又和善，喔，你們看，她們坐在馬匹旁邊磨刀，我走到旁邊，和她們說了兩句玩笑話，她們就對我露齒微笑了。是啊，和她們在一起眞是令人高興，和那一直在計畫陰謀的葉妮芙完全不一樣。我跟你們說，要小心點，不然我們的約定就泡湯了。」

「什麼約定，波赫特？」

「亞爾潘，怎麼樣，我們要告訴獵魔士嗎？」

「我不反對。」矮人說。

「酒已經空了。」黃蜂把酒瓶倒過來。

「那就去拿。這位先生，你是我們之中最年輕的。傑洛特，這個約定啊，是我們想出來的。因爲我們既不是雇來的傭兵，也不是拿錢辦事的僕人。如果涅達米爾以爲丟幾枚金幣在我們腳邊就可以打發我們去殺龍，那他也想得太美了。事實是，沒有涅達米爾我們也可以解決那頭龍，而他沒有我們什麼也辦不到。事情很明白，誰出的力比較多，他那一份獎品就比較大。那些親手把龍解決的人，可以拿到一半的寶藏；涅達米爾——看在他的出身和頭銜的份上——可以拿四分之一。其他人呢，如果有幫忙，可以公平瓜分剩下的四分之一。你覺得如何？」

「涅達米爾又覺得如何？」

「他沒說好，也沒說不好，但這小子最好不要說『不好』。我說過了，他自己沒辦法殺龍，他得靠專家——我是說我們刀客，還有亞爾潘和他的男孩們。要拿著劍站在那頭龍面前的是我們，沒有別人。其他人呢——這裡面包括巫師——如果誠懇地幫助我們，可以分到那四分之一的寶藏。」

「除了巫師，你們所謂的其他人還有誰？」亞斯克爾好奇地問。

「當然不包括樂匠和三流詩人。」亞爾潘從喉嚨裡發出低沉的笑聲，說：「我們只算那些用斧頭工作的人，而不是用魯特琴。」

「啊哈。」三隻寒鴉看著滿天星辰說：「那柯卓耶德和他那群烏合之眾又是用什麼工作的呢？」

亞爾潘・齊格林往火堆裡吐了口痰，用矮人的語言低聲說了一句什麼。

「赫渥波勒的民兵隊熟悉這座荒山的地形，會替我們帶路。」波赫特低聲說：「所以要讓他們分到自己的一份才公平。至於鞋匠，那就是另一回事了。你們想，要是那些頭腦簡單的農民開始相信當附近出現一頭龍的時候，可以不去找專家來處理，隨隨便便就能把牠毒死，然後繼續和女孩們在田野裡打炮——要是這種方法流行起來，我們大概就得上街討飯了。對不對？」

「沒錯。」亞爾潘加了一句：「所以我說啊，那個鞋匠應該不小心遇到什麼意外才對。在這個操他娘的傢伙變成傳奇之前。」

「他該遇到，就會遇到的。」尼須區卡肯定地說：「這件事就交給我。」

「而亞斯克爾，」矮人接著說：「就在歌謠中把他好好修理一頓，讓他成爲天大的笑話，讓他丟臉丟到家、遺臭萬年。」

「你們忘了一件事。」傑洛特說：「這裡有個人可能會把你們的計畫打亂。那個人不在乎分寶藏，也不在乎約定，我說的是鄧尼斯勒的艾克。你們和他談過了嗎？」

「談什麼？」波赫特用木棍翻著火堆裡的木塊，咬著牙說：「傑洛特，和艾克沒什麼好說的。他那個人腦子裡根本沒有生意的事。」

「在來這邊的路上，」三隻寒鴉說：「我們看到他了。他全副武裝，跪在石頭上，兩眼望向天空。」

「他總是這樣。」黃蜂說：「不是在冥想，就是在禱告。他說他得這麼做，因爲他接到來自神的旨令，要保護人類不受邪惡的侵害。」

「在我們克林菲利德，」波赫特低聲說：「會把這種人關在牛棚，用鍊子鎖起來。給他們一塊煤炭，他們就會在牆上畫些神奇又好看的畫。但我們討論別人的閒事也討論夠了，還是回頭談生意吧。」

在火堆映照出的光圈中，無聲無息地走來一個身材不高的年輕女人。她有頭黑髮，綁在金色髮網中，身上裹著羊皮大衣。

「什麼東西這麼臭？」亞爾潘・齊格林問，假裝沒有看見她。「不會是硫磺吧？」

「不。」波赫特往旁邊看，做出聞東西的動作。「這是麝香，不然就是其他的香水。」

「不，這八成是……」矮人做了個鬼臉，說：「啊！這是尊貴的葉妮芙小姐！歡迎，歡迎。」

女巫慢慢地打量著在場的人，她發亮的眼睛在傑洛特身上停了一會。傑洛特露出淡淡的微笑。

「可以坐下嗎？」

「當然，我們的好女士。」波赫特說，然後打了個嗝。「請坐在這個馬鞍上。肯納特，屁股往旁邊挪，把位子讓給我們尊貴的女巫。」

「我聽到了，各位先生在這裡談生意的事。」葉妮芙坐下，把包覆在黑絲襪底下的勻稱雙腿向前伸去。「卻把我排除在外？」

「我們不敢——」亞爾潘．齊格林說：「不敢去打擾像您這樣重要的人。」

「你，亞爾潘，」葉妮芙瞇上眼，把頭轉向矮人。「最好閉上嘴。你從第一天開始就很招搖地把我當成空氣，那就不用麻煩，繼續這麼做吧。因爲這對我來說也不麻煩。」

「葉妮芙小姐，您在說什麼啊。」亞爾潘咧嘴一笑，露出稀稀疏疏的牙齒。「如果我把您當成比空氣還差的東西，就讓我身上長扁蝨。空氣——比方說——我有時候還會弄髒它，但是對於您，這種事我是萬萬不敢做的。」

長著鬍子的「男孩們」開始哈哈大笑，但當他們看到女巫身上突然散發出的藍紫色光芒時，他們立刻閉上了嘴。

「亞爾潘，再說一個字，你就是團臭氣了，」葉妮芙用堅定的聲音說：「以及地上的一灘黑血。」

「說得對，」波赫特咳嗽了一聲，試著緩解包圍著他們的沉默。「齊格林，少說點吧。就讓我們聽聽葉妮芙小姐有什麼話要對我們說，她剛才在抱怨我們談生意竟然沒有找她，這表示她有些提議。各位先生，讓我們聽聽這些提議是什麼。只要她不是要說，她自己一個人就可以靠巫術把那頭龍殺死。」

「怎麼？」葉妮芙抬起頭說：「波赫特，你覺得這不可能嗎？」

「也許是可能的。但這對我們來說不划算，因爲您一定會要求得到一半的寶藏。」

「至少。」女巫冷冷地說。

「所以，您也看到了，這對我們來說根本不是什麼生意。葉妮芙小姐，我們啊，是窮苦的戰士。如果眼前的戰利品飛走了，那我們接下來就得挨餓，只能靠吃酸模、藜這些植物維生……」

「從節慶到現在，只偶爾吃吃土撥鼠。」亞爾潘・齊格林憂愁地插嘴。

「……喝的是泉水。」波赫特從酒瓶裡喝了一大口酒，輕輕地晃了晃頭，吐了口氣。「葉妮芙小姐，對我們來說，沒有別的出路。要不就是戰利品，不然呢，就是冬天的時候凍僵在柵門下，旅館可是要錢的啊。」

「還有啤酒。」尼須區卡加了一句。

「還有放蕩的妓女。」黃蜂夢想著說。

「這也是爲什麼，」波赫特看著天空說：「我們會殺死那頭龍，不靠巫術，也不靠您的幫助。」

「你這麼確定嗎？波赫特，你可要記得可能的極限啊。」

「也許它們是存在的，但我從來沒碰到過。不，葉妮芙小姐，我再說一遍，我們會靠自己殺死那頭龍，不用任何巫術。」

「尤其是，」亞爾潘・齊格林說：「巫術也一定有它可能的極限。和我們的極限相反——我們不知道它有什麼樣的極限。」

「這是你自己想出來的，」葉妮芙慢慢地問：「還是有人告訴你的？是不是因為你們這尊貴的小圈子裡有個獵魔士，你們就覺得可以這麼有自信了？」

「不。」波赫特看著傑洛特說。獵魔士看起來像在睡覺，懶洋洋地躺在破毛毯上，把馬鞍枕在頭下。「獵魔士和這沒關係。尊貴的葉妮芙，請您聽好了。我們給了國王一項提議，他現在還沒給我們回覆。我們是很有耐心的，我們會等到早上。如果國王同意，那就繼續一起上路，如果不，那我們就要回去了。」

「我們也是。」矮人咆哮。

「沒有什麼好討價還價的。」波赫特繼續說：「要，還是不要，總得選一個。葉妮芙小姐，把我們的話對涅達米爾覆誦一遍吧。我和您說——這份協定對您和多勒加雷來說也是好的，如果您和他能達成什麼共識。您瞧，我們對龍的屍體不感興趣，我們只拿牠的尾巴，其餘都是你們的，愛選什麼就選什麼。牠的牙齒、腦，或其他任何你們需要拿來做魔藥的東西，我們絕對不會小氣。」

「當然。」亞爾潘・齊格林不懷好意地咯咯笑著說：「龍的屍體是你們的，巫師，沒有人會和你們搶——也許除了禿鷹。」

葉妮芙站起身，把大衣披到肩上。

「涅達米爾不會等到早上。」她厲聲說：「他現在就會同意你們的條件。雖然——聽明白了——我和多勒加雷都建議他不要這麼做。」

「涅達米爾——」波赫特慢條斯理地說：「就一個年輕國王來說，他展現出令人驚訝的智慧。葉妮芙小姐，因為對我來說，智慧也包括把聽到的那些愚蠢、不誠實的建議當作耳邊風的能力。」

亞爾潘．齊格林往鬍子裡噴了口鼻息。

「你們的態度將會改變。」女巫把雙手扠在腰上說：「當明天那頭龍在你們身上劃出幾道血痕、打出幾個洞，或是打斷你們的脛骨，你們會來舔我的鞋子，乞求我的幫助，就像平常一樣。我太了解你們了，哼，我太了解像你們這樣的人，了解得讓自己想吐。」

她轉過身，走進一片黑暗，連再見都沒有說。

「在我那個年代，」亞爾潘．齊格林說：「巫師都關在塔裡，讀那些有學問的古書，用木湯匙攪拌鍋裡的東西。他們不會在戰士腳邊跑來跑去，不會來管我們的閒事，也不會在男人面前搖屁股。」

「老實說，這屁股倒還挺不賴的。」亞斯克爾邊調弦邊說。「怎麼樣，傑洛特？傑洛特？喂，獵魔士上哪去了？」

「這關我們什麼事？」波赫特嘟囔，往火堆裡添木柴。「走啦。也許是去小便，各位先生，這是他的事。」

「當然。」吟遊詩人同意，撥了幾下弦。「我來為你們唱首歌吧？」

「唱吧，我靠。」亞爾潘．齊格林說，啐了一口。「但別以為我會為你在那兒咩咩叫給你一毛錢，亞斯克爾。聽清楚，這裡可不是國王的宮殿。」

「看得出來。」吟遊詩人點點頭。

ㄟ

「葉妮芙。」

她轉過身，好像很驚訝的樣子。但獵魔士毫不懷疑，她應該從遠處就聽到了自己的腳步聲。她把小木桶放在地上，直起身來。她頭上已經沒有金色髮網，她撥了一下前額的劉海，鬈髮披在肩膀上。

「傑洛特。」

就像平常一樣，她身上只有兩種顏色。她的顏色——黑與白。黑色頭髮、黑色長睫毛蓋住底下的雙眼，逼得人去猜想她眼睛的顏色。黑色裙子，黑色短衫上有白色毛領。白色襯衫是用最薄的亞麻做的。她脖子上戴著黑色天鵝絨項圈，上面有顆星形黑曜石，鑲著閃閃發光的碎鑽。

「妳一點都沒變。」

「你也是。」她歪了歪嘴。「這兩種情況都很正常。或者，如果你比較喜歡這種說法，這兩種情況都很不正常。不管怎樣，提這件事——雖然它可能是個挺不賴的開場白——沒什麼意義。不是嗎？」

「沒錯。」他點點頭，望向旁邊，望著馬車陰暗的輪廓、在那後方涅達米爾的帳篷，以及國王的弓箭手點起的營火。從更遠的營火那邊傳來亞斯克爾嘹亮的歌聲，他正在唱〈星空下的道路〉——這是他寫得最好的情歌之一。

「哼，我們已經寒喧完了。」女巫說：「接下來的部分我洗耳恭聽。」

「妳看到了，葉妮芙……」

「我看到了。」她厲聲打斷他：「但我不明白。傑洛特，你來這裡幹什麼？不會是爲了那頭龍吧？也許你在這方面的態度沒有改變？」

「不，沒有改變。」

「那我問你，你爲什麼加入我們？」

「如果我說，是爲了妳，妳會相信嗎？」

她沉默地看著他，在她明亮的眼睛中，有種令人難以喜歡的東西。

「我相信，爲什麼不？」她終於說：「男人都喜歡和自己的舊情人相遇，都喜歡再次經歷那些回憶。他們都喜歡這種想像：就因爲他們有過愛情的狂喜，從前的伴侶就一生一世屬於他們了。這讓他們感覺很好，而你並不是例外。」

「我不是例外。」他微笑了。「妳說的對，葉妮芙，看到妳的身影讓我感覺非常好。也就是說，我很高興看到妳。」

「就這樣？好吧，我們這麼說，我也很高興看到你。高興完了，我就和你說聲晚安。你也看到了，我正準備上床休息。在那之前我想洗個澡，而洗澡時我通常會脫下衣服，請你站遠點吧，有禮貌地給我一點最少的隱私。」

「葉。」他向她伸出手。

「不要這樣叫我！」她憤怒地嘶聲說，跳了開去。她向獵魔士舉起手，指間閃著藍色與紅色火花。「如果你敢碰我，我就把你的眼睛燒了，渾球。」

獵魔士向後退去。女巫稍微平靜了一點，再次把前額的劉海撥了撥，雙手握拳扠腰站在他面前。

「你到底在想什麼，傑洛特？你以爲我們會聊得很開心，一起回想那些久遠的陳年往事？也許聊完了，我們還會爬進馬車，在羊皮大衣上翻雲覆雨一番？喔，就當作是溫習回憶，是不是？」

傑洛特不確定女巫是用魔法讀出自己的想法，還是只是碰巧猜中。他選擇沉默，歪著嘴露出微笑。

「四年改變了很多事，傑洛特。那些對我來說已經過去了，就因爲如此，我今天才沒有往你臉上吐口水；但不要把我的好意搞錯了。」

「葉妮芙……」

「住口！我給你的，比給任何男人的都還多，混帳東西。連我自己也不知道爲什麼是你，而你……喔，不，我親愛的。我不是妓女，也不是你隨便在森林裡遇到的精靈女子，可以在某一個早上任你拋棄，就這樣離開，不把我叫醒，只在桌上留下一束紫羅蘭。哼，那束花眞是會笑掉所有人的大牙。小心！就算你現在只說一個字，你也會後悔的！」

傑洛特沒有說話，葉妮芙體內沸騰的憤怒顯而易見。女巫再次撥了一下前額那不聽話的劉海，從近處盯著他的眼睛。

「我們狹路相逢了，沒辦法。」她低聲說：「我們不會讓所有人看我們的好戲。爲彼此留點面子，我們就裝作是很熟的朋友。但是不要犯錯，傑洛特，你我之間已經什麼都沒有了，什麼都沒有，你明白嗎？你應該爲此高興，因爲這表示我已經放棄了某些計畫，不久前我還打算對你施展那些計畫。但這完全不代表我原諒了你，我永遠都不會原諒你，獵魔士。永遠。」

她猛地轉過身，拿起小木桶走到馬車後。木桶裡的水濺了出來。

傑洛特趕走一隻在耳邊嗡嗡叫的蚊子，往營火的方向慢慢走回去，那兒響起稀稀落落的掌聲，那是對剛唱完歌的亞斯克爾的獎賞。他看著深藍色天空映襯在稜角分明、鋸齒狀的黑色山頂後方，不知道爲什麼突然覺得很想大笑。

VI

「小心點！留神！」波赫特坐在馬車座上，轉身朝後面的行列大叫：「靠近岩壁一點！留神！」

馬車顛簸著通過狹窄、不平穩的石頭路面。車夫們嘴裡罵聲不絕，用韁繩抽著馬，傾著身子不安地看著輪子是否離峽谷的邊緣夠遠。峽谷底部的深淵是滔滔滾滾的布拉河，白色浪花在巨大的岩石間翻騰。

傑洛特停下馬，往岩壁靠近。岩壁上長滿了稀有的褐色苔蘚，還有看起來像是皮癬的白色物體。他讓刀客的大馬車走在自己前頭。黃蜂在行列最前端策馬疾奔，他正和赫渥波勒的偵察兵一起充當嚮導。

「好！」他大叫：「你們快跟上來吧！前面的路較寬廣！」

涅達米爾國王和格蘭史坦兩人被幾個騎著馬的弓箭手簇擁著，騎到傑洛特身邊。他們身後則跟著一隊馬車，都是國王的陣營。更後頭則是矮人們的馬車，駕車的是亞爾潘・齊格林，他正不停地叫囂著。

涅達米爾是個削瘦、長了雀斑的少年，穿著白色羊皮大衣。他越過傑洛特向前騎去，同時向他投來高傲、但明顯地百無聊賴的目光。格蘭史坦直起身子，停下了馬。

「獵魔士先生，請你過來一下。」他充滿權威地說。

「洗耳恭聽。」傑洛特踢了一下馬，慢慢地騎到陣營後頭，走到總管大臣身邊。他覺得很奇怪——格蘭史坦的小腹這麼壯觀，他竟然不選擇舒舒服服地坐馬車，卻要騎在馬背上。

「昨天——」格蘭史坦輕輕拉了一下鑲滿金色鈕釦的韁繩，把土耳其玉色的大衣衣襬甩到肩膀上。「昨天您說過，您對龍沒興趣。那麼您到底對什麼有興趣，獵魔士先生？您爲什麼和我們一起走？」

「格蘭史坦大人，這是個自由的國家。」

「目前爲止是的。但在這個隊伍裡——傑洛特先生——每個人都應該知道自己的位置，還有應該扮演的角色，遵照著涅達米爾國王的意志。您明白了嗎？」

「格蘭史坦大人，您這是什麼意思？」

「我現在就告訴您。我聽說，最近要和你們獵魔士達成協議不是容易的事。事情是這樣的，當人們叫獵魔士去殺怪物的時候，獵魔士不提起劍去幹活，反而開始沉思這樣做道不道德、有沒有超過可能的極限、會不會違反規定，還有怪物是不是眞是怪物——好像這沒辦法一眼就看出來的樣子。依我看，你們的日子是過得太好了。在我那個年代，獵魔士身上沒有銅臭味，只有裹腳布的味道。他們不會說一大堆廢話，人們叫他們去殺什麼他們就去殺什麼，不管是狼人、龍，還是收稅官。他們只在乎這一劍砍得是否漂亮。您認爲呢，傑洛特？」

「格蘭史坦，您有要我完成的工作嗎？」獵魔士尖銳地說：「請您把話講清楚，我們可以好好討論一下。如果沒有，那就沒必要浪費時間說話，不是嗎？」

「工作？」總管大臣嘆了一口氣：「不，我沒有。我們要對付的是龍，而這顯然超過了你那可能的極限，獵魔士。我寧願選刀客。至於你呢，我只想事先給你點警告。獵魔士那些把怪物分成好壞的古怪念頭，我和涅達米爾國王可以容忍，但我們一點都不想聽到這種想法，更別說看到它在眼前招搖了。不要插手管國王的事，獵魔士，還有不要和多勒加雷有什麼瓜葛。」

「我沒有和巫師有瓜葛的習慣。您爲什麼這麼假設？」

「多勒加雷——」格蘭史坦說：「他的古怪念頭甚至比獵魔士有過之而無不及。他不但不把怪物分成好壞，還認爲所有的怪物都是好的。」

「這有點誇張了。」

「沒錯。但他頑固得不得了，一直堅持己見。眞的，如果他遇到什麼事，我一點都不會驚訝。而他和一群奇怪的同夥一起加入我們這件事……」

「我不是多勒加雷的同夥，他也不是我的同夥。」

「不要打斷我，你們確實是很奇怪的一夥人。一個充滿顧慮的獵魔士——他的顧慮就像狐皮大衣上的跳蚤一樣多；一個巫師，嘴裡不斷重覆著關於自然平衡的鬼話，就像德魯伊一樣；沉默的騎士波爾赫，或稱三隻寒鴉，還有他來自澤利勘尼亞的女護衛們——我們都知道，澤利勘尼亞人向龍的塑像獻上貢品。然後，這些人突然都要一起來獵龍了。很奇怪，你不覺得嗎？」

「照您這樣說，確實很奇怪。」

「聽清楚了，」總管大臣說：「根據經驗，最複雜的問題總是會找到最簡單的解決方法。獵魔士，不要逼我動用這個方法。」

「我不明白您的意思。」

「你明白的，你明白的。傑洛特，謝謝你和我談話。」

傑洛特停下馬。格蘭史坦加快馬步，超前隊伍，趕到國王身旁。鄧尼斯勒的艾克騎過他身邊，他穿件用淺色皮革做成的拼布長衫，上面看得到鎧甲留下的痕跡。他身後還跟著一匹馱行李的馬，上面載了他的鎧甲、銀盾和巨大的長矛。傑洛特舉起手和他打招呼，但遊俠騎士別過臉去，咬了咬薄唇，用馬刺踢了踢馬。

「他不喜歡你。」騎到一旁的多勒加雷說：「是嗎，傑洛特？」

「再明顯也不過了。」

「競爭，是不是？你們都做類似的工作。唯一的不同是，艾克是個理想主義者，而你把這當作職業。不過對於那些被你們殺死的生物來說沒有什麼差別。」

「不要把我和艾克拿來比較，多勒加雷。鬼才知道你這番比較是用來中傷他還是我，但是不要做這種比較。」

「隨便你。我們說白點吧，對我來說，你們兩者都一樣令我作嘔。」

「謝啦。」

「不客氣。」巫師拍拍馬兒的頸子，那匹馬已經被亞爾潘和其他矮人的吼叫嚇壞了。「獵魔士，對我來說把謀殺當成天命是件噁心、低級又愚蠢的事。我們的世界存在於平衡之中。消滅或謀殺任一種存在於這世上的生物，都會使世界失去平衡，而沒有平衡就代表毀滅，也代表我們所熟悉的世界的末日。」

「德魯伊的理論。」傑洛特下了評斷：「我知道這個理論。早在我在利維亞的時候，某個老赫洛凡【註】就向我提過。我們談完話兩天後，他就被鼠人撕成碎片了，這對維持自然的平衡有沒有貢獻，這點我們無法判斷。」

「我再說一次，世界——」多勒加雷滿不在乎地看著他說：「存在於平衡之中，自然的平衡。每個物種都有自己的天敵，而每一個物種也是另一些物種的天敵，這也包括人類在內。我們已經觀察到你致力於其中的事就是將人類的天敵趕盡殺絕，而那會造成種族的滅亡。」

「你知道嗎，巫師，」傑洛特生氣地說：「你哪天可以去探望一下孩子被翼蜥吃掉的母親。然後你可以告訴她，她應該感到高興，因爲這件事可以讓人類免於滅亡。你看看她會對你說什麼。」

「很好的論證，獵魔士。」葉妮芙坐在她的大黑馬上，從後頭騎過來。「而你，多勒加雷，小心你

【註】德魯伊的男性領袖。如果是女性，則被稱爲佛蘭明妮卡（Flaminika）。

所說的話。」

「我沒有隱藏自己看法的習慣。」

葉妮芙騎到他們兩人中間。獵魔士注意到她頭上已經沒有金色髮網，取而代之的是條用白手帕捲成的髮帶。

「那就用最快的速度把你的看法藏起來，多勒加雷。」她說：「特別是在涅達米爾和刀客面前，他們已經開始懷疑你打算阻撓他們屠龍的行動。如果你只是嘴上說說，他們會把你當成沒有危害的瘋子，但如果你開始有所行動，他們會在你還來得及出聲之前就把你解決掉。」

巫師一臉輕蔑，毫不在乎地笑了笑。

「除此之外，」葉妮芙繼續說：「在這裡大談特談自己的看法，破壞了我們巫師這行的嚴肅及天命。」

「這是爲什麼？」

「你可以把你的理論用在所有的生物和蟲身上，多勒加雷。但不要用它來談論龍，因爲龍是人類最可怕的天敵。這裡的重點不是人類的滅絕，而是人類的存續。爲了使人類繼續存活下去，必須消滅那些會威脅這件事、使人類的存續變得不可能的敵人。」

「龍不是人類的敵人。」傑洛特插嘴。

女巫望著他，皮笑肉不笑地微微揚了揚嘴唇。

「這件事，」她說：「應該留給我們人類來評斷。作爲獵魔士，你的專長不是評斷，而是完成工作。」

「像是聽令行事、沒有意志的魔像【註一】？」

「是你要這樣比喻的，可不是我。」她冷冷地回答：「但它是個好比方。」

「葉妮芙，」多勒加雷說：「像妳這樣有教育水平、年紀也不小的女人會這樣胡扯，眞是令人驚訝。爲什麼在妳眼中，龍是人類的頭號天敵？爲什麼不是其他比龍可怕一百倍的生物？死在其他生物手上的犧牲者，可是比被龍所殺的人多了一百倍呢！爲什麼不是希裏奇【註二】、飛天翼蜥、蠍獅、雙頭蛇【註三】或獅鷲？爲什麼不是狼？」

「我告訴你爲什麼。只有當人類結束他們的流浪生活，他們才能在自然中贏得屬於自己的位置、生存的空間，以及之於其他種族和物種的優越性。如果人類要順應自然的曆法，不停地到處流浪找食物，他們是不可能存續下去的。人類的孩子依賴父母、無法早早獨立，他們會趕不上應有的繁衍速度。只有在安全、被城牆包圍的城市或堡壘後方，女人才能以自己的節奏生育，週期爲一年。多勒加雷，生育就是發展，它是存續與統治的條件。現在我們來談龍的部分。除了龍，沒有其他生物會對城市或堡壘造成威脅。如果龍沒有被殺死，人類會爲了安全四散開來，而不是群居在一起。因爲在擁擠的城市中，龍的

【註一】猶太傳說中能自行活動的土偶，將寫著神之名的紙條放入舌下就能使之活動。魔像沒有靈魂也無法理解人類的語言，但會遵從命令行動，將紙條取出就會停止。

【註二】希裏奇（Hirikki），一種快絕種的生物，比龍更加凶殘危險。

【註三】希臘神話中，雙頭蛇（Amphisbaena）是身體兩端各有一顆頭的怪物，據說是從蛇髮女妖梅杜莎的血中誕生的。

火焰就像惡夢。它會造成數百人的犧牲，這是可怕的毀滅，這也是爲什麼我們必須把龍趕盡殺絕，多勒加雷。」

多勒加雷望著她，臉上帶著奇怪的微笑。

「妳知道，葉妮芙，我不想活著看到妳的理想實現的那一天，讓妳和妳的同類統治了大地，找到了在自然中屬於自己的位置。幸好，我們永遠不會看到那一天的到來。因爲在那之前你們會先殺死彼此、被毒死，或者死於傷寒。因爲威脅你們美麗城市的不是龍，而是骯髒的環境和蝨子。在那裡，女人每年都會生孩子，但是十個新生兒中，只有一個可以活過十天。是的，葉妮芙，生生生。親愛的，那就去生育吧，這對妳來說是再自然不過的事，這會花掉妳不少時間。現在沒有孩子，妳就把時間浪費在這些鬼扯上頭，再見。」

巫師催馬向前，快步往行列的最前頭騎去。傑洛特看了看葉妮芙蒼白、因憤怒而扭曲的臉，開始同情多勒加雷。他知道他是什麼意思。就像大多數女巫一樣，葉妮芙沒有生育能力，會爲此而痛苦的女巫不多，葉妮芙卻是其中之一。只要提到這件事她就會抓狂，多勒加雷一定知道這點，但他八成不知道她的復仇心有多麼強。

「他給自己惹來了麻煩。」她嘶聲說：「哦，他惹了大麻煩。傑洛特，小心點。如果發生了什麼事，而你又沒有做出理智的行爲，別以爲那時我會保護你。」

「別擔心。」他笑了笑，說：「我們——也就是獵魔士和沒有意志的魔像——總是會做出理智的行爲。因爲可能的極限只有一個意義，而且劃分得很清楚，我們可以在那範圍之中行動。」

「哼，你看看，」葉妮芙依然蒼白著臉，看著他說：「你生氣了，就像那些被人說是沒有貞操的女子。你是個獵魔士，這件事你無法改變，你的天命是……」

「別再提天命的事了，葉，因爲我已經快吐了。」

「我說過了，不要這樣叫我。至於你吐不吐，和我一點關係也沒有，就像你受其他限制而有的典型獵魔士反應一樣。」

「即使如此，妳還是會看到我的這些反應，如果妳不停止塞給我那些關於崇高理想和保護人類的故事，還有關於龍是人類多麼可怕的敵人。我知道得比妳清楚。」

「是嗎？」女巫瞇起眼睛，說：「獵魔士，你又知道什麼？」

「至少我知道，」脖子上的徽章發出劇烈、警告性的震動，但傑洛特不去理會它。「如果龍沒有看守著寶藏，那連瘸了腿的狗都不會對牠們有興趣，更別說是巫師了。很有意思，每次去獵龍的隊伍裡總是會有巫師，而他們總是和珠寶市場有密切的關係，就像妳一樣。之後，雖然市場上應該出現多得數不清的寶石，但是它們並沒有出現，而價錢也沒有下降。所以不要對我說天命的事，也不要說關於人類存亡的戰役。我認識妳太久，也太了解妳了。」

「的確很久。」她重覆，歪了歪嘴唇，露出邪惡的表情。「可惜。但是不要以爲你了解我，你這狗娘養的。該死，我那時眞是笨得可以……啊，去見魔鬼吧！我沒辦法再多看你一眼！」

她大喊，猛地策馬向前奔去。獵魔士停下馬，讓矮人們的馬車過去。矮人們正在大叫、咒罵、吹著骨頭做成的短笛。在他們之間是亞斯克爾，他隨意躺在一堆裝了燕麥的袋子上頭，彈著魯特琴。

「嘿！」亞爾潘．齊格林坐在馬車座上，指著葉妮芙大叫：「路上有個什麼黑黑的東西！我很好奇，那是什麼？看起來像是頭母馬！」

「沒錯！」亞斯克爾把李子色的帽子往後掀去，大叫著回答：「是匹黑色母馬！騎在一匹被閹了的公馬上！從來沒看過這種事！」

亞爾潘的男孩們搖晃著鬍子，發出像合唱隊一樣的笑聲。葉妮芙假裝沒有聽到。

傑洛特依然拉著馬，讓涅達米爾騎著馬的弓箭手通過。在他們身後一段距離之外，波爾赫慢慢地騎著，他身後則是澤利勘尼亞的女孩們，剛好成了這一長串隊伍的後衛。傑洛特等他們過來，然後和波爾赫肩並肩騎著。他們沉默地騎了一段路。

「獵魔士，」三隻寒鴉突然說：「我想問你一個問題。」

「問吧。」

「你爲什麼不掉頭？」

獵魔士沉默地看了他一陣。

「你眞的想要知道？」

「我想。」三隻寒鴉把頭轉向他。

「我和他們一起走，因爲我是個沒有意志的魔像，是在道路上被風吹著跑的一團乾草。你說說，我要上哪去？還有爲了什麼？這裡至少有一些和我有共同話題的人，他們不會在我走近他們時停下談話，這些人——即使他們不喜歡我，也會直截了當地告訴我，而不是在柵欄後面丟石頭。我和他們一起走的理由，正和我與你一起走進筏夫酒館的理由相同，因爲這對我來說沒什麼差別。我沒有某個可以當作目的地的地方，在道路的盡頭應該要有個目標，但是我沒有目標。」

三隻寒鴉咳嗽了一聲。

「每條道路的盡頭都有目標，每個人都有。即使是你，雖然你認爲自己和他人如此不同。」

「現在換我來問你問題了。」

「問吧。」

「你在道路的盡頭有目標嗎？」

「我有。」

「幸運兒。」

「傑洛特，這和幸運不幸運沒有關係。這和你相信什麼有關，還有你將自己獻身給什麼東西。沒有人會比……獵魔士更了解這個道理。」

「我今天一直聽到關於天命的事。」傑洛特嘆息。「涅達米爾的天命是把馬列歐列據爲己有，鄧尼斯勒的艾克的天命是保護人類不受龍的侵害，多勒加雷覺得自己的天命是去做完全相反的事。葉妮芙，因爲生理上的某種改變，無法完成自己的天命，她因此覺得狂亂、無所適從。我靠，只有刀客和矮人們不覺得自己要完成什麼天命，他們只想好好撈一票。也許這是爲什麼他們吸引我的原因？」

「你不是被他們吸引，利維亞的傑洛特。我不是瞎子，也不是聾子。那時候，你不是因爲聽到他們的名字才取出錢袋，但是我認爲……」

「沒有什麼好認爲的。」獵魔士一點也不生氣地說。

「對不起。」

「沒有什麼好對不起的。」

走在他們前面的凱因岡弓箭手列隊突然停了下來。還好他們在最後一刻拉住了馬，才沒有撞上去。

「發生了什麼事？」傑洛特站在馬鐙上，問：「我們爲什麼停下來？」

「我不知道。」波爾赫轉過頭。薇亞的表情古怪地緊繃，很快地說了幾個字。

「我到前面去，」獵魔士說：「看看發生了什麼事。」

「留下來。」

「爲什麼？」

三隻寒鴉看著地面，沉默了一陣。

「去吧。」波爾赫說：「也許這樣比較好。」

「什麼會比較好？」

「去吧。」

那座連接峽谷兩端的橋是用粗大的松木幹做的，看起來很堅固，架在四角形的橋墩上。湍急的河流在橋下發出滔滔聲，拍擊到橋墩上，泡沫四處飛散，看起來像是細長的白色鬍鬚。

「喂，黃蜂！」波赫特大叫，一邊把馬車開近。「你爲什麼停下來？」

「我不知道這座橋牢不牢固？」

「我們爲什麼走這條路？」格蘭史坦騎近，說：「我對拉著一堆馬車走過這座破橋沒什麼興趣。喂，鞋匠！你爲什麼帶我們走這條路，而不是走小徑？小徑應該在更前面，靠近西邊的地方吧？」

赫渥波勒給龍下毒的英雄走了過來，脫下羊皮帽。他的樣子看起來可笑無比，他穿著自家做的粗布衣服，上面則罩著過緊、樣式老舊的短鎧甲，一看就知道是桑布克國王還在當政的時候打造的。

「仁慈的國王，這條路比較近。」他沒回答格蘭史坦的話，反倒是直接對涅達米爾說。國王臉上依然帶著一副窮極無聊、厭倦至極的表情。

「是這樣嗎？」格蘭史坦皺起眉說。至於國王，他甚至懶得好好看鞋匠一眼。

「這些山峰，」柯卓耶德指著三座呈鋸齒狀的山峰說：「分別是查瓦峰、紅隼峰和跳蛛齒。小徑會通到堡壘廢墟那一頭，在查瓦峰北邊，河的源頭後面。如果走橋的話，路程會短一點，我們可以通過峽谷走到山間的河谷。如果我們在那裡找不到龍，就往東邊的峽谷去找找看。再往東去是塊平坦的草地，那裡有條路可以直接通到凱因岡，也就是國王您的屬地。」

「柯卓耶德，你這些關於山谷的知識是打哪來的？」波赫特問：「做鞋學來的嗎？」

「不，大人，我年輕的時候曾在這裡放羊。」

「這座橋牢固嗎？」波赫特從馬車座上站了起來，往翻騰著白色泡沫的河流望了一眼。「這個河谷有四噚深呢。」

「大人，撐得住的。」

「這荒郊野外的怎麼會有一座橋？」

「這座橋，」柯卓耶德說：「是很久以前巨怪建的。誰要是打這兒經過，就得給它們一大筆錢。但是太少人走這條路，所以巨怪就收拾東西走人了，而橋則留了下來。」

「我再說一次，」格蘭史坦生氣地說：「我們的馬車裡裝了工具和糧草，我們可能會困在一片荒野。走小徑不是比較好嗎？」

「走小徑也可以。」鞋匠聳聳肩說：「但是比較遠。而國王說了，他要以最快的速度找到那頭龍。您看看他，等得快失去奶心了。」

「是耐心。」總管大臣糾正。

「耐心就耐心。」柯卓耶德說：「不管怎樣，走橋比較近。」

「那我們就上路吧，柯卓耶德。」波赫特下了決定：「到前面去，我說的是你和你的部隊。這是我們的習慣，最勇敢的人要走在最前頭。」

「一次只准一輛馬車通過。」格蘭史坦警告。

「好啦。」波赫特用皮鞭抽了一下馬，馬車駛過橋上的木幹。「黃蜂，跟在我們後頭！注意看著輪子有沒有保持平衡！」

傑洛特停下馬，他前面的路被涅達米爾的弓箭手擋住了，他們身上穿著紫紅色和金色長衫，擠在石頭砌的橋頭旁。

獵魔士的母馬噴了口鼻息。

大地開始顫抖，整座山也開始搖動。鋸齒狀的岩壁邊緣變得模糊，而岩壁也突然發出明顯的悶響和晃動。

「小心！」波赫特從橋的另一端大叫：「你們那邊小心！」

第一批石頭——目前還是很小的——發出一陣窸窣聲，叮叮咚咚地從彷彿在痙攣的峭壁上掉了下來。傑洛特看到一部分的路裂了開來，以恐怖的速度變成了條黑色縫隙，然後斷裂開來，掉入深淵，發出驚人的巨響。

「快點！」格蘭史坦大叫：「仁慈的國王！快到對岸去！」

涅達米爾把頭貼著馬背，猛地衝到橋上，格蘭史坦還有幾個弓箭手緊跟在他身後。在他們之後，則跟著國王的大馬車，行駛在不停顫抖的橋面上，車上掛著繡有獅鷲的旗幟，在空中猛烈地搖晃。

「這是山崩！快讓開！」亞爾潘・齊格林從後方大叫，他用皮繩抽打著馬的屁股，越過了涅達米爾的第二輛馬車，把弓箭手們推到旁邊去。「讓開，獵魔士！讓開！」

和矮人的馬車一起，鄧尼斯勒的艾克也渾身僵直、快馬加鞭地騎了過去。如果不是他那張白得嚇人的臉，還有緊咬的嘴唇和抽搐的表情，也許會有人認為遊俠騎士完全沒有注意到掉落在道路上的大小石頭。後頭傳來了弓箭手的狂吼，還有馬匹的嘶鳴。

傑洛特猛地一拉韁繩，勒緊馬頭。就在他眼前，落石狂亂地砸在大地上。矮人的馬車發出轆轆聲響，駛過布滿石頭的路面，就在橋前時馬車跳了一下，車軸應聲而裂，馬車於是砰一聲倒向旁邊。車輪越過橋的扶手，掉了下去，掉入滔滔滾滾的河水中。

獵魔士的母馬被尖利的碎岩塊割到，抬起了兩條前腿。傑洛特想要跳下馬，但他鞋子上的釦帶纏到了馬鐙，整個人摔到地上。馬兒發出嘶鳴，飛快地往前方跑去，往在深淵上猛烈搖晃的橋面跑。矮人們在橋上跑著，一邊驚叫，一邊大聲咒罵。

「快點，傑洛特！」跑在矮人們身後的亞斯克爾回過頭大叫。

「跳上來，獵魔士！」多勒加雷大叫，他在馬鞍上不停搖晃，費力地想要控制住發狂的馬兒。

在他們身後，落石已將涅達米爾的馬車擊碎，整條路掩沒在一片煙塵中。獵魔士緊緊抓住巫師馬鞍後馱包上的皮繩。這時他聽到一聲尖叫。

葉妮芙連人帶馬一起摔到地上，她滾到旁邊去，好遠離瘋狂亂踢的馬蹄。她趴在地上，用兩手護住頭。獵魔士放開馬鞍，潛入像大雨般的落石中，跳過腳下越來越大的裂隙，跑到葉妮芙身邊。他用力抓住她的手臂，讓她跪坐了起來。她兩眼瞪得大大的，眉角上有道傷口，鮮血已流到了耳際。

「站起來，葉！」

「傑洛特！小心！」

一顆巨大、平滑的岩石轟隆隆地從岩壁上滾下來，直直往他們頭上砸來。傑洛特用身體護住女巫。就在這時岩石爆炸了，裂成千萬片小碎片，擊打在他們身上，就像黃蜂的刺一樣尖利。

「快點！」多勒加雷大叫。他坐在猛烈搖晃的馬背上，晃動手中的魔杖，擊碎了更多從岩壁上掉下來的落石。「獵魔士，快上橋！」

葉妮芙掐著手指，揮了揮手，喊了一句沒人聽得懂的話。他們頭頂出現一個藍色的半圓，那些從空中掉下來的石頭一碰到它，就像掉到熾熱鐵板上的水珠一樣消失得無影無蹤。

「傑洛特，快上橋！」女巫大喊：「靠近我身邊！」

他們跑上橋，追著多勒加雷和幾個快步逃命的弓箭手。橋左搖右晃，上下顫動，木幹往不同方向彎曲，不停搖撼著跑在上面的人們。

「快點！」

橋發出一聲驚心動魄的聲響，開始往下墜。他們已經跑過的那一半裂了開來，連同矮人的馬車，以及瘋狂嘶叫的馬匹一起掉入谷底的深淵，摔在尖銳的岩石上，擊了個粉碎。他們站著的那部分撐住了，沒有往下掉；但傑洛特突然發現橋面越來越傾斜，他們正慢慢由平地改為向上坡跑著。葉妮芙喘著氣，咒罵了一聲。

「趴下，葉！撐住！」

剩下的橋面發出嘎吱碎裂的聲音，像平滑台面一樣向下傾斜。他們雙雙滑了下去，用手指抓住木幹之間的縫隙。葉妮芙撐不下去，她發出小女孩似的尖叫向下滑去。傑洛特單手緊緊抓住橋，把另一隻手空出來，拔出匕首，刺進木棍，雙手抓住匕首的刀柄。當葉妮芙猛地抓住了他，緊緊扣住他斜揹在身上的皮帶和劍鞘時，他聽見手肘關節發出喀地一聲。橋再次發出恐怖的嘎吱聲，變得更傾斜了，幾乎是垂直地懸掛著。

「葉，」獵魔士喘著氣說：「做點什麼……該死，施個咒語什麼的！」

「怎麼做？」他聽到她憤怒、壓抑的咆哮：「我掛在半空中！」

「把一隻手空出來！」

「我沒辦法……」

「嘿！」亞斯克爾從上方大喊：「你們撐得住嗎？嘿！」

傑洛特覺得沒必要特別回應。

「你們把繩子拿過來啊！」亞斯克爾大喊：「快點，我靠！」

詩人身旁出現了刀客、矮人和格蘭史坦。傑洛特聽到了波赫特的低語。

「等等，歌手。她馬上就會掉下去了，到時候我們再把獵魔士拉上來。」

葉妮芙像在傑洛特背上爬行的蛇一樣發出嘶聲。他感到皮帶緊緊扯著自己的胸部，讓他疼痛無比。

「葉？妳可以抓住什麼東西嗎？用腳？妳的腳可以做什麼嗎？」

「可以。」她呻吟：「可以晃動。」

傑洛特往下方的河流望去，他看到數不清的橋的殘骸、馬匹和穿著紅衣服的士兵屍體，在激流中打轉、拍擊，在尖利的大岩石之間翻滾。在岩石之後，透明、祖母綠的深淵之中，他看到了一群鱒魚，牠們巨大、紡錘狀的身體在水流中慵懶地游動著。

「葉，妳撐得住嗎？」

「還……可以……」

「手往上伸，妳得抓住什麼東西……」

「我……沒辦法……」

「把繩子拿過來！」亞斯克爾大叫：「你們是怎麼了，腦筋有問題啊？他們兩人都會掉下去的！」

「也許這樣也好？」上頭傳來格蘭史坦的聲音。

橋又開始震動，並且又往下滑了幾分。傑洛特感覺到自己握著匕首柄的手指開始麻痺了。

「葉……」

「閉嘴……還有不要再晃了……」

「葉？」

「不要這樣叫我……」

「妳撐得住嗎？」

「不。」她冷冷地說。她已經放棄掙扎，像具屍體般掛在他背上，像一團癱軟的重物。

「葉？」

「閉嘴。」

「葉，原諒我。」

「不，永不。」

有件東西快速地隨著木頭滑下，像蛇一樣。

那條發出寒冷光芒的繩子像活著的生物一樣彎折、蜷曲，用它動個不停的末端找到了傑洛特的脖子，接著穿過他的胳肢窩下方，捲成了個不太緊的圈套。他下方的女巫發出一聲哀號，大口吸氣。他本來以爲她會大哭，但是他弄錯了。

「小心！」亞斯克爾從上方大叫：「我們這就把你們拉上來！尼須區卡！肯納特！把他們往上

拉！」

他們感到繩子緊緊勒在身上的疼痛和悶窒感。葉妮芙大聲喘息。他們很快地被拉了上去，腹部磨擦過橋面。

到了上頭，葉妮芙首先站了起來。

VII

「在整個隊伍之中——」格蘭史坦說：「國王，我們救下了一輛大馬車——不包括刀客的馬車，部隊中剩下七名弓箭手。到峽谷的另一端已經沒有路了，只看得到碎石堆和光滑的岩壁。我們不知道當橋崩塌的時候，那些留在橋上的人之中還有沒有生還者。」

涅達米爾沒有回答。鄧尼斯勒的艾克直著身子站在國王面前，用明亮、狂熱的眼光看著他。

「這是來自神的懲罰。」他抬起手說：「涅達米爾國王，我們犯了罪。這是場神聖的遠征，一場和邪惡戰鬥的遠征。因爲龍就是邪惡，是的，每頭龍都是邪惡的化身。我不會對邪惡視而不見，我會狠狠地用腳把它踩扁……趕盡殺絕。是的，就像眾神和聖書上說的一樣。」

「他在說什麼鬼話？」波赫特皺起眉。

「我不知道。」傑洛特說，一邊調整馬具。「我一個字也聽不懂。」

「你們安靜點。」亞斯克爾說：「我正在試著把這些話記下來，也許我寫歌時會用得上。」

「聖書上說，」艾克大聲說：「從深淵中會爬出一條蛇，一頭醜惡的龍，牠有七個頭，還有十支角！牠背上坐著個穿紫紅和緋紅衣服的女人，她手中拿著一只金色酒杯，而她額頭上則寫著所有的，以及最邪惡的不道德符號！」

「我知道她！」亞斯克爾高興地說：「她是西莉亞，蘇門哈德市長的太太！」

「詩人先生，請您安靜。」格蘭史坦說：「而您，鄧尼斯勒的騎士，請說明白一點，如果您不介意。」

「國王，要和邪惡戰鬥——」艾克大叫：「必須要有顆純潔的心和良心，還要有榮譽！而我們在這裡看到了誰？異教徒的矮人們，他們在黑暗中出生，並且崇拜黑暗的力量！褻瀆神明的巫師，卻奪取神的權利、力量和特權！還有獵魔士——令人噁心的變種，受詛咒、違反自然的生物。您還覺得奇怪嗎，怎麼從天上降下了懲罰？涅達米爾國王！我們已經到達了可能的極限！別再試探神的仁慈了。國王，我要求您清除我們團隊中的污穢，在……」

「他根本沒提到我。」亞斯克爾沮喪地插嘴：「一個字都沒提到詩人，虧我還這麼努力。」

傑洛特對亞爾潘・齊格林微笑，對方正慢慢地用手撫摸插在腰帶上的斧頭刀鋒。矮人覺得有趣，露齒一笑。葉妮芙示威地轉過身去，假裝她裂到腰際的裙子比艾克的話更令她煩惱。

「艾克先生，您好像有點誇張了。」多勒加雷銳利地說：「無庸置疑，您一定是出於高尚的動機。但我認爲，您把您對巫師、矮人和獵魔士的看法和我們分享，是完全沒必要的。雖然在我看來，我們對這種不禮貌又缺乏騎士精神的觀點已經很習慣了，艾克先生。這實在是令人無法理解，畢竟當女巫和獵魔士面臨生死關頭時，是您——而不是別人——率先跑了過去，丟下了精靈的魔法之繩。從您說的話來看，您應該祈禱他們掉下去才對啊。」

「我靠，」傑洛特對亞斯克爾悄聲說：「是他丟下繩子的？艾克？不是多勒加雷？」

「不是。」吟遊詩人低聲說：「是艾克，確實是他。」

傑洛特不能置信地搖了搖頭。葉妮芙小聲咒罵了一句，直起身子。

「艾克騎士，」她微笑著說——除了傑洛特，每個人都會認爲那是和善、親切的微笑。「怎麼會這樣呢？我是這麼的污穢，而您竟然救了我一命？」

「葉妮芙小姐，您是位淑女。」騎士僵硬地鞠了一躬，說：「而您美麗、誠實的臉龐讓人相信，您總有一天會放棄令人詛咒的巫術。」

波赫特噴了口鼻息。

「謝謝您，騎士。」葉妮芙冷淡地說：「還有獵魔士傑洛特也謝謝您。傑洛特，快謝謝人家。」

「我還不如死了好。」獵魔士以令人驚訝的坦誠嘆了口氣說：「謝什麼？我是個污穢的變種，而我醜陋的臉龐沒有展現出一點改過向善的希望。要不是我緊緊抱著一位美麗的淑女，艾克騎士才不會想把我從谷底拉上來。如果只有我獨自掛在那，艾克連根手指頭都懶得動。我說得沒錯吧，騎士？」

「傑洛特先生，您弄錯了。」遊俠騎士平靜地說：「我不會拒絕任何需要幫助的人，即使是獵魔士。」

「傑洛特，趕快道謝。還有要道歉。」女巫厲聲說：「不然你就是同意艾克所說的——至少是關於你的部分——句句屬實。你不知道怎麼和人類相處，因爲你和我們不一樣。你來參加這個遠征根本是個錯誤，你是爲了沒有意義的目的才來到這裡，有意義的選擇是趕快離開我們。我想，你自己應該已經明白了。如果還沒有，那就趕快讓自己明白。」

「您說的是什麼目的？」格蘭史坦插嘴。女巫看了他一眼，沒有回答。亞斯克爾和亞爾潘意有所指地相視而笑，但是他們小心沒有讓女巫注意到。

獵魔士看著葉妮芙的眼睛。她的眼神冰冷。

「我很抱歉，鄧尼斯勒的騎士，還有謝謝。」他低下頭說：「我也感謝在場的所有人，感謝你們想都不想，就在第一時間做出了支援。當我掛在那裡時，我聽到了你們爭先恐後地要來幫助我。我請求在場所有人的原諒——除了尊貴的葉妮芙，我感謝她，什麼都不想向她要求。再見，污穢將自動自發離開隊伍，因爲污穢已經受夠了你們。保重，亞斯克爾。」

「喂，傑洛特，」波赫特大叫：「不要像小女孩一樣鬧小家子氣，別小題大作了。我去他的……」

「喂——各位——！」

從山谷口跑來了柯卓耶德，還有幾個被叫去偵察情況的赫渥波勒民兵。

「怎麼了？他爲什麼抖得這麼厲害？」尼須區卡抬起頭問。

「各位……國……仁慈的國……」鞋匠喘著氣說。

「有什麼話快吐出來。」格蘭史坦把拇指插在金色的腰帶上。

「龍！龍在那裡！」

「在哪裡？」

「在峽谷後頭……在平地……大人，牠……」

「上馬！」格蘭史坦下令。

「尼須區卡！」波赫特大叫：「上車！黃蜂，上馬，隨我來！」

「快點，男孩們！」亞爾潘・齊格林大吼：「快點，操他娘的！」

「喂，你們等等！」亞斯克爾把魯特琴扔上肩膀，叫：「傑洛特！帶我上馬！」

「跳上來！」

峽谷的盡頭是片白色石堆，越到後面越稀疏，形成不規則的弧形。石堆後方的地形微微下傾，通往一片丘陵起伏的草地，四面都環繞著石灰岩壁，上頭有成千上百個小洞。坡地上可以看到三座河谷的開端，那是已經乾涸的溪流所遺留下來的。

第一個快馬騎到岩石屏障前的波赫特，這時突然停下馬，站在馬鐙上。

「喔，天殺的。」他說：「喔，真是天殺的。這……這是不可能的事！」

「什麼？」多勒加雷也騎了過來。他旁邊是剛從刀客的馬車上跳下來的葉妮芙，她趴在岩石的邊緣往外張望，然後退了回來，揉了揉雙眼。

「什麼，怎麼了？」亞斯克爾大叫，從傑洛特背後探出身來。「波赫特，怎麼回事？」

「那頭龍……是金色的。」

距離剛才那些人通過的岩石山口百步之外，通往北方河谷的路上，在平緩、不高的橢圓山坡上，坐著某個生物。牠坐在那裡，抬起牠細長的脖子，形成規則的弧線。牠的頭垂得低低的，置於圓滾滾的胸膛上，牠用兩隻前腳撐起上身，尾巴則纏繞在兩隻腳之間。

這個生物的坐姿有種難以言喻的優雅，像貓一樣，這份優雅幾乎使人忘了牠明顯的爬蟲外觀。然而，這生物毫無疑問是頭爬蟲。牠全身覆滿形狀分明的鱗片，閃著令人眩目、明亮的金黃色光芒。因爲這坐在山坡上的生物正是金色的——從牠沒在土中的爪子尖端到修長的尾巴末端，全都是金色的。牠在山坡上茂盛的飛廉【註】中輕輕晃動著尾巴，用巨大的金色眼睛看著他們，把牠狀似蝙蝠的金色翅膀大大張開，就這樣靜止不動，讓所有看到它的人驚歎無比。

「金龍……」多勒加雷低聲說：「這不可能……這是活生生的傳說！」

「我操，這世上沒有金龍。」尼須區卡肯定地說，呸了口痰。「我知道自己在說什麼。」

「那麼坐在那裡的那頭是什麼？」亞斯克爾實事求是地問。

「某種騙人的東西。」

「幻影。」

「這不是幻影。」葉妮芙說。

「這是金龍。」格蘭史坦說：「如假包換的金龍。」

「金龍只活在傳說裡！」

【註】飛廉（Carduus），薊屬植物，花瓣成針狀，生長在山坡地和高山地帶。

「你們夠了沒！」波赫特突然插嘴：「沒什麼好爭的，隨便一個笨蛋都看得出這是頭金龍。這頭龍，各位先生，是金的、藍的、黃的、還是格子狀的，又有什麼差別？這頭龍並不大，我們三兩下就可以解決牠。黃蜂、尼須區卡，把馬車上的東西卸下來，把工具拿出來。哼，對我來說，牠是不是金的沒什麼差別。」

「波赫特，有差別。」黃蜂說：「差別可大了。這不是我們在追的那頭龍，不是在赫渥波勒吃了毒藥，也不是在洞穴裡坐在金銀珠寶上的那頭龍。這邊這頭龍好端端地坐著，那我們吃飽沒事殺牠幹嘛？」

「肯納特，這是頭金龍。」亞爾潘．齊格林咆哮：「你幾時看過金色的龍？你還不明白嗎？我們把牠的皮拿去賣，可以賣到比那些寶藏不知多幾倍的價錢。」

「而且不會破壞寶石市場的行情。」葉妮芙不懷好意地微笑著說：「亞爾潘說的沒錯，我們的約定還是照舊。總會有東西可分的，對吧？」

「喂，波赫特？」尼須區卡從馬車那邊大叫，一邊乒乒乓乓地翻著裝備。「我們身上要穿什麼？還有馬呢？這頭金色爬蟲會噴什麼啊？火？酸液？還是煙霧？」

「鬼才知道，我的先生。」波赫特擔憂地說：「喂，巫師！傳說裡有沒有提到要怎麼把金龍殺死？」

「怎麼殺死？就用普通的方法啊！」柯卓耶德突然大叫：「沒什麼好多想的，你們趕快抓隻動物來，我們往裡頭塞些毒藥，丟給那隻爬蟲，讓牠吃了快嗝屁。」

多勒加雷斜眼看著鞋匠，波赫特吐了口痰，亞斯克爾轉過頭，臉上帶著厭惡的表情。亞爾潘・齊格林陰險地微笑了，把手扠到腰上。

「你們看什麼？」柯卓耶德說：「我們趕快開始工作吧，得想想要在屍體裡放什麼好，才能讓這頭龍死得快一點，得是很可怕、毒性很強或是腐敗的東西。」

「啊哈。」矮人依然面帶微笑，說：「很毒、很噁心、很臭的東西。你知道嗎，柯卓耶德？那東西就是你。」

「什麼？」

「狗屎。滾吧，你這個爛鞋匠，別讓我再看到你。」

「多勒加雷先生，」波赫特走近巫師，說：「證明一下自己的用處吧，想一下那些傳說和故事。關於金龍，您知道些什麼？」

巫師微微一笑，高傲地挺起身子。

「你問，關於金龍我知道些什麼？不多，但是足夠了。」

「讓我們來聽聽。」

「聽吧，你們這就仔細聽好了。那兒，在你們面前，坐著一頭金龍。牠是活生生的傳說，也許是這個種族的最後一頭，也是在你們的瘋狂屠殺之下唯一存活下來的一頭。傳說是不可以殺的。我，多勒加雷，不允許你們動那頭龍。明白了嗎？你們可以收拾行李，綁好馱包回家去。」

傑洛特本來很確定他們會開始大聲叫囂，但他搞錯了。

「尊貴的巫師，」格蘭史坦的聲音打破了寂靜。「小心您所說的話，還有您正在對誰說話。涅達米爾國王可以叫您，多勒加雷，綁好馱包去見鬼，但您卻無法對抗國王。聽明白了嗎？」

「不。」巫師高傲地說：「我不明白，因爲我是多勒加雷大師。你們國王的領土只包括從那個可憐、骯髒、發臭的堡壘柵欄望出去所能看到的地方，對於這種人的命令，我是不會接受的。格蘭史坦先生，您知道嗎？如果我唸聲咒語，揮一揮手，您就會變成一堆牛糞。而你們那個未成年的國王則會變成更糟的、無法用言語形容的東西。聽明白了嗎？」

格蘭史坦來不及回答，因爲波赫特已經走到多勒加雷身邊，扳住他的肩膀，把他轉向自己。尼須區卡和黃蜂也沉默地帶著陰暗的表情，從波赫特身後閃了出來。

「聽好了，巫師先生。」高壯的刀客悄聲說：「在您開始表演您的手勢前，給我聽仔細了。我可以花很長的時間解釋，我要拿您的禁令、您的傳說和那些愚蠢的廢話怎麼辦。但我不打算這麼做，所以您只要聽聽我的回答就夠了。」

波赫特咳嗽了聲，把手指伸到鼻孔裡，然後以近距離把鼻涕甩到巫師的鞋尖上。

多勒加雷的臉霎時變得蒼白，但他沒有動。他看到了——就像所有人一樣——尼須區卡垂著的手中握著一根和上臂等長的棍子，上面用鍊子掛著一個流星鎚。他也知道——就像所有人一樣——他唸完咒語所需的時間，比尼須區卡把他的頭敲成四塊所需的時間要長得太多。

「好啦。」波赫特說：「現在就乖乖站到旁邊去，這位先生。如果你還想再開口，那就趕快用一團草把它堵起來。因爲如果我再次聽到你嘆氣，你一輩子都不會忘了我的。」

波赫特轉過身，擦了擦雙手。

「好啦，尼須區卡、黃蜂，開始工作吧，不然爬蟲就要逃了。」

「牠看起來並不想逃。」在前頭觀察的亞斯克爾說：「你們看看牠。」

金龍坐在坡地上，打了個呵欠，抬起頭，晃了晃翅膀，用尾巴拍了拍地面。

「涅達米爾國王，還有你們，騎士們！」牠用聽起來像黃銅號角的吼聲說：「我是魏倫崔特摩斯龍！如我所見，剛才的山崩並沒有把你們全部嚇走。沒錯，我不想自吹自擂，那正是我弄的，而你們竟然毫髮無傷地走到了這裡。如你們所見，這座峽谷只有三個出口。東邊的出口通往赫渥波勒，西邊的出口通往凱因岡，這兩條路你們都可以走。而北邊的峽谷你們沒辦法過去，因爲我，魏倫崔特摩斯，不准你們這麼做。如果有人不尊重我的禁令，我就要向他挑戰，進行神聖、一對一的騎士決鬥。在決鬥中我們使用傳統武器，不可以用魔法，也不可以噴火，打到一方完全投降爲止。就像習俗所要求的一樣，我等待你們透過傳令官給我回覆！」

所有人站著不動，嘴巴張得大大的。

「牠會說話！」波赫特喘著氣說：「從沒聽說過這種事！」

「而且還有智慧。」亞爾潘．齊格林說：「有沒有人知道，什麼是傳……傳統武器？」

「平常的、沒有魔法效力的武器。」葉妮芙皺起眉說：「我倒是在想別的事，牠的舌頭是分岔的，應該不能說話才對，這渾球用的是心電感應。你們小心點，這代表牠可能會讀出你們的意念。」

「牠是完全瘋了還是怎樣？」黃蜂生氣地說：「神聖的一對一決鬥？和一頭愚蠢的爬蟲？他奶奶

的！我們一起殺上去！人多力量大啊！」

「不。」

他們轉頭望去。

鄧尼斯勒的艾克已經全副武裝騎在馬上，他的矛插在馬鐙旁邊，他現在的樣子看起來要比不騎馬好多了。從他拉起來的頭盔面罩底下，可以看到他閃著狂熱光芒的雙眼，以及蒼白的臉龐。

「不，肯納特先生。」他重覆：「不然您就要先跨過我的屍體，我不允許任何人在我面前污辱騎士的尊嚴。不管是誰，只要他膽敢破壞神聖的一對一決鬥……」

艾克的聲音越來越大，他狂熱的聲音走了調，因爲他的興奮而不停顫抖著。

「誰要是污辱了騎士的尊嚴，也就是污辱了我，他的血或我的血就會流過這片痛苦的大地。那頭野獸要求一對一的決鬥？很好！就讓傳令官大聲說出我的名字吧！就讓眾神作出判決！那頭龍有尖牙和利齒，有地獄般的憤怒，而我……」

「眞是個白痴。」亞爾潘・齊格林嘟囔。

「……站在我這邊的有正義、我的信仰，還有處女的淚水，她們被這頭龍……」

「艾克，說夠了沒，因爲我快吐了！」波赫特大吼：「快點，上場去！與其說個沒完，不如去解決那頭龍！」

「喂，波赫特，等一下。」矮人突然用力扯著鬍子說：「你忘了約定嗎？如果艾克打倒那頭爬蟲，他會拿走一半……」

「艾克什麼都不會拿。」波赫特露齒一笑說：「我了解他。對他來說，只要亞斯克爾寫首關於他的歌就足夠了。」

「安靜！」格蘭史坦說：「那就這樣吧，現在就由正直的遊俠騎士去挑戰那頭龍。鄧尼斯勒的艾克現在將以凱因岡之名，有如涅達米爾國王的矛與劍，向那頭龍宣戰。這是國王的命令！」

「你看吧。」亞爾潘・齊格林咬牙切齒地說：「涅達米爾的矛與劍。那隻凱因岡的兔子把我們咬得死死的，現在怎麼辦？」

「不怎麼辦。」波赫特啐了一口。「你大概不想和艾克決鬥吧，亞爾潘？雖然他講起話來像個白痴，但如果他已經騎上了馬，開始興奮，那最好還是不要擋他的路。就讓他去吧，天殺的，讓他解決那頭龍，接下來我們看著辦。」

「誰要當傳令官？」亞斯克爾問：「龍想要傳令官。也許我可以勝任？」

「不。亞斯克爾，這可不是在唱歌。」波赫特皺起眉說：「傳令官就讓亞爾潘・齊格林來當吧，他的聲音就像種牛一樣。」

「好吧，有什麼關係。」亞爾潘說：「叫你們的旗手拿著旗子過來，好讓一切照規矩來。」

「矮人先生，不過您得記得嘴裡放乾淨點，還有要遵照宮廷的禮儀。」格蘭史坦提醒。

「別告訴我我該怎麼說話。」矮人驕傲地挺起肚子說：「當你們還把麵包叫『包』，把蒼蠅叫『蟲』的時候，我就已經在當使者了。」

這段期間，龍一直安靜地坐在山坡上，快樂地晃著尾巴。矮人爬上最高的一塊岩石，咳嗽了聲，啐了一口。

「喂，那邊的！」他雙手扠腰，大吼：「你這頭殺千刀的龍！聽清楚傳令官——也就是我——要對你說什麼！第一個要和你進行高貴戰鬥的，就是鄧尼斯勒的遊俠騎士艾克！根據神聖的習俗，他會用他的長矛戳破你肥胖的肚子，把你送上西天，那些可憐的處女還有涅達米爾國王都會因此而高興！這是場高貴的戰鬥，根據規則，不准噴火，也只能使用傳統武器打鬥，不到一方戰死，我們絕不會停手！我們所有人都希望你早死早好！聽明白了嗎？你這頭臭龍！」

龍打了個呵欠，拍了拍翅膀。然後牠把身子貼近地面，很快地從山坡爬到平地。

「我明白了，尊貴的傳令官！」牠回吼道：「就讓鄧尼斯勒的艾克騎士上場吧！我準備好了！」

「眞正的鬧劇。」波赫特吐了一口痰，用陰沉的眼光看著艾克策馬慢慢通過岩石的屏障。「笑掉所有人的大牙……」

「閉上你的嘴，波赫特。」亞斯克爾摩拳擦掌，大叫：「你們看，艾克要開始戰鬥了！我靠，這會是首精彩的歌謠！」

「萬歲！艾克萬歲！」涅達米爾的弓箭手之一大喊。

「而我，」柯卓耶德陰沉地說：「我還是會給牠吃硫磺，以防萬一。」

艾克已經站在戰場上，以抬起的矛向龍回了禮，晃著頭上的頭盔，用馬刺踢了踢馬肚。

「嗯，嗯。」矮人說：「他也許是個白痴，但他確實知道要怎麼戰鬥。你們看！」

艾克彎著腰，身子貼近馬鞍，他把矛放低，快馬往龍的方向衝去。和傑洛特預期的不一樣，龍沒有跳開，沒有做出半旋的動作，而是把身體貼近地面，快速跑向往牠攻來的騎士。

「殺死牠!艾克，殺死牠！」亞爾潘大叫。

艾克雖然騎得很快，但他沒有隨便地往前方攻擊。在最後一刻他很快改變了方向，把長矛高高地舉在馬頭上。他騎到龍身邊，站在馬鐙上，盡全力往龍身上一刺。所有人同時發出一聲大叫，傑洛特沒有加入他們的合唱。

龍以極其快速、輕柔並且優雅的迴旋躲開了攻擊，然後像條活生生的金色絲帶般蜷曲了起來，飛快但柔軟地——就像隻貓一樣——把爪子伸到馬肚子底下。馬驚叫一聲，高高地把屁股翹了起來，騎士在馬背上搖晃，但沒有放下手中的矛。當馬差一點就要跌個狗吃屎的時候，龍猛地一抽爪子，把艾克從馬背上甩了下來。所有人都看到了他的鎧甲在空中飛旋，所有人都聽到騎士砰咚一聲跌到地上的重響。

龍坐了下來，用爪子把馬壓扁在地，低下牠長滿森白利齒的嘴。馬發出恐怖的尖叫，拚命地掙扎，然後就一動也不動了。

在一片沉默中，所有人都聽到了魏倫崔特摩斯龍低沉的聲音。

「你們可以把勇敢的艾克騎士帶離戰場了，他已經沒辦法再打下去。下一位，請上來吧。」

「喔，我幹。」亞爾潘．齊格林在一片鴉雀無聲中說。

VIII

「兩條腿，」葉妮芙用亞麻布擦了擦手。「脊椎可能也受了傷。背部的鎧甲被壓碎了，好像是用打樁機壓出來的一樣，他的腿是被自己的矛弄傷的。短時間內沒辦法騎到馬背上了——如果他還有機會騎到馬背上的話。」

「職業風險。」傑洛特低聲說。

女巫皺起眉。

「你就只有這句話要說嗎？」

「妳還想聽什麼，葉妮芙？」

「這頭龍的動作快得令人匪夷所思，太快了，普通人類無法與之戰鬥。」

「我懂了。不，葉。我不幹。」

「是行規嗎？」女巫邪惡地微笑了。「還是普通的、再平凡也不過的恐懼？這是你唯一沒有被清除的人類情感嗎？」

「兩者都是。」獵魔士冷漠地說：「有什麼差別嗎？」

「的確。」葉妮芙靠近了點。「沒有任何差別。行規可以破壞，恐懼可以克服。傑洛特，殺了那頭龍，爲了我。」

「爲了妳？」

「爲了我。我要那頭龍，整頭。我要那頭龍，只留給我自己一人。」

「那就用巫術殺了牠。」

「不。你去殺了牠，而我用巫術攔下刀客和其他人，免得他們來搗亂。」

「會有人死，葉妮芙。」

「你從什麼時候開始在意這件事？你去對付那頭龍就好了，而我來對付人。」

「葉妮芙，」獵魔士冷冷地說：「我不明白。妳要這頭龍幹嘛？妳真的被牠金黃色的鱗片沖昏頭到這種程度？畢竟妳並不窮，妳有許多賺錢的方法，妳享有盛名。那到底是怎麼一回事？不過拜託，不要和我提天命的事。」

葉妮芙沉默了一陣，最後，她咬著唇，用力地把草地上的石頭踢開。

「有個人可以幫助我，這好像……你知道我在說什麼……好像不是無藥可救的，有個機會。也許我還可以……你明白嗎？」

「我明白。」

「這是很複雜的手術，要花很多錢。但是以金龍交換……傑洛特？」

獵魔士沉默著。

「當我們掛在橋上時，」女巫說：「你要求了一件事。我會完成你的願望，不管怎樣。」

獵魔士憂鬱地微笑了，他用食指去碰葉妮芙脖子的星形黑曜石。

「太遲了，葉。我們已經不掛在那座橋上，這對我已經不重要了，不管怎樣。」

他期待最糟的反應：像大瀑布一樣的火焰、往臉上的一記飛拳、難聽的咒罵。他覺得奇怪——他只看到她壓抑的顫抖嘴唇。葉妮芙慢慢轉過身。傑洛特後悔自己曾說過的那些話，他後悔自己造成的那些情感。可能的極限已經被超越，現在，它像魯特琴的琴弦一樣繃斷了。他往亞斯克爾的方向看去，他看到吟遊詩人很快地別過頭去，躲避他的視線。

「好啦，騎士尊嚴的問題我們已經解決完畢了，各位先生。」波赫特大喊。他已經穿上了鎧甲，正站在涅達米爾國王面前。國王坐在石頭上，臉上的表情仍然一成不變、窮極無聊。「騎士的尊嚴現在躺在那裡，發出微弱的呻吟。尊貴的格蘭史坦大人，讓艾克去當你們的騎士和封臣，真是個差勁的主意啊。我不敢指名道姓，但是我知道，艾克的腿會斷要感謝誰。是的，當然，我們可以一箭雙鵰，一次就解決兩個問題。一個瘋子，想要以瘋子的方式實現傳說——關於勇敢的騎士是如何單槍匹馬殺死龍。還有個騙子，想要利用這個情勢大賺一筆。格蘭史坦，你知道我在說誰，對不對？很好。現在輪到我們上場了，現在那頭龍是我們的，我們刀客會解決那頭龍，但是所拿到的都是我們的。」

「波赫特，那約定呢？」總管大臣不情願地說：「約定怎麼辦？」

「我去他的狗屁約定。」

「從來沒聽過這種事！這是對國王的污辱！」格蘭史坦跺著腳說：「涅達米爾國王……」

「國王怎麼樣？」波赫特把身子靠在巨大的雙手劍上，大吼著說：「也許國王想要自己一個人上場去解決那頭龍？或者是您——他忠實的總管大臣——可以把大肚子塞進鎧甲，代替他上場？為什麼不呢？請便，我的先生，我們會在旁邊等著。你們已經有過一次機會了，格蘭史坦，如果艾克殺了那頭龍，你們會拿走所有的東西，不留一丁點給我們，甚至是牠背上的一片金鱗片。但現在已經太遲了。您往四周看看吧，已經沒有人會為凱因岡之名戰鬥，你們不會找到第二個像艾克那樣的笨蛋。」

「這不是眞的！」鞋匠奔到國王面前。國王依然定定地盯著地平線那邊的某個點。「國王陛下！您再等一會，我們赫渥波勒的人很快就到了！您可以把這些自大的貴族丟在一邊！您會看到誰是眞正的勇士，誰的拳頭厲害，而不是只會耍嘴皮子！」

「閉上你的嘴。」波赫特平靜地說，一邊把胸甲上的鏽斑擦掉。「閉上你的嘴，野人。如果你自己不閉上，那我就幫你閉上，讓你把牙齒和著血吞下去。」

柯卓耶德看到向他走近的尼須區卡和黃蜂，趕快退到後面去，躲到赫渥波勒的民兵部隊中。

「國王！」格蘭史坦大叫：「國王，您有什麼命令？」

涅達米爾臉上的無聊表情突然消失了。未成年的國王皺了皺長滿雀斑的鼻子，站了起來。

「我有什麼命令？」他尖著嗓子說：「你終於問了啊，格蘭史坦，而不是假藉我的名字替我決定、替我說話。我很高興，就讓它保持這個樣子吧，格蘭史坦。從現在起你給我安安靜靜地聽令，這是我第一個命令：把士兵們帶著，把鄧尼斯勒的艾克放上馬車，我們回凱因岡去。」

「陛下……」

「格蘭史坦，別再說了。葉妮芙小姐、各位尊貴的先生，我在這裡向你們道別。我在這趟遠征浪費了一些時間，但是我得到了很多，學到不少東西。謝謝你們所說的話，葉妮芙小姐、多勒加雷先生、波赫特先生。還有傑洛特先生，謝謝你的沉默。」

「國王，」格蘭史坦說：「怎麼會這樣？龍就在眼前啊，垂手可得。國王，您的夢想……」

「我的夢想，」涅達米爾沉思地重覆：「我還沒有夢想。如果我留在這裡……我可能永遠都不會有自己的夢想了。」

「那馬列歐列呢？娶公主的事呢？」總管大臣依然不放棄，揮舞著雙手說：「王位呢？國王，那裡的人民會認可你……」

「我去他的狗屁人民，就像波赫特先生說的一樣。」涅達米爾大笑著說：「馬列歐列不管怎樣都是我的，因爲我在凱因岡有三百個青甲騎兵，還有一千五百個步兵，可以對抗他們那一千個不中用的盾牌兵。至於認可我的問題嘛——他們不管怎樣都會認可我的，我會不斷把他們吊死、砍頭、用馬拖他們，直到他們認可我。而他們的公主是頭臃腫的小母牛，我才不屑娶她，我要的只是她的屁股，讓她生下我的繼承人，之後不管怎樣我都會把她毒死——就用柯卓耶德大師的方法。廢話說夠了，格蘭史坦，快去執行你得到的命令吧。」

「的確。」亞斯克爾對傑洛特悄聲說：「他學到了很多。」

「很多。」傑洛特同意。他看著山坡上那頭龍，牠低下三角形的頭，用分岔、鮮紅色的舌頭舔著某個坐在牠身旁草地上的東西。「但我不想當他國家的人民，亞斯克爾。」

「你覺得接下來會怎麼樣？」

傑洛特平靜地看著那小巧、灰綠色的生物，牠正晃動著蝙蝠般的雙翼，坐在彎著身子的金龍旁，在牠金色的爪子旁邊。

「你怎麼看這整件事，亞斯克爾？你覺得怎麼樣？」

「我怎麼想有什麼關係？我是個詩人，傑洛特，我的意見有什麼重要性嗎？」

「有的。」

「嗯，那我就告訴你。傑洛特，我只要看到爬蟲——比如說蝰蛇或者是其他蜥蜴，我就會全身發抖，我實在很討厭、很害怕這種噁心的玩意。但是這頭龍……」

「怎麼樣？」

「牠……牠很漂亮，傑洛特。」

「謝謝，亞斯克爾。」

「謝什麼？」

傑洛特別過頭，慢慢把手伸到斜揹在身上的皮帶，摸到皮帶上的釦環，把它調整得短一些，兩個釦洞的距離。他抬起右手，檢查劍柄是不是在正確的位置。詩人瞪大眼睛看著他。

「傑洛特！你想要……」

「對。」獵魔士平靜地說：「可能的極限是存在的。我已經受夠了這一切，你要和涅達米爾一起走還是留下來，亞斯克爾？」

詩人彎下腰，小心、慎重地把魯特琴放到石頭下，直起身來。

「我留下來。你剛才是怎麼說的？可能的極限？我要把它訂下來當作民謠的標題。」

「這也許是你最後一首民謠了。」

「傑洛特？」

「嗯？」

「不要殺死……可以嗎？」

「亞斯克爾，劍就是劍，當我把它抽出來……」

「試試看。」

「我會試的。」

多勒加雷發出一陣悶笑，轉身朝向葉妮芙和刀客們，指著越走越遠的國王一行人。

「那裡啊，」他說：「涅達米爾國王已經走了，他不會再透過格蘭史坦的嘴向你們下令。他走了，表示他還有點理性。亞斯克爾，你人還在，這太好了，我建議你現在開始寫歌。」

「關於什麼？」

「關於——」巫師從懷中掏出魔杖，說：「關於巫師多勒加雷大師是如何把一群想要以混帳方式把世上僅存的一頭金龍殺死的混帳東西趕回家。不要動，波赫特！亞爾潘，手離斧頭遠一點！葉妮芙，甚至連抖都不要抖一下！快，混帳東西，乖乖地跟著國王一起滾吧。快點，上馬，上車。我警告你們，誰要是做了個不該做的動作，他就會變成沙地上一團融化的玻璃和一陣焦味了。我可不是開玩笑的。」

「多勒加雷！」葉妮芙發出斷聲。

「尊貴的巫師，」波赫特拉攏地說：「這樣做道德嗎……」

「閉嘴，波赫特。我說過了，你們別想打那頭龍的主意，傳說是不能殺的。轉過身，滾吧。」

葉妮芙突然迅速地把手伸向前方，多勒加雷身旁的地面立刻爆發出一團藍色火焰，草地的碎片和小石子在空中猛烈飛舞。巫師被火焰包圍著，踉蹌了一下。尼須區卡跳到他身旁，用手腕猛地往他臉上敲了一記。多勒加雷倒了下去，他的魔杖射出一道紅色的光，但一點威脅力也沒有地在岩石間熄滅了。黃蜂從另一個方向跳過來，往躺在地上的巫師踢了一腳，他縮起了身子，黃蜂準備再踢第二腳。傑洛特跳到他們之間，推開黃蜂，抽出劍，朝黃蜂鎧甲的護肩和胸甲之間刺去。波赫特卻阻擾了他，用雙手劍巨大的劍鋒擋下了獵魔士的攻擊。亞斯克爾想要絆倒尼須區卡，卻沒有成功——尼須區卡抓住詩人五彩繽紛的外套，往他兩眼之間重重地打了一拳。亞爾潘・齊格林從後面跳過來，用斧頭柄往亞斯克爾的兩腿打去，剛好打到膝蓋。

傑洛特一個旋身，縮起身子，躲開了波赫特的攻擊，同時向跳過來的黃蜂飛快地揮了一劍，把他鎧甲上的鐵護手打了下來。黃蜂跳了開去，他的腳碰到了什麼東西，跌坐在地。波赫特喘著粗氣，把劍揮向傑洛特，像是揮舞著大鐮刀。傑洛特跳過了發出尖嘯的劍鋒，用柄端圓頭重重地打了一下波赫特的胸甲，把他推開，然後往他臉頰揮出一劍。波赫特知道自己無法用笨重的劍擋下這一擊，於是仰天往後一倒。獵魔士追上前去，就在這時，他感到雙腳發麻，地面好像在腳下溜走似的。他看到水平的地平線變成了垂直的，他用手指比出一個防護符咒，但卻一點用也沒有。他從側面重重摔到地上，劍從僵硬的指間落下。他耳朵中好像有什麼東西在鼓動，發出嗡嗡聲。

「趁咒語還有效的時候，把他們綁起來吧。」葉妮芙的聲音從遙遠的上方傳來。「他們三個都是。」

多勒加雷和傑洛特已渾身無力，不省人事，因此沒有反抗、也沒有說一句話就被綁到了馬車上。亞斯克爾一邊掙扎，一邊大聲咒罵，所以在被綁起來之前還被賞了幾記耳光。

「這些叛徒、狗娘養的東西，幹嘛還把他們綁起來？」柯卓耶德走過來說：「直接把他們殺了不就好了。」

「你自己就不知道是什麼東西養的，比狗還差勁。」亞爾潘・齊格林說：「不要污辱狗。滾開，你這個鞋底。」

「你膽子還眞大。」柯卓耶德咆哮：「等我們赫渥波勒的人來了以後，我倒要看看你的膽子能做什麼。他們很快就來了，你看著……」

亞爾潘飛快轉了個圈——以他的體型來說，這速度實在是令人意想不到——用斧頭柄狠狠地往鞋匠臉上敲了一記，站在一旁的尼須區卡追加了一腳。柯卓耶德飛了好幾呎高，重重在地上跌了個狗吃屎。

「你們給我記住！」他趴在地上吼叫：「我會把你們都……」

「男孩們！」亞爾潘・齊格林大喊：「瞄準他的屁股，他娘的！尼須區卡，抓住他！」

柯卓耶德沒有等人來抓他。他跳起來，一溜煙地往東邊的河谷跑去。偷偷跟在他後頭的，則是赫渥波勒的探索者。矮人們發出粗野的笑聲，往他們身後丟石頭。

「空氣突然變得新鮮了。」亞爾潘大笑：「好啦，波赫特，我們去解決那頭龍吧。」

「慢點。」葉妮芙抬起手說：「去是可以去，但不是往龍那邊。掉頭回家去吧，各位。」

「什麼？」波赫特彎下身子，眼中發出威脅的光芒。「您剛才說什麼，尊貴的女巫大人？」

「和鞋匠一起滾蛋吧，各位。」葉妮芙重覆。「我自己就可以解決這頭龍，用的是非傳統的武器。走之前你們可以謝我一聲，因爲要不是我，你們就會嚐到獵魔士的劍是什麼滋味了。好啦，在我開始不高興以前快走，波赫特。我警告你們，我晃晃手就可以用咒語把你們都變成閹馬。」

「喔，不。」波赫特慢慢地說：「我的耐心已經到達可能的極限了，我不允許有人把我當笨蛋。黃蜂，把馬車的車把弄下來，我也覺得我需要用非傳統的武器了。我馬上就要用它來打某人的屁股，各位先生。我不會指名道姓，但我馬上就要用它來打某個可惡女巫的屁股。」

「你有種就試試看，波赫特。你會讓我今天過得很愉快。」

「葉妮芙，」矮人控訴地說：「爲什麼？」

「亞爾潘，也許我只是不喜歡與人分享？」

「嗯，」亞爾潘．齊格林微微一笑說：「這是人的本性嘛。眞的很人性，差不多接近矮人的天性了。在巫師身上看到共同的天性，眞是件令人高興的事啊。因爲我也不喜歡與人分享，葉妮芙。」

他飛快地彎下身子。不知什麼時候從哪裡拿出來的鋼球，在空氣中發出尖嘯，擊中了葉妮芙的額頭正中央。女巫還來不及做出反應，黃蜂和尼須區卡已經抓住了她的雙手，把她抬了起來，而亞爾潘則用繩子綁住她的腳踝。葉妮芙發出憤怒的尖叫，但她身後一個矮人把韁繩甩到她頭上，用力把皮帶拉緊，堵住了她的嘴，也堵住了她的叫聲。

「怎麼樣啊？葉妮芙。」波赫特走過來說：「妳要怎麼把我變成閹馬呢？當妳兩隻手都不能動的時候？」

他扯下她外套上的皮領，撕爛了她的襯衫。葉妮芙的嘴被皮繩勒著，發出一聲壓抑的尖叫。

「我現在沒有時間。」波赫特不要臉地摸著她的身子，一旁的矮人發出低沉粗野的笑聲。「但是妳等會兒啊，女巫。等我們把那頭龍解決了，我們就來好好樂一樂。男孩們，把她給我好好地綁到車輪上。兩隻手都要綁到圓箍上去，讓她一根手指都動不了。還有，我靠，現在任何人都別想去動她，各位先生。順序的問題呢，我們就依照誰先殺死那頭龍來決定。」

「波赫特，」傑洛特依然被繩子緊緊綁著，他小聲、平靜、威脅地說：「小心。你躲到世界的盡頭，我都會找到你。」

「你真令我驚訝。」刀客以同樣平靜的語氣說：「如果我是你，我會安安靜靜地坐著。我了解你，而且我必須嚴肅看待你的威脅。我沒有別的出路，獵魔士，你可能會活不下去。這件事我們回頭再來處理。尼須區卡、黃蜂，上馬。」

「我真是倒了八輩子的楣。」亞斯克爾喘著氣說：「我幹嘛來蹚這渾水？」

多勒加雷低下頭，看著自己的血慢慢從鼻子滴到腹部，變成濃稠的血滴。

「你可以不要再看了嗎！」女巫對傑洛特大叫。她像蛇一樣地在繩子中掙扎，徒勞無功地想要遮住裸露的重點部位。獵魔士聽話地別過頭去，但亞斯克爾可沒有。

「從我看到的來判斷，」吟遊詩人哈哈大笑說：「妳大概用了一整桶曼德拉草做成的魔法藥水吧，葉妮芙。妳的皮膚看起來就像十六歲的少女，真是令人嘖嘖稱奇啊。」

「閉上你的嘴，狗娘養的！」女巫大叫。

「妳今年到底幾歲？」亞斯克爾沒有放棄。「兩百歲？我們這麼說好了，一百五十歲，而妳卻表現得像個……」

葉妮芙轉過頭，往他臉上吐了一口口水，但沒有命中。

「葉。」獵魔士控訴地說，用肩膀擦了擦沾滿口水的耳朵。

「叫他不要再看了！」

「妳作夢。」亞斯克爾兩眼定定地盯著女巫身上裸露出來的美景。「我們會坐在這裡都是她害的。他們可能會割斷我們的喉嚨，而她最多也只是被強暴而已，在她這個年紀……」

「閉嘴，亞斯克爾。」獵魔士說。

「想都別想，我正打算寫首關於兩個奶頭的民謠呢，請不要打擾我。」

「亞斯克爾，」多勒加雷吸了吸沾滿血的鼻子，說：「認眞點。」

「我靠，我很認眞的。」

波赫特由矮人們抬著，吃力地爬上了馬，他身上穿著厚重的鎧甲和皮護套，看起來像個僵硬的假人。尼須區卡和黃蜂已經坐在馬上，把雙手劍橫放在馬鞍上。

「好啦，」波赫特低吼了一聲：「我們去找牠吧。」

「喔不。」那個低沉、聽起來像黃銅喇叭的聲音說了：「是我來找你們才對！」

環狀的岩石群後探出一顆金色、細長的頭，牠修長的脖子上有一排排三角形、尖銳的刺。龍還把牠長著利爪的前腳伸了出來，並用那邪惡、有垂直瞳孔、覆在粗硬眼皮下的爬蟲眼珠看著他們。

「我在戰場上等不到人，」魏倫崔特摩斯龍四下張望，說：「所以就自己過來了。如我所見，要上場戰鬥的人越來越少了？」

波赫特用牙齒咬住韁繩，兩手握住一把翼騎兵劍【註】。

「一賀就夠了。」波赫特咬著韁繩，口齒不清地說。「握來戰鬥吧，爬同！」

「我來了。」龍說著，一邊弓起背，挑釁似地抬起尾巴。

波赫特四下張望。尼須區卡和黃蜂故作平靜，慢慢從兩邊繞著圈子接近龍。在後頭等著的則是亞爾潘和他的男孩們，每個人手裡都握著斧頭。

「啊啊啊啊啊——！」波赫特猛地一踢馬肚，舉起劍衝上前去。

龍縮起身子，把身體貼近地面，然後像蠍子一樣把尾巴從背後高高抬了起來——不是往波赫特——而是往正從旁邊攻過來的尼須區卡猛力一擊。尼須區卡和馬一起跌了下去，發出砰咚的巨大聲響，他的馬也發出哀鳴。波赫特快馬上前，用最大的力量揮出一劍，龍敏捷地閃過了巨大的劍鋒。由於剛才的衝力太大，波赫特連人帶馬一起跑到了旁邊。龍轉過身，以兩條後腿站著，用爪子往黃蜂身上猛力一抓，這一抓就把黃蜂的腿和馬的肚子抓破了。波赫特坐在馬上，身子斜得很厲害，他用牙齒咬住韁繩，成功掉轉了馬頭，再次發出攻擊。

龍用尾巴猛力掃過那些跑向牠的矮人們，把所有人打倒在地。然後牠衝向波赫特，半途中好像不小心似地用力踩了一下想要站起來的黃蜂。波赫特猛晃著頭，努力試著控制那匹狂奔中的馬，但龍的動作比他要敏捷、精準得太多。牠狡詐地從左邊接近波赫特，好讓對方沒辦法揮劍，同時猛地伸出爪子去攻擊他。波赫特的馬把兩條前腿抬起來，猛然往側邊跑去。波赫特從馬背上摔下來，往後飛去，掉到地上，頭部擊中了一塊大岩石。他的劍和頭盔也飛落在地。

「快跑，男孩們！往上跑！」亞爾潘・齊格林大喊，他的喊叫和尼須區卡的哀號混在一起——尼須區卡這時還躺在倒地的馬匹下，動彈不得。矮人們晃動著鬍子，忙不迭地往岩石上跑去——雖然他們的腿那麼短，但跑起來倒是出人意料地快。龍沒有追趕他們。牠靜靜地坐下，四處張望。尼須區卡不斷掙扎，發出恐怖的慘叫。波赫特一動也不動地躺著。黃蜂側著身子，往岩石那邊慢慢爬去，就像隻巨大、鐵打的螃蟹。

「令人無法置信……」多勒加雷低聲說：「令人無法置信……」

「嘿！」亞斯克爾在繩子裡大力掙扎，連馬車都晃動了起來。「那是什麼？那邊！你們看！」東邊的峽谷那裡揚起了一大片灰塵，之後很快地傳來一陣吼叫、馬車聲和馬蹄聲。龍伸長了頸子去看。

平原上出現了三輛大馬車，上面載滿了全副武裝的人們。馬車兵分三路，開始繞著龍打轉。

「這……我靠，這是赫渥波勒的民兵部隊和公會！」亞斯克爾大叫：「他們是從布拉河的源頭那邊過來的！沒錯，這是他們沒錯！你們看，在前面帶頭的是柯卓耶德！」

龍低下頭，輕輕地把某個灰色、發出叫聲的小生物推到馬車旁邊。然後牠用尾巴拍了拍地面，發出一聲巨大的吼聲，像離弦的箭一樣快速衝向赫渥波勒的人們。

【註】翼騎兵劍（Koncerz），波蘭立陶宛聯合王國的翼騎兵使用的長型刺劍，長一點三至一點六米，在衝鋒時使用，不用來劈砍。

「這是什麼？」葉妮芙問：「這小東西是什麼？這個在草地上打滾的東西？傑洛特？」

「這就是龍要保護，好讓牠不受我們侵犯的東西。」獵魔士說：「牠是不久前才在北方河谷的洞穴裡孵化出來的，是頭小龍，一定是那頭被柯卓耶德毒害的母龍的孩子。」

小龍搖搖晃晃、用圓圓的肚子擦過地面，步履不穩地跑到馬車旁邊。牠發出尖叫，直直地站立，動了動翅膀，然後就想也不想地跑近女巫身邊。葉妮芙發出一聲驚呼——她臉上的表情令人無法判斷。

「牠喜歡妳。」傑洛特低聲說。

「年紀雖小，但還不笨嘛。」亞斯克爾在繩子中轉過身，露齒一笑。「你們看，牠把頭伸到哪裡去了。我靠，我眞想和牠交換。喂，小子，趕快跑！在你面前的可是葉妮芙！龍類可怕的天敵！還有獵魔士的天敵！至少是某個獵魔士……」

「安靜，亞斯克爾。」多勒加雷大叫：「你們看那裡，在戰場上！他們已經開始攻擊牠了，這些該下地獄的傢伙！」

赫渥波勒的馬車發出像戰車一樣的聲響，快速往向它們攻來的龍奔去。

「用力打牠啊！」柯卓耶德用手掐著馬車車夫的背部，大吼：「用力打，夥伴，隨便哪裡都可以，用什麼打都可以！不要手軟！」

龍敏捷地閃開第一輛朝自己奔來的馬車，也躲過了鋒利的大鐮刀、乾草叉和寬刃矛。但牠卻被另外兩輛馬車困住了，而且人們從馬車上撒出了用皮繩拉著、巨大的雙層魚網。龍被魚網困住，倒在地上，不停翻滾，糾結成一團，把爪子往四面伸展。魚網被撕成了碎片，發出尖銳的聲響。第一輛馬車這時又奔了回來，車上的人們撒出了第二張網，這次可把龍牢牢套住了。另外兩輛馬車也發出轆轆聲，在坑坑洞洞的路上搖晃著，掉頭往龍的方向直奔而來。

「你落網啦，鯽魚！」柯卓耶德大吼：「我們馬上就會把你的鱗片剝下來！」

龍大吼著，用力往天空噴出幾道霧氣。赫渥波勒的民兵們從馬車上跳下來，一窩蜂地擁向牠。龍又發出幾聲絕望、顫抖的吼叫。

北邊的河谷傳來了回音——那是高亢、充滿戰爭殺氣的尖嘯。

峽谷那邊出現了兩個身影，騎在馬背上瘋狂地奔馳著。她們金色的麻花辮在空中飛舞，口中發出尖銳的哨聲，渾身被馬刀的寒光所包圍，她們是……

「澤利勘尼亞的女戰士們！」獵魔士大叫，無力地在繩索中掙扎。

「喔，我靠！」亞斯克爾也高聲大叫：「傑洛特！你曉得這怎麼回事嗎？」

澤利勘尼亞的女戰士衝過人群，像兩把熾熱的刀子切過奶油一樣，所經之路屍體不斷倒下。她們從奔馳中的馬匹上跳下來，跳到在魚網中掙扎的龍身旁。第一個跑向她們的民兵立刻就掉了腦袋，第二個民兵想用乾草叉攻擊薇亞，但薇亞用雙手握住馬刀，把刀尖朝下，由下往上把那人劈成了兩半。其他的民兵迅速往後退去。

「到馬車上來！」柯卓耶德大吼：「到馬車上來，夥伴！我們用馬車撞死她們！」

「傑洛特！」葉妮芙突然大叫，她把綁著的雙腳縮起來，用力把它們擠到馬車下，擠到傑洛特被綁在身後的雙手旁邊。「伊格尼符咒！快用它燒我！你感覺得到繩子嗎？快用它燒我，天殺的！」

「就這樣隨便燒？」傑洛特呻吟：「我會燒傷妳的，葉！」

「趕快比出符咒！我挺得住的！」

他照她的話去做了。他感到指間一陣痠麻，在女巫被綁起的腳踝上比出了伊格尼符咒。葉妮芙別過頭，咬住外套上的領子，發出一聲壓抑的呻吟。小龍尖聲叫著，在她身邊拍了拍翅膀。

「葉！」

「快燒！」她大叫。

當那可怕、令人想吐的燒焦味達到常人可以忍受的極限時，繩子也剛好在那一刻斷了。多勒加雷發出一聲奇怪的聲音，昏了過去，整個人被繩子掛在車輪上。

女巫的臉因爲痛苦而扭曲，她直起身子，抬起一條已經自由的腿，憤怒又痛苦地大叫。傑洛特脖子上的徽章發出猛烈的震動，像是活的一樣。葉妮芙伸直了大腿，把腳往赫渥波勒民兵來勢洶洶的馬車那頭伸了過去，大叫著唸出咒語。空氣發出猛烈的顫抖，充滿了臭氧的味道。

「喔，眾神啊，」亞斯克爾驚訝地大叫：「這會是首什麼樣的歌謠啊，葉妮芙！」

女巫用她那條漂亮的腿使出的咒語，並沒有對三輛馬車都生效。第一輛馬車——包括坐在上面的所有人——只是變成了像驢蹄草一樣的黃色，那些被戰鬥激情沖昏頭的赫渥波勒戰士們甚至沒有注意到這一點。第二輛馬車的效果就好多了——坐在上面的所有人全都在一瞬間變成了巨大、皮膚粗糙的青蛙，牠們發出可笑的呱呱聲，一蹦一跳地往各個方向逃去。馬車失去了駕駛，砰地一聲倒在地上撞散了。馬匹發出歇斯底里的嘶聲，跑得遠遠的，身上還拖著車把的碎片。

葉妮芙咬住嘴唇，再次朝空中揮腿。在一片從天而降、令人想跳舞的音樂聲中，那輛黃色馬車突然消失在一片黃色煙霧裡，而坐在它上面的人則摔了下來跌成一團，不知所措。第三輛馬車的輪子從圓的變成了方的——效果可以說是立竿見影。馬匹抬起前腿，馬車倒地，而赫渥波勒的民兵部隊則連翻帶滾地倒在地上。葉妮芙——現在只是出於復仇的動機——還在固執地晃動著腳，喊出咒語，把赫渥波勒人隨意變成烏龜、鵝、百足蟲、紅鸛和身上有條紋的乳豬。澤利勘尼亞的女戰士們則有條有理、技巧高超地殺死剩下的民兵。

龍終於把纏在身上的魚網弄成了碎片，牠跳了起來，拍著翅膀，發出巨吼，然後像繃緊的弦一樣張開身子，快速地往在屠殺中倖存的鞋匠追了過去。柯卓耶德像頭公鹿般沒命地奔逃，但龍的動作比他快。傑洛特看到龍張大的嘴巴，看到裡面像匕首一樣尖銳、閃著寒光的牙齒，然後別過了頭。他聽到一聲恐怖的慘叫，還有可怕的、某種東西被壓碎的聲音。亞斯克爾發出一聲壓抑的驚叫。葉妮芙的臉白得像紙一樣，彎下身，轉到旁邊去，在馬車下吐了出來。

四周一片寂靜。只偶爾聽到那些沒被殺死的赫渥波勒民兵發出的呱呱聲、嘓嘓聲和哼哼聲。

薇亞露出邪惡的微笑，張開雙腿，站在葉妮芙面前。她舉起手中的馬刀。葉妮芙臉色慘白，抬起了一條腿。

「不。」波爾赫——也就是三隻寒鴉——坐在石頭上說。他膝上伏著那隻小龍，看起來平靜又愉快。

「我們不會殺死葉妮芙小姐。」魏倫崔特摩斯龍重覆了一遍。「這命令已經失效了。相反地，我們很感謝葉妮芙小姐無價的幫助。薇亞，把他們放了。」

「你明白嗎，傑洛特？」亞斯克爾搓了搓僵硬麻木的手，低聲說：「你明白嗎？有一首古老的民謠是關於金龍的，金龍可以……」

「可以變幻成任何形態，」獵魔士低聲說：「也包括人類。我也聽說過，但我那時不相信。」

「亞爾潘・齊格林先生！」魏倫崔特摩斯對矮人喊道。矮人正攀附在一塊垂直的大石頭上，那岩石離地面至少有十一公尺高。「您在那裡找什麼？土撥鼠嗎？您不是很喜歡牠的味道，如果我沒記錯。下來幫助刀客們吧，他們很需要您的幫助。這裡不會再有屠殺了，我們不會再殺死任何人。」

亞斯克爾用不安的眼神看著澤利勘尼亞的女戰士們——她們仍然提高警覺，在戰場上巡邏。他試著叫醒仍然昏迷不醒的多勒加雷。傑洛特替葉妮芙腳踝的燒傷抹上膏藥，把傷口包紮起來。女巫發出痛苦的嘶聲，低聲唸了幾句咒語。

做完了他該做的事，獵魔士站了起來。

「你們留在這裡。」他說：「我必須和他談談。」

葉妮芙帶著痛苦扭曲的表情站起來。

「我和你一起去，傑洛特。」她握住他的手臂。「可以嗎？拜託，傑洛特。」

「和我一起？葉，我以為……」

「沒有以為。」她緊緊抱住他的手臂。

「葉？」

「已經好了，傑洛特。」

他看進她的眼睛，那裡面有溫暖的光芒，就像以前一樣。他低下頭，吻了她的唇。她的嘴唇火熱、柔軟、情願，就像以前一樣。

他們走到龍的面前。葉妮芙由傑洛特攙扶著，深深屈膝行了一禮，用指尖拉著連身裙，就像在國王面前一樣。

「三隻寒……魏倫崔特摩斯……」獵魔士說。

「把我的名字翻譯成你們的語言，大概的意思就是三隻黑色的鳥。」龍說。

那頭小龍用爪子抓住他的上臂，把頸子放到撫摸著自己的手底下。

「混沌和秩序——」魏倫崔特摩斯微笑著說：「你還記得嗎，傑洛特？混沌是帶有攻擊性的一方，而秩序則是保護某些東西不受攻擊。爲了反抗攻擊和邪惡而來到世界的盡頭，還是値得的吧，是不是，獵魔士？尤其，像你說過的，當報酬還不錯的時候。這一次的報酬倒還不錯。那就是梅爾格塔布拉可的寶藏——她是在赫渥波勒吃了毒藥的那頭龍，是她叫我來這裡幫助她的，她要我來阻擋那威脅著她的邪惡。梅爾格塔布拉可已經飛走了，就在鄧尼斯勒的艾克騎士從戰場上被帶下去不久後。她有足夠的時間，因爲你們花了很久的時間在聊天和爭吵。但她把自己的寶藏留給我了，這是我的報酬。」

小龍叫了一聲，拍了拍翅膀。

「所以你……」

「沒錯。」龍打斷他的話：「嗯，這就是我們生活的時代。那些你們平常稱爲怪物的生物，從某個時期開始，就感受到來自人類越來越大的威脅。它們已經沒辦法自保，它們需要一個保護它們的人，比如說……獵魔士。」

「而目標……你道路盡頭的目標呢？」

「就在這裡。」魏倫崔特摩斯舉起手，小龍發出驚恐的尖叫。「我已經達成了。感謝牠，我的生命可以延續下去。利維亞的傑洛特，我現在證明，沒有可能的極限。獵魔士，你有一天也會找到這樣的目標，即使是那些異於常人的人，也有他們延續生命的機會。再會，傑洛特。再會，葉妮芙。」

女巫更用力地抓著獵魔士的手，再次行了禮。魏倫崔特摩斯站起身，看著她，他的表情十分嚴肅。

「請原諒我的直言，葉妮芙。這一切都寫在你們臉上了，我甚至不用費神去讀你們的心思。妳和獵魔士是天造地設的一對，但這是不會有結果的，什麼結果都不會有。我很遺憾。」

「我知道。」葉妮芙的臉微微變得蒼白。「我知道，魏倫崔特摩斯。但我也想要相信，沒有可能的極限，至少相信——可能的極限還在遠方。」

薇亞走過來碰了碰獵魔士的手臂，很快地說了幾個字。龍哈哈大笑。

「傑洛特，薇亞說，她會記得『沉思的龍』裡的大木桶，她希望我們以後還有機會見面。」

「什麼？」葉妮芙瞇起眼問。

「沒什麼。」獵魔士很快地說。「魏倫崔特摩斯……」

「利維亞的傑洛特，我在聽。」

「你可以變幻成任何形態，任何你想要的形態。」

「是的。」

「為什麼選擇人類？為什麼選擇變成紋章上有三隻黑鳥的波爾赫？」

龍友善地笑了。

「傑洛特，我不知道我們的老祖宗是在什麼樣的情況下第一次相遇的。但事實是，對於龍來說，沒有比人類更噁心的生物了。只要龍一看見人類，就會油然產生一股本能的、非理性的厭惡。但我卻不一樣，對我來說……你們很令我喜歡，再見了。」

那不是漸進、模糊的轉變，也不是像幻影般充滿霧氣、具有脈動一樣的顫抖，而是像眨眼般突然。在那裡，一瞬間之前還坐著長袍上有三隻黑鳥的鬈髮騎士，現在則坐著一頭金色的龍，伸長了牠美麗、細長的頸子。龍低下頭，伸展了一下雙翼，牠的翅膀在陽光中發出耀眼奪目的光芒。葉妮芙發出一聲驚呼。

薇亞已經坐上馬，揮了揮手。在她身旁的是蒂亞。

「薇亞，」獵魔士說：「妳是對的。」

「嗯？」

「他是最美麗的。」

冰的碎片

一

那頭膨脹、圓鼓鼓的死羊四腳僵硬，朝天空動了動。縮在牆邊的傑洛特慢慢地把劍抽出來，小心不讓劍鋒擦到鞘口發出聲音。十步以外的那一堆垃圾突然隆了起來，開始像波濤一樣翻騰。那騷動著的垃圾堆中噴出一股有如海浪般的臭氣——在它還沒撲到獵魔士身邊前，他就已經跳了出來。

垃圾堆下突然伸出一隻尖端像紡錘一樣圓滾滾、上面還覆滿了尖刺的肥厚觸手，以匪夷所思的飛快速度向他攻過來。獵魔士穩穩地落在被敲碎的家具殘骸上——在搖晃的家具下則是一堆腐爛的蔬菜。他晃了晃身子，保持平衡，然後急促地一劍砍下了觸手，把那像棍棒一樣的吸盤砍掉。他立刻跳開，但這一次他從木板上滑了下來，掉進了糞坑，像濕泥一樣的糞便一直淹到他的大腿。

垃圾堆爆炸了，一堆黏乎乎、臭氣熏天的東西飛到空中，除此之外還有鍋子的碎片、腐爛的破布和醃白菜蒼白的菜葉。從那之下噴出某個巨大的、像是球根的軀幹——沒有什麼形狀，像顆怪異的馬鈴薯——在空中揮舞著它的三隻觸手，第四隻只剩下殘肢。

傑洛特被困在糞便中動彈不得，他用力地移動一下腰身，平整地砍掉了第二隻觸手。另外兩隻像大樹枝一樣粗的觸手猛烈地擊中了他，把他往糞堆更深處壓下去。怪物的軀幹向他移了過來，像個大木桶一樣排開垃圾。他看到那噁心的軀幹裂了開來，露出一張血盆大口，裡面長滿了巨大、木塊般的牙齒。

他讓怪物的觸手纏住自己的腰，把他嗤地一聲從那黏答答、臭氣熏天的糞堆中拉出來，拖到怪物的軀幹前。怪物轉著圈子往垃圾堆裡潛去，它長滿利齒的大嘴狂野、憤怒地一張一闔。當獵魔士被拖到那張可怕的大嘴前面時，他雙手握住劍往前一砍。劍鋒緩慢、柔軟地切開了怪物的嘴，一股可怕、帶著甜味的臭氣讓他幾乎不能呼吸。怪物發出嘶聲，顫抖著，觸手放開了獵魔士，像是抽搐一樣猛力地在空中顫動。傑洛特陷在垃圾堆中，再次猛力揮劍，劍鋒砍到了怪物露出的牙齒上頭，發出可怕的嘎吱聲。怪物發出咕咕的聲音，往下倒去，但立刻又膨脹了起來，嘶叫著往獵魔士噴出一團臭氣沖天的黏稠物。

傑洛特的雙腳困在那噁心的糞堆中，他猛地擺動身子，想要抓住著力點。終於他成功地把身子抽了出來，往前衝去，用胸膛撞開周圍的垃圾，就像游泳的人撞開水一樣。他使盡全身力氣從上方往下一砍，用力地把劍鋒劃過怪物的身體，砍在那一對黯淡、閃著鬼火光芒的眼睛之間。怪物發出咕咕的喘息，顫抖著、翻滾著跌到一堆糞便上，像顆破掉的氣球，從中傳出噁心的、可怕的、溫暖的、一陣陣的沖天臭氣。它的觸手顫抖著，蜷曲在一堆腐敗物中。

獵魔士吃力地從濃稠的黏狀物中爬出來，在搖晃卻堅實的表面上站起身。他感覺到有什麼黏黏的、噁心的東西跑進了鞋子裡，在他的腳跟上慢慢地流淌。我要到井水邊，他想，好快點把身上這可怕的玩意洗掉，好好洗一洗。怪物的觸手再一次在糞便中拍打，發出濕潤的啪啪聲，然後就不再動彈了。

一顆流星墜下，有一瞬間它的光亮使這片黑色、布滿靜止光點的天空有了活力。獵魔士沒有說出任何願望。

他粗聲喘著氣，感覺自己在戰鬥前喝下的魔法藥水漸漸失去了效力。在坡度很陡的巨大垃圾堆和糞堆旁邊是城牆，而在更遠處可以看到發著光的帶狀河流。星光下，垃圾堆看起來倒還挺漂亮、挺有趣的。獵魔士啐了一口。

怪物已經死了，它以前在這一大堆垃圾中居住；現在，它成了垃圾的一部分。

第二顆星星墜下。

「垃圾堆。」獵魔士吃力地說：「噁心、牛糞、大便。」

〓

「傑洛特，你好臭。」葉妮芙露出嫌惡的表情。她正在鏡子前把眼影和睫毛上的彩妝卸下來，沒有轉過身。「去洗個澡。」

「沒有水了。」他往木桶裡望了一眼，說。

「我們會有辦法的。」女巫站起身，把窗戶打得更開了一點。「你要海水還是普通的水？」

「海水吧，換個口味。」

葉妮芙猛地伸出雙手，大聲唸出咒語，並且很快地用手掌揮舞出複雜的手勢。窗外突然颳起一陣強烈、潮濕的涼風，百葉窗開始震動，一團不規則的綠色球狀物隨著一聲尖嘯衝進了房內。木桶很快就漲滿了，充滿泡沫的海水不安地晃動著，碰撞著木桶的邊緣，噴灑到地板上。女巫坐下，繼續她被打斷的活動。

「成功了嗎？」她問：「躲在垃圾堆裡的是什麼啊？」

「卓伍格勒【註】，就像我想的一樣。」傑洛特脫下鞋子，扔下衣服，把一隻腳伸進木桶。「天殺的，葉，這水冷得要命，妳就不能把它熱一下？」

「不。」女巫把臉靠近鏡子，用一只玻璃棒把某種東西滴到眼睛裡。「那種咒語累死人了，而且會把我弄得想吐。而你呢——用了魔法藥水後，洗冷水澡對你有益。」

傑洛特沒有回嘴，和葉妮芙拌嘴毫無意義。

「卓伍格勒很難對付嗎？」女巫把玻璃棒浸到一只小瓶子裡，然後往另一隻眼睛裡滴東西。她的表情看起來很可笑。

「不特別難。」

窗外傳來一聲尖銳、木頭被弄斷的巨響。還有不太清楚的聲音，正荒腔走板、顛三倒四地反覆唱著一首下流的流行歌曲副歌。

「卓伍格勒。」女巫把手伸向另一只小瓶子——桌上堆滿了和它長得一模一樣的瓶子——拔出瓶塞，房間裡立刻充滿了接骨木和鵝莓的味道。「嗯，不賴嘛。竟然連城市裡都有獵魔士可以做的工作，

【註】卓伍格勒（Zeugl），一種住在垃圾堆裡的怪物，什麼都吃（不管是垃圾或是人），會傳染破傷風和屍毒。它看起來像顆巨大的、醜陋的馬鈴薯，身上有許多肥厚的觸手，有張血盆大口，以及鬼火般的雙眼。它的皮膚幾乎是透明的，可以看到裡面的內臟。

看來你根本不必去荒野晃蕩。你知道，伊思崔德覺得這已經慢慢變成一種常態了。那些沼澤、森林裡的生物正走向滅亡，而它們的位置則被一些別的、新的變種取代，這些變種已經習慣了非自然的、人類所創造出來的環境。」

就像平常一樣，傑洛特一聽到伊思崔德的名字就露出嫌惡的表情。他實在受夠了葉妮芙對伊思崔德的崇拜——即使伊思崔德是對的。

「伊思崔德是對的。」葉妮芙繼續說，一邊用某個沾滿接骨木和鵝莓香氣的東西抹著臉頰和眼瞼。「你自己看看，水溝裡和地下室爬滿了僞鼠，垃圾堆裡躲著卓伍格勒，骯髒的護城河和廢水道裡藏著扁蟲，磨坊的水池裡也到處都是泰焉吉【註】。這幾乎是種共生現象了，你不覺得嗎？」

還有墓地裡的食屍鬼，葬禮後第二天就開始吃屍體——他邊想，邊把身上的肥皂泡沖掉。是啊，充滿了共生。

「沒錯。」女巫把瓶瓶罐罐移開。「城市裡也找得到獵魔士可以做的工作。我想，你有一天會在某個城市裡定下來，傑洛特。」

我還不如死了好。他想。但他沒有把這句話大聲說出來，他知道和葉妮芙唱反調絕對會造成爭吵，再說和她吵架並不是件非常安全的事。

「你洗完了嗎，傑洛特？」

「對。」

「那就從桶子裡出來。」

葉妮芙沒有站起來，只是隨便晃了晃手，唸了咒語。桶子裡，還有灑在地上、連同從傑洛特身上滴下來的水，全都集合成一團半透明球狀物，發出一聲尖嘯，從窗子潑了出去。他聽到啪的一聲巨響。

「你們這些狗娘養的，最好趕快得重病！」樓下傳來一聲怒吼。「你們沒有別的地方可以倒尿嗎？你們最好活活給𧌒子咬死，最好遇到什麼不幸，最好死得一乾二淨！」

女巫關上窗戶。

「我靠，葉。」獵魔士忍住聲音、低聲地笑著說：「妳可以把水倒在別的地方。」

「我可以。」她嘟囔：「但我不想。」

她拿起桌上的油燈，走到他身邊。她身上的白色睡袍在她走動時貼在身上，讓她看起來誘人非凡。比赤裸時還誘人——他想。

「我想看看你。」她說：「卓伍格勒可能抓傷了你。」

「它沒抓傷我，如果有，我感覺得到。」

「在喝了魔法藥水後？別笑掉我的大牙了。魔法藥水會讓你連開放性骨折都感覺不到，也許吧，如果你那露出來的骨頭纏到什麼柵欄。而卓伍格勒可能會帶來各種麻煩，包括破傷風和屍毒，如果有什麼問題，現在還來得及挽救，轉過來。」

他感覺到身邊不遠處油燈的火焰發出的溫暖，十分柔和，也感覺到她的頭髮偶爾拂過自己身上的觸

【註】僞鼠、扁蟲、泰焉吉：作者自行發明的生物，沒有特別定義。

感。

「看起來一切都很好。」她說：「躺下吧，在魔法藥水還沒有使你站不住腳之前，這些該死的混合液很不安全。它們會慢慢殺死你，你總有一天會完蛋。」

「我戰鬥前需要服用它們。」

葉妮芙沒有回答。她重新在鏡子前坐下，慢慢地梳著她光滑的黑色鬈髮。她上床前總是會梳頭。傑洛特雖然覺得她這樣做很怪異，但他就是愛極了看她梳頭的樣子，他懷疑葉妮芙也知道這點。

他突然感覺很冷。魔法藥水確實讓他全身起了冷顫，他的脖子麻木，而一股想吐的衝動則像漩渦般往下腹部襲去。他低聲咒罵了一聲，倒在床上，兩眼依然盯著葉妮芙的身影瞧。

房間一角的動靜引起了他的注意。斜掛在牆上、布滿了蜘蛛網的鹿角上面，坐著一隻不大、像焦油一樣漆黑的鳥。

黑鳥把頭偏了偏，用牠動也不動的黃色眼珠看著獵魔士。

「葉，這是什麼？這是打哪來的？」

「什麼？」葉妮芙轉過頭。「啊，那個，那是隻紅隼。」

「紅隼？紅隼應該是紅褐色的，帶有黑色斑紋，而這隻是黑色的。」

「這是隻魔法紅隼，我創造了牠。」

「用來做什麼？」

「我需要牠。」她打斷他。傑洛特不再問下去，他知道葉妮芙是不會回答的。

「妳明天要去找伊思崔德嗎？」

女巫把小瓶子推到桌子邊緣，把梳子收到小盒子裡，然後把三折式的鏡子闔上。

「對，一早就去。怎麼了？」

「沒什麼。」

她在他身旁躺下，沒有吹熄油燈。她從來不熄燈——她無法忍受在黑暗中入睡，不管是油燈、手提燈或是蠟燭，一定都要燒到最後。總是這個樣子，這是她另一個怪癖，葉妮芙的怪癖多得數也數不清。

「葉？」

「嗯？」

「我們什麼時候離開這裡？」

「別再煩我了。」她猛地抖了抖羽絨被。「我們來這裡不過三天，而這個問題你問了至少三十次。我告訴過你了，我在這裡有事要處理。」

「和伊思崔德有關嗎？」

「對。」

他嘆了口氣，把她擁在懷中，沒有隱藏自己的企圖。

「喂，」她試著掙脫：「你喝了魔法藥水……」

「那又怎樣？」

「沒什麼。」她像少女一樣咯咯笑了，靠到他身邊，抬起背部，好讓他能順利把她的睡袍脫下。

就像平常一樣，她赤裸的身體讓他驚歎，這股驚歎化爲冷顫從他的背部蔓延而下。當他的手滑過她的肌膚，他感到一陣麻癢在指尖騷動。他用嘴唇碰觸她圓潤、細緻的胸部，她的乳頭是如此蒼白，只能憑形狀認出它們。他把手指深深埋入她充滿接骨木和鵝莓香味的秀髮中。

她降服在他的愛撫之下，發出貓般的呼嚕聲，用彎曲的膝蓋摩擦他的腰。

很快地——就像平常一樣——獵魔士發現他高估了自己對魔法藥水的抵抗力，忘了它會對他的身體造成可怕的效果。也許這和魔法藥水無關，他想，也許這是在戰鬥、冒險，以及面臨死亡和威脅後的疲倦？雖然，他已經習慣不去在意這種疲倦。但我的身體——雖然是經過改造的——卻無法習慣這種疲倦，倦意產生自然的反應，只是總來得不是時候。天殺的。

但葉妮芙——就像平常一樣——不容許這點小細節破壞他們的興致。他感覺到她的撫摸，聽到她在他耳邊發出的呼嚕聲。然後，就像平常一樣，他即使不願意，還是不由自主地想到了無數其他的情境——當她使用那個非常好用的咒語。接下來他就停止了思考。

就像平常一樣，美妙無比。

他看著她微微顫抖的嘴角，以及她無意識露出的微笑。他熟悉她這樣的微笑，他一直認爲那比較接近勝利的微笑，而不是快樂的微笑。他從來不曾問過她這件事，他知道她是不會回答的。

黑色的紅隼仍然坐在鹿角上，牠拍了拍翅膀，張闔了一下彎曲的鳥喙。葉妮芙別過頭，非常憂鬱地嘆了一口氣。

「葉？」

「沒什麼，傑洛特。」她吻了他。「沒什麼。」

油燈裡微弱的燈火搖曳、閃爍。牆後傳出老鼠咬東西的聲音，而在衣櫃中，蛀蟲正靜悄悄、單調、一成不變地發出答答聲。

「葉？」

「嗯？」

「我們離開這裡。我在這裡感覺很不舒服，這座城對我有不好的影響。」

她側過身來，用手掌摸著他的臉頰，撥開他的頭髮，手指往下滑去，碰觸他頸側那些變粗的傷痕。

「你知道這座城的名字──阿艾德．琴維爾，有什麼意思嗎？」

「不知道，這是精靈的語言？」

「對，它的意思是冰的碎片。」

「眞奇怪，和這個噁心的小鎭眞不配。」

「精靈之中──」女巫沉思著低聲說：「流傳著某個關於冬之女王的傳說。在暴風雪來臨的時候，她會乘著由白馬拉著的雪橇四處巡視。一路上，她會撒下堅硬、銳利的冰之碎片，如果這些碎片進入人們的心臟或眼睛，他們就會遭遇不幸。這些人會從此失去了方向，他們再也不會爲任何事高興，不管是什麼東西，只要看起來不像白雪一樣白，他們就認爲那是醜陋、可怕、噁心的。他們沒有一刻平靜得下來，他們會拋棄所有的東西，去尋找冬之女王──他們的夢想及摯愛。當然，他們永遠都找不到她，於是他們會在相思病中憂愁而死。這座城市，在很久很久以前好像就發生過這樣的事。很美的傳說，不是嗎？」

「精靈總是有辦法替所有的事物包上美麗的糖衣。」傑洛特昏沉沉地說，一邊吻她的手臂。「這根本不是什麼傳說，葉。這是『狂野的狩獵』，它是存在於某些地區的詛咒，這個傳說是用漂亮的話語來描述某個可怕的現象。天空中會出現一群妖怪般的列隊，而一陣無法解釋的群體瘋狂則會迫使人們加入他們。我親眼見過這件事，確實，它常常在冬天發生。人們給了我不少錢，要我終結這件可怕的事，但我沒有接下這份工作。沒有任何方法能對付『狂野的狩獵』……」

「獵魔士，」她親吻他的臉頰，低聲說：「你眞是一點都不浪漫。而我……我喜歡精靈的傳說，它是這麼的美麗。可惜，人類並沒有這樣的傳說。也許有一天會有？也許他們會創造這樣的傳說？但是人類的傳說要說些什麼呢？不管你往哪邊看去，四周的一切都是灰撲撲的，沒有自己的特色。即使那些起初美麗的事物，也很快會在人類的儀式——這無聊的、叫作生命的週而復始中變得平凡、無聊。喔，傑洛特，當個女巫不是件容易的事，但和平凡的人類存在相比……傑洛特？」她把頭貼近他胸前，感覺到他均勻的呼吸起伏。

「睡吧。」她悄聲說：「睡吧，獵魔士。」

III

這座城讓他感到不舒服。

從一早開始。從一早開始，每件事都破壞了他的心情，讓他感到憤怒、憂鬱，所有的事。他氣自己睡過了頭，早上已變成了中午，他爲葉妮芙不在這裡而生氣——他醒來前她就已經出門了。

她一定很趕時間。因爲那些她平常在小盒子裡排得整整齊齊的化妝品，現在就像是拿來占卜預言的骰子一樣亂七八糟地四散在桌上。其中包括柔軟的筆刷——那些大枝的是用來往臉上搽粉的，比較小一點的是拿來搽口紅，還有那些最小的，上面有指甲花染料的，則是用來畫睫毛。桌上還擺著眉筆和眼影筆、銀製小夾子和小湯匙、陶瓷做的小罐子和毛玻璃做的小瓶子——他知道裡面裝的是魔法藥水和膏藥，那些東西的成分包括最普通的炭黑、鵝油和紅蘿蔔汁，但也有神祕又具有危險性的曼德拉草、銻、顛茄、大麻、龍血，以及巨蠍的萃取毒液。在這一切事物之上，空氣中——則飄散著接骨木與鵝莓的香氣，那是她總會使用的香水。

她在這所有的事物之中，在這香氣中。

但她人不在這裡。

他走下樓，感覺到一股不安和憤怒在他體內生起、聚集。他對所有的事都看不順眼。

他看不順眼酒館主人給他的早餐——那份變冷、變硬的炒蛋，他看不順眼酒館主人——這傢伙剛才才在酒館後頭的房間對某個女孩上下其手。他感到憤怒——那個眼裡噙淚的女孩最多不過十二歲。

溫暖、春天的氣息，還有從街上遠處傳來的歡樂、充滿生命力的嘈雜並沒有使傑洛特的心情變好。他仍然不喜歡阿艾德·琴維爾的一切。這座小城對他來說，就像綜合了他所認識的小城的邪惡、拙劣之處——以一種奇怪的方式，它比其他那些小城都更嘈雜、更悶熱、更骯髒，更令人厭煩。

他一直感覺到衣服和頭髮上有股若有若無的垃圾臭味，他決定去澡堂。

在澡堂裡，澡堂管理人打量著他的獵魔士徽章，還有他放在澡盆邊緣的劍，這讓他感到煩躁。他也爲此而煩躁——澡堂管理人竟然沒有建議他找妓女。他沒有想要找妓女的意思，但澡堂裡每個客人都會得到這樣的提議，他爲了自己被當作例外而生氣。

當他渾身帶著清潔皀的味道走出來的時候，他的心情還是一樣地糟，而阿艾德．琴維爾看起來也沒有美麗一丁點。這裡還是沒有一件事能討他喜歡。他不喜歡那些隨隨便便堆在小路上的肥料堆，他不喜歡那些跪在神殿圍牆前的乞丐，他不喜歡歪歪斜斜地寫在牆上的那句話：精靈滾到保護區裡去！

他們不讓他進城堡，反而叫他去商人公會找長老。這件事讓他煩躁。當那個公會的頭子——他是個精靈——叫他去市集廣場上找長老時，他也覺得煩躁。尤其是那個精靈還帶著高傲、輕蔑的眼神看著他，就一個馬上就要被趕到保護區的傢伙來說，他的高傲實在是非常奇怪。

市集廣場上擠滿了人，到處都是攤位、馬車、馬、閹牛和蒼蠅。台子上立著一根木棍，上面綁了個罪犯，一旁圍觀的人們正朝他身上扔泥巴和動物糞便。那人雖然大罵那些折磨他的人，卻表現得出奇冷靜，沒有特別抬高音量。

傑洛特是見過世面的，因此長老來到這一團混亂中的理由，對他來說再明顯也不過了。帶著商隊、來到這裡的商旅已經把賄賂的費用算進商品的價格裡，現在他們必須找到一個可以收下這些賄賂的人。長老也很清楚這項習俗，於是他出現在這裡，免得商人們還要費神去找他。

他辦公的地方其實就是一頂架在木棍上、髒兮兮的藍色棚子。那裡面有張桌子，桌前擠滿了大聲喧嚷、來這裡辦事的人們。而桌子後方則坐著赫爾波斯長老，他對所有在場的人表現出一副滿不在乎的輕蔑——這全都寫在他那張蒼白的臉上。

「喂！你要上哪去？」

傑洛特慢慢轉過頭。他立刻壓抑住體內的憤怒，掌控好自己的煩躁，把自己凍成一塊堅硬、冰冷的碎冰。他已經不能再讓自己有任何情緒波動了。那個擋住他去路的男人有頭像黃鸝鳥羽毛一樣鮮黃的頭髮，他的眉毛也是同樣的顏色；而眉毛下則是雙黯淡、空洞的眼睛。他的手掌不寬，手指很修長，他把手放在用大塊黃銅片製成的腰帶上，腰帶上繫了一把劍、釘頭錘和兩把匕首。

「啊哈。」男人說：「我認得你。獵魔士，對嗎？你是來找赫爾波斯的？」

傑洛特點點頭，目光沒有一刻離開男人的手。他知道，把目光離開那男人的手是件很危險的事。

「我聽說過你，怪物的征服者。」黃頭髮的人說，一邊小心地留意傑洛特的手。「雖然我以爲我們永遠都不會碰頭呢。你一定也聽說過我，我是伊沃．米爾采，但大家都叫我知了。」

獵魔士點點頭表示聽過。他也知道知了的人頭在維吉馬、卡爾夫和瓦特維爾的懸賞價格。如果有人問他的意見，他會說這價錢太低了。但沒有人問起。

「好啦。」知了說：「據我所知，長老正在等你。你可以過去，但是朋友，你這把劍可要留下。你瞧，他們花錢雇我來就是讓我管好這程序，沒有人能帶著武器走近赫爾波斯。明白了嗎？」

傑洛特不在乎地聳聳肩，解下腰帶，用腰帶把劍鞘綁好，然後把劍交給知了。知了揚了揚嘴角。

「不錯嘛。」他說：「你還蠻懂禮貌的，一句抗議的話都沒有。我早就知道，那些關於你的流言都太誇大了。我眞希望有一天你會向我要我的劍，那時候你就會知道我的回答是什麼。」

「喂，知了！」長老突然站起來大叫：「讓他過來！快點過來這裡吧，傑洛特先生，歡迎，歡迎。商人先生們，請你們讓開，讓我們兩個獨處一會兒。你們的事兒得等一下，現在我們要商量對城市更重要的事，請願書的事你們就去和我的祕書說吧！」

這表面上的熱情歡迎並沒有讓傑洛特會錯意，他很清楚這只是拍賣會技巧的一部分。這些商人現在有時間可以思考，他們的賄賂金額是不是夠高。

「我猜啊，知了大概是想要挑釁你。」獵魔士隨便地鞠了個躬，赫爾波斯也隨便地向他抬了抬手。「不要在意。知了只是聽命行事才會拿走你的武器。確實，他不太喜歡這差事，但只要我付他錢，他就要聽我的話。不然他就得滾蛋，回到道上去。不要管他。」

「長老，您是哪根筋不對，幹嘛找像知了那樣的人來？你們這兒眞的這麼不安全嗎？」

「安全、安全，因爲我付錢雇了他來。」赫爾波斯大笑說：「他可是遠近馳名呢，這剛好就是我要的。你看，阿艾德．琴維爾還有其他在托依尼山谷的城市都歸拉克維若林的代表們管轄，而最近，代表每隔一陣子就會換。爲什麼要換，這點沒有人知道。因爲他們那些人不是半精靈，就是有四分之一的精靈血統。這受詛咒的該死種族，所有的壞事都是他們帶來的。」

傑洛特沒有加上一句：還有運貨的馬車夫。雖然這是個著名的玩笑，卻不是每個人都能欣賞。

「每個新的代表——」赫爾波斯不悅地繼續說：「一上任就忙著把前朝城主和長老通通換下來，好把自己的親戚朋友換上去。但在知了好好地『招待』了某個代表送來的使者團以後，就再也沒有人敢動我。我是這裡最老的長老，到底是從第幾朝第幾代算起，連我自己也不知道。好啦，我們閒話也說夠了，而老二都軟了，就像我那已經安息的第一任老婆常說的。我們回到正題吧，那隻躲在垃圾堆裡的爬蟲到底是什麼？」

「卓伍格勒。」

「我活了這麼一輩子也沒聽說過這玩意。我猜，你已經把它解決了？」

「解決了。」

「這座城要爲它付多少錢？七十？」

「一百。」

「喂，喂，獵魔士先生！您大概是喝多了犬毒芹的草汁吧！殺隻住在糞堆裡的蟲子要一百馬克？」

「管它是不是蟲子，它吃了八個人——這是您自己說的。」

「什麼人？你在開玩笑吧！他們告訴我，這隻小怪物吃了老查克——所有人都知道，那傢伙總是醉醺醺的。還有誰？一個住在城外的老太婆，加上船夫蘇利拉德的幾個孩子。這他們是很晚才發現的，因爲連蘇利拉德自己都不知道他有幾個孩子。他生得太快，沒辦法數清楚。哼，這些算什麼人啊！八十。」

「如果我沒有把卓伍格勒殺死，它很快就會開始吃掉一些更重要的人，比如說藥店老闆。到時候您要找誰去買治下疳的膏藥呢？一百。」

「一百馬克是很大的一筆錢，就算是隻九頭蛇，我也不知道我會不會爲它付這麼多錢。八十五。」

「一百，赫爾波斯先生。請您注意，這雖然不是隻九頭蛇，但你們這邊沒有一個人——包括知了——有辦法對付卓伍格勒。」

「因爲這裡沒有一個人有這種習慣——跑到糞堆和垃圾堆裡把自己弄得髒兮兮的。我說最後一次：九十。」

「一百。」

「九十五，看在所有魔鬼和惡魔的份上！」

「成交。」

「好啦。」赫爾波斯咧嘴一笑。「事情解決了，你總是這麼有技巧地討價還價嗎，獵魔士？」

「不。」傑洛特沒有微笑。「我其實很少討價還價，但我想讓您高興，長老。」

「你確實讓我很高興，你這天殺的。」赫爾波斯發出粗嘎的笑聲說：「喂，皮哲格吉貝克！過來！把帳本和錢袋拿來，快點幫我拿九十馬克出來。」

「說好是九十五。」

「稅金呢？」

獵魔士低聲咒罵了一聲。長老在收據上飛快而潦草地簽了名，然後用羽毛筆乾淨的那端挖耳朵。

「我猜，現在糞堆那裡應該會很平靜了？嗯，獵魔士？」

「應該是。那裡只有一隻卓伍格勒，不過，它可能已經繁殖了下一代，像蝸牛一樣，卓伍格勒是陰陽同體的。」

「你在說什麼鬼話啊？」赫爾波斯不高興地看著他說：「要繁殖一定要一對，也就是說公的和母的。怎麼，這些卓伍格勒難道就像跳蚤或老鼠，從草褥腐爛的稻草裡就可以生出來嗎？隨便一個笨蛋都知道，沒有公老鼠或母老鼠，牠們每隻都一樣，不是從自己體內生出來，就是從腐爛的稻草。」

「而蝸牛是從濕潤的葉子裡生出來的。」祕書皮哲格吉貝克插嘴，一邊把硬幣在桌上排成柱狀。

「每個人都知道。」傑洛特平靜地微笑著說：「沒有公蝸牛或母蝸牛，只有葉子。如果有人有不同的看法，那只能說他想錯方向了。」

「夠了。」長老狐疑地看著他說：「蟲子的事講夠了。我問的是，垃圾堆裡面是不是還會有東西生出來。簡單明瞭地回答我，如果你不介意。」

「再過一個月左右你們應該去垃圾堆裡翻一翻，最好帶著狗，小卓伍格勒沒有危險性。」

「這件事不能由你來做嗎，獵魔士？費用的事我們再商量。」

「不。」傑洛特從皮哲格吉貝克手上拿過錢。「我沒有在你們這座美麗的城市待上一星期的打算，更別說一個月了。」

「你說的話很有意思。」赫爾波斯不懷好意地笑了，直視著獵魔士的眼睛。「真的很有意思，因爲我想你會在這裡多留一陣子。」

「長老，您想錯了。」

「是嗎？你是和那個黑髮女巫一起來的，她叫什麼來著，我忘了……也許是吉妮娃。你和她一起住在『鱘魚酒店』裡，他們說，你們住在同一間房。」

「那又怎樣？」

「每次她來到阿艾德・琴維爾，都不會那麼快就離開的。她以前就來過，還不少次呢。」

皮哲格吉貝克咧開嘴，露出缺了牙、意有所指的笑容。赫爾波斯依然盯著傑洛特的眼睛，他臉上沒有笑容，傑洛特笑了——以最邪惡、最不懷好意的方式。

「我畢竟什麼也不知道嘛。」長老移開目光，在地上轉動著鞋跟。「這件事的重要程度對我來說就像狗大便。但您記住了，在我們這裡，伊思崔德巫師是號重要人物，對這座城市來說他是無可取代的無價之寶，這裡和別處的人們都很尊敬他。我們不插手管他關於巫術的事，還有其他私事也一概不管。」

「也許這是對的。」獵魔士同意。「可以請問，他住在哪兒嗎？」

「你不知道嗎？就在這裡啊，你看見那棟房子沒有？那棟高高的白色房子，就在倉庫和兵工廠之間，明白地說，就像插在屁眼裡的蠟燭。但你現在去那兒是找不到他的。伊思崔德最近在南邊的土堆挖出了什麼東西，現在正像隻鼴鼠一樣在那裡大挖特挖。他還找了一批人去幫他。於是我就到那裡去了，很有禮貌地問他：『大師，您在這洞裡像個孩子一樣挖啊挖的，是在挖什麼啊？』人們都開始笑了。這土裡到底有什麼？而他則看著我，像是在看個乞丐，然後說：『歷史。』什麼歷史，我問。他就說了：『人類的歷史，所有問題的答案——關於過去，以及關於未來的。』這裡不過是一坨屎，我說。在城市還沒有建起來之前，這裡只有荒地、灌木和狼人。而未來會變成怎麼樣，這則要看拉克維若林的代表是誰——反正又是某個令人噁心的半精靈。土堆裡才沒有歷史，那裡什麼都沒有，也許只有蚯蚓，如果有人要拿來釣魚的話。你以爲他會把我的話聽進去嗎？想都別想，他還是在那裡繼續挖。如果你要見他的話，那就到南邊的土堆去找吧。」

「噯，長老，」皮哲格吉貝克噴了口鼻息說：「他現在在家裡啦。他怎麼會在土堆那兒，現在明明……」

赫爾波斯帶著威脅的眼光看向他。皮哲格吉貝克彎了彎腰，喉嚨裡發出咕嚕聲，兩條腿晃來晃去。獵魔士臉上仍然掛著不懷好意的微笑，雙手交叉抱在胸前。

「對啦，嗯，嗯。」長老咳嗽了一聲說：「誰知道呢，也許伊思崔德現在眞的在家。這又和我有什麼關係……」

「長老，您好好保重。」傑洛特說，他甚至不打算假裝鞠躬。「祝您有個美好的一天。」

他走向知了，對方這時剛好也走向他，身上的武器發出叮叮噹噹的聲響。傑洛特一句話也不說，伸手討回自己的劍，那把劍現在正夾在知了的手肘底下。知了向後退了一步。

「你趕時間嗎，獵魔士？」

「我趕時間。」

「我看過你的劍了。」

傑洛特打量著他，他的眼神——即使有人想這麼認爲——實在不能算得上是溫暖。

「這挺値得佩服的。」他點點頭說：「看過它的人不多。而能夠四處宣揚這件事的人，那就更少了。」

「呵，呵。」知了露出牙齒。「聽起來好嚇人啊，我寒毛都豎起來了。獵魔士，我總是很好奇，爲什麼人們那麼怕你們，我想我現在知道原因了。」

「知了，我趕時間。如果你不介意，把我的劍還給我。」

「這只不過是眼睛裡的煙霧，獵魔士，不過是眼睛裡的煙霧。你們用你們石像般的面孔、這些大話，還有那些傳言去嚇唬人們，就像養蜂人用煙霧和惡臭嚇唬蜜蜂。那些傳言一定也是你們自己去到處散布的吧。而那些蠢笨的蜜蜂則被煙霧嚇得逃之夭夭，卻不用針去刺獵魔士的屁股，要是眞的刺下去，也會像所有的屁股一樣腫個大包的。人們說，你們沒有人類的感覺，這不過是謊話。要是有人狠狠戳你們一刀，你們也會有感覺的。」

「你說完了嗎？」

「說完了。」知了說，把劍交還給獵魔士。「獵魔士，你知道我在好奇什麼嗎？」

「我知道，蜜蜂。」

「不。我在想，如果你拿著劍從巷子那一頭走過來，而我從這一頭走過去，我們兩人之中誰有辦法走到巷子的另一頭？這件事倒很值得來打個賭。」

「知了，你幹嘛找我的麻煩？你想找人吵架嗎？你到底是什麼意思？」

「沒什麼意思。我只是好奇人們說的那些事有幾分可靠。他們說，你們獵魔士這麼會戰鬥，是因爲你們既沒有心和靈魂，也沒有一絲憐憫和良知。這就夠了嗎？因爲關於我，他們也說了同樣的話，而這可不是沒有根據的。所以我眞的很想知道，我們兩人若在暗巷相逢，誰能夠活著走出去。值不值得來打個賭？你說呢？」

「我說過了，我趕時間。我不會花時間想這些沒大腦的事，而且也沒有打賭的習慣。但如果你哪天想要在巷子裡擋住我的路，知了，我勸你還是想清楚再行動。」

「煙霧。」知了微微一笑。「獵魔士，這只不過是眼睛裡的煙霧，如此而已。回頭見——誰知道，也許在某條小巷？」

「或許吧。」

IV

「我們在這裡可以好好聊一聊。坐下，傑洛特。」

工作室裡最引人注意的就是堆積如山的書——它們佔去這寬敞的房間裡絕大部分的空間。厚重的巨著排滿了牆上的書架，把隔板壓得都彎了起來，而木箱和五斗櫃上也擺滿了一疊疊書本。這些書一定花費了一筆可觀的數目——獵魔士想。當然，這裡也不乏其他典型的擺設——鱷魚標本、掛在天花板上的乾河豚、沾滿了灰塵的人骨標本，還有一大堆瓶瓶罐罐，裡面裝滿了酒精和所有你可以想像到的噁心玩意——蜈蚣、蜘蛛、蛇、蟾蜍、還有數不清的人類和非人類的器官，大多數是腸子。甚至還有何蒙庫魯茲【註】，或者是看起來像是何蒙庫魯茲的東西，但那也有可能是燻乾的新生嬰兒。

【註】何蒙庫魯茲（Homunculus），煉金師所創造出的人工生命。

這些收藏並沒有讓傑洛特印象深刻——他可是在凡格爾堡的葉妮芙家裡住了半年，葉妮芙的收藏比這有趣多了，其中包括一根碩大無比的陽具，應該是山裡巨怪的。她還擁有一個製作精美的獨角獸標本，她很喜歡在它背上享受魚水之歡。傑洛特認爲，如果這世上還有比那更糟的做愛地點，那大概是在活的獨角獸背上。對獵魔士來說床是高級享受，而他也珍惜每次使用此一美妙家具的機會。和他相反，葉妮芙在這方面十分喜歡大膽嘗新。傑洛特憶起那些和女巫共度的美好時光——在傾斜的屋頂上、在布滿朽木的樹洞裡、在陽台上（還是陌生人家的）、在橋的欄杆上、乘著搖晃的獨木舟在洶湧的大河裡航行時，還有在離地面五十呎的高空中飛行時。但最糟的還是在獨角獸的背上。在某個幸運的日子，那玩意在他身子底下裂開了，線都綻了開來，獨角獸也四分五裂，給了他們無數哈哈大笑的理由。

「獵魔士，什麼事那麼好笑？」伊思崔德問，在長桌後坐下。桌上擺滿了乾枯的頭骨、骨頭和生鏽的鐵塊。

「每次看到這些，」獵魔士在巫師對面坐下，指著那些瓶瓶罐罐說：「我就在想，沒有這一堆噁心令人想吐的東西，是不是就眞的沒辦法施展巫術。」

「這是品味的問題，」巫師說：「還有習慣。有些東西會讓某些人感到噁心，但同樣的東西另一些人看到卻沒有反應。那你呢，傑洛特，什麼東西讓你覺得噁心？我很好奇，什麼東西會讓你噁心，既然你——正如我所聽到的——可以爲了錢跳進那堆骯髒的糞堆裡，請不要把這個問題當作侮辱或挑釁。我眞的很好奇，什麼事物會讓獵魔士感到噁心。」

「你在這個瓶子裡放的該不會是處女的經血吧，伊思崔德？就讓我來告訴你，什麼事讓我感到噁心。當我想像你，這位嚴肅的巫師，手裡拿只小瓶子，跪在——我們這麼說好了——那泉源之前，努力地、一點一滴地採集那珍貴的液體，這讓我感到噁心。」

「好極了。」伊思崔德微微一笑：「我是指你那好笑得不得了的笑話。因爲如果是關於瓶子裡的內容物，你沒猜對。」

「但你有時候會用那種血，不是嗎？因爲根據我所聽到的，有些咒語要是沒有處女血，根本就沒辦法施展。而且最好還是在滿月的時候，被從晴朗天空降下來的閃電劈死的處女。我很好奇，和一個喝醉酒、從城牆上掉下來的蕩婦的血比起來，處女血到底是哪點比較優秀？」

「完全沒有。」巫師帶著友善的微笑同意：「但如果人們覺得豬血其實也有同樣的效用——要得到它比要得到處女血來得容易多了——那麼隨便一個賤民都會開始玩弄巫術了。如果他要取得、使用的是你這麼感興趣的處女血、龍的眼淚、白狼蛛的毒液、用新生兒手掌煮成的湯汁，或是用在午夜時分被挖出來的屍體煮成的湯汁，那麼許多人都會考慮再三了。」

他們沉默了下來。伊思崔德看起來像在沉思的樣子，用指甲敲了敲那顆放在他面前的骷髏頭。那裂開的頭骨已變成褐色，沒有下頷骨。顱骨上有個洞，巫師用食指沿著骨洞那不平整的邊緣撫摸著。傑洛特平靜地打量對方，一邊尋思著巫師到底有多大年紀。他知道那些法術高超的巫師有辦法讓老化的速度永久變慢，而且可以停在任一階段。男巫師們爲了聲名和威望，偏好讓自己看起來老一點，這代表著知識和經驗；而女巫——比如說葉妮芙——則不太在乎威望，她們在乎的是魅力。伊思崔德看起來不超過四十歲，看來嚴肅又強壯。他有頭微微花白、垂到肩膀的直髮，他的額頭、嘴角和眼角有數不清的、使他看起來面帶嚴肅的皺紋。傑洛特不曉得巫師那對深邃、充滿智慧、溫和的灰色眼睛是天生的，還是魔法的傑作。在轉瞬間他下了結論：這一點都不重要。

「伊思崔德，」他笨拙地打破了沉默：「我來這裡是為了見葉妮芙。雖然我沒找到她，你還是把我請了進來，要和我談一談。談什麼？談那些試著打破你們對巫術的壟斷的賤民嗎？我知道，你也把我算進這些賤民之中，這對我來說並不是什麼新鮮事，有一瞬間我還以為你和你那些同夥們不一樣。那些人常常要和我好好地談一談，但他們的目的只是為了讓我知道：他們討厭我。」

「我不會為那些——你口中的——我的同夥們向你道歉。」巫師平靜地回答：「我可以理解他們。因為就像他們一樣，為了在魔法的領域到達一定水準，我下了一番不小的工夫。在我還是個小男孩的時候，當我的同儕都在草原上拿著弓箭到處跑、釣魚或者玩猜謎遊戲，我則必須成天把時間耗在古老的手抄本前。塔裡冰冷的石頭地板讓我全身的骨頭和關節都發痛——那是夏天，因為在冬天，那股嚴寒會讓人抖得牙齒不停打顫。那些卷軸和古書上沾滿了厚厚的灰塵，讓我咳得眼珠子都突出來了。而我的老師，老羅艾德史基德，從不放過任何一次可用皮鞭抽我背的機會。他顯然認為，少了這個步驟就不可能會有學業上的進步。在人生最美好的那幾年，我沒有從軍，也沒有碰啤酒或女孩，而這些娛樂在那段時間是最有滋味的。」

「真可憐。」獵魔士不悅地說：「真的，聽得我眼淚都在眼眶裡打轉了。」

「幹嘛用這麼嘲諷的口氣呢？我只是試著向你解釋，為什麼巫師們不喜歡鄉野大夫、巫醫、郎中、巫婆和獵魔士。如果你高興，甚至可以稱之為平凡的憎恨，但這就是他們討厭這些人的理由：我們的老師教我們把魔法當作菁英份子的藝術、最優秀人士的特權，以及神聖的祕密。而當我們看見竟然連三腳貓和業餘者都在使用魔法，我們就感到憤怒——即使那些人使用的只是蹩腳、可憐、一點價值都沒有的魔法。這就是爲什麼我的同夥們不喜歡你，而我，在某方面來說，也不喜歡你。」

傑洛特已經受夠了這些討論，這些拐彎抹角、令人難受的不安——這感覺像隻蝸牛在自己頸子和背上慢慢爬。他直視著伊思崔德的眼睛，用手指緊扣住桌子的邊緣。

「是關於葉妮芙，對吧？」

巫師抬起頭，依然用指甲輕輕地敲著放在桌上的骷髏頭。

「恭喜，你的洞察力很敏銳。」他沒有避開獵魔士的眼光，說：「我很佩服。對，是關於葉妮芙。」

傑洛特沉默著。很多年以前，當他還是個年輕獵魔士的時候，他曾經在暗處埋伏，等待一頭蠍獅。他感覺到怪物正在接近。雖然他看不見牠，也聽不見牠的聲響，但他感覺得到牠。他永遠不會忘記那種感覺，而他現在正有著一模一樣的感覺。

「你的洞察力——」巫師說：「替我們節省了不少拐彎抹角的時間，這樣，我們就可以打開天窗說亮話了。」

傑洛特沒有作出任何評語。

「我和葉妮芙的親密關係——」伊思崔德繼續說：「從很久以前就開始了，獵魔士。很長一段時間以來，這是一段不要求雙方履行任何義務的關係。我們定期會在一起，這段時間有時長一點，有時短一點，有時候頻繁，有時候鮮少。在我們這一行，這種不要求任何義務的同居關係是很常見的。只是它突然不再適合我，我於是決定向她提出和我定下來的提議。」

「她怎麼說？」

「她說她會想想，我給了她時間，我知道這對她來說不是容易的決定。」

「你爲什麼要告訴我這些，伊思崔德？是什麼原因讓你這麼做——除了值得尊敬、但令人驚訝的誠實——這在幹你這一行的人之中是很稀有的，你的坦白有什麼目的？」

「很平凡無奇的目的。」巫師嘆了口氣說：「因爲，妨礙葉妮芙作出決定的人就是你，我在這裡拜託你閃到一邊去，請你從她的生命中消失，不要再妨礙她。長話短說：請你滾得越遠越好。最好是靜悄悄地，一句再見都不說，正如她向我說的，這樣的事對你來說很稀鬆平常。」

「眞的，」傑洛特露出勉強的微笑說：「你那有話直說的坦白眞是讓我越來越驚訝了。我可以想到所有的事，但就是沒想到你會作出這樣的請求。你不覺得，與其用拜託的，你不是應該用球狀閃電把我劈死在外頭的屋角嗎？沒有一點妨礙，只會在牆上留下一點炭黑，需要刮一刮罷了。這個方法不但方便，而且有保障，因爲請求是可以拒絕的，而球狀閃電沒辦法拒絕。」

「你沒有拒絕我的可能。」

「爲什麼？難道這個奇怪的請求只不過是在閃電——或其他更好玩的咒語之前的警告？或者你打算用錢來收買我？一個會讓貪婪的獵魔士眼睛一亮的價碼？要我從你的幸福之路上讓開，你打算給我多少？」

巫師不再用指甲敲擊骷髏頭，而是把手掌放在上面，緊緊用手指掐住它。傑洛特注意到他的指關節開始泛白。

「我沒有打算要用這樣的提議來侮辱你。」他說：「這悖離我的本意。但是……如果……傑洛特，我是個巫師，而且不是個差勁的巫師。我不想自誇無所不能，但你大多數的願望——如果你願意說的話——我都能實現。喔，有些願望我不費吹灰之力就可以辦到。」

他揮了揮手，看起來像是在趕蚊子。突然，桌子上方憑空出現了一大群色彩繽紛的絹蝶。

「伊思崔德，我的願望——」獵魔士揮手趕走在眼前飛來飛去的昆蟲，一字一句地說：「就是希望你不要擋在我和葉妮芙之間。我根本不在乎你對她提出什麼提議。當她和你在一起的時候，你有機會可以向她求婚，我是指以前。但以前是以前，而現在是現在。現在她和我在一起，我要滾到一邊，讓你少費點工夫？門都沒有。我不但不會幫助你，而且還竭盡微薄的力量來阻礙你，你也看到了，我的坦白和你比起來一點也不遜色。」

「你無權拒絕我，尤其是你。」

「你把我當成什麼人，伊思崔德？」

巫師直視他的眼睛，把身子往前傾。

「我把你當成她臨時的情人，她一時的迷戀——最多是——心血來潮，一次冒險，就像之前的幾百次一樣。因爲葉娜喜歡玩弄人的感情，她靠衝動行事，而她的一時興起是無法預測的。這就是我對你的看法，因爲和你講了幾句話後，我放棄了她只把你當成工具的可能性。而相信我，她把人當成工具是家常便飯。」

「你沒聽懂我的問題。」

「你搞錯了，我聽懂了你的問題，但我刻意只提葉娜的感情。因為你是個獵魔士，你沒辦法擁有任何感情。你不想完成我的請求，因為你覺得她對你來說很重要，你以為……傑洛特，你和她在一起，是因為她想要這麼做。只要她想要你，你就會繼續和她在一起。而你所感覺到的事物，只不過是她情感的投射，是她對你表現出的興趣。看在洞穴裡所有惡魔的份上，傑洛特，你已經不是個孩子了，你很清楚你自己是誰。你是個變種。不要誤會我的意思，我說這句話不是為了侮辱你，或是表示對你的輕蔑，我只是在陳述事實。你是個變種，而你突變的基本特色之一，就是對感情完全無動於衷。你被創造成這個樣子，因此你才能完成你的工作。你明白嗎？你什麼也感覺不到，那些你以為是感覺的事物，只不過是細胞的記憶、肉體的記憶——如果你知道這個字的意思。」

「我知道它的意思。」

「那更好，那麼就聽仔細了。我對你作出的請求是可以對獵魔士做的，而對於普通人，我沒辦法作出這樣的請求。我可以向獵魔士坦白，而對人類我沒辦法允許自己有話直說。傑洛特，我想要給葉娜理解、穩定、感情和快樂。而你能把手放在胸口，說出同樣的宣示嗎？不，你不能。對你來說，這些字句沒有任何意義。你跟在葉娜身後遊蕩，如果她對你流露出暫時的好感，你就像個小孩一樣高興。你像隻被人用石頭追著打的野貓，你在她身邊快樂地呼嚕叫，因為你找到了一個不怕撫摸你的人。你明白我在想什麼嗎？喔，我知道你懂的，你並不笨，這件事很明白。你自己也看到了，所以當我有禮貌地拜託你時，你沒有拒絕我的權利。」

「就像你有權拜託我——」傑洛特慢慢地說：「我也同樣有權拒絕你。所以，我們倆的權利互相牴觸。我們回到起點吧，而這個起點就是：我們看到，葉根本不在乎我是個變種，也不在乎它造成了什麼結果，她現在和我在一起。你向她求婚？這是你的權利。她說她會想想？這是她的權利。你覺得我會妨礙她作出決定？她在猶豫？而我是造成她猶豫的原因？這就已經是我的權利了。如果她會猶豫，這一定是因爲她有這麼做的理由。一定是因爲我給了她某種東西，雖然這種東西在獵魔士的字典裡找不到任何字來表達。」

「聽著……」

「不，現在該你聽我說了。你說，你曾經和她在一起？誰知道，也許不是我，反倒是你是她臨時的情人、善變的表現，因爲她典型、無法控制的情感才出現的結果？伊思崔德，我甚至無法排除這個可能——也許她當時只是把你當成工具。這件事，巫師先生，不是講幾句話就能排除可能的。照這樣來說，依我看，工具比雄辯要來得重要許多。」

伊思崔德沒有顫抖，甚至沒有咬牙切齒。傑洛特很佩服他的自制。然而，漫長的沉默似乎表示著，他的攻擊命中目標了。

「你在玩弄文字。」巫師終於說：「你拿它們來灌醉自己，你想用文字取代正常的、你所沒有的人類情感。你的話語沒有流露任何感情，它們只是聲音，就像我敲打這個骷髏頭所發出的聲音一樣。因爲你就像這個骷髏頭一樣空洞，你沒有權……」

「住口。」傑洛特尖銳地說——也許太過尖銳了。「不要再堅持說我沒有權利，我已經受夠了，你聽明白了嗎？我說過了，我們的權利是平等的。不，我去他的，我的權利比較大。」

「眞的嗎？」巫師的臉瞬間白了幾秒，這讓傑洛特有種說不出的愉悅。「你憑什麼這麼說？」

獵魔士想了一下，然後決定給他最後一擊。

「就憑這個——」他突然說：「她昨天晚上和我做愛，而不是和你。」

伊思崔德把骷髏頭移近自己身邊，撫摸著它。讓傑洛特擔心的是，他的手甚至沒有顫抖一下。

「依你看，這給了你什麼樣的權利？」

「只有一個，作出結論的權利。」

「啊哈。」巫師慢慢地說：「很好，如果這是你想要的。而她和我做愛，是今天上午的事。作出結論吧，你有這個權利，我已經作出我的結論了。」

沉默持續了很長的一段時間。傑洛特絕望地尋找任何隻字片語，沒有找到。一個字都沒有。

「我們的談話只是浪費時間。」他終於站起來說。他對自己生氣，因爲這句話聽起來唐突又愚蠢。

「我走了。」

「去魔鬼那裡吧。」伊思崔德同樣唐突地說，沒有看他。

V

當她進來的時候，他和衣躺在床上，雙手枕在脖子底下。他假裝在看天花板，但其實在看她。葉妮芙慢慢地關上身後的門，她看起來明艷動人。

她是多麼美麗啊，他想。她身上每個地方都是那麼美麗，而且危險。她的顏色，那呈現高反差的黑與白，美麗而且危險。她那頭像烏鴉般漆黑的自然鬈髮。她的顴骨有稜有角，當她笑的時候——如果她想笑——嘴邊會浮現出一道笑紋，使得顴骨看起來更明顯。她口紅下的嘴唇美妙地小巧、蒼白。當她卸下白天的妝，洗去眉毛上的炭粉，她的兩道眉毛看起來美妙地粗細不一。她的鼻子也是美妙地太長。她那雙小手，美妙、緊張、不安——那是雙具有天分的手。她纖細的腰身因爲綁得太緊的腰帶而顯得更加細瘦，細長的雙腿在走動時會使黑色裙子看起來呈橢圓形。這一切是如此的美麗。

她一句話也沒說地在桌前坐下，雙手交叉地撐著下頷。

「好啦，我們開始吧。」她說：「這冗長、充滿戲劇性的沉默對我來說太陳腔濫調了，我們解決它吧。從床上起來，還有不要再臭著臉盯著天花板上的梁木。情況已經夠愚蠢了，實在沒必要讓它更加愚蠢。起來。」

他聽話地、一刻也沒有拖延地從床上下來，跨坐在她對面的凳子上。她沒有避開他的目光，他早料到這點。

「就像我說的，我們把這件事解決，動作快一點。爲了不讓你感到尷尬，我會一次回答你所有的問題，你甚至連問都不必問。是的，沒錯，我和你一起來到阿艾德・琴維爾就是爲了來找伊思崔德，而我也知道我和他見了面，就會和他上床。我本來以爲這件事可以保密，但我沒料到你們兩個會在彼此面前吹噓。我知道你現在有什麼感覺，我為此感到遺憾。但是不，我不為此感到有罪惡感。」

他不發一語。

葉妮芙甩了甩頭，她閃閃發亮、像大瀑布一樣的黑色鬈髮從肩膀上流瀉而下。

「傑洛特，說點什麼。」

「他……」他咳了一聲，說：「他叫妳葉娜。」

「對。」她沒有移開目光。「而我叫他維爾，那是他的名字，伊思崔德是個綽號。我認識他很多年了，傑洛特，我們之間很親密。不要這樣看著我，你也和我很親密，而這正是問題所在。」

「妳正在考慮要不要接受他的提議嗎？」

「不然你以為怎樣？我確實在考慮。我告訴過你了，我們認識了很多年……非常多年，我們有同樣的興趣、目標和野心，我們不用語言就能互相了解。他可以作我的支柱，誰知道，也許有一天我會需要某人作支柱，而最重要的是……他……他愛我，我這麼想。」

「我不會阻礙妳，葉。」

她猛地抬起頭，紫羅蘭色的雙眼閃著藍紫色火焰。

「阻礙我？你什麼都不了解嗎，白痴？如果你會阻礙我，如果你會打擾我，我在眨眼間就可以清除這個阻礙，把你瞬間移動到布來梅爾沃德海岬的盡頭，或是用龍捲風把你颳到哈努國。不用花多少力氣，我可以把你封到一塊石英裡，然後把你放在牡丹花的花圃裡。我也可以對你洗腦，你會把我是誰、我叫什麼名字都忘得一乾二淨，這一切我都可以做到——前提是我想要這麼做。因為我也可以直接對你說：『我們過了一段快樂的日子，現在再見了。』我也可以靜悄悄地離開，就像你在凡格爾堡曾對我做過的一樣。」

「不要大叫，葉，不要攻擊。還有不要把凡格爾堡的舊帳翻出來，我們說好了不再提這件事。我對妳沒有怨懟，葉，我並不想要數落妳的不是。我知道不能用平常的標準來衡量妳。而我會感到難過這件事……一想到我將會失去妳，我就痛苦得要死……這只不過是細胞的記憶，這不過是被抹煞了感情的變種體內所殘留下來感覺的返祖現象……」

「我無法忍受你說這種話！」她憤怒地大叫：「我無法忍受你用這個字眼！永遠都不要在我面前提起它，永遠！」

「這會使事實改變嗎？我畢竟是個變種。」

「這才不是什麼事實，再也不要在我面前提起這個字。」

坐在鹿角上的黑色紅隼拍了拍翅膀，動了動爪子，發出嘎吱嘎吱聲。傑洛特看著鳥兒，看著牠靜止不動的黃色眼睛。葉妮芙再次以交叉的姿態撐著下頷。

「葉。」

「我在聽，傑洛特。」

「妳承諾會回答我的問題，那些我甚至連問都不必問的問題。只剩下一個問題了，最重要的問題。那個我從來沒問過妳的問題，那個我害怕問的問題。回答我。」

「我辦不到，傑洛特。」她強硬地說。

「我不信，葉。我太了解妳了。」

「你沒辦法了解女巫。」

「回答我的問題，葉。」

「那我就回答你：我不知道。但這算什麼回答？」

他們沉默了。來自街上的噪音漸漸消逝、變得安靜。

逐漸西沉的夕陽餘暉透過百葉窗的縫隙照進來，房間裡充滿了一條條尖銳、細長的光線。

「阿艾德・琴維爾——」獵魔士低聲說：「冰的碎片……我感覺到它了。我早就知道，這座城市……是我的敵人。它很邪惡。」

「阿艾德・琴維爾——」她慢慢地重覆：「精靈女王的雪橇。爲什麼？爲什麼，傑洛特？」

「我追隨著妳，葉，因爲我把我雪橇上的馬具纏繞著、綁到了妳的雪橇滑板上，而我身邊則颳著暴風雪，一片嚴寒，好冷。」

「溫暖會融化你體內那被我刺進去的冰。」她悄聲說：「同時魔法會化成點點碎片，而那時你會看到我眞正的模樣。」

「那就快駕著那些白馬，葉，到北方去，到那冰雪永遠不會融化的地方，就讓它永遠都不要融化。我想以最快的速度到達妳那用冰塊做成的城堡。」

「那座城堡不存在。」葉妮芙的嘴唇顫抖、扭曲。她說：「它只是個象徵，而我們的雪橇只是在追尋一個永遠不可能完成的夢想。因爲我，精靈女王，最渴望的是溫暖，這就是我的祕密。這也是爲什麼每年在冰雪暴降臨時，我的雪橇都會帶著我來到一座小鎮。每一年，某個被我的魔法擊中的人，會把他的馬具纏繞到我的雪橇滑板上。每年都是。每年都有一個新的人，永無止盡。因爲那個我那麼渴望的溫暖，它同時也會把魔法、魔術和魅力完全毀滅殆盡。我那被冰的晶片所擊中的愛人，突然就變成了無名小卒，而在他逐漸變得溫暖的眼中，我則和其他那些平凡女子沒什麼兩樣……」

「而在那完美無缺的雪白下，春天正慢慢地浮現出來。」他說：「同時浮現出來的還有阿艾德・琴維爾，那座有著美麗名字的醜惡小鎮。阿艾德・琴維爾，以及它巨大的垃圾場，充斥滿坑滿谷、臭氣沖天的垃圾。我必須走進那垃圾堆裡，因爲他們付了錢要我這麼做，因爲我就是爲這個目的被創造出來的——爲了走進這一堆會讓其他人掩面想吐、避之唯恐不及的噁心玩意裡。他們剝除了我的感覺能力，爲的是不讓我感覺到那堆噁心的玩意到底是有多麼噁心，是爲了不讓我因爲恐懼而後退、逃走。是的，他們剝除了我的感覺，但是並不完全，幹這件事的人把他的工作搞砸了，葉。」

他們沉默下來。黑色的紅隼抖了抖羽毛，展開翅膀，又將它闔上。

「傑洛特……」

「我在聽。」

「現在該你來回答我的問題了。那個我從來沒問過你的問題，那個我害怕……現在我也不會問你，但是回答我。因爲……因爲我非常渴望聽到你的回答，那是你從來沒對我說的一個字，那唯一的一個字。說出它，傑洛特。拜託。」

「我辦不到。」

「原因是什麼？」

「妳不知道嗎？」他憂鬱地微笑了。「我的回答不過是字句而已，那些字句不會表達出任何感覺或感情，因爲那些東西已經從我體內被抹煞了。這些字句只不過是聲音而已，就像敲擊冰冷、空洞的骷髏頭所發出來的聲音。」

她一語不發地看著他，睜得大大的雙眼裡閃著火焰般、紫羅蘭色的光芒。

「不，傑洛特。」她說：「這不是眞的，也許它是眞的，但那不是全貌，你的感覺沒有被抹煞。現在我看到了，現在我知道……」

她沉默下來。

「把話說完吧，葉。妳已經作出決定了，不要說謊，我了解妳。妳的眼睛道出了一切。」

她沒有移開目光，他知道了。

「葉。」他低語。

「把手給我。」她說。

她把他的手掌放在自己的兩手之間，他立刻感覺到上臂一陣麻麻的，感覺到血管中血液的脈動。葉妮芙用平靜、穩定的聲音低聲唸出咒語，但他看到了她因爲用力，蒼白的額頭上滲出一滴滴汗珠，他也看到了她的瞳孔因爲痛苦而放大。

她放開他的手，把兩隻手伸開來，用充滿感情的溫柔動作擺動著，從上到下撫摸著一個看不見的形體。在她指間的空氣開始增厚、變得不透明，鼓了起來，像煙霧一樣發出脈動。

他著迷地看著。創造的魔法——被認爲是巫師的最高成就——總是吸引著他，更勝於幻覺或是變化的魔法。是的，伊思崔德說的沒錯——他想，和這樣的魔法比起來，我的符咒看起來確實非常可笑。

在葉妮芙因爲用力而顫抖的雙手之間，慢慢地出現了一隻像煤炭一樣漆黑的鳥。女巫用手指輕柔地撫摸牠向上揚起的羽毛、平滑的頭顱和彎曲的鳥喙。女巫做了最後一次、像催眠一樣平滑溫柔的動作，一隻黑色的紅隼就出現在他們面前，歪著頭，大聲、沙啞地叫了一聲。牠的孿生夥伴還是一動也不動地坐在鹿角上，也叫了一聲來回應牠。

「兩隻紅隼。」傑洛特低聲說：「兩隻用魔法創造出來的黑色紅隼。如我所猜想的，兩隻妳都需要。」

「你猜的沒錯。」她吃力地說。「兩隻我都需要。我以爲只需要一隻，但我弄錯了，我眞是錯得離譜，傑洛特……雪女王的高傲，那自以爲無所不能的自信，讓我犯下了這錯誤。而有些事……甚至是用魔法都無法得到的。有些禮物是不能接受的，如果沒辦法用同樣珍貴的事物……回饋。要不然，這樣的禮物就會從指間溜走，像冰之碎片一樣在緊握的掌心中融化，只留下遺憾、失落感和傷害……」

「葉……」

「我是個女巫，傑洛特。我所擁有、對於物質的掌握能力，是一項禮物，得要付出同等代價的禮物。我爲它付出了……我所擁有的一切，沒有留下任何東西。」

他沉默著。女巫用顫抖的手掌擦了擦額頭。

「我弄錯了。」她重覆。「但我會修正我的錯誤。感情和感覺……」

她碰了碰黑色紅隼的頭。鳥兒揚了揚羽毛，無聲地張開彎曲的鳥喙。

「感情，善變和謊言，迷戀和遊戲。感覺和感覺的匱乏……不能接受的禮物……謊言和眞相。什麼是眞相？是謊言的相反嗎？還是事實的肯定？如果事實是謊言，那麼什麼又是眞相？誰是那個情感豐富、被它所撕裂的人，誰又是那個冰冷頭骨的空洞碎片？誰？哪個是眞的，傑洛特？什麼又是眞相？」

「我不知道，葉，告訴我。」

「不。」她說，然後垂下目光。這是第一次，他從來不曾見她這麼做，從來不曾。

「不。」她說：「我不能，傑洛特。這件事我沒辦法對你說，就讓這隻鳥告訴你吧，牠是經由碰觸你的手而被創造出來的。鳥兒？什麼是眞相？」

「眞相，」紅隼說：「是冰的碎片。」

VI

雖然他以爲自己只是沒有目的、沒有任何打算地在小巷之間閒晃，但他突然發現自己走到了南邊的城牆，走到了那片遺跡地。遺跡立在石牆邊，在那之中有許多蜿蜒如迷宮的溝渠，四處可看見被挖出來、正方形的古代建築基礎。

伊思崔德在那裡。他身上穿著襯衫和高統靴，衣袖捲了起來，他正在對一群僕役大吼大叫。那些僕役拿著鋤頭，挖掘著洞穴裡條紋狀的牆——那是由不同顏色的土壤、黏土和木炭組成的。旁邊的木板上，放著變黑了的骨頭、鍋子的碎片和其他一些認不出的東西，這些東西不是生鏽，就是被鏽弄得一團一團，看不出形狀。

巫師立刻就發現了他。他大聲地向挖掘的人下了幾聲命令，然後就從洞穴裡跳了出來，走向獵魔士，把手在褲子上擦了擦。

「我在聽，怎麼回事？」他唐突地問。

獵魔士動也不動地站在他面前，沒有回答。僕人們假裝在工作，但其實在觀察他們，一邊竊竊私語。

「你身上的恨意都快噴出來了。」伊思崔德露出厭惡的表情說：「我問你，有什麼貴幹？你決定好了嗎？葉娜在哪裡？我希望……」

「不要抱太大的希望，伊思崔德。」

「喔呵，」巫師說：「我在你的聲音裡聽到了什麼？我是不是猜對了？」

「你猜到什麼？」

伊思崔德把拳頭撐在腰上，帶著挑戰的目光看著獵魔士。

「我們不要彼此欺騙了。」他說：「你恨我，而我也恨你。你爲了侮辱我，而說了那關於葉妮芙的事……你知道我在說哪件，而我也用同樣的侮辱回答了你。你覺得我很礙眼，而我也覺得你很礙眼。我們用男人的方式來解決吧，我看不到別的解決辦法。你就是爲這而來的，對吧？」

「對。」傑洛特用手擦著額頭說。「你說得對，伊思崔德。我就是爲這事而來的，毫無疑問。」

「做得很對。這個情況不能繼續下去。我直到今天才知道，這幾年來葉妮芙在你我之間轉來轉去，就像一團破布做成的小球。有時候和我，有時候則和你在一起。她為了去找你而從我身邊逃走，反之亦然。這空檔之間的其他愛人不算，只有我們兩人算數。不能再這樣下去了，我們有兩個人，但只有一個人能留下。」

「對。」傑洛特沒有把手從額頭上拿開。「對……你說的沒錯。」

「在我們自信滿滿的想法中，」巫師繼續說：「我們以為葉娜毫不遲疑地就會選擇那個比較好的人。至於哪個人比較好，我們兩人對此都沒有疑問。就像乳臭未乾的小子，我們開始比較她對我們兩人之中的哪個比較好。同時，也像還沒長大的小子，我們對她的『對我們好』了解得少之又少。我們根本不知道那是什麼，也不知道它們有什麼意義。我猜，就像我一樣，你也把這件事好好地想過了，你也知道，我們倆到底錯得有多離譜。葉娜壓根不打算在我們之間選一個，即使我們以為她有能力作出選擇。嗯，那我們只有替她選擇這條路可走了。因為我不打算和任何人分享葉娜，而你來到這裡的事實，表示你也有同樣的想法。我們都太了解她了。只要我們兩人都存在，沒有一個人能保障自己會完全擁有她，只能留下一個人。你明白這件事，我說的是眞的吧？」

「是眞的。」獵魔士吃力地動著僵硬的嘴唇說：「眞相是冰的碎片……」

「什麼？」

「沒什麼。」

「你是怎麼回事？病了還是醉了？或是吃了太多獵魔士的草藥？」

「我一點事都沒有。有東西……有東西飛進了我的眼睛。伊思崔德，只有一個人能留下來。我就是爲這件事而來的，毫無疑問。」

「我知道。」巫師說：「我知道你會來的。再說，我也要對你坦白，你比我早了一步。」

「你是指球狀閃電嗎？」獵魔士蒼白地笑了。

伊思崔德皺起眉頭。

「也許。」他說：「也許是球狀閃電，但絕對不是在屋子外的轉角，是有尊嚴地，面對面。你是個獵魔士，這讓我們的機會平等。好啦，決定吧，地點和時間。」

傑洛特想了一下。然後作出了決定。

「那個小廣場……」他用手一指。「我從那裡走過來的……」

「我知道。那裡有口井，叫作綠色鑰匙。」

「那就在井邊。對，在井邊……明天，破曉後兩小時。」

「好，我會準時到。」

他們一動也不動地站了一會兒，避開彼此的目光。最後巫師低聲說了句什麼，用腳踢起一塊黏土，用鞋跟把它踩碎。

「傑洛特？」

「什麼？」

「你不覺得很蠢嗎？」

「我覺得很蠢。」獵魔士不情願地承認。

「我鬆了口氣。」伊思崔德低聲說：「因爲我感覺像是天下最後一個笨蛋。我從來不曾想過自己會爲了個女人而和獵魔士拚個你死我活。」

「我知道你有什麼感覺，伊思崔德。」

「沒什麼……」巫師露出勉強的微笑說：「我作出和本性相差如此十萬八千里的決定，這件事表示……它一定得如此。」

「我知道，伊思崔德。」

「你想必也知道，我們之中留下來的那人必須以最快的速度逃走，逃離葉娜，躲到世界的盡頭？」

「我知道。」

「你想必這麼寄望，當她的憤怒平息後，可以再次回到她身邊？」

「當然。」

「嗯，那這件事就這麼解決了。」巫師做了個看起來像要轉身的動作，他遲疑了一下，然後向傑洛特伸出手。「明天見，傑洛特。」

「明天見。」獵魔士握了一下對方的手。「明天見，伊思崔德。」

VII

「喂，獵魔士！」

傑洛特把頭從桌上抬起來。桌上有道抽象的曲線，那是剛才獵魔士心不在焉時，用灑出來的啤酒畫的。

「要找你還眞不容易。」赫爾波斯長老在他面前坐下，把桌上的酒瓶和酒杯推開。「酒館那邊的人說你搬到了馬廄裡，我到了馬廄，只看到馬和包袱。而你在這裡……這大概是全城最惡名昭彰的酒店了，只有最下等的賤民才會來這裡。你在這兒做什麼？」

「喝酒。」

「我看到啦。我想和你聊幾句，你還清醒嗎？」

「像孩子一樣。」

「我眞高興。」

「你想幹嘛，赫爾波斯？如你所見，我現在很忙。」女侍往桌上放了另一只酒瓶，傑洛特向她笑了笑。

「消息傳了開來——」長老皺起眉說：「人們說你和巫師打算互相殘殺。」

「這是我們的事。他和我之間的事，任何人都不要插手。」

「不，這不是你們的事。」赫爾波斯反對：「我們需要伊思崔德，我們付不起錢請另一個巫師。」

「你們去神殿禱告他獲勝吧。」

「別開玩笑了，喂。」長老咆哮：「還有不要自作聰明，你這個流浪漢。看在眾神份上，要不是我知道巫師不會原諒我這麼幹，我早就把你打下地牢，打到洞穴最深處，用兩匹馬把你拖出城去，或者叫知了把你像隻豬一樣刺死。但是可惜，如果談到尊嚴的問題，伊思崔德可是偏執得不得了，我要是這麼做他絕不會放過我。我知道，他不會放過我。」

「這眞是太好了。」獵魔士乾掉另一杯酒，把掉進酒裡的稻草桿吐到桌子底下。「我躲過一場災禍，無庸置疑。你說完了嗎？」

「不。」赫爾波斯從大衣底下拿出一個鼓鼓的袋子。「這裡有一百馬克，獵魔士，拿著它，然後離開阿艾德·琴維爾。離開這裡，最好就是現在，不管怎樣要在清晨之前。我說過了，我們沒有錢去請第二個巫師，而我不允許我們的巫師冒生命危險和像你這樣的傢伙決鬥，爲了個愚蠢的理由，爲了個……」

他突然停下來，沒有把話說完，雖然獵魔士連動都沒有動一下。

「把你那張醜臉從桌子後面移開，赫爾波斯。」傑洛特說：「把你的一百馬克塞進你的屁眼裡。走吧，因爲我看到你就覺得噁心，你再多待一刻，我就要吐得你全身都是了。」

長老把袋子收起來，把兩隻手都放到桌子上。

「不要就算了。」他說：「我本來還想好言相勸的，但既然你不聽，那就請便。你們就去打吧，去把彼此切碎、燒焦、撕成碎片，爲那個對隨便一個想上她的傢伙都可以把大腿打開的妓女。我想，伊思崔德是有辦法解決你的，你這個拿錢辦事的凶手，沒錯，你會被殺得只剩下一只鞋子。但如果不是，那我就會在他的屍體還沒冷掉之前親自動手，我會把你嚴刑拷打，把你全身的骨頭都弄斷。我不會讓你身上有任何一塊完整的地方，你這個……」

他來不及把手從桌上縮回去，獵魔士的動作太快了——他的手臂從桌子底下猛地伸出來，長老只看到他的手晃了一下，一把匕首就刷地一聲刺到桌上，刺在長老的手指之間。

「也許。」獵魔士低聲說，用拳頭緊握著匕首的刀柄，看著赫爾波斯的臉——鮮血正從他臉上流下來。「也許伊思崔德會殺了我。但如果沒有……我就會離開這兒。到時候你這個噁心的垃圾別想要擋住我的路，如果你不想讓你們這座骯髒城市的街道上濺滿了血。快滾。」

「長老大人！這裡發生了什麼事？喂，你……」

「知了，冷靜點。」赫爾波斯說，慢慢地把手掌從桌上移開，遠離匕首的刀鋒。「什麼事都沒有發生，什麼事都沒有。」

知了把從劍鞘裡抽出一半的劍收了起來。傑洛特沒有看他，也沒有看向離開酒館的長老——知了護著長老，一邊擋開那些在他們身邊聚集的筏夫和馬伕。他在看那個坐在幾張桌子距離外的小個子，他有張老鼠臉，還有一對銳利的黑色眼睛。

我太激動了，他訝異地想。我的手在顫抖。真的，我的手在抖。發生在我身上的事，真是令人無法相信。這會不會表示……

是的，他想，一邊看著那個有張老鼠臉的小個子。也許是。

必須這樣，他想。

好冷……

他站起來。

他看著那個人，微笑了一下。然後他掀開衣襬，從那裝滿了錢的袋子裡拿出兩枚金幣，把金幣丟在桌上。金幣發出清脆的聲響，其中一枚擊中了匕首的刀刃——那把刀，依然插在平滑的木頭之中。

VIII

那一擊來得如此出乎意料——木棍在黑暗中只發出細微的風聲——如此快速，獵魔士差一點就來不及本能地伸出手臂護住頭，並且彎起身子好減弱那一擊的力道。他跳到一旁，跪在地上，打了個滾，站起身來。他感到木棍劃過空氣造成的震動，很快地迴旋身子，避開了第二擊。在他身邊的黑暗中，有兩個模糊的影子包圍著他。他伸手去探右邊的肩膀，想取出劍來。

他身上沒有劍。

他輕巧地跳開，一邊想著：沒有任何事能消除自己體內這些反射動作。習慣？細胞的記憶？是個變種，像個變種一樣作出反應，他想。他跪下身去，避開下一擊，一邊想從靴子中抽出匕首。他身上沒有匕首。

他歪嘴一笑，木棍剛好在這時擊中他的頭。他眼冒金星，那股劇痛一直延伸到指尖。他倒下去，全身攤平，臉上依然掛著微笑。

有人撲到他身上，把他緊緊壓在地上，另一人把他腰帶上的錢袋扯了下來。他看到刀光一閃。那個跪在他胸口上的人撕開他的上衣領口，抓著銀鍊，把他脖子上的徽章扯了出來。然後立刻把它放了下來。

「看在別西卜份上。」他聽到一個喘息聲。「這是獵魔士……是個魔法師……」

另一個人喘著氣咒罵了一聲。

「他身上沒劍……眾神啊……呸，呸，趕走這魔法和邪惡……拉德加斯特，我們走！不要碰他，呸，呸！」

有一瞬間，月光從比較薄的雲層中透了出來。傑洛特看到了自己頭頂上那張削瘦的老鼠臉，還有那對發亮的黑色小眼睛。他聽到另外那個人遠去的腳步聲，消失在散發著貓群和燒焦油脂味的小巷。

那個有張老鼠臉的小個子慢慢地把膝蓋從獵魔士的胸口抬起來。

「下一次……」傑洛特聽到他清晰的低語：「下一次當你想要自殺的時候，獵魔士，不要把別人扯進來。去馬廄拿根韁繩上吊吧。」

IX

晚上一定下了雨。

傑洛特從馬廄裡走出來，揉了揉雙眼，用手指拂去沾在頭髮上的稻草。剛昇起的朝陽映照在濕潤的屋頂上，金色的光芒也映照在水窪裡。獵魔士吐了口痰，他嘴裡仍然有股令人噁心的味道，頭上的腫包隱隱作痛。

馬廄的柵欄前坐著一隻瘦巴巴的黑貓，正專心地舔著腳。

「喵，喵，小貓。」獵魔士說。

貓兒一動也不動地，目光帶著警告地看著他。牠把耳朵貼近頭，發出嘶聲，露出了牙齒。

「我知道。」傑洛特點點頭說：「我也不喜歡你，我剛才只是在開玩笑。」

他不疾不徐地、用力地拉緊外套上變鬆的皮帶釦和釦環，把衣服上的縐褶弄平，小心檢查有沒有任何地方會限制自己動作的自由。他把劍揹到背上，略微調整劍柄在右肩的位置。他再把一條皮帶繫在額頭上，把頭髮往後撥，撥到耳後。他戴上戰鬥用的長手套，上面覆滿了小小的圓錐狀銀飾釘。

他再望了一眼朝陽，把瞳孔收縮成一條垂直的線。美麗的一天，他想。對於戰鬥來說，眞是美麗的一天。

他嘆了口氣，往地上啐了一口，然後慢慢地往街的另一頭走去。牆上散發出強烈、刺鼻的氣味，那是濕潤的灰泥還有石灰砂漿的氣味。

「喂，怪人！」

他轉頭看去。知了坐在排在堤防邊的木堆上，他身邊還跟著三個帶著武器、可疑的同伴。他站了起來，伸了個懶腰，走到小巷中間，小心地避開地上的水窪。

「你上哪去？」他問，把狹窄的手撐在掛滿了武器的腰帶上。

「不干你的事。」

「我先把話說清楚：長老、巫師，還有這整座噁心的小鎮對我來說根本是個屁。」知了一個字一個字慢慢地說。「我感興趣的是你，獵魔士，你沒辦法走到這條小巷的盡頭。你聽到了沒？我倒要看看，你戰鬥的技巧到底是有多高明，這件事真的是讓我很疑惑啊，站住。」

「別擋我的路。」

「站住！」知了大吼，把手放在劍柄上。「你沒聽懂我說的話嗎？我們馬上就要開打了！我要向你挑戰！我們馬上就會知道誰比較厲害！」

傑洛特聳聳肩，沒有放慢腳步。

「我要和你戰鬥！你聽到了嗎，你這個變種？」知了大叫，再次擋住他的路。「你還在等什麼？把你那牛皮劍鞘裡的鐵抽出來！怎麼，你是嚇壞了還是怎樣？你是不是變成了像那些人一樣——比如說那個伊思崔德——只會上床去操你那個女巫？」

傑洛特繼續往前走，知了只好笨拙地一直往後退去。他的同伴從木頭堆上站起來，跟著他們一起移動，但只是跟在他們身後，保持一段距離。傑洛特聽到泥濘在他們腳下發出啪噠啪噠的聲響。

「我要向你挑戰！」知了重覆，臉上一陣紅一陣白。「你聽到了嗎，你這個天殺的獵魔士？你還需要什麼？要我往你臉上吐口痰嗎？」

「要吐就吐。」

知了停了下來，眞的吸了口氣，準備往傑洛特臉上吐痰。他看著獵魔士的眼睛，沒有看他的手，這就是他犯的錯誤。傑洛特一點都沒有放慢腳步，很快就出手攻擊。他沒有爲了增加力道而把拳頭往後抬，只是彎了彎膝蓋，然後用戴著手套的手——手套上鑲滿了飾釘——向知了打了一拳。那一拳打中了他的嘴，剛好打在歪曲的嘴唇上。知了的嘴唇馬上破了，像被碾碎的櫻桃一樣爆炸開來。獵魔士彎下腰，然後又朝同樣的地方打了一拳。這次他稍微把拳頭往後抬起，他感覺到自己的憤怒隨著拳頭的力量和衝勁一起噴灑出來。知了一條腿在泥濘裡轉了一圈，另一條腿在空中，他吐了一口血，然後仰天倒在水窪中。獵魔士聽到身後傳來劍出鞘的聲音，他停下腳步，很快地轉身，手已放在劍柄上。

「怎樣？」他用充滿了憤怒的顫抖聲音說：「怎樣，過來啊。」

那個取出武器的人看著他的眼睛。只有一瞬間，然後就別過了目光。其他人開始後退。先是慢慢地，然後加快了速度。聽到他們的腳步聲，那個拿著劍的人也開始向後退，他的嘴無聲地張闔。那退得最遠的人轉過身開始奔跑，泥濘在他腳下發出嘩啦嘩啦的聲響。另外兩人則僵在原地，不敢上前一步。

知了在泥濘中翻了個身，抬起頭來，用手肘撐著身體，說了句沒人聽得懂的話，從喉頭發出沙啞的聲音，把一個白色東西吐了出來，混著一大堆紅色液體。傑洛特經過他身邊的時候，往他臉頰上隨便踢了一腳，把他的顴骨踢碎了。知了又重新倒在水窪中。

他繼續往前走，不去看任何事物。

伊思崔德已在井邊等候。他把身體靠在井的邊緣，井的外圍是木頭做的，上面長了青苔。他腰上繫著一把劍，那是把既輕又美麗的特爾干劍，上面有著半開的護手。劍還在劍鞘裡，劍鞘鑲了金屬，它的尖端頂著巫師發亮的馬靴鞋面。巫師的肩膀上有隻揚起了羽毛的黑鳥。

紅隼。

「你來了，獵魔士。」伊思崔德用戴了手套的手，輕柔而小心地把鳥兒放在水井上方亭子的屋頂上。

「我沒指望你會來，我還以爲你走了。」

「我來了，伊思崔德。」

「我沒走。」

巫師把頭向後仰，放聲大笑。

「她想要……她想要拯救我們。」他說：「我們兩個人。一點用處都沒有，傑洛特。我們還是會兵刃相交。只有一個人能留下來。」

「你想要用劍決鬥？」

「這讓你覺得奇怪嗎？反正你也打算用劍決鬥。好了，亮劍吧。」

「爲什麼，伊思崔德？爲什麼用劍，而不是用魔法？」

巫師的臉霎地白了，他的嘴唇神經質地顫抖。

「我說，亮劍！」他大吼：「現在不是問問題的時候，問問題的時候已經過了！現在是動手的時候！」

「我想要知道，」傑洛特慢慢地說：「我想要知道，爲什麼用劍。我想要知道，這隻黑色紅隼是從哪裡來的，還有牠爲什麼在你這裡。我有知道的權利。我有權知道眞相，伊思崔德。」

「眞相？」巫師苦澀地說：「哼，也許你有知道的權利。對，也許你有。我們的權利是平等的。至於紅隼……牠在清晨時分飛過來，全身被雨浸濕，帶來了一封信。那封信很短，內容我記得很清楚：『別了，維爾。原諒我。有些禮物是不能接受的，而我沒有任何東西可以拿來報答你。這就是眞相，維爾。眞相是冰的碎片。』怎麼樣，傑洛特？你這下高興了嗎？你好好行使了自己的權利了嗎？」

獵魔士慢慢地點了點頭。

「很好。」伊思崔德說：「現在輪到我來行使我的權利了，因爲我才不會理會那封信上說什麼。沒有她我沒辦法……我寧願……見鬼的，亮劍！」

他彎下身，以迅速、流暢的動作抽出劍，表現出他對這方面頗有心得。紅隼發出一聲沙啞的鳴叫。

獵魔士動也不動地站著，兩手垂在身邊。

「你還在等什麼？」巫師大吼。

傑洛特慢慢抬起頭，看了他一陣子，然後轉身離去。

「不，伊思崔德。」他低聲說：「別了。」

「你這什麼意思？該死的。」

傑洛特停下腳步。

「伊思崔德，」他回過頭說：「不要把別人扯進來。如果你一定要這麼做，那就到馬廄裡用韁繩去上吊。」

「傑洛特！」巫師尖叫，聲音突然變了調，變得十分刺耳、難聽。「我是不會放棄的！她逃不了我！我會追著她到凡格爾堡，會追著她到世界的盡頭，一定會找到她！永遠不會放棄她！你搞清楚！」

「別了，伊思崔德。」

他走入小巷，沒有再回頭。他走著，沒有去注意那些在路上快步讓開的人，以及那些快速關上、發出碰碰聲響的門窗，他沒有注意到任何事、任何人。

他在想那封信，那封在酒館裡等著他的信。

他加快了腳步。他知道，一隻被雨浸濕的黑色紅隼正在床頭等著他，彎曲的鳥喙裡叼著一封信，他想要以最快的速度讀到那封信。

雖然他已經知道內容。

永恆之火

一

「你這隻豬！你這個殺千刀的歌手！你這個大騙子！」

傑洛特被好奇心驅使，騎著馬來到小巷轉角的後頭。他還來不及分辨尖叫的來源，就聽到一聲玻璃碎裂的巨響，其中伴隨著黏答答物體砸落的聲音。櫻桃果醬，獵魔士想。這是當某個人從高處，或是十分用力地把一罐櫻桃果醬砸向另一個人時會發出的聲音。他記得非常清楚，當他和葉妮芙一起住的時候，她有時候會在盛怒之下把一罐又一罐果醬往他身上扔。那些果醬都是客戶送給她的，因爲葉妮芙對做果醬根本一竅不通，而魔法在這方面則沒什麼太大的用處。

小巷的轉角後頭有棟窄小、漆成粉紅色的房子，而房子前面已經聚集了一小群圍觀群眾，人數倒還不少。在小小的、掛滿了花的陽台上，那傾斜得很厲害的屋簷底下，站著一個年輕的金髮女人，穿著有褶邊的睡袍。她舉起那豐滿、渾圓的手臂，使盡全身力氣把一只有裂痕的花盆摔到地上。

那個清瘦男人像是被火燙到似地往旁邊跳開，他戴著李子色帽子——上頭有根白羽毛。花盆剛好就掉在他面前，啪地一聲摔成碎片。

「求求妳，薇絲普拉！」戴著鳥羽帽子的男人大叫：「不要被謠言騙了！我對妳是忠心不貳的，如果有半分假話，就讓我死在這裡！」

「渾蛋！魔鬼的兒子！流浪漢！」豐滿的金髮女人尖叫，躲進屋子深處，毫無疑問是要去尋找更多可以往下丟的東西。

「喂！亞斯克爾，」獵魔士大喊，把噴著鼻息反抗著的母馬拉到戰場上去。「你好嗎？發生了什麼事？」

「很正常。」吟遊詩人露齒一笑說：「就像平常一樣。你好啊，傑洛特。你在這裡做什麼？我靠，小心！」

錫製酒杯在空中發出尖嘯，然後砰一聲摔到路面上。亞斯克爾拿起酒杯看了看，然後把它丟到排水溝裡。

「把這堆破爛衣服拿走！」金髮女人大吼，衣服的縐褶在豐滿的酥胸上翻騰，看起來十分誘人。「然後從我眼前滾開！再也不要到這裡來，你這個三流音樂家！」

「這不是我的。」亞斯克爾從地上撿起兩條褲管顏色不一的長褲，訝異地說：「我這一生從來不曾穿過這樣的褲子。」

「滾開！我不想看到你！你……你……你知道你在床上是什麼德性嗎？一點用處也沒有！一點用處也沒有，你聽到沒？你們聽到沒，各位？」

下一只花盆又帶著一聲尖嘯劃過空中，裡面乾枯的樹枝發出劈劈啪啪聲。亞斯克爾差點來不及彎下身。在花盆之後，緊接著飛下來的是只旋轉著的大銅鍋，容量少說也有兩加侖半。群眾站在這些東西的射程範圍外，笑得前仰後合。那些愛開玩笑的人甚至還拍手叫好，幸災樂禍地鼓勵金髮女郎再接再厲。

「她家裡有沒有十字弓啊？」獵魔士不安地說。

「我們無法排除這個可能。」詩人抬頭望了望陽台說。「她家有一堆可怕的破爛玩意，你看到這條褲子了吧？」

「也許我們還是離開這裡比較好？你等她平靜下來後再回來。」

「見鬼。」亞斯克爾不快地說：「要是有人向我扔鍋子，再加上血口噴人，我才不會再回她家。這段短暫的關係對我來說已經結束了。我們再等一等，讓她丟下我的……喔，我的媽，不要！薇絲普拉！我的魯特琴！」

亞斯克爾奔上前去，伸出雙手，絆了一跤，跌倒在地，在樂器幾乎掉到地上前的最後一刻抓住了它。魯特琴發出歌唱似的呻吟。

「呼。」吟遊詩人嘆了一口氣，從地上爬起來。「接到了。它沒事，傑洛特，我們可以走了。說老實話，我還有件貂皮領大衣留在她那裡，但沒辦法，就當成是我的損失囉。據我對她的了解，大衣她是不會丟掉的。」

「你這個滿口謊言的廢物！」金髮女人大叫，口沫橫飛地從陽台上吐口水。「你這個流浪漢！你這隻嘎嘎叫的雉雞！」

「她為什麼這麼對你？你又幹了什麼好事，亞斯克爾？」

「很正常。」吟遊詩人聳聳肩說：「就像所有的女人，她想要一夫一妻制，自己卻向別人丟陌生人的褲子。你聽到她剛才說我什麼嗎？看在眾神份上，我也認識其他女人，她們拒絕人的方式倒還比她在床上的表現漂亮得多，但我不會把這種事在街上大聲嚷嚷。我們走吧。」

「你建議我們去哪裡？」

「你以爲呢？去永恆之火的神殿嗎？走吧，我們去『矛頭』酒店，我必須喝一杯安定精神。」

獵魔士沒有反對，牽著馬跟在亞斯克爾後頭。吟遊詩人快速地通過了狹窄的小巷，他邊走邊調了調魯特琴的弦鈕，試了試音，然後彈出深沉、顫抖的三和弦：

空氣中飄著秋天的味道／話語的意義隨著冷風飛颺／一定得這樣，什麼事都無法改變了／在妳睫毛尖端的鑽石……

他停了下來，朝兩個提著滿滿菜籃打旁邊經過的小鬼高興地招了招手。小鬼們小聲地咯咯笑。

「你來拿威格拉德幹嘛，傑洛特？」

「買東西。馬具、一些裝備，還有新外套——」獵魔士拉了拉身上發出窸窣聲、帶著新皮革氣味的衣服。「你覺得我的新衣服怎樣，亞斯克爾？」

「你跟不上流行。」吟遊詩人露出厭惡的表情，把燈籠袖上的雞毛撣落。他穿著發亮的、矢車菊藍的長衫，領口剪裁成鋸齒樣式。「啊，我眞高興我們能在這裡相遇。在這裡，在世界的首都、文化的中心及搖籃，在這裡有文化素養的人能夠深深地呼吸！」

「也許到下一條巷子去呼吸比較好。」傑洛特建議，一邊看著旁邊的巷子——那裡蹲了個衣衫襤褸的人，雙眼暴突，正蹲在地上拉屎。

「你那永恆的嘲諷眞是令人厭煩。」亞斯克爾再次露出厭惡的表情。「我告訴你，拿威格拉德是世界的首都。這裡的居民差不多有三萬，傑洛特，這還不包括來到這裡的商旅和訪客，你能想像嗎？房子是磚頭砌的，主要的道路都鋪了石頭，一座海港、許多倉庫、四座水磨坊、屠宰場、鋸木廠、一間超大的製鞋工廠，除此之外還有所有你想像得到的各行各業。鑄幣廠、八家銀行，還有十九家當舖；城堡和守衛塔是如此雄偉，看了簡直教人歎爲觀止。還有娛樂活動：斷頭台、有活門的絞首台、三十五家酒館、戲院、動物園、市集，再加上十二間妓院。還有神殿，到底有多少座我不記得了，很多就是了。還有啊，傑洛特，這裡的女人都洗得乾乾淨淨，頭髮整理得漂漂亮亮，身上飄著好聞的香味，那些緞子、絲綢、天鵝絨、鯨鬚和繫帶……喔，傑洛特！詩歌自己就從嘴裡流出來了……」

那兒，妳所住的地方，已覆滿了白雪／小湖和泥濘上都是玻璃似的冰／一定得這樣，什麼都沒辦法改變／躲在妳眼底的懷念……

「新的民謠？」

「啊哈。我叫它『冬天』。但還沒完成，我沒辦法把它寫完，都是那個薇絲普拉害我現在煩得要死，什麼韻都押不好。對了，傑洛特，我忘了問你，你和葉妮芙的事怎麼樣？」

「不怎麼樣。」

「我懂了。」

「你懂個屁。好啦，那家酒館在哪，還很遠嗎？」

「就在轉角後頭。喔，我們已經到了，你看到招牌了嗎？」

「看到了。」

「您好，請接受我深深一鞠躬！」亞斯克爾對掃樓梯的年輕女孩露齒一笑。「有沒有人曾告訴過您，您長得很美麗動人？」

女孩的臉霎地飛紅，緊緊握住手中的掃把。有一瞬間傑洛特以爲她會用掃把狠狠打吟遊詩人一頓。他搞錯了。女孩甜甜地笑了，眨巴著眼睫。就像平常一樣，亞斯克爾完全沒有注意到這點。

「您好，請接受我的問候！大家好！」亞斯克爾走進酒館大聲說，一邊用力地用大拇指撥著魯特琴的琴弦。「酒館主人啊，這個國家最有名的詩人，亞斯克爾大師，已來到你這髒亂的酒館！現在詩人想喝啤酒了！你明白我給了你多大的榮幸嗎，騙錢的傢伙？」

「我明白。」酒館主人從吧台後探出身來，沉著臉說：「眞高興見到您，歌手先生，我現在知道您說的話眞的不是空氣。畢竟您答應了我，今天一早就會來還清昨天晚上那筆帳。而我呢，您想想看，還以爲您就像平常一樣在撒謊，我眞是羞愧得無地自容。」

「您根本沒必要覺得羞愧，我的好人。」吟遊詩人一點都不擔心地說：「因爲我身上一毛錢也沒有，這件事我們等下再說。」

「不。」酒館主人冷冷地說：「我們現在就來談這件事。信用賒帳已經沒了，尊貴的詩人先生。同樣的當我是不會上兩次的。」

亞斯克爾把魯特琴掛在牆上凸出來的鉤子，在桌旁坐下，脫下帽子，沉思地用手摸著別在上頭的白鷺羽毛。

「傑洛特，你有錢嗎？」他用期望的口氣說著。

「沒有，我所有的錢都用來買外套了。」

「唉，眞糟糕，眞糟糕。」亞斯克爾嘆了口氣。「我靠，一個可以請客的人都沒有。酒館主人啊，您這兒今天怎麼這麼冷清？」

「對於普通的客人來說太早了。而那些整修神殿的泥水匠已經來過了，現在回去上工了，把師傅也帶了回去。」

「沒有人了，眞的一個人都沒有？」

「一個人都沒有，除了在大包廂吃早餐、尊貴的商人比博爾維特。」

「丹提在這兒？」亞斯克爾高興了起來。「這種事該早說嘛，我們到包廂去，傑洛特。你認識丹提・比博爾維特那個哈夫林人【註】嗎？」

「不認識。」

「不要緊，你待會就會認識了。喔呵！」吟遊詩人往側邊的房間走去，一邊大叫：「我感覺到西方吹來一陣微風，帶著洋蔥湯的味道，聞起來眞香。咕咕！我們來啦！給你個驚喜！」

包廂的主桌旁，裝飾了一束束香料和大蒜的柱子旁邊，坐著一個臉頰圓鼓鼓、有頭鬈髮的哈夫林人，身穿淡綠色背心。他的右手裡拿著木製湯匙，左手則端著一只陶碗。看到亞斯克爾和傑洛特，哈夫林的動作僵在空中，他的嘴巴張開，褐色大眼中流露出恐懼的神色。

「你好啊，丹提。」亞斯克爾邊說，邊快樂地揚了揚手中的帽子。哈夫林人依然沒有改變姿勢，也沒有闔上嘴。傑洛特注意到他的手微微顫抖，而掛在湯匙上那條煮熟的洋蔥絲也像擺錘一樣晃來晃去。

「你你你你……你好啊，亞斯克爾。」哈夫林人結結巴巴地說，大聲地吞了口口水。

「你打嗝啊？要不要我來嚇你一跳？小心了：有人在轉角看到你老婆！她馬上就會來這裡了！正是葛羅朵妮亞．比博爾維特本人！哈！哈！哈！」

「你這個笨蛋，亞斯克爾。」哈夫林人埋怨地說。

亞斯克爾再次發出咯咯的爽朗笑聲，順手就在魯特琴上彈出了兩個複雜的和弦。

「嗯，誰教你的表情看起來那麼白痴，兄弟。而你看到我們的時候還把眼睛瞪得那麼大，好像我們頭上長了角，還是屁股上長了尾巴。或者你是在怕獵魔士？嗯？也許你以為狩獵哈夫林人的季節已經開始了？也許……」

「夠了。」傑洛特忍不住了，走到桌前。「朋友，請你原諒。亞斯克爾今天經歷了一場嚴重的個人悲劇，還沒有恢復過來，他想用玩笑來掩飾自己的悲傷、難過和羞恥。」

「不用您說，」哈夫林人終於把湯匙裡的東西吸進嘴裡。「我自己也猜得到，薇絲普拉終於把你甩

【註】哈夫林人（Niziotek/Hafling），和哈比人很像的非人類生物，有著毛茸茸的雙腳，個子不高，跑起來飛快無比。

啦？是不是，亞斯克爾？」

「和一個自己在大吃大喝，卻教朋友站在那裡乾瞪眼的人，實在是沒辦法好好談心。」吟遊詩人說，然後不等哈夫林人回答，就在桌前坐了下來。哈夫林人喝了口湯，然後舔了舔懸掛在湯匙上面的乳酪絲。

「說得是。」他陰沉地說：「那我就邀請你們一起吃。坐下吧，好好吃一頓。你們想喝洋蔥湯嗎？」

「我平常那麼早是不吃東西的。」亞斯克爾高傲地說。「但是沒關係，我就吃吧。但吃東西前不能空著肚子。喂，酒館主人！來杯啤酒，如果你不介意！快一點！」

一個綁著麻花髮辮的女孩走了過來，端來湯和酒杯。她的麻花辮又粗又大，一直垂到她的屁股上。傑洛特看了看她圓鼓鼓、長滿絨毛的臉，然後想，她的嘴應該會蠻好看的——如果她記得把嘴閤上。

「森林裡的德律阿得【註一】！」亞斯克爾大叫，拉過女孩的手，親吻她的掌心。「西爾芙【註二】！女巫！有著像湖水一樣湛藍眼睛的天仙！妳就像清晨一樣美麗，而妳微張的嘴唇是如此挑逗……」

「快把啤酒給他。」丹提呻吟：「不然就有不幸的事要發生了。」

「不會的，不會的。」吟遊詩人保證：「對不對，傑洛特？很難找到比我們兩個更溫和的人了。我啊，商人先生，是個詩人和音樂家，而音樂可以安撫人的性靈。而這邊這位獵魔士，只對怪物有威脅。我現在就來為你介紹：這是利維亞的傑洛特，斯奇嘉、狼人和所有噁心怪物的剋星。你應該聽說過傑洛特吧，丹提？」

「我聽說過……」哈夫林人懷疑地瞄了一眼獵魔士，說：「您……您來拿威格拉德有什麼貴幹，傑洛特先生？這裡不會有什麼可怕的怪物出沒吧？您……嗯……嗯……是被人雇來的？」

「不。」獵魔士微笑。「我是來找樂子的。」

「喔。」丹提說，一邊緊張地晃著毛茸茸的雙腳，他的兩隻腳懸在空中，離地板大概有半隻手臂的高度。「那很好……」

「好什麼？」亞斯克爾喝了口湯，又喝了口酒。「你打算幫助我們嗎，比博爾維特？我指的是娛樂方面，你懂吧？這眞是太好了。我們打算在『矛頭』酒店這裡喝它個幾杯，然後計畫去『西番蓮』，那家又貴又高級的妓院，去找半精靈女；誰知道，也許還可以找到純種的精靈女，但我們需要贊助人。」

「什麼人？」

「可以幫我們買單的人。」

「是啊，我就知道。」丹提嘟囔。「很抱歉。第一點，我在這裡有生意要談。第二點，我沒有錢贊助這樣的娛樂。第三點，『西番蓮』只准人類進入。」

「那我們是什麼，半野生的貓頭鷹嗎？啊，我懂了，他們不讓哈夫林人進去，這是事實。你說的沒錯，丹提。這裡是拿威格拉德，世界的首都。」

【註一】德律阿得（Dryad），住在森林中、守護森林的種族，清一色爲女性，髮色繽紛且箭術高超。
【註二】西爾芙（Sylph/Sylphid），神話傳說中的空氣精靈。

「對……」哈夫林人說，仍盯著獵魔士，神情奇怪地歪著嘴。「那我就先走了。我和人有約……」

包廂的門砰一聲開了，然後進來的是……

丹提．比博爾維特。

「眾神啊！」亞斯克爾大叫。

站在門邊的哈夫林人和坐在桌前的哈夫林人長得完全一模一樣，除了一點——桌前的那個全身很乾淨，而門邊的那個則渾身髒兮兮，衣服又破又縐。

「我逮到你了，你這條狗尾巴！」髒兮兮的哈夫林人大吼，衝向桌子。「你這個小偷！」

他那乾淨的孿生兄弟跳了起來，踢倒了凳子，把杯盤灑了一地，傑洛特在第一時間作出本能反應——他把放在椅子上、還收在劍鞘裡的劍拿起來，然後用繫在上頭的皮帶狠狠地抽了一下比博爾維特的脖子。哈夫林人應聲倒地，打了個滾，鑽過亞斯克爾胯下，然後四肢並用、忙不迭地往門口爬去。他的手和腳突然間變長了，就像蜘蛛的腳。看到這一幕，渾身髒兮兮的丹提．比博爾維特咒罵了一聲，大叫著往後跳開，砰地一聲撞倒了身後的木頭隔板。傑洛特丟開劍鞘，把擋路的椅子一腳踢開，追上前去。乾淨的丹提．比博爾維特——雖然他現在已經看起來完全不像丹提．比博爾維特，除了身上的背心——像隻螽斯般跳過門檻，逃進了大廳，和那個嘴巴半張的女孩撞了個滿懷。看到他變長的雙手，還有模糊不清、奇形怪狀的臉，女孩把嘴張到最大，發出一聲刺耳的尖叫。因爲兩人相撞，那生物逃跑的動作慢了下來。傑洛特抓住了這個機會，在屋子正中央逮住對方，漂亮地踢了下他的膝蓋，把人撂倒。

「動都不要想動一下，兄弟。」傑洛特用劍尖抵著那怪人的脖子，嘶聲說：「動都別動。」

「發生了什麼事？」酒館主人邊叫邊跑了過來，手裡還拿著一把大鏟子的柄。「這裡在搞什麼？守衛！德曲卡，去找守衛來！」

「不——！」那生物大叫。他現在平躺在地上，形態變得更扭曲、更無法辨認。「行行好，不要——！」

「不要找守衛！」髒兮兮的哈夫林人從包廂裡跳出來，附和道。「亞斯克爾，攔下那女孩！」

吟遊詩人抓住了尖叫中的德曲卡——雖然手忙腳亂，他可是仔細地挑了個好位置。德曲卡尖聲大叫，在他腳邊的地板上蹲了下來。

「沒事的，酒館主人。」丹提．比博爾維特喘著氣說：「這是私人恩怨，沒有必要找守衛來，我會付清所有的損失。」

「沒有任何損失。」酒館主人看了看四周，清醒地說。

「馬上就會有了。」胖胖的哈夫林人咬牙切齒地說：「因爲我馬上就會開始海扁他。哼，你們等著看吧，我會狠狠地打，打得又久、又教他難以忘懷，那時他就會把這裡所有的東西都打破了。」

平躺在地上、身形變得模糊、有著長長手臂的丹提．比博爾維特發出了痛苦的啜泣。

「門都沒有。」酒館主人瞇起眼，揚了揚鏟子的柄。「哈夫林先生，您要打他就去街上或院子裡打，但別想在這兒。我是會找來守衛的，我保證一定會這麼做，這畢竟……這畢竟是個怪物啊！」

「酒館主人，」傑洛特依然把劍尖架在怪人的脖子上，平靜地說：「冷靜下來吧。沒有人會打破任何東西，不會有任何破壞，一切都在控制中。我是個獵魔士，而您也看到了，怪物被我捉在手裡。因爲這件事確實看起來像是私人恩怨，我們就到包廂裡去平靜地解決它。亞斯克爾，放了那女孩，然後到這裡來。我袋子裡有條銀鍊，把它拿出來，然後把這邊這位的手反綁到背後，要綁手肘的地方。兄弟，安靜地別動。」

那生物發出微弱的呻吟。

「好了，傑洛特。」亞斯克爾說：「我綁好了，我們到包廂裡去吧。而您，酒館主人，您光站著幹嘛？我剛點了啤酒。如果我點了啤酒，您就得一杯接一杯地上，直到我叫『水』爲止。」

傑洛特把那個被綁住的生物推到包廂裡，粗魯地讓他坐在柱子前。丹提・比博爾維特也坐下了，厭惡地看著對方。

「噁心死了，看起來就像個癟三。」他說：「根本是一團酸掉的麵團。你看看他的鼻子，亞斯克爾，馬上就要掉下來了，我幹。還有他的耳朵，看起來就像我岳母下葬前那樣。呸！」

「等等，等等，」亞斯克爾嘟囔：「你才是比博爾維特？嗯，是啊，毫無疑問。這個坐在柱子旁邊的傢伙前一分鐘還是你呢，如果我沒弄錯。傑洛特！所有人都在看你了，你是個獵魔士，這裡見鬼的到底發生了什麼事？這是什麼玩意？」

「祕密客。」

「你才是祕密客。」那個生物用沙啞的聲音說，一邊晃著臉上的鼻子。「我才不是什麼祕密客，我是多普勒【註】，我的名字是塔立克・隆格列文克・列托特，短名是潘思托克。而我的朋友喚我杜杜。」

「我馬上就會好好教訓你，杜杜，你這個狗娘養的！」丹提大吼，向他揮舞拳頭。「我的馬呢？你這個小偷！」

「先生們，」酒館主人端著酒瓶和好幾只酒杯走進來說：「你們答應會和平解決的。」

「喔，啤酒。」哈夫林人嘆息：「我天殺的快渴死了，而且好餓！」

「我也想喝點東西。」塔立克・隆格列文克・列托特從喉嚨裡發出咕咕聲說，但完全沒有人理他。

「這是什麼？」酒館主人看著那個生物問。怪物一看到啤酒，就把長長的舌頭從下垂、像麵團一樣的嘴唇中伸了出來。「這到底是什麼玩意，各位先生？」

「祕密客。」傑洛特說，毫不理會怪物的表情。「他有很多別名，變變怪、雙面怪、魏克斯林、貝達克，或者是多普勒——就像他自己說的。」

「魏克斯林！」酒館主人大叫：「這裡，在拿威格拉德？我的店裡頭？快點，得叫守衛來！還有祭司！我一定會……」

「慢點，慢點。」丹提・比博爾維特邊咳邊說，一邊狼吞虎嚥地喝著亞斯克爾奇蹟似地沒被打翻的湯。「我們會有時間找該找的人來，但那是等會兒的事了。這個渾蛋偷了我的東西，我不打算在拿回自己的東西之前把他交給你們這邊的法庭。我太了解你們拿威格拉德人了，還有你們的法官。我頂多只會得到失物的十分之一，不會再多。」

【註】多普勒（doppler），又叫祕密客（mimik）、變變怪（mieniak）、魏克斯林（vexling）、貝達克（bedak），是種可以隨意改變自己外貌，把自己變成別人的怪物。他能複製最微小的細節，包括衣服、身上的記號、隨身的物品，甚至是對方的個性、說話方式和思想。他特殊的天賦引起了人類的恐慌及撲殺，使他面臨幾乎絕種的命運。

「你們行行好，」多普勒絕望地大叫：「不要把我交給人類！你們知道他們會怎麼對付像我這樣的物種嗎？」

「我們當然知道。」酒館主人點點頭。「抓到了多普勒，祭司會先來一套除魔儀式。然後人們會把怪物綁到棍子上，包在一層厚厚的、混了金屬粉的黏土裡，包成球狀，接著他們會把怪物放到爐子裡去烤，直到黏土烤成磚塊。至少以前是這麼做的，那時候抓到的怪物比較多。」

「野蠻的習慣，真像人類會幹的事。」丹提露出嫌惡的表情，把空碗推開。「但對於強盜和小偷來說，也許是個公正的懲罰。好啦渾球，說吧，我的馬在哪裡。快點，不然我就扯著你的鼻子，把你的頭塞到屁股裡去！我問你，我的馬呢？」

「賣……賣了。」塔立克・隆格列文克・列托特哀號，他下垂的耳朵突然變短了，看起來像迷你馬鈴薯。

「賣了！你們聽到沒？」哈夫林人火冒三丈地說：「他賣了我的馬！」

「當然囉。」亞斯克爾說：「他來這裡三天了。我們在這裡看到你已經三天……我是說，他……我靠，丹提，這是不是說……」

「當然就是啊！」商人大喊，跺著毛茸茸的雙腳。「他在半路上搶了我，就在進城的前一天。他打扮成我的樣子來到這裡，你們明白嗎？還賣了我的馬！我要殺了他！用這雙手活活掐死他！」

「請您告訴我們這件事是怎麼發生的，比博爾維特先生。」

「利維亞的傑洛特，如果我沒弄錯，你是獵魔士？」

傑洛特點點頭表示同意。

「這眞是太好了。」哈夫林人說：「我是蓼草草原的丹提・比博爾維特，我是個農夫、養殖者和商人。叫我丹提，傑洛特。」

「說吧，丹提。」

「嗯，事情是這樣的。我和我的馬伕帶著馬，要到魔鬼灘那裡去賣。就在進城裡的前一天，我們最後一次停下來休息。上床睡覺前，我們痛快地喝了一桶私釀的、加了焦糖的伏特加。半夜醒來的時候，我覺得膀胱都要爆炸了，於是從馬車裡爬出來，想順便去看一下那些草地上的馬兒們在幹什麼。於是我就出去了，霧濃得跟什麼一樣，我定眼一看，喲，有個人走過來了。誰在這裡？我問。他一個屁也不放。我就走近了一點，然後我看到……我自己，就像在鏡子裡一樣。我那時候想：眞不該喝伏特加的，該死的酒精。然後這傢伙……因爲那就是他……狠狠地打了我的頭一記！我眼冒金星，仰天倒在地上。我早上起來的時候，發現自己躺在一堆灌木叢裡，頭上腫了個像黃瓜一樣大的包，旁邊一個鬼影子也沒有，更別說我們的營地了。」

「我在森林裡亂走了一天，好不容易才走到一條小徑上。我花了兩天才辛辛苦苦走到這裡，一路上只能吃樹根和生野菇充飢。而他……這個下三濫的杜杜利克還是什麼的，就在這時候假裝成我來到了拿威格拉德，還把我的馬給賣了！我眞想馬上把他……而那些馬伕，我也要狠狠打他們一頓，每個都要扒光屁股，抽他個一百下，這些瞎了眼的傢伙！竟然連自己的主子都認不出來，竟然這麼容易就給人騙了去！笨蛋、漿糊腦袋、酒鬼……」

「不要生他們的氣，丹提。」傑洛特說：「他們是無法分辨的。祕密客會複製所有的細節，不管是誰，只要被他們複製，沒有人能分辨得出眞僞。你沒聽說過祕密客嗎？」

「聽是聽說過，但我以爲那是捏造的故事。」

「這不是捏造。多普勒只要仔細看他們的被害人一眼，就能很快地、精確無誤地把自己變化成任何物質。我要特別強調：這不是幻覺，而是完全的、準確的變化，甚至連最小的細節都不放過。祕密客是怎麼辦到的，這點沒有人知道。巫師們懷疑，這和狼化的過程類似，但依我看，這要不就是完全不同的東西，不然就是比那強一千倍。因爲狼人最多只有兩、三種形態，而祕密客可以變成任何他想要變成的東西，前提是和他的體重差不多。」

「體重？」

「嗯，這表示他沒辦法變成乳齒象，也沒辦法變成小老鼠。」

「我懂了。你拿那條鍊子把他綁起來，又是爲了什麼？」

「那是條銀鍊。對於狼人來說是致命的武器，而對於祕密客——你也看到了，只會讓他們不再變化。這也是爲什麼他現在是以本來面目坐在這裡。」

多普勒緊緊地咬了咬正在剝離的嘴唇，用他混濁的雙眼狠狠地瞪了獵魔士一眼。他的虹膜已經失去了哈夫林人的胡桃色光澤，現在變得黃黃的。

「哼，他現在已束手就擒，這眞是好得很。自大的王八蛋！」丹提咆哮：「你們想想看，他竟然還來到了『矛頭』，這個我平常留宿的地方，他還眞的自以爲他是我了！」

亞斯克爾搖了搖頭。

「丹提，」他說：「他確實是你啊。我三天來在這裡看見他，他看起來像你、說話的方式像你、思考的模式像你。要請客的時候，也像你一樣小氣，也許還比你更小氣呢！」

「最後這點我最不擔心。」哈夫林人說：「因為我可能可以取回一部分自己的錢。一想到要碰他，我就噁心得想吐。把他的錢袋拿過來，亞斯克爾，然後數一數裡面有多少，應該會有很多錢——如果這個偷馬賊真的賣了我的馬。」

「你有多少馬，丹提？」

「十二匹。」

「照世界標準的價格來算，」吟遊詩人看了看錢袋，說：「這裡的錢頂多可以買一匹馬，還是一匹得了蹄葉炎的老馬。如果照拿威格拉德的價錢來算，那只能買兩隻，最多三隻羊。」

商人什麼都沒說，但看起來一副快要哭了的樣子。塔立克・隆格列文克・列托特低下鼻子，而下唇則垂得更低了，然後輕輕發出一聲嗝聲。

「也就是說，」哈夫林人終於嘆了一口氣說：「這個我本來認為不可能存在的生物，不但搶了我的東西，還把我也給毀了，這就叫作倒了八輩子的楣。」

「說得一點都沒錯。」獵魔士說，瞄了一眼在椅子上逐漸變小的多普勒。「我本來也以為，祕密客早就被趕盡殺絕了。我聽說，以前有很多祕密客住在這一帶的森林和高原，但他們的複製能力讓第一批來到這裡的人類居民很不安，於是他們開始大量撲殺祕密客，做得還蠻徹底的。他們很快就把祕密客差不多都殺光了。」

「眞是可喜可賀。」酒館主人說：「呸、呸，看在永恆之火的份上，我倒寧願這裡有龍或魔鬼，至少龍和魔鬼永遠都是龍和魔鬼，我們也知道它們會做什麼。但是狼化啦、蛻變啦、還有其他這些亂七八糟、不自然的變化，都是噁心的、惡魔的把戲，是欺騙、背叛的行爲，會給人類帶來損失和浩劫！我告訴你們，我們得找守衛來，把這令人噁心的傢伙丟到火裡烤！」

「傑洛特？」亞斯克爾好奇地問：「我很想知道專家的看法。這些祕密客眞的這麼危險，這麼具有攻擊性嗎？」

「他們複製的天分，」獵魔士說：「其實比較傾向用來自保，而不是攻擊別人。我沒聽說過……」

「天殺的。」丹提往桌上敲了一拳，氣呼呼地說：「如果往別人的腦袋上打一記，又搶了人家的東西不叫攻擊，那我眞不知道什麼才算是攻擊。你們不要再自作聰明了啦，事情很明白：我在路上被人搶了，不只辛辛苦苦掙來的財產沒了，連自己的樣子也被偷走了。我要求賠償，我不會善罷干休……」

「守衛，我們一定要找守衛來。」酒館主人說：「還有要找祭司來！要把這個怪物燒掉，這個不是人的東西！」

「夠了，酒館主人。」哈夫林人抬起頭說：「不要一直說要找守衛來了，我想請您注意一點：這個不是人的東西什麼也沒對您做，他只是害了我。話說回來，我也不是人類啊。」

「您在說什麼啊，比博爾維特先生。」酒館主人緊張地賠著笑說：「您是您，他是他。您只是身材比較矮一點，而他是個怪物。我眞覺得奇怪，獵魔士先生，您就這麼好整以暇地坐著。請問，您的作用是什麼？您的工作不就是殺怪物嗎？」

「我是殺怪物。」傑洛特冷冷地說：「但我不殺有智慧的生物。」

「喔，先生。」酒館主人說：「您說得真是有點誇張了。」

「真的。」亞斯克爾插嘴：「關於那個有智慧生物的事，你太誇大了，傑洛特。你瞧瞧這傢伙。」

塔立克・隆格列文克・列托特現在確實看起來和任何有智慧的生物扯不上任何關係。他看起來像一團用爛泥和麵粉做成的假人，用混濁的黃色眼睛乞憐地看著獵魔士。他的鼻子已經垂到了桌面，發出吸鼻涕一樣的聲音——這也和有智慧的生物差了十萬八千里。

「沒有意義的空話說夠了！」丹提・比博爾維特突然大叫：「沒什麼好討論的！唯一重要的事，是我的馬和我的損失！你聽到沒，你這個天殺的土色牛肝菌？你把我的馬賣給誰了？那些錢你花到哪去了？趕快說，不然我就要狠狠踢你、打你、剝你的皮！」

德曲卡把門打開了一點，把她的金髮腦袋探進包廂裡來。

「爸爸，客人到酒館裡來了。」她低聲說：「那些蓋房子的水泥工還有其他人。我在招呼他們，但是你們在這裡不要這麼大聲，人們開始覺得奇怪了。」

「永恆之火啊！」酒館主人驚恐萬分地大叫，看著融化中的多普勒。「如果有人進來看到他……喔，一切都完了。如果我們不找守衛來，那……獵魔士先生！如果這真的是魏克斯林，就叫他變成某個比較能看的東西，好讓別人看不出來，至少目前先這樣做。」

「說的對。」丹提說：「讓他變成別的東西，傑洛特。」

「要變成誰？」多普勒突然咕咕地說：「只要我好好看上他一眼，我可以變成任何人。我要變成你們其中的誰？」

「不要變成我。」酒館主人很快地說。

「也不要變成我。」亞斯克爾也表示反對：「再說，這根本不是什麼障眼法。每個人都認識我，要是人們看到桌子前坐了兩個亞斯克爾，這會引起多大的騷動啊——還不如讓他以本來面目坐在這裡。」

「我的情況也好不了多少。」傑洛特微笑地說：「只剩你了，丹提，這樣最好。不要覺得生氣，但是你自己也知道對於人類來說，一個哈夫林人和另一個哈夫林人兩者差不了多少。」

商人沒有考慮很久。

「好。」他說：「就這麼辦吧。把他身上的鍊子解開，獵魔士。好啦，趕快變成我吧，有智慧的生物。」

鍊子解開後，多普勒揉了揉像麵團一樣的手，用手摸了幾次鼻子，然後定定地看著哈夫林人。他臉上下垂的皮膚繃緊了，有了顏色。他的鼻子也變短了，發出噗的一聲，縮到裡面去。光禿禿的腦袋上長出了鬈髮。丹提睜大了眼睛，酒館主人張大了嘴，一句話也說不出來。亞斯克爾發出一聲驚呼。

最後改變的，是他眼睛的顏色。

第二個丹提．比博爾維特咳嗽了一聲，把手伸過桌子，拿過了第一個丹提．比博爾維特的酒杯，然後貪婪地把嘴往杯沿貼過去。

「難以置信、難以置信。」亞斯克爾悄聲地說：「你們看，多麼維妙維肖啊，一點都看不出差別，完全一模一樣。這一次甚至連蚊子叮的包，還有褲子上的污點……沒錯，褲子上的污點！傑洛特，這連巫師也辦不到啊！你摸摸看，這是真正的羊毛，這不是幻覺！太神奇了！他是怎麼辦到的？」

「這件事沒有人知道。」傑洛特低聲說：「他自己也不知道。我說過了，他可以精確無誤地把自己變化成任何物質。但這個能力是自然的，是本能的……」

「但褲子……他是用什麼作褲子的？還有背心呢？」

「那是他身上可以任意改變的皮膚，我不覺得他會想把這條褲子還出來。再說，就算他這麼做，那褲子也很快會失去羊毛的質感……」

「可惜。」丹提的腦筋動得很快。「我本來已經在想，要不要教他把一桶物質變成一桶黃金。」

多普勒──目前是丹提的複製品──在椅子上坐得舒舒服服地，咧開大嘴笑著，顯然很高興自己現在成了眾人目光的焦點。他的坐姿和丹提一模一樣，也晃著兩條毛茸茸的腿。

「你知道很多關於多普勒的事嘛，傑洛特。」他說，喝了口酒，舔舔嘴，打了嗝。「真的很多。」

「眾神啊，連聲音還有說話的語氣都和比博爾維特一樣。」亞斯克爾說：「有沒有人有紅布啊？要把他標示起來才行，不然會出亂子的。」

「你在說什麼啊，亞斯克爾。」第一個丹提．比博爾維特不高興地說：「你不會把我和他搞混吧？第一……」

「……眼就可以看得出差別。」第二個丹提．比博爾維特接下去說完，又打了個響亮的嗝。「說真的，要把我們搞混，可要比母馬的屁股還笨才行。」

「我不是說了嗎？」亞斯克爾驚訝地低聲說：「說話和思考的模式都和比博爾維特一模一樣，實在分不出來……」

「太誇張了。」哈夫林人噘起嘴。「眞是誇大其實。」

「不。」傑洛特反對：「這不是誇張。信不信由你，但他在這一刻確實是你，丹提。不知道他們是怎麼辦到的，多普勒也會複製被害人的心靈。」

「心靈？」

「也就是說，他們會複製感覺特徵、人格、感情、思想。靈魂。這驗證了一件大多數巫師和所有的祭司都反對的事，這件事就是：靈魂也是一種物質。」

「褻瀆神明……」酒館主人喘著氣說。

「根本是放屁。」丹提・比博爾維特強硬地說：「不要說這種騙三歲小孩的話啦，獵魔士，什麼感覺特徵的。複製一個人的鼻子和褲子是一回事，但智慧這種東西可不是隨便鬧著玩的。我馬上就證明給你看。如果這個龜子多普勒也複製了我身爲商人的智慧，他就不會在根本沒有市場的拿威格拉德賣那些馬，而會到魔鬼灘的馬市那裡去。那裡的價錢是用拍賣的，我可以賣給那個出價最高的人。在那裡不會賠錢……」

「事實是，會賠錢。」多普勒擠眉弄眼，模仿哈夫林人生氣的臉孔，還學著他的樣子噴了口鼻息。「第一，魔鬼灘那裡的價錢在下跌，而買家也約定好了價碼。再說，在那裡還得付佣金給拍賣人。」

「不要教我怎麼做生意，蠢蛋。」比博爾維特生氣地說：「我在魔鬼灘一匹馬可以賣到九十塊或者一百塊的價錢，而你從拿威格拉德騙子的手上拿到了多少？」

「一百三。」多普勒說。

「騙人，你這個無賴。」

「我沒有騙人。我把馬趕到港口，丹提先生，在那裡的海邊我找到了一個皮毛商。皮毛商不用閹牛來組商隊，因爲閹牛跑得太慢。皮毛很輕，但是很有價値，所以他們必須找快馬來載貨。拿威格拉德沒有賣馬的市場，所以也沒有馬。我是唯一有馬的人，所以我可以決定價錢。這很簡單……」

「不要對我說教，我說過了！」丹提紅著臉大叫。「好啦，算你賺到了。錢呢？」

「我拿去投資賺錢了。」塔立克驕傲地說，學著丹提的典型手勢，用手指撥了一下濃密的頭髮。

「錢啊，丹提先生，是要讓它越滾越多的，生意也一樣。」

「小心我折斷你的脖子！說吧，你把賣馬的錢拿去做什麼了？」

「我說過了，我拿去買了東西。」

「什麼東西？你買了什麼東西，怪胎？」

「胭……胭脂。」多普勒哀號，然後很快地數下去：「五百科杰茲【註】胭脂、六十二策那爾含羞木的樹皮、五十五加尼慈玫瑰油、二十三小桶魚油、六百只陶製小碗，還有八十磅蜜蠟。對了，魚油我是

【註】科杰茲（korzec），波蘭古代容量單位，四十三公升到一二八公升不等。策那爾（cetnar），重量單位，大概是一百公斤。加尼慈（garniec)，容量單位，約四公升。

花很便宜的價錢買的，因為有點過期了。啊哈，我差點忘了，我還買了一百厄爾棉線。」

接下來是一段很長、很長的沉默。

「過期的魚油，」丹提終於說，慢慢地吐出每一個字。「棉線、玫瑰油。我大概是在作夢，沒錯，這是個惡夢。在拿威格拉德你可以買到任何東西，有價值又有用的東西，而這個笨蛋卻拿了我的錢去買一堆狗屎，還盜用我的樣貌。我已經完了，我的錢沒了，我商人的信譽也毀了。不，我已經受夠了，傑洛特，借我用一下你的劍，我要在這裡把他劈了。」

包廂的門咿呀一聲開了。

「商人比博爾維特！」走進來的那人發出像公雞一樣的聲音說。他穿著紅紫色的托加長袍，他的身形削瘦，所以那件袍子簡直像掛在一根棍子上一樣。他頭上還戴著天鵝絨帽子，看起來像是翻過來的夜壺。「商人比博爾維特在這嗎？」

「我就是。」兩個哈夫林人同時說。

下一瞬間，其中一個丹提．比博爾維特把酒杯裡的東西往獵魔士臉上潑去，迅捷地踢翻了亞斯克爾坐著的椅子，然後從桌子底下鑽了出去，逃往門口的方向，在半途還把那個戴著可笑帽子的人撞倒了。

「火災！救命啊！」他大叫，邊跑進大廳。「殺人啦！燒起來了！」

傑洛特甩開臉上的泡沫，追了上去。但另一個比博爾維特也正好往門口衝去，他的腳在木屑上滑了一下，絆了一跤，剛好擋住了獵魔士的路。他們兩人都在門檻上摔倒。亞斯克爾吃力地從桌子底下爬起來，狠狠地罵了一聲髒話。

「攻——擊！」地上那個瘦巴巴的人大叫，他還纏在自己的紫紅色長袍裡。「攻——擊——啊!!強盜——！」

傑洛特越過躺在地上的哈夫林人，跑進大廳，正好看到多普勒推開客人，逃到大街上。傑洛特想要追上去，但馬上被一堵有彈性、但卻十分堅固的人牆擋了下來。傑洛特雖然成功撞倒了一個臉上手上沾滿黏土、渾身散發著啤酒味的人，但更多粗壯的鐵腕馬上就把他壓制得動彈不得。他憤怒地掙扎，就在這時他聽到一聲縫線綳斷和皮革綻裂的聲音，他右腋下方的衣服鬆了開來。獵魔士狠狠罵了一聲，不再掙扎了。

「我們抓住他了！」泥水匠們大叫：「我們抓到強盜了！師傅，怎麼辦？」

「石膏！」師傅大叫，一邊把頭從桌上抬起來，用惺忪的雙眼打量著四周。

「守衛——！」穿紫紅色衣服的人大叫，一邊四肢並用地從包廂中爬出來。「有人攻擊政府官員啊！守衛！罪犯，你會爲此上絞首台！」

「我們抓到他了！」水泥工人們大叫：「我們抓到他了，大人！」

「不是這個人！」穿著托加長袍的人叫：「快去抓那個渾蛋！快去追他！」

「誰？」

「比博爾維特，那個哈夫林人！快去追他，快去追！把他打下地牢！」

「等會兒，等會兒。」丹提從包廂裡走出來說：「您在說什麼啊，史凡先生？我的名號不是給你隨便亂叫的，還有不要沒事亂放警報，沒有這個必要。」

史凡閉上了嘴，驚訝地看著哈夫林人。亞斯克爾也從包廂裡走了出來，斜戴著帽子，看著自己的魯特琴。水泥工人低聲交頭接耳了一陣，然後終於放開了傑洛特。獵魔士雖然很生氣，但是他很節制，只在地板上吐了一大口口水。

「商人比博爾維特！」史凡發出像雞鳴的尖叫，瞇起了他的近視眼。「這到底怎麼回事？攻擊市政府的官員會讓您吃不完兜著走……剛才那到底是誰？剛剛那個跑掉的哈夫林人？」

「表弟。」丹提很快地說：「一個遠房表弟……」

「沒錯，沒錯。」亞斯克爾也很快表示贊同，興高采烈地開始滔滔不絕：「他是比博爾維特的遠房表弟，又叫作瘋狂的比博爾維特。他是家族裡的害群之馬，小時候曾掉到井裡去，井裡沒水，但不幸的是水桶不偏不倚正好砸到他頭上。平常他很平靜的，但是一看到紫紅色就會抓狂。但是沒什麼好擔心的，因爲他只要一看到紅色的陰毛，他就會平靜下來，這也是爲什麼他那麼快就跑去『西番蓮』。我告訴您啊，史凡先生……」

「夠了，亞斯克爾。」獵魔士嘶聲說：「閉上你的鳥嘴，我靠。」

史凡理了理身上的托加長袍，拍落衣服上的木屑，直起身子，擺出一副高傲的神色。

「沒——錯。」他說：「小心盯著您的親戚，商人比博爾維特，因爲您自己很清楚，您是要負這個責任的。如果我要提出指控的話……但我沒有這個時間。比博爾維特，我來這裡是爲了處理公事，以市府之名，我要您付清該付的稅金。」

「啊？」

「稅金。」官員重複道，他鼓起嘴，做出一個應該在比他重要得多的人臉上才會出現的表情。「怎麼？您表弟的瘋病傳染給您啦？做了生意就要付稅金，不然就得去蹲地牢。」

「我!?」丹提大叫：「我，生意？我只有損失，操他媽的！我……」

「小心點，比博爾維特。」獵魔士斷聲說，亞斯克爾偷偷踢了一下哈夫林人毛茸茸的腳踝。哈夫林人咳嗽了一聲。

「這是當然。」他說，試著在圓鼓鼓的臉頰上擠出微笑。「這是當然，史凡先生。做了生意，就要付稅金，做了很好的生意，就要付很多稅金。反之亦然——我想。」

「我不是來判斷您的生意做得好不好的，商人先生。」官員露出不悅的表情，在桌子後坐下，從深不可測的長袍深處掏出算盤和一張捲起來的羊皮紙，在桌上將之攤開，還先用袖子把桌子擦了擦。「我的工作是算帳和收帳。沒錯……讓我們來算一算……這會是……嗯……加起來是二，然後進一……沒錯……一千五百五十三克朗又二十庫伯。」

丹提·比博爾維特的喉嚨中猛然發出一聲乾燥的悶哼聲。泥水匠們驚訝地竊竊私語。酒館主人放下碗。亞斯克爾嘆了口氣。

「好啦，那就再見了，男孩們。」哈夫林人苦澀地說：「如果有人問起，就說我在地牢裡。」

「到明天中午。」丹提哀號。「史凡這狗娘養的，最好快點得風濕，這噁心的乞丐，他明明可以再多給我一些時間的。一千五百多克朗，我明天以前是要從哪裡搞來這些錢？唉，我完了，我毀了，我會在監獄裡腐爛！我們不要坐在這裡啦，我靠。我說，我們趕快去抓那個混帳多普勒！一定要逮到他！」

他們三個都坐在噴泉池子的大理石邊緣上。噴泉座落在一個小廣場的中央，現在已經不噴水了。附近都是豪華但超級沒品味的商行房屋。池子裡的水是綠色的，髒得要命。裡面的金紅雅羅魚在一堆糞便中游泳，拚命翕動著鰓，嘴巴一張一闔，努力要吸入空氣。亞斯克爾和哈夫林人嚼著炸發糕，這是剛才亞斯克爾經過攤子上時順手摸來的。

「我要是你，」吟遊詩人說：「我就會打消去追他的念頭，而開始找可以借錢給我的人。抓到多普勒對你有什麼好處？你以爲史凡會接受你拿他來抵帳嗎？」

「亞斯克爾，你這個笨蛋。抓到了多普勒，我就可以從他手上拿回我的錢。」

「什麼錢？他袋子裡那些錢，只夠拿來當作給史凡的賠償金和賄賂。他沒有別的錢了。」

「亞斯克爾，」哈夫林人露出不高興的表情說：「你也許會寫幾首詩，但講到生意——對不起，你是個完完全全的低能。你聽到史凡在那裡算出多少稅金了嗎？稅金是從什麼東西徵收的呀？我問你，你知道嗎？」

「從所有的東西。」詩人說：「連我唱歌都要付稅金呢。我向他們解釋我是爲了內在的需要而唱歌，他們根本一個字都聽不進去。」

「我就說你是白痴嘛，生意的稅金是從利潤裡面徵收的。利潤，亞斯克爾！你搞懂了沒？這個渾蛋多普勒假裝成我，做了一筆什麼生意，一定是和詐欺有關的。還靠這賺了錢！他得到了利潤！而我還得爲他付稅金，不只如此，如果那個沒用的東西欠了債，我還得替他還債！如果我不付呢，我就得下地牢，他們會用鐵塊給我烙印，把我送到礦坑！天殺的！」

「哈，」亞斯克爾興高采烈地說：「你沒有別的出路了，丹提，你得祕密地離開這個城市。你知道嗎？我有個主意。我們用羊皮把你包起來，你可以這樣走過城門，一邊唱著：『咩咩，我是頭羊，咩咩咩。』一定沒有人認得出你。」

「亞斯克爾，」哈夫林人不悅地說：「閉上你的鳥嘴，不然我就要踢人了。傑洛特？」

「什麼事，丹提？」

「你幫我抓多普勒好嗎？」

「聽著，」獵魔士邊說，一邊徒勞無功地想要把被扯斷的外套袖子暫時接起來。「這裡是拿威格拉德。這裡有三萬居民，其中包括人類、矮人、半精靈、哈夫林人和諾姆，而打這兒經過的人，也一定是同樣的數目。你怎麼能指望我在這一片人海茫茫中找到任何人？」

丹提吞下炸發糕，舔了舔手指。

「魔法呢，傑洛特？你們那些獵魔士的法術呢？人們可是說了很多關於魔法的故事啊。」

「只有當多普勒以本來面目出現時，魔法才有辦法找到他，而他是不會以眞面目在街上大搖大擺的。就算他眞會這麼做好了，魔法也沒什麼用，因爲四周有太多微弱的魔法訊號。每隔一棟房子，門上就有一只魔法鎖，而有四分之三的人會在身上戴著各式各樣的護身符，防小偷的、防跳蚤的、防食物中毒的，數都數不完。」

亞斯克爾用手指按了按魯特琴的琴頸，撥了幾下弦。

「春天會回來的，帶著溫暖的雨水味！」他高唱：「不，不好。春天會回來的，太陽……不行，我靠。想不到，一點靈感都沒有……」

「不要再哇哇叫了。」哈夫林人咆哮：「你快把我搞瘋了。」

亞斯克爾把剩下的炸發糕丟給池子裡的魚，往裡面吐了口痰。

「你們看，」他說：「金魚。這種魚好像會實現人們的願望。」

「這些魚是紅色的。」丹提注意到。

「有什麼差別，那不重要。我靠，我們有三個人，而牠們會實現三個願望，也就是說每個人都有一個願望。怎麼樣，丹提？你不希望魚兒幫你繳稅金嗎？」

「當然。除此之外，還希望有個什麼東西從天上掉下來，砸到多普勒的頭。還有……」

「好了，好了，我們也有我們的願望。我希望魚兒可以告訴我民謠的結尾。你呢，傑洛特？」

「少煩我，亞斯克爾。」

「不要打擾我們的遊戲嘛，獵魔士。說吧，你希望什麼？」

獵魔士站起身來。

「我希望，」他低聲說：「現在正在包圍我們的，只不過是場誤會。」

噴泉對面的巷子走出四個穿黑衣、戴圓形皮帽的人，正往噴泉的方向慢慢地走過來。丹提低聲咒罵了一聲，一邊四下張望。

他們身後的小巷也走出四個同樣的黑衣人。這些人沒有靠近，只是守住自己的位置，堵住了巷子。他們每人的手中拿著一個很奇怪的圓狀物體，看起來像是一綑捲起來的粗繩。獵魔士四下看了看，聳了聳肩，調整了一下揹在肩上的劍。亞斯克爾發出一聲哀號。

黑衣人身後走出一名個子不高的男人，他穿著白色長衫和一件灰色短大衣。他脖子上戴著的金鍊隨著步伐有節奏地晃動，發出閃閃的金光。

「查佩拉……」亞斯克爾喘著氣說：「這是查佩拉……」

他們身後的黑衣人慢慢地往噴泉的方向走過來。獵魔士伸手準備去拔劍。

「不，傑洛特。」亞斯克爾低聲說，一邊靠到他身邊。「看在眾神份上，不要拔出武器。他們是神殿的守衛，如果和他們作對，我們沒辦法活著走出拿威格拉德，不要碰劍。」

穿白長衫的人快步往他們的方向邁進。黑衣人則跟在他身後，邊走邊包圍住噴泉，佔住了仔細選擇過、有利的戰略位置。傑洛特提高警覺觀察對方，微微彎下身子。他們手上拿著的怪異圓筒，並不是獵魔士起初所想的普通鞭子。那是拉米亞。

穿白長衫的人逐步逼近。

「傑洛特，」吟遊詩人悄聲說：「看在眾神份上，冷靜點……」

「我不會讓他們碰我。」獵魔士低聲說：「不管是誰，我不會讓任何人碰我。小心，亞斯克爾……當戰鬥開始的時候，你們就跑，能跑多快就跑多快。我來對付他們，擋一陣子……」

亞斯克爾沒有回答。他把魯特琴揹到肩上，對著白衣人深深地鞠了個躬。那人的白衣裝飾得很華麗，上面有金線和銀線繡成、細緻的馬賽克花樣。

「尊貴的查佩拉……」

那個叫作查佩拉的人停了下來，慢慢地打量著他們。傑洛特注意到對方的眼睛是鋼灰色的，而他的眼神冰冷得可怕。他的額頭很蒼白，上面布滿了病態的汗珠，臉頰上有著不規則的紅暈。

「商人丹提．比博爾維特先生。」他說：「才華洋溢的亞斯克爾先生，還有從事著少見職業的獵魔士──利維亞的傑洛特。這是場老友的聚會嗎？在我們這裡，在拿威格拉德？」

沒有人回答。

「我說，」查佩拉繼續說：「這眞是件非常不幸的事啊──有人控告了你們。」

亞斯克爾的臉白了一白，哈夫林人的牙齒開始打顫。獵魔士沒有看向查佩拉，他的眼睛不曾離開那些圍繞著噴泉、頭戴圓形皮帽的黑衣人，不曾離開他們手中的武器。在傑洛特所知道的大多數國家裡，製作和擁有這種有刺的拉米亞──又叫作梅亨鞭──是受到嚴格禁止的，拿威格拉德並不是例外。傑洛特看過那些臉上被拉米亞打到的人，那些人的臉令人永生難忘。

「『矛頭』酒店的主人──」查佩拉繼續說：「膽子很大，他指控你們和惡魔勾結。那是種叫變變怪的怪物，又叫作魏克斯林。」

沒有人回答。查佩拉把雙手抱在胸前，用冰冷的眼神看著他們。

「我覺得有義務告知你們這件事，同時告訴你們，剛才提到的那個酒館主人已經被關到地牢裡了。

我們懷疑，他是喝多了啤酒或是伏特加才會開始胡說八道。眞的，你永遠不知道人們會做出什麼。第一，魏克斯林不存在，這是迷信的農民想像出來的生物。」

沒有人作出評語。

「第二，怎麼可能會有一隻魏克斯林膽敢接近獵魔士——」查佩拉微笑著說：「而沒有馬上被劈成兩半？是不是？所以酒館主人的說詞根本只是個笑話，如果不是有某個重要的細節。」

查佩拉點了點頭，刻意地做了一個很有效果的停頓。獵魔士聽到丹提把剛才深深吸入肺部的空氣慢慢地吐了出來。

「沒錯，一個重要的細節。」查佩拉重覆。「也就是說，我們在這裡碰到了邪說和褻瀆神靈的行爲。我們都知道，沒有一種怪物——這當然也包括魏克斯林在內——能夠接近拿威格拉德的城牆，因爲這裡的十九座神殿裡都燃燒著保護這個城市的永恆之火。誰要是說，自己在『永恆之火』主祭壇旁邊的『矛頭』酒店看到魏克斯林，他就在是散布邪說、褻瀆神靈，而且必須把他說的話收回去。要是他不想收回去，那我們就得費一些力氣、用一些工具讓他這麼做了。相信我，這些工具我在這裡的地牢裡都隨手可得。所以你們看，根本沒什麼好在意的。」

亞斯克爾和哈夫林人臉上的表情可以很明顯地看出，他們對這件事有不同的看法。

「眞的沒什麼好擔心的。」查佩拉重覆。「我可以讓你們毫髮無傷地走出拿威格拉德。我不會留你們。不過我得提醒你們一點，你們可不要到處去宣揚那個酒館主人可憐的妄想，或者亂下評語。任何質疑『永恆之火』神聖力量的話語，不管目的是什麼，我們這些謙卑的、教堂的僕役都得把它當成是邪說來看待，這當然會有它的後果。你們自己的宗教信仰在此沒有任何意義——雖然，我尊重你們的信仰，不管那是什麼。你們愛信什麼就信什麼，我是很有包容心的，只要你們尊敬『永恆之火』，不要散布褻瀆它的話語。如果有人想要褻瀆它，那我就教人把他活活燒死，如此而已。在拿威格拉德，每個人在法律之前都是平等的。而法律對每個人來說也是平等的——誰要是褻瀆『永恆之火』，就要上火堆，而他的財產必須充公。我言盡於此。再說一次，你們可以毫髮無傷地走出拿威格拉德的城門，最好……」

查佩拉微微一笑，噘起嘴，露出惡毒的表情，在廣場上四處望了望。那些本來在旁邊圍觀、三三兩兩的行人，這時候都加快了腳步，快速地別過頭去。

「……最好，」查佩拉把話說完：「最好是現在。馬上就走。當然，對尊貴的商人比博爾維特來說，『馬上』的意思是指『把稅金的事解決之後馬上』。謝謝你們給我時間聽我說這些。」

丹提轉過頭，無聲地動了動嘴唇。獵魔士毫不懷疑，他這無聲的字一定是「操你媽的」。亞斯克爾低下頭，笑得像個白痴一樣。

「獵魔士先生，」查佩拉突然說：「如果你不介意，請借一步說話。」

傑洛特走近他，查佩拉微微伸出手。如果他碰我的手肘，我就海扁他，獵魔士想。我就海扁他，雖然我不知道該怎麼做。

查佩拉沒有碰傑洛特的手肘。

「獵魔士先生，」他轉過身背對其他人，悄聲說：「我知道有些城市——和拿威格拉德相反——並沒有受到『永恆之火』的神聖保佑。我們可以這麼猜想，像魏克斯林這樣的生物會在這些城市的其中之一出沒。我很好奇，要活捉魏克斯林，您會拿多少錢？」

「我不在人多的城市受雇去狩獵怪物。」獵魔士聳聳肩說：「因爲有可能會傷及無辜。」

「你這麼在乎那些無辜的命運？」

「對。因爲根據經驗，人們總是會把對這些人命運的責任算到我頭上，而且會用不好的後果來威脅我。」

「我懂了。這份對無辜者的擔憂，會不會和費用的高低成反比呢？」

「不會。」

「我不太喜歡你說話的語氣，獵魔士。但這不重要，我明白了你的語氣要表達的意思。你要表達的是，你不想做那件……我可能會拜託你做的事，而費用的高低沒有意義。那付費方式呢？」

「我不明白。」

「我不這麼認爲。」

「但確實如此。」

「純理論上來說，」查佩拉小聲、平靜地說，他的語氣裡沒有一絲憤怒或威脅。「這是有可能的——你的服務費用就是以下這項保障：你和你的朋友們可以活著離開那個……那個理論中的城市。你覺得呢？」

「這個問題，」獵魔士不懷好意地笑了。「沒辦法從理論上來回答。尊貴的查佩拉，您剛剛說的情況，只能以實際操作的方式才有可能找到答案。我一點都不想要這麼做，但如果有必要……如果沒有別的出路……我是準備好來練習一下的。」

「哈，也許你是對的。」查佩拉冷冷地說：「我們講太多理論了。至於實際操作的事呢，我看我們沒有合作的可能。也許這樣比較好？不管怎樣，我深深希望這不會成爲我們之間衝突的理由。」

「而我，」傑洛特說：「也深深這麼希望。」

「那就讓這個希望在我們之中燃燒吧，利維亞的傑洛特。你知道永恆之火是什麼嗎？是不會熄滅的火焰、延續的象徵、黑暗中的道路、進步的預示，還是更好的明天？永恆之火是希望，傑洛特。對所有人來說，所有人，不管是誰。因爲如果有一件事，對我們來說是共同的……對你，對我，對所有人……那件事就是希望。記住這件事。很高興認識你，獵魔士。」

傑洛特僵硬地彎了彎腰，沉默著。查佩拉注視了他一會兒，然後精神抖擻地轉過身，大步走過廣場，完全不看自己的護衛。那些拿著拉米亞的人們跟在他身後，排成整齊的隊伍。

「喔，我的媽呀。」亞斯克爾哀號，恐懼地看著遠走的隊伍。「我們還眞是走運，如果這已經結束了的話。如果他們不會馬上把我們抓起來……」

「冷靜點。」獵魔士說：「還有不要再哇哇叫了，畢竟什麼事都沒發生。」

「你知道剛才那個人是誰嗎，傑洛特？」

「不知道。」

「那是查佩拉，安全部門的代表。屬於教堂、拿威格拉德的祕密警察。查佩拉雖然不是祭司，但他卻是領主後頭垂簾聽政的那個人，是這個城市裡權力最大、最危險的人。每個人——即使是議會和各公會——都怕他怕得要死，因為他是個徹頭徹尾的渾球，拚命吸取權力，就像蜘蛛吸蒼蠅的血一樣。雖然大家都不敢聲張，但城裡還是悄悄地流傳著那些關於他的恐怖故事。莫名其妙的失蹤事件，誣告、嚴刑拷打、暗殺、恐怖統治、勒索，還有尋常的強取豪奪。逼迫、詐騙、醜聞。眾神啊，比博爾維特，你眞是把我們扯進一灘渾水裡頭了。」

「別鬧了，亞斯克爾。」丹提噴了一口鼻息說：「你才沒什麼好怕的呢，沒有人會動吟遊詩人一根手指頭。雖然我不知道為什麼，但是你們有豁免權。」

「有豁免權的詩人，」亞斯克爾依然蒼白著臉哀號：「在拿威格拉德也有可能會被疾駛的馬車撞死、被魚毒死，或者不幸掉到護城河裡淹死，這些意外是查佩拉的專長。他竟然會跑來和我們說話，這根本是不可思議。有件事是可以確定的，他會這麼做絕對不是沒有理由，他一定在密謀著什麼。你們看著好了，他們很快就會隨便編個什麼理由把我們綁起來，然後以法律之名開始對我們嚴刑逼供。在這裡，他們就是這麼做的！」

「他剛才說的，」哈夫林人對傑洛特說：「確實有一大部分都是眞的，我們一定得小心才行。這眞是奇蹟，那個渾球查佩拉竟然還活得好端端的。人們已經說了很多年，說他病了，說他腦子裡血管有問題，大家都在等，看他哪一天會嗝屁……」

「閉上你的嘴，比博爾維特。」亞斯克爾一副要開戰的樣子，四下張望，噺聲說：「因為可能會有人聽到的。你們看看，每個人都在看我們。我們趕快離開這裡，我告訴你們。我還要建議你們：嚴肅地看待剛才查佩拉所說關於多普勒的事。比如說我啊，我一生中從來沒見過任何一個多普勒，如果有必要，我可以在『永恆之火』面前發誓。」

「你們看，」哈夫林人突然說：「有人向我們這邊跑過來了。」

「我們快逃！」亞斯克爾大叫。

「冷靜點，冷靜點。」丹提咧開嘴大笑，用手指撥了撥頭髮。「我認識他，這是鼴鼠，他是這裡的商人，公會的出納，我們一起做過生意。喂，你們看看他臉上的表情！好像在褲子裡拉了屎一樣！鼴鼠，你在找我嗎？」

「我以永恆之火發誓，」鼴鼠把狐狸皮帽往後掀，用袖子擦著額頭，氣喘吁吁地說：「我本來還很確定他們會把你拉到城門塔呢，這眞是個奇蹟啊。我眞覺得奇怪……」

「我還眞是高興，」哈夫林人諷刺地說：「你竟然會覺得奇怪。那就讓我們更高興一點吧，告訴我們爲什麼。」

「別裝傻了，比博爾維特。」鼴鼠皺起眉頭說：「全城都已經知道你在胭脂上賺了多大一筆錢。大家都在談論這件事，這個消息顯然已經傳到領主耳朵裡，當然也傳到了查佩拉耳朵裡。大家都在說，你在波維斯那筆買賣裡幹得有多麼聰明，多麼狡猾。」

「你在鬼扯什麼東西啊，鼴鼠？」

「喔，眾神啊，你夠了沒。丹提，不要再裝了。你買了胭脂嗎？便宜得不得了，一科杰茲才五塊二？對，你買了。胭脂的需求量不大，你利用了這點，用背書匯票付錢，一毛現金都沒有出。然後呢？一天之內你就讓所有貨物的價錢漲了四倍，賺飽了現金。你也許想無恥地告訴我，這是場意外，只是運氣好？你想說，當你買進胭脂的時候，根本不知道波維斯有一場政變？」

「什麼？你在說什麼？」

「波維斯有一場政變！」麝鼠大叫：「那個叫什麼來著的……革命啦！李德國王被趕下台了，現在那裡當政的是提森尼德家族！李德的皇室、貴族和軍隊都是穿藍色衣服，所以那裡的紡織廠本來都只買靛青。而提森尼德家族的顏色是深紅色，於是靛青就滯銷了，而胭脂則漲翻了。那時候大家都知道了，壟斷胭脂的人是誰，就是你啊，比博爾維特！哈！」

丹提沉默著，臉上的表情很陰沉。

「眞狡猾啊，比博爾維特，我們之間沒什麼好說的。」麝鼠繼續說：「你一個字都不對別人講，甚至連好朋友都瞞著。如果你告訴我，我們都可以賺到錢，甚至還可以一起合夥。但是你寧願一個人幹，你這個偷偷摸摸的傢伙。這是你的選擇，但你以後也別想靠我了。看在永恆之火份上，哼，千眞萬確，每個哈夫林人都是自私自利的混帳、狗屎不如的東西。維莫・維瓦第根本八輩子都不會給我背書匯票，而對你呢？馬上就給了。因爲你們這些傢伙都是一夥的，你們這些受詛咒的、不是人的東西，你們這些該死的哈夫林人和矮人。你們早死早好！」

麝鼠往地上吐了口痰，轉過身就走了。丹提沉思著搔著腦袋，用力得連頭髮都發出聲音來了。

「我好像想到什麼了，男孩們。」他終於說：「我已經知道我們該做什麼了，去銀行吧。如果有人可以在這一切之中理出個頭緒，那個人就是我的銀行家朋友維莫・維瓦第。」

「這和我想像中的銀行不一樣。」亞斯克爾東張西望，低聲說：「他們到底把錢藏在哪裡，傑洛特？」

「鬼才知道。」獵魔士小聲說，一邊把被撕破的外套袖子遮起來。「也許在地下室？」

「狗屁。我四處看過了，這裡沒有地下室。」

「那一定是在閣樓。」

「先生們，請到辦公室裡面來吧。」維莫・維瓦第說。

長桌前坐著年輕的人類，還有不知道已多少歲的矮人們。他們全都忙著在羊皮紙上抄寫一排排數字和字母。毫無例外地，所有人都彎著腰，微微地吐著舌頭。獵魔士想，這項工作雖然單調，但是做的人卻得全神貫注，把所有的精力都花在那上頭。角落的矮凳上坐著一個看起來像乞丐的老人，他正笨手笨腳地忙著把羽毛筆削尖。

銀行家小心地把辦公室的門關上，摸著那梳理得很整齊、長長的白鬍子。他的鬍子上到處都是墨水造成的斑點。他理了一下身上的暗紅色天鵝絨長衫，他的肚子十分肥大，以致於衣服上的釦子扣得七零八落。

「歡迎，亞斯克爾先生。」他在堆滿了羊皮紙的巨大桃花心木桌前坐下。「您和我想像中的完全不一樣呢。我知道您所寫的歌，我聽說過，比如說那首關於因爲沒人要而投水自殺的萬妲公主的歌【註】，還有那首關於一隻掉進茅房的翠鳥……」

「那不是我寫的。」亞斯克爾氣紅了臉。「我從來沒寫過這種玩意！」

「啊，眞是對不起。」

「我們開始談正經事吧？」丹提插嘴：「時間不多了，而你們還在講這種沒大腦的話。我有大麻煩了，維莫。」

「我本來就在擔心了。」矮人點著頭說：「如果你還記得，我曾警告過你了，比博爾維特。我三天前就告訴過你，不要把錢浪費在那個過期的魚油上頭。便宜又怎樣？重要的不是面值，而是轉賣時可以獲得的利潤。同樣的道理也可以用在你那些玫瑰油、蜜蠟和陶碗身上。丹提，你到底是發了什麼瘋，才會去買這些狗屎？而且還是用現金付，而不是理智地用信用證或是本票。我告訴過你了，在拿威格拉德的倉庫放這些東西的費用貴得要死，而在兩個禮拜內這些費用就會超出貨品的三倍。而你……」

「嗯，」哈夫林人小聲地哀叫：「說啊，維瓦第。我怎麼樣？」

「而你說，沒什麼好怕的。你會在二十四小時內把所有的東西賣光。而現在你跑來說自己有麻煩了，還笑得像個傻瓜一樣博取同情。行不通，對不對？費用越變越高了，是不是啊？哈，眞糟糕，眞糟糕。我要怎麼把你從這爛攤子裡救出來，丹提？你要是有替那堆垃圾保險的話，我還可以馬上叫個行員

【註】傳說，德國一個王子想要娶萬妲公主爲妻，萬妲公主不答應，德國人惱羞成怒要以大軍鎮壓克拉科夫，萬妲公主決定投水以身殉國，平息戰爭。此處顯然是作者利用典故所製造的笑料。

去偷偷把倉庫燒掉。不，我親愛的，現在能做的只有一件事了，就是以哲學的方式來看待它，也就是對自己說：『狗在上面拉了一堆屎。』這就是生意，有時候你賺一票，有時候賠一票。再說，這些錢算什麼呢，哼，魚油、蜜蠟和玫瑰油，一點價值都沒有，我們還是來談正經的生意吧。告訴我，我是不是要賣掉那些含羞木的樹皮了，因爲出價開始穩定在五又六分之五了。」

「啊？」

「你聾了啊？」銀行家皺起眉頭。「最後一次的出價是五又六分之五。我希望你是回來表示同意的？因爲七你是得不到的，丹提。」

「我回來？」

維瓦第摸了摸鬍子，從裡面挑出一小塊麵包捲的碎片。

「你一小時前來過。」他平靜地說：「你告訴我，要到七才可以賣。你買進價錢的七倍，也就是一磅兩克朗又四十五庫伯。這太高了，丹提，即使是這麼完美的市場。皮工廠已經協商好了，他們會維持這個價錢，我保證……」

門開了，一個戴著綠色氈帽、穿著花兔毛皮衣、腰上繫著麻繩腰帶的生物跑了進來。

「商人蘇利米爾出兩克朗十五！」他尖聲大叫。

「六又六分之一。」維瓦第很快地算了算。「我們該怎麼辦，丹提？」

「賣出！」哈夫林人大叫：「翻了六倍，而你還在考慮啊，我靠？」

房間裡跑進來第二個同樣的生物，戴著黃色帽子，穿著看起來像個舊袋子的斗篷。就像第一個生物，他的身高大概是兩厄爾。

「商人比博爾維特有令，七倍以下不許賣！」他大叫一聲，用袖子擦了擦鼻子然後跑了出去。

「啊哈。」矮人沉默了一陣後說：「一個比博爾維特說要賣，另一個比博爾維特說要等，眞是有趣的情況。我們該怎麼辦，丹提？你應該現在就告訴我們，我們是不是要等第三個比博爾維特下令把樹皮放到槳帆船上，然後運到狗頭國去？嗯？」

「這什麼？」亞斯克爾大叫，指著那一直站在門邊、戴著綠帽的生物。「這到底是什麼，我靠？」

「年輕的諾姆。」傑洛特說。

「毫無疑問。」維瓦第冷淡地說：「他不是頭年老的巨怪，他到底是什麼並不重要。好啦，丹提，洗耳恭聽。」

「維莫，」哈夫林人說：「拜託，不要問問題，發生了一件可怕的事。把這句話聽進去吧，我，蓼草草原的丹提．比博爾維特，誠實的商人，對這裡發生了什麼事完全沒有任何概念。把一切都告訴我，包括所有的細節，這三天來到底發生了什麼事。拜託你，維莫。」

「眞有趣。」矮人說：「但是既然我收了佣金，我就必須完成老闆的願望，不管是什麼願望。那就聽仔細了，三天前你喘著氣來到這裡，給了我一千克朗的押金，然後你要求我給你兩千五百二十的背書匯票，支付給持有人。我照做了。」

「沒有擔保嗎？」

「沒有。我喜歡你，丹提。」

「說下去，維莫。」

「第二天早上你又咚咚咚地跑來了，你要求我開一張給維吉馬銀行的信用證，金額可不是開玩笑的——三千五百克朗。如果我記得沒錯，受款人是個什麼提爾．路克齊安，也叫作楚費。好啦，於是我就開了一張這樣的信用證。」

「沒有擔保。」哈夫林人滿懷希望地說。

「我對你的喜愛，比博爾維特——」銀行家嘆了一口氣說：「上限差不多是三千克朗。這次我向你要了書面的保證，如果你不能把錢還來，磨坊就是我的了。」

「什麼磨坊？」

「你岳父阿爾諾．哈德巴特姆的磨坊，位在蓼草草原。」

「我不回家了。」丹提陰沉、但肯定地說：「我要混上一艘船，去當海盜。」

維莫．維瓦第抓了抓耳朵，帶著狐疑的眼光看著他。

「呃，」他說：「你早就把那份保證領回去撕掉了啊，你有的是錢可以還。沒什麼好奇怪的，有這樣的利潤……」

「利潤？」

「是啊，我忘了。」矮人嘟囔：「我不應該為任何事驚訝的。你在胭脂上頭做了一筆大生意，比博爾維特。你看，波維斯發生了一場政變……」

「這我已經知道了。」哈夫林人打斷他。「靛青滯銷，而胭脂漲價了，而我大大賺了一票。對不對，維莫？」

「沒錯。你在我這裡存放了六千三百四十三克朗又八十庫伯。淨利，扣掉了我的佣金和稅金。」

「你幫我付了稅金？」

「不然要怎樣。」維瓦第奇怪地說：「一個小時前你明明在這裡叫我付的啊。行員已經把錢拿到市政廳去了。差不多有一千五百多吧，因為賣馬的利潤當然也算進去了。」

門砰一聲地打開了，一個戴著很髒的帽子的生物闖了進來。

「兩克朗三十！」他大叫：「商人哈扎魁斯特！」

「不賣！」丹提大叫：「我們在等更好的價錢！快！兩個都快點回交易所！」

兩個諾姆接住了矮人丟給他們的銅板，然後消失不見。

「對……我剛才講到哪裡了？」維瓦第邊想，邊把玩著一個巨大、奇形怪狀、拿來當文鎮的紫水晶。

「啊哈，講到你用本票買胭脂的事。而我剛才提到的信用證，你是拿它來買一大堆含羞木的樹皮。那玩意你買了很多，但價格很便宜，一磅三十五庫伯，你是向贊威巴的仲介——楚費還是史馬茲買的。槳帆船是昨天到港口的，而這一切就是那時候開始的。」

「我可以想像。」丹提呻吟。

「為什麼有人會需要含羞木的樹皮？拿來做什麼？」亞斯克爾忍不住問。

「什麼都不能做。」哈夫林人陰沉地低聲說：「很可惜。」

「含羞木的樹皮，詩人先生——」矮人解釋：「皮匠會用來磨平皮革。」

「如果有人要花錢買從海外運來的含羞木皮，」丹提插嘴：「那他眞是個大白痴。特馬利亞明明就可以買到橡樹皮，根本不用花什麼錢。」

「這就是整件事的重點。」維瓦第說：「因爲特馬利亞的德魯伊剛好宣布，如果人們不馬上停止濫砍橡樹，他們就會開始在全國散布蝗蟲和老鼠。德律阿得也支持德魯伊，而那裡的國王愛死了德律阿得。長話短說：從昨天開始實施了禁運特馬利亞橡樹的政策，這就是爲什麼含羞木的價格會上漲的原因。你的消息很靈通嘛，丹提。」

房間那頭傳來一陣咚咚的腳步聲，然後那個戴著綠帽的玩意又氣喘吁吁地跑進了辦公室。

「偉大的商人蘇利米爾……」諾姆喘著氣說：「叫我重複他的話：商人比博爾維特，哈夫林人，是頭野豬、長滿硬毛的投機商人和騙子，商人蘇利米爾詛咒比博爾維特全身潰爛。他出兩克朗四十五，這是他最後的價錢了。」

「賣出。」哈夫林人很快回應：「去吧，小子，趕快去和他說。算帳，維莫。」

維瓦第從一捲捲的羊皮紙下抽出矮人的小算盤，製作精細，簡直稱得上是藝術品。和人類所使用的算盤不同，矮人的算盤看起來像是個鏤空的小金字塔。維瓦第的算盤是用金線做的，上面用來算術的珠子磨得很光滑、有稜有角，是大小剛好的紅寶石、綠寶石、縞瑪瑙和黑瑪瑙。矮人用胖胖的手指飛快、精準地把算盤上的珠寶上下左右打了一陣。

「這會是……嗯，嗯……扣掉成本和我的佣金……扣掉稅金……沒錯，一萬五千六百二十二克朗又二十五庫伯。還不賴。」

「如果我算的沒錯，」丹提・比博爾維特慢慢地說：「我在你這裡所有的淨利應該是……」

「剛好是兩萬一千九百六十九克朗又五庫伯，還不賴。」

「不賴？」亞斯克爾大叫：「不賴？這麼多錢可以買個大村莊，或是一座小城堡了！我活了這麼一輩子沒看過這麼多錢！」

「我也沒有。」哈夫林人說：「但是不要太興奮了，亞斯克爾。現在的情況是，這些錢任何人都還沒看到，也不知道會不會有人看到。」

「喂，比博爾維特，」矮人不高興地說：「幹嘛這麼悲觀呢？蘇利米爾不是付現金，就是付信用證，而蘇利米爾的信用證是有保證的。到底是怎麼一回事？你在擔心那個腐爛的魚油和蜜蠟的損失嗎？賺了這麼多錢，要補償那點損失是小事一件啦……」

「不是這個問題。」

「那是什麼問題？」

丹提咳嗽了一聲，低下了長滿了鬈髮的頭。

「維莫，」他看著地板說：「查佩拉盯上了我們。」

銀行家咂了咂嘴。

「眞糟糕。」他不情願地說：「不過你應該早料到這一點才對。你看嘛，比博爾維特，你在生意上用的那些訊息，不只有商業方面的意義，還有政治方面的意義。波維斯和特馬利亞發生的那些事根本沒有人知道，這其中也包括查佩拉，而查佩拉喜歡第一個知道。現在好啦，就像你想的一樣，他正在思索你是怎麼知道這些事的。我想啊，他已經猜到了。因爲我也猜到了。」

「眞有意思。」

維瓦第打量著亞斯克爾和傑洛特，皺了皺圓滾滾的鼻子。

「有意思？你們的團隊才有意思呢，丹提。」他說：「吟遊詩人、獵魔士和商人。恭喜啊。亞斯克爾先生經常出入各種場合，甚至是國王的宮殿，他一定在那裡偷聽了不少消息。而獵魔士呢？他是你私人的護衛嗎？是拿來嚇跑債主的？」

「結論也下得太快了，維瓦第先生。」傑洛特冷冷地說：「我們不是團隊。」

「而我，」亞斯克爾漲紅了臉說：「我才不會在任何地方偷聽。我是個詩人，不是個間諜！」

「人們說的可不一樣啊。」矮人歪著嘴笑了。「眞的很不一樣，亞斯克爾先生。」

「謊話！」吟遊詩人大叫：「根本是放狗屁！」

「好啦，我相信，我相信。只是我不知道，查佩拉會不會相信這一點。誰知道，也許一切都會順利解決，不會造成什麼傷害。我告訴你啊，上一次中風以後，查佩拉變了很多。也許是因爲這個經驗，讓他終於嚐到了對死亡的恐懼，逼他不得不好好想想，也就是說，他已經不是原來的查佩拉了。他變得有禮貌、有理性、平和，而且……而且彷彿變得誠實了。」

「喂，」哈夫林人說：「查佩拉會誠實？有禮貌？這不可能。」

「我只是陳述事實。」維瓦第回答：「而事實，就像我說的一樣。除此之外，教堂現在有別的問題要煩惱，這個問題就是永恆之火。」

「什麼？」

「人們說，到處都要燃燒著永恆之火，這裡的每個地方，都要建起崇拜永恆之火的聖壇，要建多得不得了的聖壇。不要問我細節，丹提，我對人類的迷信不是很了解。但是我知道所有的祭司——還有查佩拉——他們幾乎不管其他的事，只管這些聖壇和火的事，他們在做一場盛大的準備。稅金一定會漲的，我敢保證。」

「嗯，」丹提說：「眞不值得高興，但是……」

門再度開了，那個獵魔士之前看過、戴著綠帽、穿著花兔皮衣的生物衝進辦公室裡來。

「商人比博爾維特說，」他說：「陶碗如果不夠，就要多買一點，價錢不重要。」

「太好了。」哈夫林人微笑著說——而他的微笑看起來像隻憤怒山貓的嘴。「我們會買很多的碗，因爲商人比博爾維特的話對我們來說就是命令。我們還要買什麼？包心菜？松焦油？鐵耙？」

「還有，」穿著兔皮衣的生物沙啞著嗓子說：「商人比博爾維特要求三十克朗現金，因爲他必須交賄賂金、吃點東西、喝杯啤酒，而在『矛頭』酒店有三個無賴搶了他的皮包。」

「啊哈，三個無賴。」丹提拉長了聲音說：「是啊，這個城市好像充滿了無賴嘛。如果可以問的話，現在那位偉大的商人比博爾維特人在哪裡？」

「還會在哪裡？」那個生物吸了吸鼻子說：「如果不在城西的市集。」

「維莫，」丹提語帶威脅地說：「不要問我問題，但給我找根堅固的大手杖。我要去城西的市集，但是沒有大手杖，我去不了，那裡太多無賴和小偷了。」

「大手杖？找得到的。但是丹提，有件事我很想知道，因為這件事讓我很擔憂。我是不該問問題的，所以我不問，我用猜的，你只要表示是或是不是就行了。好不好？」

「猜吧。」

「那些過期的魚油、玫瑰油、蜜蠟和小碗，還有那個天殺的繩子，這是障眼法吧？你想把競爭對手的注意力從胭脂和含羞木上移開，是不是？要讓市場上一片混亂？嗯？丹提？」

門猛地打開了，房間裡衝進來一個沒戴帽子的生物。

「山蔘說，一切都準備好了！」他尖叫：「他問，要不要倒下去？」

「倒下去！」哈夫林人大吼：「馬上就倒！」

「我以老魯達林那的紅鬍子發誓！」當諾姆把身後的門關上時，維莫大叫：「我一點也不明白！這裡發生了什麼事？倒什麼？把什麼倒進什麼？」

「我也完全搞不清楚。」丹提承認：「但是生意，維莫，是要讓它越滾越大的。」

IV

傑洛特費力地擠過人群，來到一個掛滿了銅鍋、深鍋和平底鍋的攤子，那些鍋子在傍晚的夕陽下映出紅色微光。攤子後頭站著一個留著紅鬍子的矮人，他戴著橄欖色兜帽，穿著笨重的、用海豹皮做的鞋子。他臉上明顯地帶著不情願的表情——說得更直截了當一點，他看起來像是下一秒鐘就要往正在選鍋子的女客戶臉上吐口水。女客戶搖晃著胸部還有一頭金色鬈髮，連珠砲似地向矮人說了一長串的話，根本聽不出意思。

女客戶不是別人，正好就是薇絲普拉本人，傑洛特眼中的投石機。他不等她認出自己，就快速地躲進人群之中。

城西的市集充滿了生氣。因爲人群的關係，走在那兒就像是要走過山楂樹叢一樣，每走幾步路，就會有東西抓住身上的袖子或褲管——比如說和媽媽走散的孩子（他們的媽媽這時正在把爸爸從賣酒的帳篷裡拖出來）或是衛兵室的間諜，不然就是那些非法販賣隱身帽、春藥和刻在雪松木板上春宮圖的小販。傑洛特臉上已經沒有笑容，他開始咒罵，並且善用手肘的力量把人群推開。

他聽到魯特琴的聲音，還有那熟悉的咯咯笑聲。這些聲音是從一個五彩繽紛的攤子傳來的，上面還裝飾著標語：「這裡有神奇的玩意、護身符和釣魚用的餌。」

「有沒有人告訴過您，您長得很美麗？」亞斯克爾大叫，坐在攤子上，快樂地晃著兩條腿。「沒有嗎？不可能！這城裡的人都瞎了眼了，這城市什麼都不是，就是座瞎子的城市。快啊，好人們！誰想聽聽關於愛情的民謠？誰想要豐富性靈、滿足心靈上的需要，就讓他把錢丟到這頂帽子裡來。喂小子，你手上拿著什麼擠到這裡？拿著什麼？銅板就留給乞丐吧，不要用銅板來污衊藝術家。我可以原諒你，但是藝術是不會原諒你的！」

「亞斯克爾，」傑洛特走近他說：「我以爲我們分散開來是要去找多普勒的。而你卻在這裡開起了音樂會。你在市集上像個乞丐一樣唱歌，不覺得丟臉嗎？」

「丟臉?」吟遊詩人驚訝地說:「重要的是唱什麼,還有怎麼唱,而不是在哪裡唱。除此之外,我餓了,而攤子的主人答應要給我午飯。至於多普勒呢,你們就自己去找吧。我對追蹤、打架和私刑是不在行的,我是個詩人。」

「你最好不要大聲嚷嚷,詩人。你的未婚妻在這裡,也許會有麻煩的。」

「未婚妻?」亞斯克爾緊張地眨了眨眼。「你在說哪一個?我有好幾個。」

薇絲普拉手中拿著一只銅製平底鍋,像頭準備攻擊的原牛,從聽歌的人群中擠了過來。亞斯克爾從攤子上跳了起來,拔腿就跑,靈活地閃開了擺在地上、裝著紅蘿蔔的籃子。薇絲普拉轉過頭,轉向獵魔士,把鼻孔張大。傑洛特往後退去,他的背碰到了攤子牢固的牆壁。

「傑洛特!」丹提.比博爾維特大叫,從人群中跳出來,把薇絲普拉撞到一邊。「快點,快點!我看到他了!喔,在那裡,他要逃了!」

「我不會放過你們的,你們這些淫蟲!」薇絲普拉尖叫,一邊努力維持平衡。「我還要和你們這群豬狗不如的東西算帳!真是漂亮的團隊啊!雉雞、衣服破破爛爛的傢伙,還有兩腳毛茸茸的侏儒!你們給我記住!」

「那裡,傑洛特!」丹提大叫,一邊跑,一邊撞倒了正專心玩著「三個貝殼」的一群學生。「那裡,那裡,他要躲到兩輛馬車之間去了!從左邊擋住他!快點!」

他們追上前去,被他們撞到的小販和客戶在他們身後不斷叫罵。傑洛特差一點就撞倒了一個在他腳邊流著鼻涕的小孩,雖然他在千鈞一髮之刻跳過對方,卻撞倒了兩只裝滿了鯡魚的大木桶。漁夫見狀,憤怒地用一條活鰻魚狠狠抽他的背——不久之前，他才正在向客戶展示這條魚。

他們發現了多普勒，他正努力地沿著關住羊的圍欄逃跑。

「從另一邊！」丹提大叫：「從另一邊堵住他，傑洛特！」

多普勒以飛快的速度跑過圍欄，像支離弦的箭。見不到他的人，只看到他綠色的背心在晃動。他爲什麼不變成別人，這件事現在已經很明白了。如果要比速度，沒有人比得過哈夫林人，除了第二個哈夫林人，還有獵魔士。

傑洛特看到多普勒一溜煙猛地改變了方向，靈巧地鑽過了圍欄的木板縫隙，跑向那個用來當作屠宰場和肉舖的帳篷。丹提也看到了。他跳過竿子，開始試著從那一群咩咩叫、擁擠的羊群中擠過去。很明顯地，他趕不上。傑洛特轉了個彎，跟著多普勒鑽過圍欄的木板縫隙。他突然感覺到身上一陣撕扯，聽到皮革撕裂的聲音，接著外套的另一條袖子——在胳肢窩的地方——突然也變得鬆垮垮的了。

獵魔士停了下來，咒罵了一聲。他往地上吐了口痰，然後再罵了一次。

丹提跟著多普勒跑進帳篷。裡面傳來大叫、打架聲、叫罵和可怕的噪音。

獵魔士罵了第三次，比前兩次都難聽。然後他咬牙切齒地舉起右手，比出了阿爾德符咒，對準帳篷打了過去。帳篷猛烈搖晃，就像暴風雨中的帆船，裡面傳出了瘋狂的尖叫、重物倒地的聲音，還有閹牛的嚎叫。帳篷倒了下來。

多普勒從帆布下匍匐著鑽了出來，忙不迭地逃向另一頂比較小的帳篷——八成是冷藏室。傑洛特想也不想，就把手掌往他的方向伸過去，用符咒重重地往對方背部打了一記。多普勒像是被閃電劈到一樣倒在地上，翻了個觔斗，但馬上就爬了起來逃到帳篷裡去。獵魔士絲毫不放過他，立刻跟了進去。

帳篷裡飄著肉的臭味，四處漆黑一片。

塔立克·隆格列文克·列托特站在裡面，大聲喘息，用兩隻手抱住吊在棍子上、被切成兩半的豬。帳篷沒有第二個出口，而帆布被很密的木釘緊緊地釘在地面，沒有可以鑽出去的縫隙。

「眞高興再次看到你，祕密客。」傑洛特冷冷地說。

多普勒粗聲喘著大氣。

「不要再來打擾我了。」他終於喘著氣說：「爲什麼你一直纏著我不放，獵魔士？」

「塔立克，」傑洛特說：「你問了個蠢問題。爲了得到比博爾維特的馬和他的身分，你狠狠地打了他的頭，還把他丟在荒郊野外。你現在還利用他的身分給他製造出一堆麻煩，並且哈哈大笑。鬼才知道你接下來打算做什麼。但是不管怎麼樣，我都不會讓你完成你的計畫。我不想殺你，也不想把你交給政府，但是你必須離開這座城市，我會親自確認你做到這件事。」

「如果我不想呢？」

「那我就把你裝到麻袋裡，用獨輪車推著你出去。」

多普勒猛地開始膨脹，然後突然變瘦、變高，他栗色的鬈髮變白了，也不再鬈曲，長度一直披到肩膀。他身上的綠色背心變成了油亮的黑色皮革，而手臂和袖口之處覆滿了銀色飾釘。他圓滾滾且紅潤的臉蛋拉長了，變得蒼白。

他的右肩後方出現了一把劍的劍柄。

「不要過來。」第二個獵魔士粗著嗓子說，微微一笑。「不要靠近，傑洛特。我不會讓任何人碰我。」

我的微笑還眞是難看，傑洛特邊想邊抽出劍。我的嘴也眞難看，我瞇眼的樣子眞是難看斃了，所以這就是我的長相？天殺的。

多普勒的手和獵魔士的手在同一時間碰到了劍柄，兩把劍同時出鞘。兩個獵魔士同時輕輕地跳了兩步——先是向前，然後向旁邊。兩人都同時抬起劍，舞出了短促、發出嘶聲的劍花。

兩人都同時停下動作，僵在原地。

「你沒辦法打倒我。」多普勒咆哮：「因爲我是你，傑洛特。」

「你弄錯了，塔立克。」獵魔士低聲說：「丟下劍，變回比博爾維特。不然你會後悔的，我警告你。」

「我是你。」多普勒重複：「你不會比我強。你沒辦法打倒我，因爲我就是你！」

「你根本不知道當我是怎麼一回事，祕密客。」

塔立克放下緊握著劍的手。

「我是你。」他重複。

「不。」獵魔士反對：「你不是。你知道爲什麼嗎？因爲你是小小的、可憐的、善良的多普勒。你可以殺了比博爾維特，把他的屍體埋在森林裡，這樣就萬無一失，永遠不必擔心自己會被任何人發現，即使是丹提那鼎鼎大名的老婆——葛羅朵妮亞．比博爾維特。但你沒有這麼做，塔立克，因爲你下不了手。因爲你是小小的、可憐的、善良的多普勒，在朋友之間，你的名字是杜杜。不管你變成什麼人，你永遠都不會改變，你只會複製我們之中好的那一部分，因爲壞的那一部分你不明白，你就是這個樣子，多普勒。」

塔立克往後退去，把背靠在帳篷布上。

「所以，」傑洛特繼續說：「現在就變成比博爾維特，乖乖地讓我把你的手綁起來，你是無法對抗我的，因爲我是你沒辦法複製的東西。這點你很清楚，杜杜。因爲有一瞬間，你接收了我的思想。」

塔立克猛地直起身子，他的臉——現在是獵魔士的臉——變得模糊，流散開來。他白色的頭髮飄了幾下，開始變黑。

「你是對的，傑洛特。」他口齒不清地說，因爲他的嘴唇正在改變形狀。「我接收了你的思想。只有一下子，但是足夠了。你知道我現在打算做什麼嗎？」

獵魔士的皮外套染上了發亮的、矢車菊的色彩。多普勒微微一笑，整理了一下李子色、別了白鷺羽毛的帽子，又拉了一下肩膀上繫著魯特琴的帶子。沒多久以前，那把魯特琴還是一柄劍。

「我告訴你我打算做什麼，獵魔士。」他發出亞斯克爾咯咯的響亮笑聲。「我會離開這兒，擠到人群裡，悄悄地變成任何一個人，即使是乞丐。因爲我寧願在拿威格拉德當個乞丐，也不要當個荒野中的多普勒。拿威格拉德欠我的，傑洛特。這座城市的興起毀了我們的環境——在那個環境中，我們可以以本來面目在裡面生活。他們撲殺我們，把我們趕盡殺絕，像是在追殺凶狠的惡狗。我是少數存活下來的多普勒之一，我想要活下去，而我也會活下去。以前，當狼群在冬天追趕我時，我變成了狼，和狼群一起跑了好幾星期。我活了下來。現在我也會這麼做，因爲我已經不想在荒野上疲倦地奔跑，不想在地洞裡過冬，不想永遠餓著肚子，不想不斷地被當作箭矢的目標。在這裡，在拿威格拉德，很溫暖，有東西可以吃，可以賺到錢，而且人們很少拿弓箭射向彼此。拿威格拉德是一批狼群。我要加入這個狼群，並且活下來。你明白嗎？」

傑洛特緩慢地點了點頭。

「你們給了這些人小小的、共存的機會——」多普勒繼續說，臉上掛著亞斯克爾那自大的微笑。「——包括矮人、哈夫林人、諾姆，甚至是精靈。爲什麼我就比較差？爲什麼不允許我有這樣的權利？我得做什麼，才能在這個城市裡活下去？變成精靈女，有著母鹿般的眼睛、絲絹般的頭髮，還有兩條修長的腿？嗯？精靈女到底是哪點比我優秀了？是不是因爲你們看到精靈女就會流口水，而看到我就會想吐？我去你們的這種理論。我不管怎樣都會活下來的。我知道怎麼做。作爲一匹狼，我跑過、嚎叫過，爲了搶一頭母狼和其他的狼互相撕咬。作爲拿威格拉德的居民，我會做生意、用柳條編籃子、乞討或者偷東西。作爲你們之中的一員，我會做那些你們平常會做的事。誰知道，也許我還會結婚？」

獵魔士沒說話。

「沒錯，就像我說的。」塔立克平靜地說：「我要出去了。而你，傑洛特，不要試著阻止我，甚至連動都不要動。因爲我有一瞬間了解了你的思想。也包括那些你不想承認的思想，那些你甚至連自己都隱瞞的思想。如果你想要阻止我，你就得殺了我。而要冷血地把我殺死的想法，就夠讓你感到噁心無比。對不對？」

獵魔士沉默著。

塔立克再次調整了一下綁著魯特琴的皮繩，轉過身，往出口走去。他走得很大方，但是傑洛特知道，他縮起了脖子和肩膀，準備好要面對劍鋒的颼聲。他把劍收入劍鞘。多普勒在走到一半的時候停下來，轉過身看他。

「保重，傑洛特。」他說：「謝謝。」

「保重，杜杜。」他回答：「祝你好運。」

多普勒再次轉身，走向擁擠的市集，跨著亞斯克爾的步伐——精神奕奕、歡快、搖搖擺擺。就像亞斯克爾一樣，他用力地揮舞著左手。像亞斯克爾一樣，他朝打旁邊經過的女孩露齒微笑。傑洛特慢慢地跟在他身後，非常慢。

塔立克邊大步走，邊抓起魯特琴，他慢下了腳步，彈了兩個和弦，然後開始在琴弦上彈出那個傑洛特熟悉的旋律。他微微轉過身，開始唱。

他的聲音和亞斯克爾一模一樣。

春天會回來的，雨水洗刷著路面／和煦的陽光溫暖著心靈／一定得這樣，因爲那火在我們之中燃燒／那永恆之火，就是希望……

「把這首歌對亞斯克爾唱一遍吧，如果你記得的話。」他叫道：「還有告訴他，『冬天』這個標題太爛了，這首民謠應該要叫作『永恆之火』。再會了，獵魔士！」

「喂！」突然有人大叫：「雉雞！」

塔立克驚訝地轉過身。攤位後面走出來胸部猛烈搖晃的薇絲普拉，惡狠狠地瞪著他。

「你在找妓女嗎，騙子？」她嘶聲說，胸部晃得更令人興奮了。「渾蛋，你還在唱歌啊？」

塔立克脫下帽子，鞠了一躬，咧開嘴露出亞斯克爾的招牌笑容。

「薇絲普拉，我親愛的。」他諂媚地說：「見到妳我是多麼高興啊。原諒我，我的甜心。我對不起妳……」

「你是對不起我，你是對不起我！」薇絲普拉大聲打斷他：「而你欠我的，現在就得還！看招！」

巨大的銅製平底鍋在陽光下發出耀眼的光芒，然後咚一聲敲到了多普勒頭上。塔立克的臉僵住了，表情看起來愚蠢無比。他晃了兩下，然後手向左右兩側伸出去，摔倒在地上。他的臉突然開始改變，像液體一樣流向四處，看起來已經不像是任何東西。看到這一點，獵魔士飛奔到他身邊，半路上順手從攤位抓了一大塊繡織地毯。他在地上攤開地毯，然後踢了兩腳，把多普勒踢上去，接著很快且緊緊地把他捲了起來。

他坐在那一包東西上，用袖子擦了擦額頭。薇絲普拉緊緊捏著手中的平底鍋，惡狠狠地盯著他。而旁邊也聚集了越來越多圍觀的人。

「他病了。」獵魔士擠出微笑說：「這麼做是爲他好。不要一直擠過來，好人們，這個可憐人需要空氣。」

「你們聽見了嗎？」查佩拉突然推開群眾走出來，用平靜但響亮的聲音說：「拜託不要圍在這裡！請散開來！禁止圍觀！要罰錢的！」

群眾在眨眼間就散了開來。就在這時，亞斯克爾正好彈著魯特琴，大步地走了過來。一看見他，薇絲普拉發出一聲可怕的尖叫，丟下平底鍋，飛奔著跑過廣場。

「發生了什麼事？」亞斯克爾問：「她看到鬼了嗎？」

傑洛特從那包東西上站起身來，底下的塔立克開始微弱地移動了。查佩拉慢慢地走近他們。他是獨自一人，到處都看不見他的私人護衛。

「我不會靠近，」傑洛特低聲說：「查佩拉先生，如果我是您，我不會靠近。」

「你這麼認為嗎？」查佩拉咬著薄薄的嘴唇，用冰冷的眼神看著他。

「如果我是您，查佩拉先生，我會假裝自己什麼都沒看到。」

「嗯，這是當然。」查佩拉說：「但你不是我。」

丹提・比博爾維特喘著氣、滿身大汗地從帳篷後跑了出來。他一看到查佩拉就停了下來，吹起口哨，把雙手背到背後，假裝在欣賞穀倉的屋頂。

查佩拉走到傑洛特身邊，靠得很近。獵魔士沒有動，只是瞇起了眼睛。他們彼此打量了一陣，然後查佩拉在那包東西前彎下腰。

「杜杜，」他對著從繡織羊皮地毯捲裡露出來、變得奇形怪狀的亞斯克爾的鞋子說：「變成比博爾維特，快點。」

「什麼？」丹提大叫，目光從穀倉轉移過來。「什麼？」

「安靜點。」查佩拉說：「嗯，杜杜，怎麼樣？」

「好了……」地毯裡傳出一聲壓抑的喘息：「好了……馬上……」

地毯捲裡露出來的鞋子流散開來，變得模糊，然後變成了哈夫林人毛茸茸的光腳。

「出來吧，杜杜。」查佩拉說：「而你，丹提，給我安靜點。對人類來說，每個哈夫林人都長得一樣。對不對？」

丹提口齒不清地說了一句什麼。傑洛特依然瞇著眼，以懷疑的眼光看著查佩拉。查佩拉這時直起身，目光往周圍掃了一圈。原本站在附近的人，這時都散了開去，只留下木頭路面上的腳步聲，越來越遠，越來越小聲。

丹提・比博爾維特二號吃力地從地毯中滾著爬了出來。他打了個噴嚏，坐了起來，揉了揉眼睛和鼻子。亞斯克爾在旁邊的箱子上坐了下來，彈起了魯特琴，臉上帶著些微的好奇表情。

「你覺得這是誰呢，丹提？」查佩拉柔聲問：「長得很像你，你不覺得嗎？」

「這是我的表弟。」丹提很快地回答，露齒一笑。「他和我很親近。蓼草草原的杜杜・比博爾維特，非常有生意頭腦，我正打算……」

「打算什麼，丹提？」

「我正打算任命他爲我在拿威格拉德的仲介人。表弟，你說呢？」

「喔，謝謝，表哥。」和丹提很親近、很有商業頭腦的比博爾維特家之光咧開大嘴笑了。查佩拉也微微一笑。

「夢想實現了嗎？」傑洛特低聲說：「關於在城市裡的生活？你們在這座城市裡到底看到了什麼？杜杜……還有你，查佩拉？」

「去荒野上去住幾天，」查佩拉也低聲回答：「吃吃樹根，全身弄得濕答答，凍個半死，你就會知道了。我們也想要過愉快的人生，傑洛特，我們並不比你們差。」

「確實。」傑洛特點點頭說：「你們並不比我們差。有些時候，你們甚至還比我們好。眞正的查佩拉怎麼了？」

「翹辮子了。」查佩拉二號說：「這是兩個月前的事了，中風。希望他在地下安息，而永恆之火爲他照耀。我剛好就在附近……沒有人注意到……傑洛特，你不會……」

「沒有人注意到什麼？」獵魔士面不改色地問。

「謝謝。」查佩拉低聲說。

「你們在這裡還有其他同伴嗎？」

「這重要嗎？」

「不。」獵魔士同意。「這不重要。」

大馬車和攤位後面，小跑步跑出一個身高有兩厄爾的小個子，頭戴綠色帽子，身穿花兔皮衣。

「比博爾維特先生。」諾姆喘著氣大叫，左顧右盼，看了看第一個哈夫林人，又看了看第二個。

「我想啊，小子，」丹提說：「你有事要找我的表弟。說吧，說吧，他就在這裡。」

「山蔘說，都賣掉了。」諾姆說，然後露出尖尖的牙齒，咧嘴一笑。「每個四克隆。」

「我想我知道你在說什麼。」丹提說：「可惜維瓦第不在這裡，要是他在的話，眨眼間就可以算出利潤了。」

「讓我來，表哥。」塔立克·隆格列文克·列托特說——他的短名是潘思托克，小名是杜杜，而對整個拿威格拉德來說，他是龐大的比博爾維特家族的一員。「讓我來，讓我來算。我對數字的記性是錯不了的，就像其他的事一樣。」

「請便。」丹提鞠了一躬說：「請便，表弟。」

「成本，」多普勒皺起眉說：「不是很高。油十八塊，魚油八塊五，嗯……所有的東西，連繩子在內，四十五克隆。營業額：六百個乘以四克隆，也就是兩千四百。沒有仲介費，因爲沒有仲介人……」

「請不要忘了稅金。」查佩拉二號提醒：「請不要忘了，你們面前站著的是城市和教堂的代表，他可是很嚴肅、很認眞地看待自己的責任。」

「免稅。」杜杜·比博爾維特說：「因爲這是一筆爲了神聖目的而做的買賣。」

「啊？」

「把魚油、蜜蠟，還有一點用胭脂染色的玫瑰油以適當的比例混合，」多普勒解釋：「然後再把混合物倒進陶碗裡，放一條繩子進去就成了。這樣燒起來的繩子會燒出很美麗的紅色火焰，可以燒很久，而且不會臭。永恆之火。祭司們需要這些油燈，好放在永恆之火的祭壇上。現在他們已經不需要了。」

「我靠……」查佩拉低聲說：「沒錯……我們確實是需要油燈……杜杜，你眞是天才。」

「從我母親那裡得來的。」塔立克謙虛地說。

「是啊，就像他母親一樣。」丹提同意。「看看他那雙聰明的眼睛，就像是我那親愛的阿姨，貝格妮亞．比博爾維特的一樣。」

「傑洛特，」亞斯克爾哀號：「他在三天內就賺到了比我唱歌唱一輩子還要多的收入！」

「我要是你，」獵魔士嚴肅地說：「我就會放棄唱歌，改行做生意。去拜託他吧，也許他會收你當學徒。」

「獵魔士，」塔立克拉住他的袖子說：「告訴我，我要怎麼……謝謝你……」

「二十二克朗。」

「什麼？」

「買新外套的錢，你看看我的外套變成什麼樣子了。」

「你們知道嗎？」亞斯克爾突然大叫：「我們一起上妓院去！去『西番蓮』！比博爾維特出錢！」

「他們會讓哈夫林人進去嗎？」丹提擔心地說。

「他們敢不讓你們進去，就讓他們試試看。」查佩拉擺出威脅的面孔。「就讓他們試試看，而我會告他們散布邪說。」

「嗯，」亞斯克爾叫：「沒問題。傑洛特，你來嗎？」

獵魔士低聲笑了。

「你知道嗎？亞斯克爾——」他說：「樂意之至。」

一點犧牲

一

美人魚從水中浮出來，露出上半身，手掌使力拍擊著海面。傑洛特看到她有著形狀非常美麗——或者應該說是完美的——乳房，然而乳房的顏色卻使效果大打折扣——乳頭是墨綠色的，旁邊的乳暈只比墨綠色淡了一點。美人魚靈巧地調整自己的姿勢，好適應身旁的海潮，她優雅地彎下腰，甩了甩那一頭濕潤、淡綠色的頭髮，然後開始美妙地唱歌。

「什麼？」親王把身子從柯克船的船沿往外傾。「她說什麼？」

「她拒絕。」傑洛特說：「她說，她不想要。」

「你向她說了我愛她嗎？你告訴她我沒辦法想像沒有她的生活嗎？還有我想和她結婚的事？只有她，不要別人？」

「我說了。」

「然後呢？」

「沒有回答。」

「那就再說一次。」

獵魔士把手指放到嘴唇前，發出一串抖動的顫音。他努力思索合適的字句和旋律，開始翻譯親王的話。

美人魚仰天躺在水面上，打斷了他的話。

「不用翻譯了，省點力氣吧。」她唱：「我明白了，當他說他愛我的時候總是一臉很白痴的表情。他說了什麼具體的事嗎？」

「不太多。」

「可惜。」美人魚拍了拍水，潛入海中。她用力地彎起尾巴，用尖細、流線型的尾鰭拍打海面，激起一陣泡沫。

「什麼？她說了什麼？」親王問。

「可惜。」

「什麼可惜？這是什麼意思，可惜？」

「我想，這是表示她拒絕。」

「她不能拒絕我！」親王大叫，否定了這個再明顯不過的事實。

「殿下，」船長走過來低聲說：「網都準備好了，只要撒下去，她就是您的了……」

「我建議你們別這麼做。」傑洛特悄聲說：「她不是一個人，水底下還有其他的人魚。而在他們之下的海底深處，可能有大海怪。」

船長抖了一抖，臉色蒼白，用兩隻手抓住屁股——完全沒有意義的動作。

「大……大海怪？」

「沒錯。」獵魔士說：「我建議你們別拿漁網來開玩笑。她只要尖叫一聲，這艘船就會變成一塊塊漂浮在海面上的木板，而我們會像小貓一樣淹死。再說，阿格洛瓦，你是要和她結婚還是要用網把她抓起來放到木桶裡，快點決定吧。」

「我愛她。」阿格洛瓦強硬地說：「我想要她當我的妻子，但前提是她要有一雙腿，而不是長滿鱗片的魚尾巴。這是辦得到的，因爲我花了兩磅美麗的珍珠買了魔法藥水，而且是有保障的。她只要喝下去，就會長出腿來。只是會受一點苦，三天而已，一天都不多。叫她出來，獵魔士，再把這些話告訴她一遍。」

「我已經說了兩遍。她說不可能，她不同意。但是她加了一句，她認識海底的巫師，莫須曲卡，她可以用咒語把你的腿變成漂亮的魚尾巴，一點都不會痛。」

「她八成是瘋了！讓我有一條魚尾？門都沒有！傑洛特，叫她出來！」

獵魔士把身體盡量往外傾。在船的陰影下，海水看起來是綠色的，而且像肉凍一樣濃稠。他不必叫她。美人魚突然從水裡浮了出來，身旁濺出像噴泉一樣的水花。她用尾巴在水面上直立了一陣子，然後才游進海浪中，平躺在海面上，完整地露出她身上最美麗的部分。傑洛特吞了一口口水。

「喂，你們！」她唱：「還要很久嗎？我的皮膚都要被太陽烤乾了！白頭髮的，問他到底同不同意。」

「他不同意。」獵魔士唱了回去：「施娜茲，請妳明白，他不能有魚尾巴，他不能住在水底下。妳還可以呼吸空氣，但他在水底是完全沒辦法的！」

「我就知道！」美人魚尖叫：「我就知道！藉口，愚蠢、天眞的藉口，一點點犧牲都不想付出！要是他眞的愛我，就該犧牲啊！我已經爲他作出了犧牲，我每天都爲了他爬到岩石上去，臀部上的魚鱗都刮掉了，尾鰭也弄破了，還因此得了感冒！而他竟然不想爲我犧牲那兩條難看的腿？愛情不只是需索無度，也要知道如何放棄，如何犧牲！把這些話向他說一遍！」

「施娜茲！」傑洛特大叫：「妳不明白嗎？他不能在水底下生活！」

「我不接受愚蠢的藉口！我也……我也喜歡他，也想和他生小魚，但要怎麼做？如果他不想變成雄魚，我要把蛋下在哪裡，啊？帽子裡嗎？」

「她說什麼？」親王大叫：「傑洛特！我不是帶你來這裡和她聊天的，而是……」

「她堅持自己的看法，她很生氣。」

「把漁網拿過來！」阿格洛瓦大吼：「把她關在池裡一個月，就……」

「去你的！」船長舉起手肘，比出粗野的手勢。「我們底下可能會有大海怪！您看過大海怪嗎，殿下？如果你想要，就自己跳下水用手捉住她吧！我是不會插手管這事的！我可還要靠這船過活啊！」

「你是有我的仁慈才活得下去，渾蛋！拿網來，不然我就叫人把你吊死！」

「去親狗的屁股吧！在這艘船上，我才是老大！」

「你們兩個安靜點！」傑洛特生氣地大吼：「她在說話，這是很難懂的方言，我必須專心！」

「我受夠了！」施娜茲尖著嗓子唱：「我餓了！白頭髮的，叫他作出決定，叫他馬上就決定。和他說一件事就好了：如果他仍然看起來像隻四角的海星，我不會再自取其辱和他混下去。告訴他，他在岩石上要我和他玩的性遊戲，我有好多女朋友都做得比他好！但我覺得那是不成熟、還沒換鱗片的小孩玩的遊戲。我是一隻正常、健康的美人魚……」

「施娜茲……」

「不要打斷我！我還沒說完！我是隻正常、健康的美人魚，已經成熟得可以下蛋了。而他，如果他眞的愛我，就要有條尾巴、尾鰭，還有所有正常男人魚要有的東西。不然我就不想再和他有任何瓜葛！」

傑洛特很快地，盡量含蓄地把美人魚的話翻譯給親王聽。他做得不太成功。親王漲紅了臉，惡狠狠地咒罵了一聲。

「不要臉的妓女！」他大叫：「冷血的青花魚！就讓她去找一條鱈魚好了！」

「他說什麼？」施娜茲游過來，好奇地問。

「他說他不想要長尾巴！」

「那就告訴他……告訴他，我希望他乾死！」

「她說什麼？」

「她說，」獵魔士翻譯：「希望你淹死。」

≡

「唉，眞可惜，我不能和你們一起去。」亞斯克爾說：「但是有什麼辦法，我一上船就會吐得昏天黑地，去也只是浪費時間。你知道，我這一生還沒和美人魚說過話呢。好可惜，我幹。」

「以我對你的了解，」傑洛特一邊綁馱包，一邊說：「你還是會把歌謠寫出來的。」

「當然，我已經寫好第一段了。在我的歌謠中，美人魚爲親王犧牲，把魚尾巴變成了美麗的雙腿，但她要付出的代價就是失去自己的聲音。親王背叛、拋棄了她，她在悔恨中死去，在第一道曙光出現時變成了海面的泡沫……」

「誰會相信這種狗屁？」

「不重要。」亞斯克爾噴了口鼻息說：「歌謠不是寫來讓人相信的，是寫來讓人感動的。但是我和你說這有什麼用呢，你對這根本一竅不通。你還是快告訴我，阿格洛瓦給了你多少錢？」

「一毛都沒有，他認定我沒有把工作做好。他預期的是別的結果，而他是看結果付錢，不是看我做了什麼努力。」

亞斯克爾搖搖頭，脫下帽子，嘴角揚起憂鬱的弧線，看著獵魔士。

「這就是說，我們還是沒有錢囉？」

「似乎是這樣。」

亞斯克爾的表情更憂鬱了。

「這一切都是我的錯。」他哀號：「都是我害的。傑洛特，你生我的氣嗎？」

不，獵魔士不生亞斯克爾的氣。一點都不。

毫無疑問，他們所遭遇的事是亞斯克爾一手造成的，是亞斯克爾——而不是別人——堅持他們要到四棵楓樹的嘉年華會上看看。詩人說，嘉年華會能安撫人類自然及心靈深處的需求。他主張人們三不五時就該和其他人聚會，一起縱聲大笑、放聲歌唱、大嚼烤肉串和餃子、喝啤酒、聽音樂，還有在跳舞時捏一把女孩們溢滿香汗的奶子。如果每個人——詩人繼續解釋——都想以小規模、暫時性、沒有規畫的方式解決這些需要，那只會弄出一團無法收拾的混亂。這也就是爲什麼人們發明了節慶和嘉年華，既然節慶與嘉年華已經存在，那就應該去參加。

傑洛特沒有和他爭論，雖然在他自己的「自然和心靈深處需求」名單上，參加嘉年華排在很後面。然而他還是同意陪亞斯克爾一起去，並且希望在有人群聚集的場所可以得到工作機會——很長一段時間以來都沒有人雇用他，而他身上拿來備用的現金已經越來越少了。

獵魔士不怪亞斯克爾去招惹獵場看守人，他自己也有錯——他明明可以插手、拉住吟遊詩人的。他沒有這麼做，他自己也很討厭這些赫赫有名的森林守衛者，他們又叫作獵場看守人，也就是打擊非人類生物的志願組織。聽著他們在那裡自吹自擂，談著被亂箭射死、被尖刀刺死，以及被吊死的精靈、波洛維克和德律阿得，他自己也覺得怒火中燒。和獵魔士一起流浪而以爲可以天不怕地不怕的亞斯克爾，這時候則打破了自己的紀錄。

守衛者一開始並沒有對亞斯克爾那些引起圍觀村民狂笑的嘲弄、挑釁和下流的暗示作出反應。然而，當亞斯克爾唱出他那首飛快寫下的、下流又侮辱人的歌謠，以及最後一段的歌詞：「如果你想當個無名小卒，那就去當個獵場看守人。」那時就爆發了爭執，並且上演了一場全武行。用來當舞廳的小屋被燒得乾乾淨淨。四棵楓樹的領主，博地伯格伯爵——又叫禿頭——派出了守衛隊來鎮壓這件事。他們認定獵場看守人、亞斯克爾和傑洛特是所有損失和罪行的共犯，其中也包括誘拐一個紅髮的啞巴未成年少女——整件事情結束後，人們在倉庫後頭的灌木林裡發現了她，臉上帶著紅暈和愚蠢的微笑，長袍被撩了起來，一直撩到腋下。

幸運的是，禿頭認識亞斯克爾，所以整件事可以靠罰款來解決——然而，這筆罰款卻花掉了他們身上所有的錢。同時，他們還必須以最快的速度離開四棵楓樹，因為那些被趕出村子的獵場看守人已經威脅要報復，而附近的森林裡還有一整隊在獵羅莎卡的獵場看守人——人數超過四十個。傑洛特一點都不想被獵場看守人的箭射中——獵場看守人的箭頭就像魚叉一樣呈鋸齒狀，會造成非常嚴重的傷勢。

於是他們必須放棄原先的計畫——本來他們是想要繞過圍繞在森林邊的村莊，因為在那兒獵魔士有可能會找到工作。他們改道去海邊，去布來梅爾沃德。可惜的是，除了幫助阿格洛瓦和美人魚施娜茲進行那不可能的談判，獵魔士沒找到其他工作。他們把獵魔士的金印戒和亞斯克爾的金綠玉胸針——那是吟遊詩人那數不清的未婚妻之一送他的紀念品——拿去換食物，但那也已經用光了。他們現在過得三餐不繼，但是不，獵魔士不生亞斯克爾的氣。

「不，亞斯克爾。」他說：「我不生你的氣。」

亞斯克爾不相信，這從他保持沉默這點可以看得出來。亞斯克爾很少沉默。他拍了拍馬兒的脖子，不知第幾次翻著馱包。傑洛特知道，他在裡面不會找到任何可以拿來賣錢的東西。微風中可以聞到從附近農莊傳來的食物香味，這股氣味已經越來越令人難以忍受。

「大師？」有人大叫：「嘿，大師！」

「我就是。」傑洛特轉過身。從停在旁邊、由兩頭驢子拉著的雙輪馬車中爬出來一個大腹便便的魁梧男人，他腳下踏著氈子做的鞋子，身上穿著用狼皮製的厚重袍子。

「呃……那個……」大肚男走過來，尷尬地說：「不是說您，先生……我說的是亞斯克爾大師。」

「正是。」詩人驕傲地直起身子，整理了一下頭上別著白鷺羽毛的帽子。「您需要什麼，好人？」

「尊貴的先生，」大肚子說：「我是特樂利．德伍哈德，香料商人，這裡商會的長老。我的兒子加斯帕德，最近剛和船長梅斯特文的女兒妲莉雅訂了婚。」

「哈。」亞斯克爾仍然一副高高在上的樣子。「恭喜，我向新人祝賀。但是您需要我做什麼？難道是初夜權的事嗎？這我是從來不曾拒絕的。」

「啊？不……不是那個……事情是這樣的，典禮和宴會今天晚上就要舉行了，當我太太聽說大師您來到了布來梅爾沃德，就開始一直在我耳朵旁邊碎碎唸，就像所有的女人一樣。您聽聽，她對我說了什麼：『特樂利，我們要讓所有人看到，我們和那群鄉巴佬是不一樣的，我們可是有文化、懂藝術的。在我們家裡，如果有宴會，那可是心靈方面的享受，而不只是狂喝猛吐。』我就對那個笨女人說了，我們已經找了個吟遊詩人來，這還不夠嗎？她說：『一個才不夠，一個算什麼？只有請到有名的亞斯克爾大師來，我們才能讓那些鄰居們羨慕得咬牙切齒。』大師？我們有沒有這樣的榮幸……我準備好了二十五塔拉，當然，這只是一點象徵，對藝術的贊助……」

「我是不是聽錯了？」亞斯克爾拖長了聲音問：「我？我要當第二個吟遊詩人？另一個音樂家的附

屬品？我？先生啊，我還沒有墮落到那種程度，要來給別人伴奏！」

德伍哈德漲紅了臉。

「請原諒，大師。」他口齒不清地說：「我不是這樣想的……但是我太太……請原諒……請給我們這個榮幸……」

「亞斯克爾，」傑洛特悄聲從牙縫中說：「不要太驕傲，我們需要這一點錢。」

「不要對我說教！」詩人生氣地說：「我驕傲？我？你看看你自己！你每隔兩天就會拒絕一份可以賺錢的工作，要我怎麼說你？希裏奇你不殺，因爲快絕種了。沃希柯【註一】你不殺，因爲對人類無害。夜怪【註二】你也不殺，因爲它們很可愛。而龍你更不殺，因爲行規不允許。我，你搞清楚，我也是有自尊的！我也有自己的準則！」

「亞斯克爾，拜託，爲我做這件事。一點犧牲，朋友，就這樣而已。我保證，下一份工作到來的時候，我也不會臭著一張臉。喂，亞斯克爾……」

吟遊詩人看著地面，用手摸了摸長滿了淡色軟鬍子的下頷。德伍哈德張開嘴，走近過來。

「大師……給我們這個榮幸吧，如果我沒請到您，我太太是不會原諒我的。嗯……我們就訂三十吧。」

「三十五。」亞斯克爾強硬地說。

傑洛特微笑了，滿懷希望地吸了吸鼻子，吸著從農莊傳來、飄著食物香味的空氣。

「好的，大師，好的。」德伍哈德很快地說。他回答得如此之快，任何人都看得出來如果有必要，他連四十都會付。「而現在……如果你們想到我家梳洗或休息，就把它當自己家一樣。您，先生……您怎麼稱呼？」

「利維亞的傑洛特。」

「而您，當然，我也請您一起來。喝點、吃點東西……」

「當然，我們很樂意。」亞斯克爾說：「親愛的德伍哈德先生，帶我們上路吧。對了，您就告訴我吧，第二個吟遊詩人是誰？」

「尊貴的艾絲．達凡小姐。」

Ⅲ

傑洛特再次用袖子擦拭外套上的銀飾釘和腰帶上的帶釦，用手指梳了梳用乾淨髮帶綁好的頭髮。然後他清理了靴子，用一只靴筒擦拭另一只。

「亞斯克爾？」

【註一】沃希柯（Wojsilek）是種對人類無害的生物，但人類喜歡獵殺它們；據說如果把它手掌上的骨頭磨成粉和湯一起喝下，就有壯陽的功能。

【註二】夜怪（Nocnica）是種看起來很友善的怪物，但在莎文娜節（精靈的節日之一，在十月和十一月的交界）前夕，它們會對孕婦施法，使她們的孩子變成斯奇嘉（一種吸血鬼，見《最後的願望》中的〈獵魔士〉）。

「啊哈？」吟遊詩人把別在帽子上的白鷺羽毛弄得平順，然後拉了拉穿在身上的外套。他們兩人都花了半天的時間才把身上的衣服弄乾淨，看起來整齊、體面了一點。「什麼事，傑洛特？」

「試著有禮貌一點，好讓他們在晚宴結束後把我們轟出去，而不是在它開始之前。」

「你在開玩笑吧。」詩人不高興地說：「你才要小心一點你的態度呢。我們進去吧？」

「我們進去吧。你聽到了嗎？有人在唱歌，是個女人。」

「你現在才聽到啊？這是艾絲・達凡，又叫作小眼睛。怎樣，你從來沒看過女吟遊詩人嗎？對啦，我忘了，你通常都不會到藝文場所去。小眼睛是個有天分的女詩人和歌手，但是她也有她的缺點，比如說自大。正如我所聽到的，她的自大狂妄還眞不是蓋的呢。她現在正在唱的這首歌，就是我寫的。爲了這個，我馬上就要去對她說幾句話，要教她聽了馬上哭出來。」

「亞斯克爾，行行好，他們會把我們轟出去。」

「不要插手，這是職業上的事。我們進去吧。」

「亞斯克爾？」

「嗯？」

「爲什麼叫她小眼睛？」

「你看到就明白了。」

晚宴是在大倉庫裡面舉行的，本來放在這裡的一桶一桶的鯡魚和魚油都已經被搬走了。人們在所有可以掛的地方掛滿了槲寄生和石南的花串，用來掩蓋——雖然掩蓋得不是很完全——魚的味道。依照習俗，到處掛著一串串用來嚇跑吸血鬼的大蒜。蓋了白色桌布的桌子和長椅被移到了牆邊，而角落裡則臨時搭起了大火堆和烤肉棍。空間裡擠滿了人，但並不會很吵。大概有五十幾名從事各種職業、有著不同身分地位的人——其中也包括長滿粉刺的準新郎，還有痴痴地看著他、有著朝天鼻的準新娘——都專心、安靜地聽著一個女孩響亮、動聽的歌聲。女孩穿著樸實的藍色連身裙，坐在高台上，膝蓋上擺了一把魯特琴。她看起來不會超過十八歲，身材十分纖瘦，有頭柔軟的長髮，顏色是深沉、偏暗的金色。當他們走進去的時候，女孩剛好唱完了歌，點著頭感謝觀眾如雷的掌聲，她的頭髮隨著動作而搖曳。

「歡迎，大師，歡迎。」德伍哈德打扮得很漂亮，朝氣蓬勃地跑到他們身邊，把他們帶到倉庫的中央。「歡迎，還有您，傑拉德先生……？榮幸……對……請讓我來……各位女士，各位先生！這就是給了我們榮幸、讓我們深感榮幸的客人……亞斯克爾大師！著名的歌手和三流詩人……我是說，詩人。他給了我們莫大的榮幸，我們深深感到榮幸，我們榮幸地……」

掌聲和尖叫適時響起，不然德伍哈德大概就要結結巴巴地榮幸個沒完沒了、至死方休了。亞斯克爾驕傲地紅著臉，帶著一副高傲的表情，隨隨便便地鞠了個躬，然後伸出手向女孩們揮了揮。女孩們坐在長桌旁，看起來像是一排蹲坐在棲木上的母雞，由一群老女人保護著。她們僵硬地坐著，好像是被木匠用的膠還是什麼更強的黏膠黏在椅子上似的。毫無例外，她們所有人都緊緊地把腿併起來，把手放在腿上，她們的嘴都微微地半張著。

「現在，」德伍哈德大叫：「好啦，喝吧，朋友們，快吃！請吧，請吧！盡量用……」

房間裡的人潮像海浪一樣湧向放滿了食物的桌子。穿著藍色連身裙的女孩擠過人群，向他們走來。

「你好，亞斯克爾。」她說。

「像星星一樣的眼睛」——傑洛特一直以爲這只是個陳腔濫調、老掉牙的形容詞。尤其是從他開始和亞斯克爾一起旅行，這個想法變得更加根深柢固，因爲詩人總是一逮到機會就會大用特用這個讚美詞——通常都是濫用。然而，即使像是獵魔士這樣對詩詞一竅不通的人，也不得不承認這個詞用來形容艾絲·達凡眞是再貼切也不過了。因爲在她那張小巧、友善、討人喜歡但沒什麼特色的臉蛋上，卻長著一隻美麗、閃閃發光、有著深藍色光澤的大眼，令人一看就無法移開視線。艾絲·達凡的另一隻眼睛大部分時間都被覆蓋在垂到臉頰上的金色髮絲下。那一撮頭髮每隔一段時間就會被掀起來——當艾絲把頭往後甩的時候，還有當她把頭髮吹起來的時候。那時她的第二隻眼睛就會露出來，看起來一點都不比第一隻遜色。

「妳好啊，小眼睛。」亞斯克爾說，露出不懷好意的神色。「妳剛才唱了一首蠻好聽的歌嘛，這讓妳的曲目變得比以前出色太多了。我總是這麼說：如果自己寫不出好聽的歌，那就要借別人的。妳借了很多嗎？」

「一些。」艾絲·達凡很快地反擊，她微微一笑，露出白色的小巧牙齒。「兩首或三首，我本來想借更多的，但是表演不太成功。歌詞爛透了，而旋律呢，雖然好聽又簡單——我們就不要說它簡陋吧——卻不是我的聽眾想要的。你寫了什麼新歌嗎，亞斯克爾？我最近可沒聽說啊。」

「這一點都不奇怪。」亞斯克爾嘆氣：「在我唱歌的地方，只會邀請有天分和有名的歌手。而這種地方，妳通常是不會去的。」

艾絲的臉微微地紅了紅，她把蓋在臉上的頭髮吹了起來。

「確實。」她說：「我不會去妓院，那裡的氣氛總是會讓我沮喪不已。我真同情你，你必須在那樣的地方唱歌。但是沒辦法，事情已經是如此了。如果沒有天分，那就沒辦法選擇觀眾。」

現在亞斯克爾的臉漲得很紅。小眼睛這時卻開心地大笑了起來，突然把手環繞到他的脖子上，大聲地親了一下他的臉頰。獵魔士覺得有點奇怪，但並不是很訝異。她畢竟是亞斯克爾的同行，她的行事風格就像亞斯克爾一樣無法預測。

「亞斯克爾，你這隻老綠金翅鳥。」艾絲說，手仍然環抱著亞斯克爾的脖子。「我真高興又看到你了。你看起來氣色很好，腦筋也很清楚。」

「喂，小手套偶。」亞斯克爾摟著女孩的腰，把她抱起來繞著自己甩了一圈，連她身上的連身裙都飛了起來。「妳真是棒透了，眾神啊，我好久沒有聽到這麼棒的罵人的話了。妳吵起架來，比妳唱歌還要漂亮！而妳看起來真是美呆了！」

「我拜託你很多次了，」艾絲吹起眼前的頭髮，用眼睛瞄了一下傑洛特。「不要叫我小手套偶，亞斯克爾。還有啊，現在該向我介紹你的同伴了吧。如我所見，他並不是我們的同行。」

「謝天謝地，他不是。」吟遊詩人大笑：「他啊，小手套偶，既不會唱歌，也不會聽歌，而說到押韻呢，也只會『屁』和『踢』。這是獵魔士那行的代表，利維亞的傑洛特。過來，傑洛特，親親小眼睛的手。」

獵魔士走近，不太知道該怎麼辦。親吻手部——其實是親吻戒指——通常是對女公爵以上身分的女人才會做的，而且必須跪下。而對於這個身分地位以下的女人做這個動作，在南方這裡，只有挑逗而沒有其他意義。而且，這個動作只有在非常親密的情侶之間才可以做。

然而，小眼睛卻解決了他的疑惑。她十分樂意地、高高地舉起手掌，把手指朝下。他笨拙地牽起她的手，隨便地親了一下。艾絲仍然睜著她美麗的大眼睛看著他，臉微微地紅了。

「利維亞的傑洛特，」她說：「你真是找了個不錯的同伴啊，亞斯克爾。」

「我的榮幸。」獵魔士咕噥。他很清楚，他這句話和德伍哈德剛才的長篇大論有得拚。「艾絲小姐……」

「去見魔鬼吧。」亞斯克爾噴了口鼻息說：「不要用這些口齒不清的話和頭銜讓小眼睛尷尬。她的名字叫艾絲，他叫傑洛特，介紹完畢。我們開始談正經的吧，小手套偶。」

「如果你再叫我一次小手套偶，我就搧你耳光。我們要談什麼正經事？」

「要安排一下我們怎麼唱。我建議輪流，每人各唱幾首。做做效果。當然，各自唱自己的歌。」

「可以。」

「德伍哈德給妳多少？」

「與你無關。誰先開始？」

「妳。」

「好。喂，你看看那邊是誰來了。尊貴的阿格洛瓦親王，現在正走進來了，你們看。」

「呵，呵，」亞斯克爾高興地說：「觀眾的水準變高了。雖然，從另一方面來說，他沒什麼好指望的。這傢伙小氣得很，這點傑洛特可以作證。這裡的親王啊，天殺的不喜歡付錢。當然，雇用他是會的，但付帳的部分就比較糟糕了。」

「我聽說了。」艾絲看著傑洛特說，把臉上的頭髮甩開。「在港口和小港，人們都在談論這件事。著名的施娜茲，對不對？」

擠在門口的人群站成一排，向阿格洛瓦深深鞠躬，他微微地點了點頭。他幾乎是立刻就走向德伍哈德，把他拉到一邊，表示他不希望成爲眾人尊崇和讚揚的焦點。傑洛特用眼角觀察他們。他們的談話很小聲，但是看得出來兩人都很激動。德伍哈德不時用袖子擦額頭、搖頭、伸手抓脖子。他問了幾個問題，親王一臉陰鬱地聳了聳肩，作爲回答。

「親王殿下——」艾絲靠近傑洛特，低聲說：「看起來好像很忙的樣子。難道又是愛情的煩惱嗎？今天早上和著名的美人魚發生誤會了？是不是，獵魔士？」

「也許。」傑洛特斜眼看著女詩人，對她的問題感到訝異，而且很奇怪地生起氣來。「嗯，每個人都有私人的問題。但不是每個人都喜歡讓別人把這些問題寫成歌，還到市集上去唱。」

小眼睛的臉白了一白，她吹了一下眼前的頭髮，然後挑戰性地看著他。

「你說這句話是要污辱我，還是只是要傷害我？」

「兩者都沒有，我只是想要預防接下來關於阿格洛瓦和美人魚的問題。我不覺得我有權替這些問題提供答案。」

「我懂了。」艾絲．達凡美麗的眼睛微微瞇了起來。「我不會再讓你陷於這種困難的處境。我不會再問任何我本來想問的問題，這些問題——如果要我老實說——我本來只把它們當作一場愉快談話的開場白和邀請。嗯，這場談話不會發生了，所以你也不必害怕它的內容會在某個市集上被人演唱。再見了，和你談話很愉快。」

她很快地轉過身，走到桌子旁邊，人們馬上就尊敬地圍上來歡迎她。亞斯克爾侷促不安地站著，意有所指地咳嗽了一聲。

「我不會說，你對她來說是個特別有禮貌的人，傑洛特。」

「我搞砸了。」獵魔士承認：「沒錯，我傷害了她，一點原因都沒有。也許我該過去向她道歉？」

「算啦。」吟遊詩人說，然後像是作出判決似地加了一句：「要再一次給人第一印象，是不可能的事。走吧，我們還是去喝啤酒得好。」

他們還來不及喝到啤酒，德伍哈德就擠過一群大聲談笑的城裡人，向他們走了過來。

「傑拉德先生，」他說：「殿下想要和您說話。」

「我馬上過去。」

「傑洛特。」亞斯克爾抓住他的袖子。「別忘了。」

「什麼？」

「你答應會接任何工作，不會有任何抱怨，我可是真的相信你的話。你是怎麼說的？一點犧牲？」

「好啦，亞斯克爾。但你怎麼知道阿格洛瓦……」

「我感覺到了。記住，傑洛特。」

「好啦，亞斯克爾。」

他和德伍哈德來到房間角落，遠離其他賓客。阿格洛瓦坐在一張矮桌前，他身旁有一名皮膚晒黑了的男人，穿著色彩繽紛的衣服，蓄著黑色短鬚。傑洛特之前沒注意到他。

「我們又見面了，獵魔士。」親王開口：「雖然今天早上我還在咒罵再也不想看到你。但這附近找不到別的獵魔士，所以我也不得不雇用你了。認識一下澤列斯特，他是我的執行官，也是採珍珠的負責人。說吧，澤列斯特。」

「今天早上，」皮膚黝黑的男人低聲說：「我們想要到平常以外的地區去採珠。於是派了一艘船航行到西邊，在海岬之後，靠近龍齒那裡。」

「龍齒，」阿格洛瓦插嘴：「是在海岬邊緣的兩個巨大的火山礁，從我們的海岸可以看見它們。」

「嗯。」澤列斯特同意：「平常我們是不會去那裡採珠的，因爲那裡有漩渦和石頭，在那裡潛水不安全，但海岸的珍珠越來越少了。船上一共有七個人，兩個船員、五個潛水夫，其中還包括一個女人。當他們到了晚上還沒回來，我們開始感到不安，雖然海面十分平靜，就像是灑了一層橄欖油似的。我們派了幾艘很快的輕舟過去，沒多久就找到了船，漂浮在海上。船上沒有一個人，沒有一個生還者，所有人都消失了，就像掉到水裡的石頭。我們不知道究竟發生了什麼事，但一定是發生了打鬥，那眞是淒慘啊。留下的痕跡……」

「是怎麼樣的？」獵魔士瞇起眼。

「嗯，整個甲板上都濺滿了血。」

德伍哈德發出斷的一聲，不安地四下張望。澤列斯特壓低了聲音。

「沒錯。」他重覆，咬牙道。「船上四處都有血，但甲板上的情況看起來最為慘烈，簡直就是一場血戰。某種東西殺了這些人。人們說，是海中的怪物。毫無疑問，是海中的怪物。」

「不是海盜？」傑洛特低聲說：「不是競爭的採珠船？已經排除一般自相殘殺的可能了嗎？」

「我們排除這些可能。」親王說：「這裡沒有海盜，也沒有競爭的採珠船。而自相殘殺的結果不會使所有人都消失，所有人。不，傑洛特，澤列斯特是對的。這是海中的怪物，不是別的。聽著，現在沒有人敢出海了，即使是靠近陸地、漁民都熟悉的漁場。人們都嚇得要死，所有的港口都停擺了。甚至連柯克船和槳帆船都停在小港，不肯離開。你明白了嗎，獵魔士？」

「我明白了。」傑洛特點點頭：「誰要帶我去看看？」

「哈。」阿格洛瓦把手放在桌上，手指敲著桌面。「我喜歡這點，這是眞正的獵魔士作風。馬上就進入重點，不說任何廢話。對，這點我喜歡。德伍哈德，我就和你說了，一個好的獵魔士是個飢餓的獵魔士。怎麼樣，傑洛特？要不是你那有音樂天分的朋友，你今晚又要連晚餐也不吃就上床了。我的消息還算靈通吧，是不是？」

德伍哈德低下頭，澤列斯特呆呆地望向前方。

「誰要帶我去看看？」傑洛特說，冷冷地看著阿格洛瓦。

「澤列斯特。」親王說，收起了臉上的笑容。「澤列斯特會帶你去看龍齒，還有怎麼去那裡。你什麼時候打算開始工作？」

「明天一早。澤列斯特先生，我們小港見。」

「好，獵魔士先生。」

「很好。」親王擦了擦手，再次露出諷刺的笑容。「傑洛特，我希望這一次關於怪物的事你能處理得比施娜茲那件事來得好，我眞的這麼希望。啊哈，還有一件事。我禁止你們到處宣揚這件事，現在的恐慌已經夠我受了，我不希望引起比現在更大的恐慌，你聽明白了嗎，德伍哈德？你要是說了一個字，我就把你的舌頭扯出來。」

「我聽明白了，親王。」

「很好。」阿格洛瓦站起身。「那我就走了，不打擾你們的玩樂，不引起更多的流言。保重，德伍哈德。代我向準新人祝賀。」

「謝謝您，親王。」

艾絲．達凡坐在小凳子上，被一群聽眾像花圈一樣包圍著。她正動聽地唱著一首懷舊的歌，關於被情人背叛的女人，以及她悲慘的命運。亞斯克爾靠在一根柱子上，哼著旋律，用手指數著節拍和音節。

「怎麼樣？」他問：「你有工作了嗎？」

「有。」獵魔士沒有說細節。畢竟吟遊詩人對細節沒興趣。

「我就告訴你吧，我感覺到了合約和錢。好，很好。我賺錢，你也賺錢，這樣我們就有得玩了。我們再到奇達里士去，可以趕上採葡萄的節慶。現在我要失陪一下。我在長椅上那裡看到了個有趣的東西。」

傑洛特順著亞斯克爾的目光看過去，除了那十幾個嘴唇半張的女孩，他並沒有看到什麼有趣的東西。亞斯克爾拉了拉長衫，把帽子歪向右耳的方向，然後三步併作兩步地向長椅的方向移動。他有技巧地從側邊避開那些監視著女孩們的老女人，然後開始自己那一貫的微笑儀式。

艾絲・達凡唱完了歌，得到一陣如雷的掌聲、一只小錢袋和一大束漂亮、但已經有點枯萎的菊花。

獵魔士在賓客之間繞來繞去，尋找機會，希望能在放滿食物的桌前找到坐下的位置。他以滿懷思念的眼光看著桌上正在快速消失的醃鯡魚、包心菜捲、煮鱈魚頭、羊排、被撕成一段段的香腸、閹雞、燻鮭魚片和火腿丁。問題是，桌前的長椅上找不到一個空位。

那些年輕的女孩和老女人們有些感動了，她們包圍住亞斯克爾，尖叫著要他上台演出。亞斯克爾虛僞地微笑著拒絕了，假裝謙虛——雖然裝得不是很成功。

傑洛特成功地克服了尷尬，幾乎是以蠻力才擠進了桌前。某個渾身散發著濃烈醋味的老人禮貌又熱心地讓了一個空位給他，差點沒把旁邊幾個鄰座的人擠下長椅。傑洛特立刻動手開始大嚼，三兩下就讓那個他唯一可以拿到的盤子清潔溜溜。全身散發著醋味的老人給他遞上了第二個盤子。爲了表示感謝，傑洛特專心聽著老人那無趣的長篇大論，關於現今這個時代和今天的年輕人。老人堅持把性開放的習俗叫成「腹瀉」，因此傑洛特覺得要保持嚴肅有一點困難。

艾絲站在牆邊，站在一束槲寄生下，一個人獨自給魯特琴調音。獵魔士看到一個穿著有腰身的錦緞長衫的年輕人向她走近，對她說了些什麼，臉上還掛著淡淡的微笑。艾絲看了年輕人一眼，她美麗的嘴唇歪了歪，很快地說了幾個字。年輕人縮了縮身子，然後很快地走開，他的耳朵紅得像紅寶石一樣，在黑暗中紅了很長一段時間。

「……噁心、無恥、下流。」聞起來有醋味的老頭繼續說：「都是一場大大的腹瀉，先生。」

「確實。」傑洛特不確定地同意，用麵包刮著盤裡的汁液。

「各位尊貴的女士和先生，請安靜。」德伍哈德走到大廳的中央，大聲地說。「鼎鼎大名的亞斯克爾大師——雖然他身體有一點不適，又有點疲累——現在要為我們演唱那首關於瑪麗安女王和烏鴉的著名民謠！他是在磨坊主人女兒薇薇爾卡熱切的拜託之下，來為我們唱這首歌的。據他所說，薇薇爾卡的要求是不能拒絕的。」

薇薇爾卡小姐是那些不怎麼漂亮的女孩之一，這一瞬間卻美麗動人了起來。一陣尖叫和掌聲響起，掩蓋了渾身醋味的老人口中的「腹瀉」言論。亞斯克爾等到他們完全靜下來後，才開始彈奏令人印象深刻的前奏，然後開始歌唱，眼光一刻都沒有離開薇薇爾卡小姐——亞斯克爾每唱一段，她就看起來更漂亮一分。真的，傑洛特想，這狗娘養的比葉妮芙在凡格爾堡店裡賣的那些魔法精油和乳膏都來得厲害。

他看到艾絲悄悄地溜過那群圍成半圓、聽著亞斯克爾唱歌的群眾身後，看到她小心翼翼地走出通往陽台的出口。受到一股奇怪本能的指引，傑洛特靈巧地走到桌子後方，然後隨著她走了出去。

她彎身站著，把手肘撐在平台的扶手上，把頭縮在那小巧、聳起的肩膀中。她望著起了波紋的大海，望著映照在海面上的月光和港口的火光。傑洛特腳下的木板發出嘎吱嘎吱聲，艾絲直起身子。

「抱歉，我不打算打擾妳的。」他僵硬地說，在她臉上尋找著剛才她對那個身穿織錦的年輕人擺出的臉色。

「你沒有打擾我。」她微笑著說，把髮絲往後甩。「我走出來不是想獨處，而是想呼吸新鮮空氣。裡面的煙霧和臭氣也讓你覺得煩躁嗎？」

「有一點。但讓我覺得更煩躁的是，我傷害了妳。我是來向妳道歉的，艾絲，試著再次得到愉快談話的機會。」

「該向你道歉的人是我，」她說，用手撐著扶手。「我的反應太激烈了。我的反應總是太過激烈，無法控制自己，請你原諒，並且給我第二次和你談話的機會。」

他走近她身邊，也用手撐著她身旁的扶手。他感覺到從她身上傳來一陣溫暖、若有似無的馬鞭草氣味。他喜歡馬鞭草的氣味，雖然那與接骨木和鵝莓的氣味不同。

「傑洛特，大海會讓你想到什麼？」她突然問。

「不安。」他幾乎是想也不想地回答。

「眞有趣，而你看起來卻是那麼平靜、自制的一個人。」

「我沒有說我感到不安，妳問的是大海讓我想到什麼。」

「聯想會展現出靈魂的面貌。這方面我還知道一點的，我是個詩人。」

「而妳，艾絲，大海讓妳想到什麼？」他很快地問，想要把話題帶離他的不安。

「永恆的律動。」她沒有立即回答。「改變，還有謎、祕密，一種我無法參透的東西。我可以用一千種方法寫它，寫出一千首詩，但是依然寫不到重點。嗯，也許是這樣的東西。」

「這樣說來，」他說，感覺到馬鞭草的氣味對他的影響越來越強了。「妳所感覺到的東西也是不安，而妳看起來卻是那麼地平靜、自制。」

她轉向他，把頭髮往後甩，用美麗的大眼睛盯著他。

「我既不平靜，也不自制。」

然後這件事就發生了，出乎他的意料。他本來只想碰觸——輕輕地碰觸她的手臂，然而，這個動作卻變了調。現在他緊緊地用雙手握住她的纖腰，快速地——雖然並不暴烈——把她拉近身邊，他們的身體很快地接觸彼此，快得幾乎讓人血脈賁張。艾絲的身體突然僵硬了起來，她直起身子，把身體猛地往後彎，雙手用力地掐住他的手，好像想把他的手從自己的腰上推開、掙脫開來。但她沒有這麼做，反而緊緊地握住他的手，把頭往前彎，嘴張開，遲疑了一下。

「你爲什麼……爲什麼這麼做？」她輕聲問。她的眼睛睜得大大的，金色髮絲傾瀉在臉頰上。

他平靜地、慢慢地低下頭，把臉貼近她的臉，然後很快地吻上她的唇。即使是那時候，艾絲也沒有把自己的手從獵魔士抱著她腰的手上拿開，她彎下了腰，避免讓兩人的身體接觸。他們慢慢地旋轉著身子，像是在跳舞一樣。她樂意地親吻著他，技巧純熟，而且吻了很久。

然後，她靈巧、毫不費力地從他手上掙脫開來，轉過身去，再次用手撐著扶手，拱起肩膀。傑洛特突然感到非常恐怖、無法形容地愚蠢。這股感覺讓他無法靠近她，無法抱住她彎下的背。

「爲什麼？」她冷冷地問，沒有轉過身。「你爲什麼這麼做？」

她用眼角看著他，而獵魔士在這一刻知道，他弄錯了。他突然了解到，虛僞、謊言、假裝和炫耀的威勢把他直接帶往一塊沼澤地，在那裡，他和深淵之間只有一層有彈性、薄薄的、以草和青苔組成的毯子，隨時都可能消失、破裂、抽離。

「爲什麼？」她重覆道。

他沒有回答。

「你在爲今晚尋找一個女人嗎？」

他沒有回答。艾絲慢慢地轉身，碰了碰他的手臂。

「我們回大廳裡去吧。」她輕鬆地說。但他並沒有被她的輕鬆搞混，他感覺得到她是多麼緊繃。

「不要擺出那種臉，什麼事都沒有發生，我沒有在爲今晚尋找一個男人，並不是你的錯。是不是？」

「艾絲……」

「我們回去吧，傑洛特。亞斯克爾已經安可三次了。接下來該我了。走吧，我會爲……」

她用奇異的眼光看著他，吹起臉頰上的頭髮。

「我會爲你而唱。」

IV

「哦，」獵魔士裝出一副驚訝的樣子。「你還是回來啦？我以爲今天晚上你不回來了呢。」

亞斯克爾把門閂上，把魯特琴和別有白鷺羽毛的帽子掛到鉤子上，脫下外套拍了拍，然後放在房間一角的布袋堆上。除了布袋、木桶和巨大、裝滿了乾豌豆莖的草褥，這個閣樓房間裡沒有別的家具——

就連蠟燭都放在地板上，旁邊有一灘凝固了的蠟油。德伍哈德雖然佩服亞斯克爾，但很明顯地還沒有佩服到要給他一間房或是側間。

「爲什麼……」亞斯克爾邊脫鞋邊問：「你覺得我不會回來？」

「我本來以爲，」獵魔士用手肘撐起身子，麥稈發出窸窸窣窣的聲音。「你會去薇薇爾卡的窗台下唱小夜曲呢。整個晚上，你都像隻看到母狗的槍獵犬一樣對她吐舌頭。」

「哈、哈。」吟遊詩人大笑。「你眞是笨得可以，你根本什麼都不明白。薇薇爾卡？我根本不在乎薇薇爾卡，我只是想要引起安卡瑞塔的醋勁，而我明天才會去找她。往旁邊挪一點。」

亞斯克爾往草褥上一躺，把蓋在傑洛特身上的破毛毯往自己身上拉。傑洛特感到一股莫名的憤怒，把頭轉向閣樓的小窗戶。要不是那裡住了一隻勤奮的蜘蛛，透過窗戶還可以看到布滿星辰的天空。

「你幹嘛擺一張臭臉？」詩人問：「我吸引女人注意妨礙到你了嗎？從什麼時候開始的？也許你改行當上了德魯伊，發誓要守貞？也許……」

「不要長篇大論了，我很累。難道你沒注意到，這是我們兩個禮拜以來第一次可以睡在草褥上，頭上還有屋頂？難道你不高興，早上起來不必擔心會有人來攻擊我們？」

「對我來說，」亞斯克爾一臉夢幻地說：「沒有女孩躺在上面的草褥不是一張草褥。這是不完整的快樂，而不完整的快樂又是什麼？」

傑洛特發出一聲沉悶的呻吟，就像每次亞斯克爾想要在晚上開始滔滔不絕發表言論的時候一樣。

「不完整的快樂，」吟遊詩人專心地聽著自己的聲音說：「就像……就像是被打斷的吻……你爲什麼咬牙切齒，我可以知道嗎？」

「你眞是無聊透頂，亞斯克爾。你的腦子裡什麼都沒有，就只有草褥、女孩、屁股、奶子，還有被打斷的吻——被那對準新人的父母放出來的狗打斷的。沒辦法，看來你也不能不如此。看來，只有輕浮——我們就別說它是毫無自省能力的悖德吧——才能讓你們寫民謠、寫詩和唱歌。這很顯然地——把它寫下來吧——是天才的陰暗面。」

獵魔士說得太多，而且語氣不夠冷靜。亞斯克爾輕而易舉且準確無誤地作出了解讀。

「啊哈。」他平靜地說：「艾絲・達凡，又叫作小眼睛。美麗小眼睛的小眼睛停在獵魔士的身上，把獵魔士弄得心神不寧。獵魔士在小眼睛面前表現得像個在公主面前的學生。與其把錯怪到自己身上，他卻把錯怪到她身上，還想要在她身上尋找她的陰暗面。」

「胡說八道，亞斯克爾。」

「不，我親愛的。艾絲令你印象深刻，這點你是藏不住的，而且我也看不出這裡面有什麼不道德。但是小心，不要犯錯了。她不像你想的那樣。就算她的天分眞的有陰暗面，也不是像你想的那樣。」

「我猜，」獵魔士說，克制自己的聲音。「你很了解她。」

「是很了解，但不是像你想的那樣，眞的不是。」

「你得承認，這句話從你口中說出來，眞是有創意。」

「你眞是蠢。」吟遊詩人把身子舒展開來，把雙手放到脖子下面。「我幾乎是在童年時期就認識小手套偶了，她對我來說就像……嗯……就像個小妹妹。我再說一次，不要在她面前犯愚蠢的錯誤。你這樣會對她造成很大的傷害，因爲你也在她心中留下了很深的印象。承認吧，你想和她做那檔子事嗎？」

「就算想，和你不同，我沒有和人討論這種事的習慣。」傑洛特尖銳地說：「也不想把它寫成一首歌。眞是謝謝你告訴我關於她的事，好讓我不要在她面前犯愚蠢的錯誤。但我們就此打住，這件事已經沒什麼好說的了。」

有一陣子，亞斯克爾躺著動也不動，什麼話也不說。但傑洛特太了解他了。

「我知道了。」詩人終於說：「我什麼都知道了。」

「你知道個屁，亞斯克爾。」

「你知道你的問題出在哪裡嗎？你覺得自己和別人不一樣。你到處吹噓你的不同，以爲你的不同很不正常。你粗魯地強迫別人認爲你不正常，但你卻不明白，對大多數頭腦清醒的人來說，你是太陽底下最正常的人，最好所有人都像你一樣正常。你的反應比一般人快，你的瞳孔在陽光下會變成垂直的細線，那又怎樣？你在黑暗中可以像貓一樣看見東西，你會巫術，那又怎樣？對我來說一點意義都沒有。我啊，親愛的，我認識某個酒館主人，他可以在十分鐘內不斷地放屁，而且還可以把它弄成像是聖詩〈歡迎，歡迎，清晨的曙光〉那樣的旋律。若不要管他這異於常人的天分，那個酒館主人再正常也不過了。他有老婆、孩子，還有個癱瘓的祖母……」

「這和艾絲．達凡有什麼關係？你可以解釋一下嗎？」

「當然有。你毫無根據地以爲，小眼睛是因爲不健康，或者應該說是變態的好奇心，才會對你有興趣。你覺得她把你看成是個怪胎，像隻有兩個頭的牛，或是動物園裡的火蠑螈。你馬上擺出一張臭臉，一開始就做出了沒禮貌、而且一點道理都沒有的譴責；你做出了反擊，雖然她根本沒有攻擊你。這是我親眼所見。接下來發生的事我沒有親眼見到，但我察覺到你們從大廳一起溜出去，然後你們回來時，我看到了她像漿果一樣粉紅的臉。沒錯，傑洛特，我警告你不要犯錯，但你已經犯了錯。你想要為她那不健康的——你這麼認為——好奇心向她復仇，你決定利用她的好奇心。」

「我說過了，你胡說八道。」

「你想試試，」吟遊詩人無動於衷地繼續說下去：「能不能和她上床，一起躺在乾草堆上。她會不會覺得好奇，和這個奇怪、變種的獵魔士做愛是什麼滋味。幸運的是，事實證明艾絲比你來得聰明，她大方地原諒了你的愚蠢，因為她了解你這麼做的原因。我作出這樣的結論，是因為你沒有帶著一張腫起來的臉從陽台上回來。」

「你說完了嗎？」

「我說完了。」

「那，晚安啦。」

「我知道你為什麼生氣，也知道你為什麼咬牙切齒。」

「當然。你什麼都知道。」

「我知道是誰這樣傷害了你，讓你沒辦法了解正常的女人。你真是對你那個葉妮芙念念不忘啊，見鬼的，我真不知道你到底看中她哪點。」

「別說了，亞斯克爾。」

「你眞的不想要比較正常的女孩，就像艾絲？女巫們到底有什麼艾絲沒有的？也許是年紀？艾絲也許不是最年輕的，但她看起來像幾歲，就是幾歲。而你知道當葉妮芙多喝了幾杯後，她向我招認了什麼嗎？哈，哈……她對我說，她第一次和男人做的時候，就是在人們發明了雙鏵犁的那一年。」

「你說謊。葉妮芙恨你入骨，她永遠都不會信任你。」

「好吧，你說對了，我承認我是在說謊。」

「你不必承認，我了解你。」

「你只是以爲你了解我。別忘了，我是個很複雜的人。」

「亞斯克爾，」獵魔士嘆了口氣，他眞的覺得很睏了。「你是個犬儒者、下流胚子、浪蕩子，還很愛說謊。這一點——相信我——這一點沒有什麼好複雜的。晚安。」

「晚安，傑洛特。」

∪

「妳起得眞早，艾絲。」

女詩人微微一笑，用手按住被風吹亂的頭髮。她小心地走上碼頭，避開上面的洞和腐爛的木板。

「我可不能錯失親眼看到獵魔士工作的機會啊，你又要把我當成好奇心過盛的人嗎？嗯，這點我不會掩飾，我確實是好奇心很旺盛的人。你進行得怎麼樣？」

「什麼進行得怎麼樣？」

「喔，傑洛特，」她說：「你小看了我的好奇心、我蒐集資訊還有解讀資訊的能力。關於採珠人發生意外的事我已經都知道了，你和阿格洛瓦的合約細節，我也都一清二楚。我知道你在找願意開船帶你到龍齒那邊的水手，你找到了嗎？」

他帶著銳利的眼光端詳了她一會兒，然後突然作出了決定。

「不。」他回答：「我沒有找到，一個都沒有。」

「他們在害怕？」

「沒錯。」

「沒辦法出海，那你要怎麼進行你的調查？還有，你要怎麼對付那個殺死採珠人的怪物呢？」

他拉起她的手，把她帶離碼頭。他們在海的邊緣漫步而行，走在布滿岩石的海灘。海岸上停靠著大艇，和一排排掛在棍子上的漁網。他們身旁的架子上，掛著一隻隻被剖開、晒乾的魚，在風中搖晃，看起來像是晃動的窗簾。傑洛特意外地發現，女詩人的陪伴並不會干擾他，不會讓他感到沉重、煩躁。除此之外，他抱著一絲希望——他希望平靜、實際的對話能抹滅昨晚那個在陽台上、愚蠢的吻。艾絲來到碼頭的事實給了他這個希望。這表示她沒有感到被冒犯，他爲此高興。

「對付怪物——」他低聲重覆她的話：「眞希望我知道該怎麼做，我對海中的怪物知道得很少。」

「眞有趣。據我所知，海中的怪物比陸上來得多，不只是數量，也包括種類。我們自然而然地會以爲，海洋對獵魔士來說應該是個很好的表現場所。」

「並非如此。」

「爲什麼？」

「人們在海上擴展版圖——」他咳嗽了一聲，別過臉去。「是最近不久才開始的。而人們需要獵魔士是更早以前的事，在人類殖民的第一階段，也就是在陸地上。我們無法和海中生存的怪物戰鬥，在它們面前，我們毫無用武之地。雖然海中確實存在著各式各樣具有攻擊性的怪物，但我們獵魔士沒有足夠對付他們的能力。海中怪物對我們來說不是太大，就是有副太堅固的甲殼，或者很了解自己的生存環境，不然就是以上皆是。」

「那個殺死採珠人的怪物呢？你沒猜到那是什麼嗎？」

「也許是大海怪？」

「不。大海怪會把船擊碎，但船是好端端的。而且就像人們說的，上頭沾滿了血。」小眼睛吞了一口口水，她的臉明顯地白了一白。「不要認爲我在自作聰明。我是在海邊長大的，見過的也不少。」

「那麼到底會是什麼？大魷魚嗎？也許是牠把這些人從甲板上拖下去……」

「那也不會有血。這不是大魷魚，傑洛特，不是殺人鯨，不是龍龜【註】，因爲這個不知名的生物既沒有把船打爛，也沒有把船翻過來。它是來到甲板上，然後在那裡把人殺死的。也許你想在海中找它，其實是錯的？」

【註】龍龜，一種大型海中生物，頭是龍，身爲龜，最大可以長到七公尺，體重多達十幾噸。

獵魔士想了一想。

「我開始敬佩妳了，艾絲。」他說。女詩人的臉頰飛紅。「妳說的對。這個怪物可能是從空中攻擊的。它可能是歐尼托怪【註一】、獅鷲、飛龍、飛天妖怪或飛天翼蜥。也許甚至會是大鵬【註二】……」

「對不起打斷你，」艾絲說：「你看是誰來了。」

阿格洛瓦沿著海岸走了過來，他是單獨一人，身上的衣服都濕透了。他看起來顯然很憤怒，看到傑洛特和艾絲，他氣得臉都紅了。

艾絲微微地顫抖，傑洛特低下頭，把拳頭放到胸前。阿格洛瓦啐了一口。

「我在礁岩上坐了三小時，幾乎是從清晨開始。」他咆哮：「她甚至沒有出現。三小時，像個笨蛋一樣，坐在礁岩上任海浪拍打。」

「我很遺憾……」獵魔士喃喃說。

「遺憾？」親王憤怒地說：「遺憾？這是你的錯，把事情搞砸的人是你，你把一切都毀了。」

「我毀了什麼？我只是翻譯……」

「去你的翻譯。」阿格洛瓦氣呼呼地說，把身子轉過去，露出側面。他的側臉看起來真的很有皇家的氣勢，很適合印在硬幣上。「說真的，我要是沒雇用你就好了。這聽起來很矛盾，但是在我們有翻譯之前，我和施娜茲還溝通得比較好，如果你知道我的意思。而現在……你知道人們在城裡說什麼嗎？他們在角落竊竊私語，說採珠人會死都是因爲我惹火了美人魚，他們說這是她的復仇。」

「鬼話連篇。」獵魔士冷冷地評論道。

「我怎麼知道這是不是鬼話？」親王咆哮：「我怎麼知道你那時候和她說了什麼？我又怎麼知道她會做出什麼事？她和海底的什麼怪物稱兄道弟，我怎麼可能會知道？好啊，向我證明這是鬼話啊。把那個殺了採珠人的怪物的頭給我拿來，開始去工作啊，而不是在海灘上和女孩調情……」

「開始工作？」傑洛特也火了起來。「怎麼開始？我要騎著木桶，航向大海嗎？你的澤列斯特用拷打和絞架去恐嚇水手，但就算如此，還是沒有人肯出海。而澤列斯特他自己也不願意，那要怎麼……」

「要怎麼做和我有什麼關係？」阿格洛瓦大叫著打斷了他。「這是你的事！獵魔士是拿來幹什麼的？要不是能讓正常人不用擔心怎麼殺死怪物，我們要獵魔士幹嘛？我雇你來做這件工作，我現在就要你好好把它完成！要不然，我就用皮鞭狠狠地抽你，把你趕出我的領土！」

「冷靜一點吧，親王大人。」小眼睛說。她的音量雖然不大，但從她蒼白的臉和顫抖的手可以看出她的憤怒。「還有拜託，不要威脅傑洛特。事情是這樣的，我和亞斯克爾有幾個朋友。我只要提其中一個的名字就好了，比方說，奇達里士的艾森國王，他很喜歡我們和我們的民謠。艾森國王是一位很聰明的統治者，他常常說，我們的民謠不只是跳舞的音樂和韻律，同時也是種傳達訊息的方式，是人類的編年史。親王大人，您想要讓自己進入人類的編年史嗎？這點我可以幫您。」

阿格洛瓦用冰冷、輕蔑的眼光看了她一會兒。

【註一】歐尼托怪（ornitodrakon），一種半鳥半龍的飛天怪物，人們常把牠們和龍搞混。

【註二】大鵬（roc），是種巨鳥，在東方世界許多傳說中都有出現。

「那些死去的採珠人有老婆和孩子。」他終於說，語氣明顯地平靜了下來，音量也降低了。「其他留下來的人，等到他們餓得受不了時，他們也會很快出海去。採珍珠的、採海綿、牡蠣和海螯蝦的，漁夫等人。他們現在是很害怕，但飢餓會戰勝恐懼，他們終會出海去的。但是他們會回來嗎？傑洛特，你的看法呢？達凡小姐？我很想知道，您的民謠會怎麼寫這件事。在這首民謠中，有一個獵魔士什麼都不做，站在海邊，看著船上染血的甲板，還有哭泣的孩童。」

艾絲的臉更白了，但她強硬地把頭一昂，吹起眼前的頭髮，已經準備要開口回敬親王。但傑洛特很快地抓住她的手，捏了一下，不讓她說話。

「夠了。」他說：「這一番滔滔不絕的話語中，有一件事是有眞正的意義的。你雇用了我，阿格洛瓦。我接受了這個工作，我也會完成它，如果它是可以完成的。」

「我希望如此。」親王短促地說：「那就再會了。向您致意，達凡小姐。」

艾絲沒有彎身回禮，只是低了低頭。阿格洛瓦提著濕透的褲子，在石頭路上搖搖晃晃地往港口的方向走去。傑洛特現在才注意到自己一直握著女詩人的手，而女詩人一點都沒有試著要甩開他的手。他鬆開了她的手。艾絲的臉色慢慢地恢復正常，把頭轉向他。

「要讓你冒險眞的很容易，」她說：「只要說幾句關於女人和小孩的話就行了。人們居然說，你們獵魔士是沒有感情的生物。傑洛特，阿格洛瓦根本一點都不在乎女人、小孩和老人，他想要人們重新開始採珍珠，因爲只要他們一天不拿珍珠給他，他每天都有損失。他用飢餓的小孩來拐你，你就毫不遲疑地要冒自己生命的危險……」

「艾絲，」他打斷她。「我是個獵魔士，冒生命的危險是我的工作，小孩和這一點關係都沒有。」

「你騙不了我的。」

「我爲什麼要騙妳？」

「因爲如果你是個冷血專家——你很想假裝自己是這樣的人——你就會試著向他抬高價碼。但關於價錢的事你卻一個字都沒提。啊，好啦，這些說夠了，我們回去吧？」

「我們再走一會兒。」

「我很樂意。傑洛特？」

「我在聽。」

「我說過，我是在海邊長大的。我會開船，我……」

「別再有這種愚蠢的想法。」

「爲什麼？」

「別再有這種愚蠢的想法。」他厲聲重複。

「你可以……」她說：「用比較禮貌的方式告訴我。」

「我是可以。但妳會以爲……鬼才知道妳會以爲什麼。我是沒有感情的獵魔士，是個冷血專家。我冒自己生命的危險，而不是別人的。」

艾絲沉默了下來。他看到她緊咬著嘴唇，用力地把頭往旁邊甩去。一陣驟起的風再次把她的頭髮吹亂，有一瞬間她的臉完全被掩蓋在一團散亂的金色髮絲下。

「我只是想幫你。」她說。

「我知道，謝謝。」

「傑洛特？」

「我在聽。」

「也許在那個阿格洛瓦所說的流言中有幾分眞實？你也不是不知道，並不是所有地方的美人魚都是友善的，而且也不是總是如此。曾經有過……」

「我不信。」

「海中女巫，」小眼睛沉思著繼續說：「海仙女【註一】、特里同斯【註二】、海中寧芙。誰知道她們會做出什麼事，而施娜茲……她有理由……」

「我不信。」他打斷。

「你不信，還是你不想相信？」

他沒有回答。

「你還想假裝自己是個冷血專家？」她帶著奇怪的微笑問：「假裝你是個用劍尖思考的人？如果你想知道，我就告訴你眞正的你是個什麼樣的人。」

「我知道眞正的我是個什麼樣的人。」

「你十分敏感。」她小聲地說：「你靈魂深處藏滿了不安，你那石頭般的臉孔和冰冷的語氣是騙不了我的。你非常敏感，現在，正是你的敏感讓你開始害怕，怕你要拿著劍去與之戰鬥的生物也許會有自己的道理，也許在道德上比你有理……」

「不，艾絲。」他慢慢地說：「不要在我身上尋找關於一個內在四分五裂的獵魔士的動人民謠題材。我希望是這樣，但事實上不是這樣。我的道德難題有行規和信條幫我解決。我受過訓練。」

「不要這樣說。」她不悅地說：「我不明白，你爲什麼試著……」

「艾絲，」他再次打斷她：「我不希望妳對我有錯誤的想像，我不是遊俠騎士。」

「你也不是個冷血、沒有自我想法的殺手。」

「不，」他平靜地同意。「我不是，雖然有些人的看法不同。但是，讓我高人一等的並不是我的敏感和性格上的優點，而是充滿自信、自大的驕傲——我相信我的職業的價值。我被灌輸了這樣的信念：在我的專業中，行規和冷酷的例行公事比情感要來得有價值，它們會防止我犯下可能會犯的錯誤——當我被纏在善與惡、秩序與混亂之間的困境裡時。」

「不，艾絲。敏感的人不是我，而是妳。這畢竟是妳的職業所要求的，不是嗎？是妳，妳感到擔憂——妳擔心看起來友善的美人魚因爲受辱，在絕望中展開了復仇，去攻擊那些採珠的人們。妳馬上就

【註一】海仙女，又叫涅瑞伊得（Nereid），在希臘神話中是海洋女神，有著藍色頭髮的海之寧芙，樂於幫助與風暴搏鬥的水手。

【註二】特里同（Triton）在希臘神話中是海之信使，海王波塞冬和海后安菲特裏忒之子。他上半身是人形，下半身是魚尾。後來，特里同的名字和形象開始與另一種人魚生物「特里同斯」（Tritons）相結合，特里同斯是海神護衛隊的一分子。

爲美人魚找理由，讓她的行爲看起來沒那麼瘋狂、可怕。妳一想到，獵魔士拿了親王的錢，要去殺死美麗的美人魚，只因爲她被感情沖昏了頭，做出逾越身分的事——妳就感到厭惡。而獵魔士——艾絲——不會有這種道德或感情的困境。因爲就算最後事實證明，這件事是美人魚幹的，獵魔士也不會殺死美人魚，因爲行規不允許他這麼做。行規會替獵魔士解決困境。」

小眼睛看著他，很快地昂起了頭。

「每一個困境嗎？」她很快地問。

她知道葉妮芙的事，他想。小眼睛知道她的事。喂，亞斯克爾，你這個天殺的大嘴巴……

他們看著彼此。

妳那聰慧的眼中藏著什麼，艾絲？好奇？對異類的著迷？在妳的天分之中有什麼樣的黑暗，小眼睛？

「對不起。」她說：「這是個很笨的問題，而且很天眞，這表示我相信你剛才說的話。我們回去吧。這海風眞的很刺骨。你看，海面翻騰得多麼激烈。」

「我看到了。妳知道，艾絲，這很有趣……」

「什麼東西有趣？」

「我可以用人頭打賭，阿格洛瓦和美人魚相會的礁岩離海岸比較近，而且比較大。現在卻看不到它了。」

「漲潮。」艾絲短促地說：「再過不久，潮水就會漲到峭壁那裡了。」

「這麼遠嗎？」

「是的。這兒的漲潮和退潮幅度很大，可以到達十厄爾，因爲這裡的海峽和河口有海潮回音還是什麼的現象，至少水手們是這麼稱呼的。」

傑洛特看著海岬的方向，看著隱沒在那一片洶湧翻騰、布滿泡沫的海潮裡的龍齒。

「艾絲，」他問：「那退潮的時候呢？」

「怎麼樣？」

「海水最遠可以退到哪裡？」

「什麼……啊，我懂了。沒錯，你是對的。海會一直退到大陸棚的線那裡。」

「什麼東西的線？」

「嗯，就是像一個由底部構成的架子，一個平平的淺灘，那條線就位在深水邊界。」

「而龍齒……」

「就在邊緣之上。」

「那麼就可以用走的過去。我有多少時間？」

「我不知道。」小眼睛皺起眉頭。「要問當地人才知道。但是傑洛特，我不覺得這是最好的方法。你看，陸地和龍齒之間有許多礁岩，整片海岸上覆滿了海灣和峽灣。開始退潮時，會出現充滿水的峽谷和洞穴。我不知道那裡會不會……」

海的那一邊，從幾乎看不到的礁岩那裡，傳來了某個東西從水裡冒出來的聲音。還有嘹亮、像歌唱一樣的叫喊。

「白頭髮的！」美人魚大喊，用尾巴靈巧、短促地拍打著海水，優雅地游過一波波的浪潮。

「施娜茲！」他大喊著回應了她，一邊招手。

施娜茲游到礁岩旁，上身垂直地站在覆滿泡沫、綠色的海水裡。她用兩隻手把頭髮甩到後頭，同時展現出上身和胸前傲人的乳房。傑洛特看了一眼艾絲。女孩的臉微微地泛紅，臉上帶著遺憾及尷尬的神色，瞄了一下自己在連身裙之下幾乎看不出來的胸部。

「我的愛人呢？」施娜茲唱，游得更近了一點。「他應該要到這裡來的。」

「他來過了，等了三小時然後走了。」

「走了？」美人魚發出尖銳的顫音，驚訝地說：「他沒有等嗎？他竟然連三小時都忍受不了？就像我想的一樣，連一點犧牲都不想付出！一點都不想！可惡，可惡，可惡！你又在這裡做什麼呢，白頭髮的？你來這裡和自己的愛人散步嗎？你們真是美麗的一對，只是那兩雙腿讓你們看起來有點醜。」

「這不是我的愛人，我們不熟。」

「是嗎？」施娜茲驚訝地說：「真可惜。你們看起來很登對，在一起真是好看。她是誰呢？」

「我是艾絲．達凡，是個女詩人。」小眼睛唱。歌唱的旋律和節奏是如此美妙，和她一比，獵魔士的歌唱聽起來就像是烏鴉叫。「很高興認識妳，施娜茲。」

美人魚用雙手拍打著海面，發出嘹亮的笑聲。

「真是太棒了！」她大叫：「妳會說我們的語言！真的，你們讓我嚇了一跳，你們這些人類。真的，我們之間的差異並不像人們說的那麼大呢。」

獵魔士的驚訝程度並不比美人魚小，雖然他早就該料到，受過教育、在閱讀上涉獵廣泛的艾絲對於古語的知識要比他高出許多。古語是精靈的語言，但古語的演唱版本則爲美人魚、海中女巫和海中寧芙所使用。他也應該想到，美人魚語言的歌唱性和複雜的旋律對他來說十分困難，對小眼睛來說卻是輕而易舉。

「施娜茲！」他大叫：「我們之間還是有些差異的。而造成我們差異的事，就是那些爭戰和飛濺的鮮血！是誰……是誰在這兩塊大礁岩之間殺了採珍珠的人？告訴我！」

美人魚潛入水中，濺起一陣嘩啦啦的水花。沒多久，她又浮出水面，美麗的臉龐皺成了一團，露出了可怕的表情。

「你們不要太大膽！」她尖聲大叫：「你們不要大膽接近樓梯！這不是你們能應付的！不要和他們起衝突！你們沒辦法應付！」

「什麼？我們無法應付什麼？」

「你們無法應付！」施娜茲大叫，仰天倒在海面上。

海面上高高揚起一道水花。有一瞬間，還看得到她的尾巴和她分岔的尾鰭在海浪間拍打，之後她就消失在海的深處。

小眼睛理了理被風吹亂的頭髮。她低著頭，一動也不動地站著。

「我不知道，」傑洛特咳嗽了一聲說：「妳對古語的知識是這麼豐富，艾絲。」

「你怎麼會知道呢？」她的聲音中帶著明顯的苦澀，說：「畢竟……畢竟我們不熟。」

VI

「傑洛特，」亞斯克爾四下張望，一邊像獵犬一樣動著鼻子，說：「這裡臭得要命，你不覺得嗎？」

「是嗎？」獵魔士聞了聞空氣，說：「我去過比這裡還難聞的地方，這只是海的氣味。」

吟遊詩人轉過頭，往礁岩之間啐了一口。帶著泡沫的海水在岩石縫隙間發出汩汩的聲音，以及嘩啦嘩啦的聲響。浪潮下面，則是布滿碎石的峽谷。

「你看，這裡變得多麼乾燥，傑洛特。這些海水都跑到哪裡去了？我靠，這些漲潮退潮的，到底是怎麼一回事？它們是怎麼來的？你從沒想過這個問題嗎？」

「沒有，我有別的事情要擔心。」

「我想啊，」亞斯克爾微微顫抖，然後說：「在海的深處，那天殺的海底坐著一隻巨大的怪物，又肥又長滿了鱗片，就像隻蟾蜍，醜惡的頭上還長了兩根角。每隔一段時間，它就會把海水和所有在水裡可以吃的東西——魚、海豹、烏龜——吸到肚子裡。等它把這些東西吃光後，就把水吐出來，我們就有了漲潮。你覺得這個理論怎麼樣？」

「我覺得你很蠢。葉妮芙曾對我說，漲潮是因為月亮才產生的。」

亞斯克爾哈哈大笑。

「眞是一派胡言！海洋和月亮有什麼關係？只有狗才會對月亮號叫。你被你那個滿口謊話的女巫騙啦，她只是拿你尋開心。據我所知，這已經不是第一次。」

獵魔士沒有做任何評論，他看著因爲退潮而露出、在峽谷中濕潤發亮的礁岩。帶著泡沫的海水依然不斷地從岩石中猛烈地冒出來，但看起來他們走得過去。

「好啦，我們開始行動吧。」他站起身說，調整了一下綁在背上的劍。「我們不能再等下去了，會趕不上漲潮，你還是堅持要跟我一起去嗎？」

「當然。民謠的題材可不是松果，隨隨便便就可以在松樹底下找到的。除此之外，明天是小手套偶的生日。」

「我看不出兩者有什麼關聯。」

「就我們正常人來說，我們有在生日時送禮物的習慣，我沒有錢買任何禮物，所以我打算在海底找樣東西送給她。」

「鯡魚？還是烏賊？」

「笨蛋。我會找到琥珀、海馬，或者什麼漂亮的貝殼。重要的是象徵，作爲回憶及友情的證明。我喜歡小眼睛，我想讓她高興。你不明白嗎？我想也是。我們走吧。你走前面，因爲那裡可能有怪物。」

「好啦。」獵魔士從峭壁上走下去，走到光滑、覆滿海草的石頭上。「我走前面，好在有萬一的時候保護你，這是我們回憶及友情的證明。只是記得，當我大叫的時候，你就給我跑得越遠越好，免得干擾到我揮劍。我們不是到那裡去採海馬的，而是去和殺了人的怪物戰鬥。」

他們往下走去，走入露出底部的縫隙，涉過腳下的海水——在岩石的狹孔中，海水仍然不斷地在翻騰。他們走過覆滿了沙子和海藻的海槽，發出啪啪的聲音。彷彿這還不夠，天也開始下起了雨，他們很快就淋成了落湯雞。亞斯克爾三不五時就停下來用棍子攪翻著小石頭堆和水草叢。

「喔，你看，傑洛特，有小魚，全身都是紅色的，我靠。還有這裡，喔，有一條小鰻魚。而這個呢？這是什麼？看起來像隻透明的大跳蚤。而這個……喔天啊！傑——洛——特！」

獵魔士猛地轉身，他的手已放到劍上。

那是顆白色的人類頭骨，被石頭磨得很光滑，嵌在岩石的縫隙間，裡頭塞滿了沙子。不只是沙子而已。當亞斯克爾看到在骷髏頭眼窩裡蠕動的多毛海蟲，他打了個冷顫，發出一聲不悅的聲音。獵魔士聳了聳肩，往那一片因爲退潮而露出的岩石平台走去，走向兩座呈鋸齒狀的礁岩，也就是人們所說的龍齒——現在它們看起來像是兩座山。他小心地走著。海的底部布滿了海參、貝殼和一堆堆墨角藻，水窪和海槽中有大型的水母和陽遂足在游來游去。像蜂鳥一樣繽紛多彩的小螃蟹在他們面前逃竄，用牠們動個不停的小腳橫著身子跑開。

傑洛特遠遠就看到了那具被嵌在石頭之間的屍體。在水草下可以看到那個死人的胸膛在起伏，雖然他身上已經沒有任何東西會動了。他身體的裡裡外外都爬滿了螃蟹，他在水裡的時間不可能超過一天，但螃蟹已經把他咬得如此殘破，上前察看一點意義都沒有。獵魔士一語不發地改變了方向，繞開了那具屍體。亞斯克爾什麼都沒注意到。

「這裡還眞臭，好像有什麼東西爛掉一樣。」亞斯克爾咒罵了一聲，追上傑洛特。他吐了口口水，甩了甩帽子上的雨水。「雨下得還眞大，冷得要命。我會感冒的，還會失聲，天殺的……」

「不要抱怨。如果你想回去，你知道路。」

龍齒後面有一片平滑的岩石陸棚，而更後方就是平靜地蕩漾著的大海。這已是退潮的邊界了。

「喂，獵魔士。」亞斯克爾東張西望。「看來，你那個怪物倒還挺聰明的，它還會和這些水一起退到後面去。你一定以爲它會躺在這裡的某處，肚皮朝天，等著你一劍劈死它？」

「給我安靜。」

獵魔士走近大陸棚的邊緣，跪了下去，小心地把手撐在表面長了許多銳利貝殼的岩石上。他沒看到任何東西，海水一片漆黑，而水面則因爲細雨而看起來混濁、黯淡。

亞斯克爾進入了礁岩的凹角，不斷地把腳上那些煩人的螃蟹踢走。他翻看著、抓著那滲出水、上面長滿了如鬍鬚般海草的岩石，岩石表面被甲殼類和貝殼蓋得滿滿的，顯得十分粗糙。

「喂，傑洛特！」

「什麼？」

「你看看這些貝殼。它們是珠母貝，是不是？」

「不是。」

「你懂這方面嗎？」

「不懂。」

「那就不要隨便亂說話。這些是珠母貝，我敢確定。我馬上就要來採珍珠，這樣這一趟出來至少有一些收穫，而不只是帶著鼻炎回去。要採嗎，傑洛特？」

「你要拿我當誘餌？」

「採吧。怪物會攻擊採珠人。蒐集珍珠的人也可以算在這一類。」

「採吧，採吧。貝殼挑越大的越好，要是沒有珍珠，我們可以用它們來煮湯。」

「才不要呢。我只要珍珠，貝殼就給狗吃。我靠……操他媽的……這個要怎麼……天殺的……打開？你有刀子嗎，傑洛特？」

「你身上連刀子都沒有？」

「我是個詩人，又不是強盜。啊，我去它的，我把它放到包包裡，珍珠待會再拿出來。喂，你！走開啦！」

那隻挨了踢的螃蟹從傑洛特頭上飛過去，掉進海浪中。獵魔士沿著陸棚的邊緣慢慢走，看著那黑色、不透明的海水。他聽到有節奏的石頭敲擊聲——那是亞斯克爾正在用石頭把貝殼從礁岩上敲下來。

「亞斯克爾！快過來看！」

粗糙、滿是裂縫的陸棚突然終止了，取而代之的是平滑、尖銳的邊緣，呈直角往下垂落。在水面下可以清楚地看到巨大、有稜有角、規律排列的白色大理石塊，上面覆滿了海藻、軟體動物和海葵，牠們的觸手在海水裡搖晃，看起來就像在風中搖曳的花。

「這是什麼？看起來像是……像是樓梯。」

「因爲這就是樓梯。」亞斯克爾驚訝地低聲說。「噢，這是通往水底城市的樓梯，可到傳說中被海浪吞噬的夷斯城【註】。你聽說過關於深淵中的城市的傳說嗎？那個水底下的夷斯？噢，我要寫一首關於它的民謠，讓所有的競爭者都眼紅。我一定要走近點看看……你看，那邊有一個什麼馬賽克，雕著或者刻著什麼……好像是什麼文字？你走開一點。」

「亞斯克爾！那邊是深水！你會掉下去的……」

「才不會呢，反正我已經全濕了。你看，這裡很淺，才不過淹到腰，這是第一級台階。寬得像是跳舞廳裡那種一樣。喔，我靠……」

傑洛特飛快地跳進水裡，抓住了沉到水中的吟遊詩人——水已經淹到他的脖子。

「我被這鬼東西絆倒了。」亞斯克爾一邊吸氣，一邊抖了抖身上的水，用雙手舉起一個滴著水、平滑的大貝殼，殼是深藍色的，上面覆滿了像頭髮一樣的海藻。「這些階梯上長滿了這玩意。顏色很漂亮，你不覺得嗎？拿來，我們把它放進你的袋子裡，我的已經滿了。」

「給我從那裡出來。」獵魔士憤怒地咆哮：「馬上給我出來，到陸棚上去，亞斯克爾。這一點都不好玩。」

「安靜。你聽到了沒？那是什麼聲音？」

【註】夷斯城（Ys），傳說中建立在法國西北部布列塔尼（Brittany）的城市。它曾是世上最美麗、最令人印象深刻的城市，但因爲達胡公主（Dahut）的淫亂和暴行而變成罪惡之都，後來在一個暴雨之夜，惡魔誘使公主打開了城門，讓浪潮湧入並淹沒了城市。

傑洛特聽到了。那聲音是從下面、從水中傳出來的。很沉、很悶，同時又很微弱、安靜、短促，一陣一陣。那是鐘的聲音。

「天殺的，這是鐘聲。」亞斯克爾悄聲說，一邊吃力地爬上陸棚。「我說的沒錯，傑洛特。這是被淹沒的夷斯城的鐘聲，從海底深處沉悶地傳來，從鬼怪的城市傳來。這些被神遺棄的人在提醒我們……」

「你可不可以閉上你的嘴？」

聲音重複了一次，比上次更接近了。

「……提醒我們，」吟遊詩人說，擰著濕透的衣襬。「關於他們可怕的命運，這鐘聲是個警告……」

獵魔士不再理會亞斯克爾的聲音，他把注意力集中到別的感官上。他感覺到某種東西向他們逼近。

「這是警告。」亞斯克爾把舌頭伸出來了一點。當他專心的時候，就會做這個動作。「警告我們是因爲……嗯……要我們別忘記……嗯……嗯……啊，我知道了！」

鐘之心發出沉悶的聲音，唱著死亡的歌謠

比起死亡，遺忘更令人無法忍受……

獵魔士身旁的海水炸了開來。亞斯克爾發出一聲驚叫。泡沫中浮現一個眼睛圓滾滾的怪物，手裡拿著一把像鐮刀一樣、有著鋸齒的大刀向傑洛特砍來。海面開始隆起的時候，傑洛特手中已經握好了劍，所以他堅定地把腰一轉，劍就揮到了怪物身上，劃破了它那下垂、覆滿鱗片的下巴。他立刻轉身，就在此時，第二個怪物從海水中轟然冒了出來，戴著一頂奇怪的頭盔，還穿著看起來像覆滿了銅鏽的鎧甲。獵魔士大力把劍一揮，彈開了攻向他的短矛，然後利用這反擊的衝力，往怪物那長滿利齒、像魚又像蜥蜴的嘴砍了過去。他跳到陸棚的邊緣，把海水濺得嘩嘩響。

「快逃，亞斯克爾！」

「把手給我！」

「快逃，該死的！」

另一隻怪物從波浪中冒了出來，它粗糙、綠色的手中握著一把彎曲的馬刀，在空中發出嘶聲。獵魔士從長滿了貝殼的岩石上彈起身來，擺好了戰鬥的姿勢，但是魚眼怪沒有接近。怪物和傑洛特一樣高，海水也漫到了它的腰際，但它頭上那豎起的巨大背鰭和鼓起的鰓讓它看起來比傑洛特魁梧許多。它張大了長滿利齒的嘴，表情扭曲——看起來很像冷酷的微笑。

那個生物毫不理會那兩具在紅色血水中顫抖、浮起來的屍體，它雙手握著刀柄——上面已沒有護手——把刀舉了起來。它頭上的背鰭和鰓變得更挺了，它迅速地把刀在空中翻轉。傑洛特聽到刀鋒發出非常細微的輕嘶和颼聲。

怪物往前走了一步，把海浪往傑洛特的方向推來。傑洛特舞出一朵劍花，翻轉著劍身作爲回應。他也向前走了一步，接受了怪物的挑戰。

魚眼怪靈巧地把長長的手指在刀柄上轉了一轉，慢慢地放下包覆了銅甲和玳瑁的手臂，把手和武器一起藏到了水底，海水一直淹到它手肘的部位。獵魔士用雙手握住劍——右手頂住了護手，左手則握著柄端圓頭，他把劍稍微側著高高舉起，在右肩之上。他看著怪物的眼睛，那是一對發出蛋白石光芒的魚眼，它們的虹膜看起來像水珠，閃著冰冷、金屬般的光芒。那雙眼睛沒有表達出任何事物，也不會洩露任何情感，他無法從那雙眼睛中讀出攻擊的走勢。

從深處，從那消失在黑色深淵的樓梯下方，傳來鐘的聲音。越來越近，越來越清楚。

魚眼怪往前衝去，手裡的刀劃破了底下的海水，以迅雷不及掩耳的速度展開攻擊，從側邊往傑洛特的下盤揮刃。傑洛特能擋下這一擊完全是靠運氣——他猜想，怪物會從右邊出手。他把劍尖朝下作出回擊，用力地旋轉上身，馬上把劍翻轉，壓住怪物的刀。現在他們的刀劍呈水平狀態僵持不下，而決定勝負的關鍵就在於——他們兩個之中誰能掌握先機，讓手指在劍柄上翻轉過來，然後打破這僵持的局面，開始攻擊。他們雙方都已作好攻擊的準備，把身體的重心放到適合的腳上。傑洛特知道，他們的動作一樣快。

但是魚眼怪的手指比較長。

獵魔士來了半個迴旋，一劍砍上了怪物的側邊，砍在腰的上方。他用力壓著劍，狠狠地把怪物的身體劃開，同時毫不費力地閃過了怪物絕望的最後一擊——那一刀砍得既偏離目標，又一點也不優雅。怪物無聲地張開魚一樣的大嘴，沉入水中，沉到那一片鼓動著的、暗紅色的血雲中。

「把手給我！快點！」亞斯克爾大叫：「它們游過來了！一整群！我看見它們了！」

獵魔士抓住吟遊詩人的右手，從水中跳出來，跳到岩石陸棚上。他身後則是一陣發出嘩嘩聲的大片浪花。

開始漲潮了。

他們加緊腳步逃跑，身後越漲越高的海水正在追趕他們。傑洛特轉過頭去，看到從海中冒出了更多魚眼怪，它們迅速地用肌肉發達的腿跳動著，往他們的方向追來。傑洛特一語不發，加快了腳步。

亞斯克爾喘著氣，吃力地跑著，發出嘩啦嘩啦的聲音——他腳下的海水已淹到了膝蓋。他突然絆了一跤，跌倒在地，倒在一堆海藻中，用顫抖的手把身體撐了起來。傑洛特抓住他的腰帶，把他從周圍翻騰著的泡沫中拉了出來。

「快跑！」他大吼：「我擋住它們！」

「傑洛特……」

「快跑，亞斯克爾！海水馬上就要淹到峽谷了，那時候我們就出不去了！能跑多快就跑多快！」

亞斯克爾呻吟了一聲，往前跑去。傑洛特跑在他身後，一邊希望怪物們會在追趕中分散開來。他知道，要和一整群魚眼怪打鬥是沒有勝算的。

它們在峽谷那裡追上了他，因爲那時海水已經變得夠深，魚眼怪們可以在裡頭游泳，而傑洛特則浸在泡沫中，吃力地抓著滑溜溜的石頭往上爬。不過，峽谷裡太過狹窄，所以它們無法從四面八方包圍他。他在海槽中停下——就是那個亞斯克爾找到頭骨的海槽。

他停下來，轉過身去。然後平靜了下來。

他用劍尖戳破了第一個怪物的腦袋側面——那個地方應該算是人類的太陽穴。第二個怪物拿著像是一把短月牙砍刀的東西向他衝來，他則讓它的腹部開了花。第三個怪物逃走了。

獵魔士撲向峽谷的上方，就在這時，迅猛上升的海水發出轟然一響，炸出一陣泡沫，在狹孔中打著漩渦。海浪把他從岩石上沖了下來，往下方的漩渦摔去。他撞到一頭在漩渦中擺動著手腳的魚眼怪，於是奮力一腳把它踢開。有人抓住他的雙腳，要把他拖到水底。他的背撞到岩石上，他睜開眼，剛好來得及看到兩個黑暗的影子，還有兩道快速的刀光。他用劍擱下了第一道刀光，而第二道刀光他則反射性地用左手去擋。他感到那一刀砍在手上的疼痛，然後立刻感覺到鹽在傷口中造成的刺痛。他用腳用力一蹬地面，往上方的海面衝去，他掐住手指，比出了符咒。爆炸發出一聲悶響，讓他的耳朵短暫地感到一陣劇痛。如果我這次能脫身，他邊想，邊用力地用手腳拍打著海水，如果我能夠平安脫身，我就去凡格爾堡找葉，我會再一次試著……如果我能脫身……

他覺得彷彿聽到了喇叭的聲音，或是號角。

海浪再次在狹孔中炸了開來，把他往上抬去，然後把他肚皮朝下地摔到一塊大石頭上。他現在清楚地聽到了號角的聲音和亞斯克爾的尖叫——這些聲音好像是從四面八方同時向他傳來似的。他把鼻孔裡的鹽水噴了出來，四下張望，把黏在臉上的濕頭髮甩開。

他在海岸上，在他們一開始出發的地方。他趴在石塊上，四周帶著白色泡沫的浪潮猛烈地翻騰。

在他身後，峽谷中——現在已經是座狹窄的海灣了——有隻巨大的灰海豚正在浪花間舞動。而海豚背上則坐著一個美人魚，她淺綠色、濕潤的頭髮在空中飛舞。她有一對美麗的乳房。

「白頭髮的！」她高唱，一邊揮手。她手中有個圓錐形、呈螺旋狀的大貝殼。「你還活著嗎？」

「我還活著。」獵魔士驚訝地說。他身邊的泡沫變成了粉紅色。他的左手僵硬，因爲鹽的刺激而刺痛不已。外套的袖子被劃開了，切口很平整、呈一直線，從切口中汩汩地流出鮮血。我從那裡面脱身了，他想，又一次成功了。但是不，我什麼地方都不去。

他看到亞斯克爾向他跑來，跌跌撞撞地跑在濕潤的鵝卵石上。

「我擋下他們了！」美人魚唱，再次吹起貝殼。「但是這只能擋他們一時！快逃吧，不要再回來這裡了，白頭髮的！大海……不是你們能對付的！」

「我知道！」他喊回去。「我知道！謝謝，施娜茲！」

VII

「亞斯克爾，」小眼睛用牙齒把繃帶咬斷，開始把傑洛特手腕上的繃帶綁起來。「告訴我，樓梯下面那一堆蝸牛殼是哪來的？德伍哈德的太太正在那裡打掃，她一點都不想掩飾對你們兩人的看法。」

「殼？」亞斯克爾驚訝地說：「什麼殼？我什麼都不知道啊。也許那是從這裡飛過的鴨子丟下來的？」

傑洛特微微一笑，把頭轉向陰影中。他笑，是因爲想到亞斯克爾的樣子：一整個下午，他一邊指天罵地，一邊把那些貝殼撬開，在滑溜溜的貝肉裡東挖西挖，不只傷了自己的手指，還把襯衫也弄得髒兮兮的。即使如此，他還是一顆珍珠都沒有找到。這沒有什麼好奇怪的，因爲這些貝殼八成都不是什麼珠母貝，而只是普通的蚌和藍貝。當亞斯克爾打開第一個貝殼，他們也放棄了拿這些貝殼來煮湯的念頭——裡面的貝肉看起來並不是很好吃，而且臭氣熏天，讓人眼淚都流出來了。

小眼睛完成了包紮，在翻倒過來的大木桶上坐下。獵魔士謝過了她，看著綁得很紮實的手。他的傷口很深而且長，一直延伸到手肘。他一動，整隻手就痛得要命。他們在海岸邊把獵魔士的手暫時包紮了起來，但在他們到家之前，它又開始流血了。在女孩到來之前，傑洛特正在把幫助凝血的魔法藥水往慘不忍睹的傷口上倒，他還倒了一些麻醉的魔法藥水用來止痛。

當他和亞斯克爾試著用釣魚鉤和線把傷口縫起來時，艾絲逮到了他們。她把兩人訓了一頓，自己動手開始替傑洛特包紮。這時亞斯克爾滔滔不絕地向艾絲說起在海邊的精彩戰鬥，還不忘三番兩次提醒她，只有他才有權把這整件事寫成民謠。理所當然地，艾絲連珠砲似地問了傑洛特一大堆他沒辦法回答的問題。她對此感到很生氣，顯然她覺得他們向她隱瞞了什麼事。於是她板起了臉，不再問任何問題。

「阿格洛瓦已經知道了。」她說：「你們回來的時候，有人看到了你們。而當德伍哈德的太太看到樓梯上有血時，她馬上就跑去散布謠言。現在全國人民都跑到礁岩那裡去了，希望海浪能帶來些什麼。他們一直到現在都還在那裡找，但據我所知，他們什麼都沒找到。」

「而且也什麼都不會找到。」獵魔士說：「我明天會去找阿格洛瓦，但如果可以，請妳警告他，教他禁止那些人去龍齒那裡徘徊。只是拜託，不要提起關於樓梯的事，還有亞斯克爾幻想中的夷斯城。因爲馬上就會有人去那裡尋寶，然後又會有新的屍體……」

「我不是喜歡造謠生事的女人。」艾絲不高興地說，用力地把額頭前的頭髮甩到後面去。「如果我問你什麼事，並不是爲了想跑到井邊把你的話告訴在那邊洗衣服的女人。」

「對不起。」

「我得走了。」亞斯克爾突然宣布：「我和安卡瑞塔有約。傑洛特，我拿你的外套，因爲我的外套髒得不得了，而且還是濕的。」

「這裡所有的東西都是濕的。」小眼睛酸溜溜地說，一邊用鞋尖撥著亂丟在地上的衣服。「怎麼能這樣？這應該要掛起來啊，好好地弄乾……你們眞是糟糕透了。」

「等一下就會乾的。」亞斯克爾穿上獵魔士濕答答的外套，高興地端詳著袖子上銀色的飾釘。

「別胡說了。那這個，這個又是什麼？喔不，這個袋子裡居然裝滿了稀泥和水草！而這個……這什麼啊？噁！」

傑洛特和亞斯克爾沉默地觀察著艾絲用兩根手指拿著深藍色貝殼。他們把它給忘了。貝殼開了一條縫，發出難聞的惡臭。

「這是禮物。」吟遊詩人說，一邊退到門邊。「明天是妳的生日，對不對，小手套偶？嗯，這就是妳的禮物。」

「這個？」

「很漂亮，對不對？」亞斯克爾吸了吸鼻子，很快地加了一句：「這是傑洛特要給妳的，是他幫妳選的。喔，已經很晚了，再見……」

亞斯克爾走了後，小眼睛沉默了一陣。獵魔士看著發臭的貝殼，感到非常丟臉。爲亞斯克爾，也爲他自己。

「你記得我的生日？」艾絲慢慢地問，把貝殼拿得遠遠的。「眞的？」

「把它給我。」他立刻說，從草褥上站起來，護著包著繃帶的手。「我爲那個白痴向妳道歉……」

「不。」她抗議，從腰帶上的刀鞘裡拿出一把小刀。「這個貝殼確實很漂亮，我要把它留下來當紀念。只要洗一洗，而在那之前要把……裡面的東西丟掉，我會去看看有沒有貓要吃。」

有樣東西掉到地板上，轉了一轉。傑洛特把瞳孔放大，在艾絲發現它之前就先看到了那樣東西。

那是珍珠。一顆有著淡藍色澤的珍珠，發出像蛋白石一樣美麗的光輝，大小就像漲飽的豌豆那麼大。

「眾神啊，」小眼睛也看到它了。「傑洛特……珍珠！」

「珍珠。」他哈哈大笑。「所以妳還是得到禮物了，艾絲。我很高興。」

「傑洛特，我不能收下它，這顆珍珠的價值一定……」

「它是妳的了。」他打斷她。「亞斯克爾雖然表面上瘋瘋癲癲，但他眞的記得妳的生日，他眞的想要讓妳高興。他一直在說這件事，而且還說得很大聲。嗯，命運聽到了他的話，而且也讓該實現的事實現了。」

「那你呢，傑洛特？」

「我？」

「你也……你也想要讓我高興嗎？這顆珍珠是這麼漂亮……肯定價值不菲……你不覺得遺憾嗎？」

「我很高興妳喜歡它，如果我有什麼值得遺憾，就是珍珠只有一顆。還有……」

「還有什麼？」

「我不像亞斯克爾認識妳這麼久，久得可以知道並記得妳的生日，久得可以送妳禮物，讓妳覺得高興，久得可以……叫妳小手套偶。」

她走近他，然後突然把手環抱在他脖子上。他靈敏且很快地避開了她的動作，躲開了她的嘴唇，只是冷淡地親了親她的臉頰，用沒有受傷的那隻手抱住她——笨拙地、壓抑地、輕柔地。他感覺到女孩渾身僵硬，慢慢地抽離身子，但只有一隻手臂的距離——她的雙手仍然放在他的肩膀上。他知道她在等什麼，但他沒有這麼做，他沒有把她拉到自己身邊。

艾絲放開他，把身子轉到那扇骯髒、半開的窗戶邊。

「當然。」她突然說：「我們不熟。我忘了，我們不熟……」

「艾絲，」他沉默了一會，然後說：「我……」

「我們不熟。」她生氣地打斷了他。「那又怎樣？我愛你，這件事我一點辦法都沒有，一點都沒有。」

「艾絲！」

「是的。我愛你，傑洛特，你要怎麼想，我都不管了。我第一眼看到你的時候就愛上了你，在那個訂婚典禮上……」

她沉默下來，把頭低下。

她站在他面前，而傑洛特開始覺得遺憾，站在那裡的竟然是她，而不是拿著馬刀、躲在水底的魚眼怪。對付魚眼怪他還有勝算，對她，卻一點辦法都沒有。

「你什麼也不說。」她陳述這個事實。「什麼也不說，連一個字都沒有。」

我好累，他想，而且虛弱得要死。我必須坐下來，我眼前一片黑暗，流了一點血，而且什麼都沒吃……我必須坐下來。這個該死的小房間，他想，這房間最好在最近的一場暴雨裡被閃電打到，然後燒得乾乾淨淨。該死，這裡沒有任何家具。就算只有兩張可笑的椅子和桌子，那也能讓我們在兩邊坐下，輕鬆、安全地談話，甚至還可以握著手。而現在我必須在草褥上坐下，必須拜託她坐在我旁邊。而塞了豌豆莖的草褥是很危險的地方，有時候沒辦法從那之中抽身，沒辦法逃開……

「坐在我身邊吧，艾絲。」

她坐了下來。動作十分緩慢、有禮。她坐得很遠，但又太近。

「當我知道，」她小聲地說，打斷了冗長的沉默。「當我聽到，亞斯克爾把渾身是血的你拖了回來，我像個瘋子一樣跑出屋子，發了狂地往前衝，完全不管其他事。那時候……你知道那時候我在想什麼嗎？我想，這一定是巫術，你對我用了魔法，你偷偷地、狡詐地讓我迷戀上你，用你的符咒，你的狼頭徽章，你那雙邪惡的眼睛。對，我這麼想，但我沒有停下腳步，我繼續跑，因爲我明白了，我渴望……我渴望臣服在你的力量之下。然而現實卻是比想像殘酷的。你沒有對我施咒，沒有對我使用任何魔法。爲什麼，傑洛特？爲什麼你沒有對我使用魔法？」

他沉默著。

「如果這是魔法，」她繼續說：「所有的事都簡單、容易多了。我會對你的力量臣服，而且感到非常快樂。而現在……我必須……我不知道在我身上發生了什麼事……」

見鬼，他想，要是葉妮芙和我在一起的時候，也有像我現在一樣的感覺，那我還眞同情她。如果是那樣，我就再也不會覺得奇怪了，我再也不會恨她……再也不會。

因爲也許葉妮芙感覺到了我現在感覺到的事，她深深地、肯定地覺得，現在應該完成一件不可能完成的事，甚至比阿格洛瓦和施娜茲的關係還不可能。她可以肯定，這種情況下一點犧牲是不夠的，而是要犧牲所有的一切，而且也不知道這樣到底夠不夠。不，我再也不會爲此恨葉妮芙了，我不會再恨她爲什麼不能也不想爲我付出更多，而只是給了我一點犧牲。現在我知道，一點犧牲其實是多得不得了的。

「傑洛特，」小眼睛哀叫，把頭埋到手臂中。「我覺得好羞恥。我對自己的感覺感到羞恥，這感覺好像某種該死的疾病，像是一陣惡寒，像是氣喘……」

他沉默著。

「我總是以爲，這是種美麗又高尙的心靈境界，是崇高又高貴的，即使它會讓人感到不快樂，畢竟我以它爲主題寫了這麼多歌謠。然而它是那麼地可怕，傑洛特，又低賤又令人痛苦地可怕，一個生病的人可能會有這樣的感覺，或者一個喝了毒藥的人。因爲，就像那個喝了毒藥的人，我會爲了換取解藥而付出一切的代價，即使是讓自己墮落也在所不惜。」

「艾絲，求求妳……」

「是的，我感到墮落。墮落，因爲我向你承認了一切。我的尊嚴教我在沉默中受苦，但我卻把它忘在腦後。我感到墮落，因爲我的告白讓你尷尬，我感到墮落，因爲你感到尷尬，但我沒有別的辦法。我一點力量都沒有，像個病倒在床的人那樣無助。我總是害怕生病，我害怕這樣的時刻，當我感到虛弱、無力、無助、孤獨。我非常害怕生病，我總是相信，疾病會是我生命中最糟的事……」

他沉默著。

「我知道。」她再次哀叫：「我知道我該感謝你，感謝你……沒有利用這個情況。但我一點都不感謝你，我也爲此感到羞愧，因爲我恨你的沉默，我恨你那充滿恐懼的雙眼。我恨你，恨你的沉默、恨你的誠實、恨你不……而且我也恨她，你那個女巫，我眞想用刀刺她，就爲了……我恨她。叫我出去吧，傑洛特，對我下令，叫我從這裡走出去。因爲我沒辦法靠自己的意志從這裡走出去，而我想要出去，到城裡去，到酒館……我想爲了我的羞恥向你復仇，爲了我的墮落，我想找到第一個比你好的……」

我靠。聽到她的聲音像團從樓梯上滾下去的破布，他這麼想。她會開始大哭，他想，毫無疑問，她會開始大哭。我該怎麼做，天殺的，我該怎麼做？

艾絲縮著的手臂劇烈地顫抖著。女孩別過頭，開始哭泣。她哭得很小聲，她的哭泣可怕地平靜，但那卻是一種再也無法忍受的哭泣。

他什麼感覺都沒有，他恐懼萬分地發現，自己什麼感覺都沒有，連一絲感動都沒有。現在我要摟住她的背——但這個動作是經過深思熟慮的，而不是自然而然、發自內心；我要抱她，是因爲我覺得應該這麼做，而不是因爲我想要這麼做。我什麼感覺都沒有。

當他抱住她的時候，她馬上止住了哭泣，擦了擦眼中的淚水，猛地甩了甩頭，然後把頭別到另一邊，讓傑洛特看不到她的臉。然後她緊緊地擁著他，把頭埋到他的胸前。

一點犧牲，他想，只是一點犧牲。這畢竟會讓她平靜下來，擁抱、親吻、靜靜的愛撫……她不想要更多。即使她想要更多，那又怎樣？一點犧牲，一點小小的犧牲，畢竟她很美麗，很值得……如果她想要更多……那我就會給她。一場安靜、平和、溫柔的做愛。而我……這對我來說畢竟沒有一點意義，因爲艾絲身上有著馬鞭草的味道，不是接骨木和鵝莓的味道。她沒有會讓人身體觸電的冰涼皮膚，她的頭髮不是閃閃發亮的黑色，不是像龍捲風一樣的鬈髮。艾絲的眼睛很漂亮，很柔和，充滿溫暖和智慧，而不是深紫羅蘭色，散發著冰冷、漠然的光芒。艾絲在那之後會轉頭睡著，嘴巴微微張開，艾絲不會露出勝利的微笑。因爲艾絲……

艾絲不是葉妮芙。

這也就是爲什麼我不能。我無法努力作出這一點犧牲。

「拜託妳，艾絲，不要哭。」

「我不會哭了。」她慢慢地離開他的身子。「我不會哭了，我懂了，沒有別的辦法。」

他們沉默著，肩並肩地坐在塞滿了豌豆莖的草褥上。夜晚慢慢地降臨。

「傑洛特，」她突然說，她的聲音在顫抖。「也許……也許是這樣……就像這個貝殼，這個奇怪的禮物？也許我們會找到珍珠？在之後？過了一陣子以後？」

「我看到這顆珍珠，」他吃力地說：「被鑲嵌在一朵用銀做成的小花裡，有著精細的花瓣。我看到它用一條銀鍊繫著，掛在妳的脖子上，妳戴著它，就像我戴著我的徽章。這會是妳的護身符，艾絲。它會保護妳，讓妳不受任何邪惡的侵犯。」

「我的護身符。」她重複道，垂下了頭。「我的珍珠，用銀鑲嵌著，我永遠都不會和它分離。這是我的珠寶，我得到的替代品，這樣的護身符也會帶來好運嗎？」

「是的，艾絲，肯定會的。」

「我可以再坐一會嗎？和你一起？」

「可以。」

暮色降臨，然後就是黃昏了。他們坐在塞滿了豌豆莖的草褥上，坐在閣樓的小房間裡。這個房間裡一件家具也沒有，只有一只木桶，地上還有一枝沒有點燃的蠟燭，立在一灘已經凝結的蠟油裡。

他們就這樣坐著，在完全的沉默中，在寂靜中，坐了很久很久。然後亞斯克爾回來了。他們聽到他走過來的聲音，他彈著魯特琴，嘴裡還唱著歌。亞斯克爾走進來，看到他們，什麼都沒有說，甚至沒有說一個字。艾絲沉默地站了起來，走了出去，沒有看他們兩個。

亞斯克爾沒有說一個字，但獵魔士在他眼中看到了他沒有說出來的話。

VIII

「有智慧的種族。」阿格洛瓦沉思地說。他把手肘撐在椅子的扶手上，手握拳撐著下頜。「水底下的文明，住在海底的魚人，通往海洋深處的樓梯。傑洛特，你眞的把我當成一個很好騙的親王啊。」

小眼睛站在亞斯克爾旁邊，憤怒地噴了口鼻息。亞斯克爾不能置信地搖了搖頭。傑洛特一點都不爲所動。

「我根本不在乎，」他小聲地說：「你相信我或是不相信我。我的義務是向你提出警告，如果有船或有人在退潮的時候到龍齒那裡去，那麼他們就會遇到危險，生死攸關的危險。如果你想看看這是不是眞的，如果你想冒險，這是你的事，我只是向你提出警告。」

「哈。」坐在阿格洛瓦身後，坐在凹窗裡的執行官澤列斯特突然說：「如果這些怪物是像精靈或哥布林【註】那樣，那他們才嚇不倒我們。我們本來在怕的，是比那更糟的東西，啊，眾神保佑，像是被巫術製造出來的生物。就獵魔士所說的來看，這是某種海中的水鬼或是水怪之類的東西。對付水鬼是有辦法的。我曾經聽說過某個巫師，他在一眨眼之間就解決了莫克瓦湖裡的水鬼。他往湖裡倒了一小桶魔法的過濾器，然後那些該死的水鬼就被清理得乾乾淨淨的了，一點痕跡都沒有留下。」

「確實。」始終沉默的德伍哈德說話了：「什麼痕跡都沒有留下——這其中也包括鯉魚、梭子魚、龍蝦和蚌類。甚至連在湖底的伊樂藻都死光了，而長在岸邊的赤楊也枯死了。」

「眞是好極了。」阿格洛瓦顫抖地說：「眞是謝謝你的好主意啊，澤列斯特。你還有什麼別的好主

【註】哥布林（Goblin）是一種傳說中的類人生物，有長長的尖耳，身材矮小，居住在地底，不喜愛光線。他們個性野蠻、邪惡，喜歡惡作劇，但並不危險。

意嗎？」

「嗯，確實啦。」執行官的臉刷地紅了。「那個巫師的魔杖是彎了那麼一點，可能也揮得太用力了一點。但是不用巫師，我們也有辦法解決這件事，親王。獵魔士說，和那些怪物戰鬥是可能的，殺死它們也是可能的。那麼就開始戰爭吧，殿下，就像以前一樣。對我們來說不是什麼新鮮事，不是嗎？以前山上曾經住著毛怪【註】，現在它們在哪裡？現在森林裡還有狂野的精靈和森林女妖在苟延殘喘，但這也不長久了。我們會把屬於我們的東西奪過來，就像我們的祖父一樣……」

「而珍珠只有我的孫子們才會看到嗎？」親王露出不愉快的表情說：「時間太久了，澤列斯特。」

「不，不會這麼久。依我看……這麼說吧……我們每派一艘採珠船出去，就派兩艘載滿弓箭手的船隨行。我們很快就會教會這些怪物什麼是智慧，我們會教它們什麼是恐懼。是不是，獵魔士先生？」

傑洛特冷冷地看著他，什麼也不說。

阿格洛瓦轉過頭，露出他那高貴的側臉，咬了咬嘴唇。然後他轉向獵魔士，瞇起眼睛，皺起眉頭。

「你沒有把工作做好，傑洛特。」他說：「你再一次把事情搞砸了，雖然我不會反對，你作出了很大的努力。但我是不會爲努力付錢的，我是爲結果付錢，爲效果，而這次的效果——原諒我這麼說——和大便一樣，所以你得到的報酬也是大便。」

「眞是太好了，尊貴的親王。」亞斯克爾諷刺地說：「眞可惜，您沒有和我們一起去龍齒那裡。我和獵魔士可能會給您一個機會，讓您去面對那些從海裡冒出來的拿著劍的生物，也許那樣您就會了解這整件事的重點是什麼，而不會在這裡吵著關於報酬的事……」

「就像賣東西的女人。」小眼睛插嘴。

「我沒有吵架、討價還價或是討論的習慣。」阿格洛瓦平靜地說：「我說過了，我不會付你一毛錢，傑洛特。我們的合約是這樣的：消除危險、消除威脅，讓人們能夠不受生命威脅地去採珠。而你呢？你跑到我面前，開始對我說住在海底、有智慧的種族的事。你告訴我，我應該遠離那個會爲我帶來收入的地方。你做了什麼？你殺了……幾個啊？」

「幾個並不重要。」傑洛特的臉稍微白了一白。「至少對你來說，阿格洛瓦。」

「沒錯。再說，也沒有任何證據。如果你帶來了那些魚或青蛙的右手，就像我的守林人帶給我幾隻狼的耳朵，誰知道，也許我還可以考慮付你一般的價格。」

「沒辦法，」獵魔士冷冷地說：「我沒有別的選擇，只有向你道別了。」

「你錯了。」親王說：「你還有個選擇。你可以得到一份穩定的工作，有份不錯的薪水和生活條件。你會得到司令的職權，從現在開始帶著我那些武裝的守衛和採珠船一起出海。不必是永久的，只要等到那些有智慧的種族有了足夠的智慧，讓它們遠離我的船，看到船就像看到火焰一樣逃得遠遠的。你怎麼說？」

「謝謝，但我不打算接受這個機會。」獵魔士露出不悅的表情，說：「這種工作不適合我。我認爲，和其他種族進行戰爭是一項白痴的行爲。也許就生活無聊、厭倦得發慌的親王來說是項很好的娛

【註】毛怪，一種貌似人類的怪物，渾身是毛，個子不高。

樂，但對我來說卻不是。」

「喔，眞是驕傲啊。」阿格洛瓦微笑著說：「眞是高尚。眞的，你拒絕這項提議的方式，眞的是很像國王呢。你放棄了這份不錯的薪水，而且臉上還帶著那種表情，好像你是個剛剛才飽餐了一頓的有錢人。傑洛特？你今天吃了午飯嗎？沒有？明天呢？後天呢？我看這機會很小啊，獵魔士，眞的很小。平常那樣都已經很難賺錢了，而現在手又上了吊帶……」

「你還好意思說！」小眼睛尖聲大叫：「你還好意思這樣對他說話，阿格洛瓦！他的手會綁著吊帶，都是你害的！因爲你叫他去做那件事，他的手才會被砍傷！你怎麼能這麼卑鄙……」

「不要說了。」傑洛特說：「不要說了，艾絲，這沒有意義。」

「才不。」她憤怒地說：「這有意義。現在應該要有人告訴他這個事實，他這個親王的頭銜根本是自己提名得來的，他利用了以下事實──根本沒有人會和他爭取統治這一片布滿岩石的海岸。而現在，他卻以爲自己可以不把別人放在眼裡。」

阿格洛瓦漲紅了臉，緊咬著唇，但沒有說一個字，連動都沒有動。

「沒錯，阿格洛瓦，」艾絲繼續說：「你可以不把人放在眼裡，這讓你感到有趣，你可以對準備好爲你的錢犧牲生命的獵魔士表示輕蔑，這讓你高興。但是聽清楚了，獵魔士對你的輕視、你的輕蔑根本不屑一顧，你的輕視對他來說根本不算什麼，他甚至沒有注意到。不，獵魔士甚至沒有感覺到你的僕人和部下──比如說澤列斯特和德伍哈德──所感覺到的，而他們感到羞愧，深深的、像火一樣燒灼的羞愧。獵魔士不會感覺到我們──我和亞斯克爾──所感覺到的，而我們感到噁心。阿格洛瓦，你知道是爲什麼嗎？我這就告訴你。獵魔士知道自己比你好得太多，比你有價值得多，這就是他力量的泉源。」

艾絲沉默了下來，低下頭，她的頭低得不夠快——傑洛特注意到一點淚光，在她的明眸眼角打轉。女孩用手摸著掛在脖子上的項鍊，摸著那朵白銀打造成的小花，小花的中間鑲嵌著一顆豆大的、閃著淡藍光澤的珍珠。小花有著小小的、纏繞在一起的花瓣，雕刻得非常精細。德伍哈德——獵魔士心想——完成了一項非凡的任務。他推薦的那個工匠幹得非常漂亮，而且沒有向他們收半毛錢，德伍哈德付清了所有的費用。

「這也就是爲什麼，尊貴的親王，」小眼睛抬起頭繼續說：「不要再貽笑大方了。不要再向獵魔士作出這種提議，要雇他加入你的軍隊，去和海洋爭鬥。不要再爲自己製造笑話，因爲你的提議只會引起人們的嘲笑。你還沒聽懂嗎？你可以花錢要獵魔士完成工作，可以雇他來保護人們不受邪惡的侵襲，避免危險威脅他們的生命。但你不能收買獵魔士，你不能叫他爲你的私人目的服務。因爲獵魔士——即使受了傷，飢腸轆轆——還是比你高人一等，比你有價值許多，這也就是爲什麼他對你那可憐的建議不屑一顧，你明白了嗎？」

「不，達凡小姐。」阿格洛瓦冷冷地說：「我不明白，正好相反，我懂得越來越少了。最根本的一件事，也是我眞的很不明白的一件事，就是我爲什麼還沒有下令把你們三個都吊死，而在那之前先用皮繩把你們好好抽一頓，再用燒紅的鐵塊燙烙你們。達凡小姐，您很想讓人覺得，您什麼都知道。那麼就請您告訴我，我爲什麼沒有這麼做。」

「沒問題。」女詩人馬上回答：「你沒有這麼做，阿格洛瓦，是因爲在你心靈深處的某個地方，還有一小簇道德的火焰，一點殘存的尊嚴，還沒有被暴發戶的自大和小商人的驕傲給悶死。在你裡頭，阿格洛瓦，你內心的最底層，因爲你的心畢竟有著愛一個美人魚的能力。」

阿格洛瓦的臉變得像紙一樣白，他緊緊地抓住了椅子的扶手。好極了，獵魔士想，好極了，艾絲，我爲妳喝采。他爲她感到驕傲，但同一時間他感到遺憾，深深、令人發狂的遺憾。

「你們走吧。」阿格洛瓦低聲說：「走吧，隨便你們去哪裡，讓我一個人靜一靜。」

「再見了，親王。」艾絲說：「臨別之前，聽我一句建議吧。這個建議應該要由獵魔士來告訴你，但我不希望獵魔士這麼做，給你建議，會讓他降低自己的身分，所以就由我來替他這麼做。」

「洗耳恭聽。」

「海洋是很遼闊的，阿格洛瓦。還沒有人研究過水平線的那一端有著什麼——如果那裡眞的有什麼東西。你們把精靈趕入了原始森林的深處，但海洋比任何原始森林都要遼闊。你們把山上和峽谷裡的毛怪趕盡殺絕，但海洋比任何深山和峽谷都要難以進入。而在海洋的底層，住著某個會用武器的種族，他們知道製造金屬的祕方。小心點，阿格洛瓦。如果你要弓箭手隨採珠船一起出海，你就是在向一個你不知道的東西宣戰。這個你想要挑動的東西，可能會是虎頭蜂的窩。我建議你們，把它們留給海洋吧，因爲你們是無法對付海洋的。你們不知道，你們也永遠不會知道，那些在龍齒之下的樓梯是通往何處。」

「妳錯了，艾絲小姐。」阿格洛瓦平靜地說：「我們會知道這些樓梯通往何處，不只如此，我們還會走下這些樓梯。我們會查看海洋的另一端有什麼，如果那裡眞的有什麼東西。然後我們會從海洋中拿出所有可以拿出來的東西。如果我們做不到，那就會由我們的孫子，或是我們孫子的孫子來完成。這只是時間的問題。是的，我們會這麼做，即使海洋會被鮮血染得一片血紅。妳是知道這一點的，艾絲，聰明的艾絲，用她的歌謠寫下人類編年史的艾絲。人生可不是歌謠，妳這渺小、可憐、有著美麗眼睛的女詩人，妳迷失在自己美麗的話語裡。人生是場戰鬥，而剛好就是那些比我們更有價值的獵魔士教會了我們如何戰鬥。他們為我們指出了一條道路，為我們開拓它，讓那條路上布滿了屍體——這些屍體屬於那些擋住我們人類的種族，它們想要保護這個世界，不讓我們過去。我們，艾絲，只是繼續這場戰鬥，是我們——而不是妳那些歌謠——會寫下人類的編年史。我們已經不需要獵魔士了。已經沒有任何事會阻止我們，什麼事都阻止不了我們。」

「任何事都不能嗎，阿格洛瓦？」

「不能，艾絲。」

女詩人微微一笑。

玄關那裡突然傳來一陣噪音、尖叫和匆忙的腳步聲。僕役和守衛跑進大廳，在門前跪了下來或是深深鞠躬，分開站成了一排。

門前站著施娜茲。

她淡綠色的頭髮梳成了漂亮的髮型，頭上戴著用珊瑚和珍珠做成的美麗髮冠。她身上穿的是海水藍色的連身裙，上面的綴邊看起來像是海水的泡沫。連身裙的前襟開得很低，所以美人魚偉大的胸部——雖然一部分被遮在衣服下，一部分被用軟玉和青金石做成的項鍊遮住——看起來還是令人讚歎無比。

「施娜茲，」阿格洛瓦大叫，跪了下來。「我的……施娜茲……」

美人魚慢慢走近，她的步伐十分柔軟、優雅，流暢得就像是拍打在海岸上的海浪。

她在親王面前停下，露出小巧的白色牙齒，嫣然一笑，然後很快地用小手把連身裙高高撩了起來，高到所有人都可以把海中女巫的傑作看得一清二楚。傑洛特吞了一口口水。毫無疑問：海中女巫知道漂亮的腿長什麼樣，而且也知道怎麼把它們做出來。

「哈！」亞斯克爾大叫：「我的民謠……完全就像在我的民謠中所寫的……她為他得到了雙腿，卻失去了聲音！」

「我什麼都沒失去，」施娜茲用像唱歌一樣、一點口音都沒有的共通語說：「至少目前為止。在這個手術之後，我感覺像是新生一樣。」

「妳會說我們的話？」

「怎樣，不行嗎？你好嗎？白頭髮的。喔，還有你的愛人也在這裡，艾絲．達凡，如果我沒記錯。你們已經比較熟了，還是仍不太熟？」

「施娜茲……」阿格洛瓦感動地大叫，一邊爬到她身邊。「我的愛！我親愛的……唯一的……所以妳還是決定了，終於，妳還是決定了，施娜茲！」

美人魚優雅地伸出手讓他親吻。

「是啊，因為我也愛你，你這蠢蛋。如果戀人無法作出一點犧牲，那這樣的愛情又算是什麼呢？」

IX

他們在一個沁著涼意的清晨離開了布來梅爾沃德。在一片氤氳的霧氣中，可以隱約看見太陽像顆明亮的紅火球一樣從地平線那端昇起。他們是三個人一起走的，就像他們所決定的一樣。他們沒有討論這件事，沒有作出任何計畫——他們只是想要和彼此在一起一段時間。

他們離開了布滿石頭的海岬，向海灘上陡峭、粗糙的懸崖道別，把受風和海浪侵蝕而變得奇形怪狀的石灰岩拋在腦後。但當他們走下開滿了花、長滿了綠草的阿達樂特山谷，他們鼻子裡還聞得到海的氣味，耳朵裡也還響著海浪的聲音，以及海鷗尖銳、狂野的啼叫。

亞斯克爾不停地說話，完全沒有間斷，從一個話題跳到另一個話題，而且沒有把任何一個話題說完。他先說了關於巴薩國的事，說在那裡有個愚蠢的習俗，要女孩一直到新婚那天晚上都要守貞。然後他開始說，在伊尼思．波爾赫伊特島上住著一群鐵鳥。他還說了關於活水和死水的事，關於奇爾，一種深藍色的酒的味道和它奇怪的特性，關於艾冰的國王那可怕、煩人的四胞胎小孩，他們的名字分別是普茲、格里茲、米茲和尤安．帕布洛瓦瑟米勒。他說了關於音樂和詩歌新潮流的事，那些東西因爲競爭而變得流行，但在亞斯克爾眼中它們都是抄襲眞實藝術運動的吸血鬼。

傑洛特沉默不語。艾絲也沉默著，或者只說隻字片語作爲回答。獵魔士感覺她的目光盯在自己身上，那是他想要逃避的目光。

他們坐渡船過了阿德拉特河，不過他們必須自己拉繩子，因爲船夫醉得昏天黑地——他的臉像死人一樣白，全身僵直，不停顫抖，目光呆滯，雙手一直抱著柱子，不管他們問他什麼，他只說一個字，唯一的字，聽起來像是「嘔」。

獵魔士很喜歡阿德拉特河另一邊的風景——河畔的村子大多都用柵欄圍了起來，這表示他一定有機會找到工作。

下午，當他們在給馬兒喝水時，小眼睛趁亞斯克爾走遠時走近了獵魔士身邊。獵魔士來不及避開。她出其不意地逮到了他。

「傑洛特。」她小聲地說：「我已經……沒辦法忍受了，這超過我所能承受的。」

他試著不去看她的眼睛，但她不允許他這麼做，她就這麼站在他面前，把玩著脖子上那顆鑲嵌在銀製小花裡的藍色珍珠。她站在那兒的姿態再次讓他感到遺憾——在他面前的竟然不是躲在水底、手拿馬刀的魚眼怪。

「傑洛特……我們必須做點什麼，對不對？」

她在等他的回答，他的一句話，他那一點犧牲。但獵魔士沒有任何可以拿來為她犧牲的東西，這一點他很清楚。他不想說謊，但他也沒辦法說實話，因為他沒辦法鼓起勇氣去傷害她。

亞斯克爾——可靠的亞斯克爾——突然出現，用他那萬無一失的手法，把他們從這個僵局中救了出來。

「這是當然的啦！」他大叫，一面使勁地把手中用來撥開蘆葦和長在河岸那些巨大蕁麻的棍子扔到水中。「你們當然要做點什麼啦，現在正是時候！你們這副死樣子，我實在沒有興趣再看下去了！妳在他身上期待些什麼，小手套偶？不可能的事嗎？而你，傑洛特，你期望什麼？期望小眼睛會讀出你的心思，就像……就像那個女人一樣？你期望她會就此滿意，你就可以舒舒服服地一句話都不說，什麼都不用解釋、不用聲明、不用拒絕？不用表明自己的心意？你們兩個到底需要多少時間、多少事實才能了解這件事？你們什麼時候才要互相了解？幾年以後，還是在回憶中？畢竟我們明天就要分道揚鑣了，見鬼的！喔，眾神啊，我受夠你們兩個了！受夠了！喔！好啦，你們聽著，我現在要折一根榛樹的樹枝去釣魚，而你們可以有一段獨處的時間，可以好好談談。把所有的事都談一談吧，並且試著了解彼此，這並不像你們想的那麼複雜。然後，看在眾神份上，你們就做那件事吧。和他做那件事，小手套偶。和她做那件事，傑洛特，對她溫柔點。那時候，我靠，你們也許就會沒事了，或者……」

亞斯克爾猛地轉身離去，折斷了蘆葦，一邊咒罵著。他用榛樹的樹枝和馬的鬃毛做了根釣竿，然後打算一直垂釣到黃昏。

當他離開以後，傑洛特和艾絲靠著那奇形怪狀、葉片垂到河水上的柳樹站了很久。他們一直站著，握著彼此的手。然後獵魔士開始說話，很小聲地說了很長一段話，而小眼睛的眼裡充滿了淚水。

然後，看在眾神份上，他們做了那件事，她和他。

之後，一切都很好。

X

第二天，他們為自己舉辦了一場像是盛大晚宴的晚餐。艾絲與傑洛特在路過的村子買了一頭宰殺好的羔羊，當他們討價還價的時候，亞斯克爾悄悄地在小屋後的菜園偷了大蒜、洋蔥和紅蘿蔔。他們騎馬離去的時候，還順手從鐵工廠後面的柵欄裡摸走了一只鍋子，鍋子有幾個破洞，但獵魔士用伊格尼符咒把它焊了起來。

他們的晚宴在森林深處裡的空地上舉行。火燒得很旺，鍋子裡的東西咕嚕咕嚕地冒著泡，傑洛特小心地用一根剝了皮的松樹枝攪拌著。亞斯克爾剝下了洋蔥的皮，也把紅蘿蔔的皮削乾淨了。小眼睛對做菜一竅不通，於是在旁邊彈著魯特琴，唱著下流的歌謠來取樂他們。

這是他們盛大的晚宴。因爲當早上來臨的時候他們就要分離，每個人都要走上自己的路，去找那些他們本來就已經擁有的東西。但他們並不知道自己擁有這些事物，他們甚至猜想不到。他們也沒有猜想到早上將要踏上的道路——每個人的路都不同——會把他們帶到什麼地方。

當他們都吃飽了，也喝足德伍哈德送給他們的啤酒，他們就聊著八卦，哈哈大笑。艾絲和亞斯克爾開始了一場歌唱比賽。傑洛特把手枕在頭下，躺在用雲杉枝做成的床鋪上，想著他再也不會聽到這麼優美的聲音，再也不會聽到這麼優美的歌謠了。他想著葉妮芙，也想著艾絲。他有種預感……

最後，小眼睛和亞斯克爾一起唱了那首著名的二重唱「辛蒂亞和魏特魏恩」，那是一首很棒的情歌，第一句歌詞是這樣的：「我已流下許多的淚……」傑洛特覺得，甚至連樹木都彎下身來傾聽他們兩人的歌唱。

然後，小眼睛帶著馬鞭草的氣味在他身邊躺了下來，把身體窩到他的臂彎裡，把頭枕到他的胸前，嘆了大概兩口氣，然後靜靜地睡去。獵魔士過了很久、很久以後才睡去。

亞斯克爾看著逐漸熄滅的火，獨自一人坐了更久，輕輕地撥著魯特琴的弦。

一開始只有幾個小節，然後慢慢變成了巧妙、寧靜的旋律。配合著旋律，一首詩誕生了，字句融入了音樂中，就像被嵌在金黃透明的琥珀裡的昆蟲。

歌謠訴說著關於某個獵魔士和女詩人的故事。關於他們是如何在海邊、在海鷗的叫聲之中相遇，還有他們是如何第一眼就愛上了彼此。他們的愛情既美麗又堅韌，沒有任何事物，即使是死亡，也無法毀滅這份愛或使他們分離。

亞斯克爾知道，沒有什麼人會相信歌謠中所訴說的故事，但他一點都不在意。他知道歌謠不是寫來讓人相信的，而是寫來讓人感動的。

幾年後，亞斯克爾可以改變歌謠的內容，寫下真實發生的事。他沒有這麼做，真實的故事畢竟不會讓任何人感動。誰想要聽到獵魔士和小眼睛分開，而且再也不曾重逢，一次也沒有？誰想知道，小眼睛在四年後死於水痘，在流行病肆虐維吉馬的時候？誰又想知道，亞斯克爾把她從那一堆放在草堆上燒的屍體中拉了出來，把她葬在城外的森林，靜靜地，獨自一人，而在她的屍體旁邊，就像她請求的一樣，有兩件東西——她的魯特琴，和她從不離身的藍色珍珠。

不，亞斯克爾選擇了第一個版本的歌謠，但他從不曾在任何人面前唱它，從來不曾唱給任何人聽。

清晨，天色還很暗的時候，一隻飢餓、憤怒的狼人溜到他們的營地來。但狼人看到那是亞斯克爾，於是聽了一陣子他的歌，然後就離開了。

命運之劍

一

他在接近中午的時候找到第一具屍體。

看見受害人的屍體，很少讓獵魔士震撼。平時，他都是無動於衷地看著這些屍體，但這一次他卻沒辦法無動於衷。

那個男孩大約十五歲。他仰天躺著，兩腳大大張開，臉上呈現僵硬的表情，流露出深深的恐懼。儘管如此，傑洛特知道男孩是一擊斃命的，他沒有受苦，八成也不知道自己會死。箭插在他的眼睛中，深深埋入頭顱，直到枕骨。箭的末端上有著被染成黃色、帶著條紋的母雉雞翼尾羽，箭杆比草穗還高。

傑洛特四下張望，很快就找到了他要找的東西。第二枝長得一模一樣的箭插在後方松樹的樹幹裡，離第一枝箭有六步的距離。他知道發生了什麼事。男孩不了解這個警告，他聽到箭的颼聲，聽到箭咚一聲射到樹幹上的悶響，嚇得半死，然後往錯誤的方向逃去，逃往那個對方要他停下，馬上往後退的方向。那發出斷聲、凶狠的、帶著羽毛聲響的颼聲，那短促的、箭尖沒入樹幹的悶響。一步都不要再靠近，人類——這就是那颼聲和悶響的訊息。滾開，人類，馬上離開布洛奇隆。你們征服了整個世界，人類，到處都是你們的蹤跡，你們到處都帶著你們稱之爲現代的東西，那改變的時代、你們稱之爲進步的東西。但在這裡我們不想要你們，也不想要你們的進步，我們不想要你帶來的任何改變，我們不想要你們帶來的任何東西。颼聲和悶響。從布洛奇隆滾出去！

從布洛奇隆滾出去，傑洛特想。人類，不管你是不是十五歲，不管你是不是在森林中辛苦、吃力地走，沒辦法找到回家的路，並且心急如焚。不管你是不是七十歲，不管你是不是得到森林裡來撿柴，因爲人們會因爲你沒有用而把你從草屋中趕出去，不給你東西吃。不管你是不是六歲，不管你是不是被森林空地裡、耀眼陽光下藍得亮眼的花吸引過來。從布洛奇隆滾出去！颼聲和悶響。

以前，傑洛特想，在放箭殺人之前，她們會發出兩次警告，甚至三次。

以前，他邊想邊往前走，以前。

沒辦法，進步。

森林看起來並不像傳聞中所說的那麼恐怖。確實，森林裡非常狂野、原始，使得在裡面行進起來很困難，但這困難的程度很一般，難度並不會太高。這片森林裡每一個可以讓陽光照進來的空隙——在大樹的樹冠之間、在長滿樹葉的枝幹之間——都馬上被幾十棵樺樹、赤楊和鵝耳櫪的幼樹所利用，被黑莓、刺柏和蕨類所佔據。在它們濃密的枝葉下，是一片走過去會發出嘎吱聲的濕地，由腐木、乾燥的樹枝和腐朽的樹幹組成。那些樹都是森林裡的老樹了，它們在爭鬥中失敗，或者已經活到了自己的年限。

然而，這座濃密的森林並未伴隨著一股不祥、沉重的沉默，雖然這樣的沉默和這個地方較相配。不，布洛奇隆是活生生的。昆蟲嗡嗡地叫，腳下有蜥蜴發出窸窸窣窣的聲音。閃著彩虹光芒的甲蟲跑來跑去，千隻蜘蛛織成、掛著水珠的蜘蛛網搖晃著。啄木鳥答答地敲擊著樹幹，發出尖銳的聲響；松鴉也啾啾地鳴叫。

布洛奇隆是活生生的。

但獵魔士並未受騙。他知道自己身處何方，他記得那個眼睛裡插著一枝箭的男孩。在青苔和針葉之間他看到了躺在地上的白骨，上面爬滿了紅色螞蟻。

他小心、但快速地往前走去。痕跡還很新，他懷著希望，他還可以趕上，可以攔下那些走在他前面的人，讓他們往回走去。他自我催眠，時間還不算太晚。

已經太晚了。

如果不是看到死者手中的短劍發出的反光，傑洛特根本不會注意到第二具屍體。這人是個成年男子，他的裝束很簡單，顏色是樸素的深灰色，從這一點可以看出他的身分不高。他的衣服——如果不把他胸前、在兩枝箭周圍的血跡算進去——看起來很新、很乾淨，他不可能是個一般的僕人。

傑洛特四下張望，看到了第三具屍體，穿著一件皮外套和綠色短大衣。他腳邊的地面上有掙扎的痕跡，地上的青苔和針葉都被掀了起來，可以看到底下的沙地。毫無疑問——這個人是過了很長的時間才斷氣的。

他聽到一聲呻吟。

他很快地撥開刺柏，看到一個被群樹檔住、很深的洞穴，那是樹幹被吹倒之後留下的洞穴。在洞穴裡，露出來的松樹樹根上躺著一個身材魁梧的男人，有著黑色鬈髮和鬍子，還有一張和他的身材成反比、充滿恐懼、蒼白得像死人一樣的臉。他那用鹿皮做的淺色長衫上沾滿了紅色鮮血。

獵魔士跳入洞穴，傷者睜開了雙眼。

「傑洛特……」他呻吟：「喔，眾神啊……我大概在作夢……」

「佛列克森納特？」獵魔士驚訝地說：「你怎麼會在這裡？」

「我……喔……」

「不要動。」傑洛特跪在他身旁。「你傷在哪裡？我沒看到箭。」

「箭從背後……射穿了我，我把箭頭折斷，把它抽了出來。聽著，傑洛特……」

「不要說話，佛列克森納特，因爲你在咳血。你的肺被射穿了，天殺的，我得把你帶離開這兒。見鬼，你們在布洛奇隆做什麼？這是德律阿得的地盤，她們的聖地，沒有人能活著從這裡走出去。你不知道這件事嗎？」

「待會……」佛列克森納特呻吟，吐了口血。「我待會再告訴你……現在把我拖出去……喔！天殺的！小心點……喔……」

「我沒辦法。」傑洛特直起身子，四下張望。「你太重了……」

「別管我了。」傷者喘息。「別管我了，沒辦法……但是救她……看在眾神份上，救她……」

「誰？」

「公主……喔……找到她，傑洛特……」

「好好躺著，該死！我馬上就做個什麼東西把你拖出去……」

佛列克森納特猛烈地咳嗽，又吐了口血，黏稠、下垂的血絲懸掛在他的鬍子上。獵魔士咒罵了一聲，從洞穴中跳出來，四下張望。他需要兩棵幼樹。他很快地往森林空地的邊緣走去，他之前在那裡看到一叢赤楊林。

颼聲和悶響。

傑洛特僵在原地。一枝末端帶有蒼鷹羽毛的箭，射到了樹幹上——高度和他的頭部相當。他看著那用梣樹樹枝做成的箭杆，看出了箭是從哪裡射出來的。在五十步以外的地方有另一個樹幹倒下後留下來的洞穴，糾結在一起的樹根朝向天空，上面還纏著一大團沙土。那裡有幾株白色樺樹，而在那之後是一叢濃密的黑刺李，看起來黑漆漆的。他沒看到任何人。他知道，他是不會看到任何人的。

他非常緩慢地舉起了雙手。

「喀阿德米爾！瓦安艾思娜梅阿斯厄杜恩．卡奈爾！艾斯阿格文布雷德！」

這次他聽到弦輕輕發出咚的一聲，也看到了箭——對方就是要讓他看到。箭猛烈地往上飛去。他看著箭往上飛昇，在空中停下，然後斜斜地落了下來。他沒有動。箭幾乎垂直地插入青苔，離他只有兩步距離。幾乎是立刻，第二枝箭以一模一樣的方式插在他身邊。他害怕著，自己也許看不到下一枝箭了。

「梅阿斯艾思娜！」他再次大喊：「艾斯阿格文布雷德！」

「格列弟夫沃特！」那個聲音聽起來就像一陣微風。這次傳來的是聲音，不是箭。他活下來了。他慢慢地解下腰帶的帶釦，把劍拿得遠遠的，然後把它丟在地上。在離他不到十步的距離，第二個德律阿得無聲無息地從被刺柏圍住的冷杉後頭冒了出來。雖然她的身形很嬌小細瘦，但冷杉的樹幹看起來比她瘦得多。他不知道剛才經過的時候怎麼會沒注意到她。也許是她的服裝隱蔽了她的形跡——她穿著用一塊塊奇形怪狀的布料縫起來的衣服，那些布料有些是褐色，有些是綠色，深淺不同，衣服上還覆蓋著樹葉和樹皮。即使如此，卻掩蓋不了她姣好的身材。她的頭髮是橄欖色的，額頭上綁著一條黑色手帕，臉上塗了一道道斑紋，是用堅果皮塗上去的。

她拉滿了手中的弓，把箭朝向他。

「艾思娜……」他開始說。

「特阿思阿普！」

他聽話地閉上了嘴，一動也不動地站著，把雙手舉起，遠離身體。德律阿得沒有放下手中的弓。

「鄧卡！」她叫：「布萊恩！卡厄姆沃特！」

那個之前放箭的德律阿得從黑刺李叢中跳了出來，很快地繞過倒地的樹幹，靈巧地跳過洞穴。雖然那裡堆滿了乾枯的樹枝，但獵魔士沒有聽到她腳下發出任何聲音。他身後不遠處傳來一陣輕微的雜音，聽起來像是樹葉被風吹動的沙沙聲。他知道第三個德律阿得就在自己身後。

第三個德律阿得這時迅速地從側邊繞了出來，拾起了他的劍。她有頭蜜色頭髮，用蘼草編成的髮帶綁著。背上揹著裝滿了箭的箭袋，隨著她的動作而晃動。

那個離他最遠、從洞穴中出來的德律阿得很快地靠近，她身上穿的衣服和她的同伴沒什麼兩樣。她的頭髮是磚紅色的，沒有什麼光澤，戴著一頂用三葉草和石南做成的花冠。她手裡拿著弓，雖然沒有拉滿，但是箭在弦上。

「特安塞瑟英梅阿斯阿普艾思娜列夫？」她邊走近邊問。她的聲音超乎尋常地好聽、有韻律，她的眼睛又黑又大。「艾斯格文布雷德？」

「阿厄……阿厄斯阿……」他開始說，布洛奇隆的方言在德律阿得口中聽起來像是唱歌，但到了他嘴裡卻讓他的舌頭和嘴唇都打了結。「妳們沒有人會說共通語嗎？我不太會說……」

「安瓦爾。沃特林哥。」她打斷他。

「我是格文布雷德，白狼。艾思娜女王認識我，我是以使節的身分要去見她的。我來過布洛奇隆，來過杜恩・卡奈爾。」

「格文布雷德。」有著磚紅頭髮的德律阿得瞇起眼說：「瓦特格亨？」

「是的。」他說：「獵魔士。」

橄欖色頭髮的德律阿得憤怒地噴了口氣，但放下了手中的弓。磚紅色頭髮的德律阿得睜大眼睛看著他，而她那張畫著綠色條紋的臉則完全一動也不動，像是雕像的臉一樣死氣沉沉。因爲這靜止的神態，沒辦法說她的臉是漂亮還是不漂亮——與其使用這樣的形容詞，不如說這張臉是漠然、沒有靈魂的，甚至是可怕的還比較恰當。傑洛特爲了這個想法而暗中責備自己，他明明知道用人類的標準來看德律阿得是沒有意義的。他應該知道，她只是比另外兩個德律阿得年長很多，雖然外表上看不出來，但是她的年紀比她們大很多、很多。

他們不動聲色、沉默地站著。傑洛特聽到佛列克森納特發出呻吟、喘息和咳嗽。磚紅色頭髮的德律阿得一定也聽到了，但她的臉沒有任何表情。獵魔士把手扠在腰上。

「在那裡的洞穴中，」他平靜地說：「躺著一個受傷的人。如果得不到任何幫助，他必死無疑。」

「特阿思阿普！」橄欖色頭髮的德律阿得拉滿了弓，把箭頭對準了他的臉。

「妳們要看他死嗎？」他沒有提高音量。「妳們要讓他就這樣慢慢地被血噎死？如果是這樣，還不如殺了他，給他個痛快。」

「閉上你的嘴！」德律阿得咆哮，用共通語說。但她放下了弓，慢慢地放開了拉滿的弦。她用詢問的表情看著另一個德律阿得。磚紅色頭髮的德律阿得點了點頭，朝洞穴偏了偏頭。橄欖色頭髮的德律阿得很快且無聲無息地向那裡跑去。

「我想要見艾思娜女王。」傑洛特重複。「我身上有著使命……」

「她，」磚紅色頭髮的德律阿得指著蜜色頭髮的德律阿得說：「會帶你去杜恩・卡奈爾。去吧。」

「佛列……那個受傷的人呢？」

德律阿得看著他，瞇起了眼睛。她的手依然把玩著在弦上的箭。

「不要擔心。」她說：「去吧。她會帶你去。」

「但是……」

「瓦恩沃特！」她咬著唇，打斷了他。

他聳了聳肩，轉向那個有頭蜜色頭髮的德律阿得。她看起來是三人中最年輕的，但他也有可能搞錯。他注意到她有一雙藍色眼睛。

「我們走吧。」

「嗯。」她輕聲說，遲疑了一下，然後把他的劍還給他。「我們走。」

「妳叫什麼名字？」

「閉上你的嘴。」

她非常迅速地穿過那片難走的樹林，沒有回頭看他。傑洛特要費好大一番力氣才能追上她。他知道德律阿得是故意這樣做的，他知道她想讓跟在身後的人類呻吟著倒在灌木叢裡，精疲力盡地摔在地上，再也沒辦法繼續走下去。當然，她不知道她的對手不是人類，而是獵魔士。她太年輕，不知道獵魔士是何許人。

女孩——傑洛特發現了，她不是純種的德律阿得——突然停了下來，回過身。他看到那件用布塊縫起來的緊身上衣下，她的胸部猛烈起伏，吃力地自制著，才沒有落到要用嘴呼吸的地步。

「我們走慢點吧？」他微笑著建議。

「呀。」她不情願地看著他說：「阿恩艾西斯塞德荷？」

「不，我不是精靈。妳叫什麼名字？」

「布萊恩。」她回答，又開始向前行進，但走得比之前慢了，不再試著趕過他。他們肩並肩，靠近地走著。他聞到她身上的汗味，那是普通女孩的汗味。德律阿得的汗味聞起來應該像在手中揉碎柳葉的氣味。

「妳之前的名字是什麼？」

她看著他，嘴唇突然扭曲。他以為她會生氣，然後叫他閉上嘴，但她沒有這麼做。

「我不記得了。」她慢慢地說。他不認為她說了真話。

她看起來不會超過十六歲，而她在布洛奇隆的時間應該不會超過六、七年——如果她更早一點來到這裡，在更小的時候，或者是在襁褓之中，那麼現在她身上會看不出任何人類的痕跡。藍色眼睛和淺色頭髮在德律阿得中也是有的。德律阿得會與精靈或人類發生儀式性的接觸，然後生下孩子。這些孩子都毫無例外、自然地繼承了母親的特色，而且毫無例外地都是女孩。在非常少的機率下——通常是隔代遺傳——有時候會出現具有那不知名男性祖先眼睛或頭髮的孩子。但傑洛特很確定，布萊恩身上沒有一滴德律阿得的血液。這件事其實也不怎麼重要，不管有沒有這個血統，她現在是個德律阿得。

「而你，」她不情願地看著他說：「你叫什麼名字？」

「格文布雷德。」

她點了點頭。

「我們走吧……格文布雷德。」

他們的腳步雖放慢了，但速度還是很快。理所當然，布萊恩很熟悉布洛奇隆——如果傑洛特是一個人，他根本不可能保持行走的速度，也不可能保持正確的方向。布萊恩循著蜿蜒、被遮住的小徑跨過障礙，走過那片難走的樹林，穿過峽谷，快速地跑過那些倒地的樹幹，就像在橋上奔跑一樣。她大膽地走過發出嘩啦啦聲音、覆滿了浮萍的濕地。要不是她帶路，獵魔士才不敢走過去，而會浪費好幾小時——如果不是幾天——繞過它。

布萊恩不只讓獵魔士在原始的森林中行動自如。在某些地方，德律阿得會放慢腳步，非常小心地走著，用腳一步步穩穩地踏在小徑上，並牽著獵魔士的手。他知道這是爲什麼。布洛奇隆的陷阱已經成了一個傳奇——人們說，森林裡有許多布滿了尖棍的洞穴，還有會自動發射的箭、倒下來的樹、可怕的「刺蝟」——也就是綁在繩子上、插滿刺的球，它們會出其不意地從空中落下，讓人們不敢前進。在另一些地方，布萊恩會停下來，發出抑揚頓挫的口哨聲，而灌木叢中也傳出回應她的口哨。還有一些地方，布萊恩會停下來，把手放到箭袋裡的箭上，叫他安靜，然後全身緊繃地等待樹叢裡發出沙沙聲的生物離去。

雖然他們走得很快，但還是要在某個地方過夜。布萊恩正確無誤地挑了個好地方——她選中了一個小山坡，那裡的溫度差距帶來了溫暖的微風。他們睡在乾燥的蕨類上，十分靠近彼此，這是德律阿得的習慣。半夜的時候布萊恩用手環抱住他，緊緊貼著他的身子。就只有如此而已。他抱住她，沒再做什麼別的。她是個德律阿得，她要的只是溫暖。

清晨時分，天還沒有亮的時候，他們就上路繼續往前走去。

11

他們走過一個樹木稀少的山坡，蜿蜒地繞過幾座充滿霧氣的山谷，走過寬敞、長滿草的空地，又走過一片有許多被風吹倒樹幹的地方。

布萊恩再次停了下來，四處張望。她看起來像是迷了路的樣子，但傑洛特知道那是不可能的事。他在倒地的樹幹上坐了下來，利用這個空檔稍作休息。

就在那時他聽到一聲尖叫，又尖又細、絕望的叫聲。

布萊恩很快地跪了下來，同時從箭袋裡拿出兩枝箭。她用牙齒咬住其中一枝，把另一枝安上了弦，拉滿了弓，她沒有瞄準什麼特定目標，只是把箭舉向灌木叢的方向，以及聲音的來源。

「不要射！」獵魔士大叫。

他跳過倒地的樹幹，吃力地跑過灌木叢。

石崖下有一塊不大的空地，那裡站著一個穿著灰色緊身上衣的小東西，背部緊緊貼著一棵乾枯的鵝耳櫪。在他前方五步之處，有個東西正在緩慢地移動，將前方的野草分開。那生物大概有展開的雙臂兩倍那麼長，顏色是深褐色的。傑洛特在第一瞬間以爲那是蛇。但他接著看到了那生物黃色、動來動去像鉤子一樣的腳，看到它扁平、一節一節的長身軀，他馬上就知道那不是蛇，而是比那更糟的東西。

那緊貼著樹幹的小東西發出一聲尖細的叫聲。巨大的多足動物把它長長的、顫抖著的觸角從草地上抬起來，用以感覺周遭的氣味和溫暖。

「不要動！」獵魔士大叫，用腳跺著地面，想把蜈蚣怪的注意力吸引到自己身上。但那個多足動物沒有反應，它的觸角已經感覺到離它最近的犧牲者的氣味。怪物動著它的腳，把身體捲成S形，往前爬去，亮黃色的腳在草地上整齊一致地滑動，就像划船一樣。

「伊格漢！」布萊恩大叫。

傑洛特兩個箭步跳到空地，同時從劍鞘裡拔出了揹在身上的劍，他把腰用力一擺，把僵在樹下的小東西撞開，撞到旁邊的黑莓叢裡。蜈蚣怪在草地上發出沙沙的聲音，小步地移動，抬起前端一節一節的身軀，露出流著毒液的鉗腳，朝他撲了過來。傑洛特一個旋身跳過怪物平坦的身軀，在半迴旋的時候朝著怪物身上兩節之間柔軟的空隙砍了下去。然而，怪物的動作太快了，劍只砍中甲殼，沒有將之斬斷——地上厚厚的青苔削弱了那一擊的力道。傑洛特往後跳開，但他的動作不夠快。蜈蚣怪用尾部把他的腳纏了起來，力道大得驚人。獵魔士跌倒在地，在地上翻滾，試著掙脫開來，但是一點用也沒有。

蜈蚣怪彎起身子，回過身來，準備要用鉗腳攻擊獵魔士，在此同時它也猛力地用爪子抓住一棵樹，把身體纏繞在樹上。就在這時，傑洛特聽到頭頂上傳來箭的呼嘯，咚地一聲擊中怪物的甲殼，把怪物釘到樹幹上。蜈蚣怪蜷起身子，把箭弄斷，從樹幹上掙脫出來，但立刻被另外兩枝箭釘了回去。獵魔士用力一踢，把纏在腳上的尾巴甩開，翻身滾到旁邊去。

布萊恩跪在地上，用無法想像的迅捷速度把箭一枝又一枝地射到怪物身上。蜈蚣怪把箭杆弄斷，掙脫出來，但下一枝箭又把它釘到了樹幹上。怪物平坦、閃著暗紅色澤的嘴一張一闔，對著箭頭射到的地方露出鉗腳，愚笨地想要攻擊那弄傷自己的敵人。

傑洛特從側邊跳過來，一劍揮了下去，替這場戰鬥劃下了句點。那棵樹就這麼成了蜈蚣怪的斷頭台。

布萊恩慢慢地走近，拿著拉滿的弓，朝怪物那躺在地上、腳還動個不停的軀幹踢了一腳，朝它吐了一口口水。

「謝謝。」獵魔士用鞋跟踩碎了蜈蚣怪被砍下來的頭。

「啊？」

「妳救了我的命。」

德律阿得看著他。她的目光中沒有理解，也沒有任何感情。

「伊格漢，」她說，用腳踢了踢怪物還在扭動的身體。「弄壞了我的箭。」

「妳救了我的命，還有那個小德律阿得的命。」傑洛特重複。「我靠，她跑到哪裡去了？」

布萊恩小心地翻開一叢黑莓木，把手伸進長滿刺的枝葉裡。

「和我想的一樣。」她說，從灌木叢裡拉出一個穿著灰色緊身上衣的小東西。「你自己看吧，格文布雷德。」

那不是德律阿得，也不是精靈、西爾芙、帕克【註】或者哈夫林人，那是世上最平凡不過的人類女孩。在布洛奇隆的中心──對於平凡的人類女孩來說，這是最不平凡的地方。

她有著明亮的鼠灰色頭髮，還有雙碧綠眼睛，年齡不會超過十歲。

「妳是誰？」他問：「妳怎麼跑到這裡來的？」

她不回答。我在哪裡看過她，他想。我在某個地方看過她，如果不是她，就是和她很相像的人。

「不要怕。」他不確定地說。

「我不怕。」她含糊不清、不情不願地說。很明顯地，她有鼻塞的問題。

「我們快走吧。」布萊恩突然說，看著四周。「有一隻伊格漢的地方，一定會有第二隻，而我的箭已經不多了。」

【註】帕克（Puck），神話傳說中的淘氣精靈，在莎士比亞的《仲夏夜之夢》中亦有出現。

女孩看著她，張開嘴，用手背擦著嘴，她嘴上的灰泥被擦了開來。

「見鬼的，妳到底是誰？」傑洛特彎下身，再問了一次。「妳在這……這座森林裡做什麼？妳怎麼來到這裡的？」

女孩低下頭，吸了吸塞住的鼻子。

「妳聾了啊？我問妳妳是誰？妳叫什麼名字？」

「奇莉。」她擤了擤鼻子。

傑洛特轉過身。布萊恩看著弓，瞄了他一眼。

「聽著，布萊恩……」

「什麼？」

「有沒有這個可能……有沒有可能，她……是從杜恩・卡奈爾，從妳們那裡逃出來的？」

「啊？」

「別裝聾作啞了，」他生氣地說：「我知道妳們會去抓小女孩。而妳自己呢，妳是從天空中掉下來，掉進布洛奇隆的嗎？我問，有沒有可能……」

「不。」德律阿得打斷他。「我從來沒看過她。」

傑洛特仔細端詳女孩。她那灰色頭髮看起來很亂，覆滿了松針和樹葉，但聞起來很乾淨，沒有煙、牛糞和油脂的氣味。她的手雖然髒得不得了，但又小又嫩，沒有傷痕和被掐的痕跡。從她男孩般的衣服，紅色、有兜帽的緊身上衣中看不出任何線索，但她的長靴是用柔軟、昂貴的小牛皮做的。不，這絕不是農村的小孩。佛列克森納特，獵魔士突然想到了，佛列克森納特就是在找她，他就是爲了她而跑到布洛奇隆來的。

「我問妳，妳是從哪裡來的，小鬼？」

「你竟敢對我這麼說話！」女孩強硬地抬起頭，跺了跺腳。柔軟的青苔完全毀了她跺腳的效果。

「哈。」獵魔士說，然後微微一笑。「完全正確，是個公主。至少說話的方式，因爲如果從外表判斷，看起來並不像。妳是從維爾登來的，對不對？妳知道他們在找妳嗎？不要擔心，我會帶妳回家。聽著，布萊恩……」

當他轉過頭時，女孩很快地轉過身，一溜煙地跑過森林，跑過小山丘平緩的斜坡。

「布洛德土爾德！」德律阿得尖叫，把手往箭袋伸去。「卡厄姆艾瑞！」

女孩跌跌撞撞地、漫無目標地跑過森林，她腳下乾燥的樹枝發出吱吱的聲響。

「站住！」傑洛特大喊：「該死，妳要去哪裡！」

布萊恩快速地拉滿了弓。箭在空中發出凶猛的嘶聲，劃出一道平滑的拋物線，箭矢咚的一聲擊中了樹幹，千鈞一髮地擦過了女孩的頭髮。女孩彎下身，撲倒在地上。

「妳這該死的白痴。」獵魔士嘶聲說，走近德律阿得。布萊恩很快地從箭袋中取出第二枝箭。「妳差點就殺了她！」

「這裡是布洛奇隆！」她強硬地說。

「她是個孩子！」

「那又怎樣？」

他看著箭的尾端。那上面繫有帶著小條紋的羽毛，是母雉雞的尾羽，用樹皮煮成的湯汁染成了黃色。他一句話也沒說，轉過身，很快地跑入森林。

女孩躺在樹下，身體蜷縮成一團，小心地抬起頭看著插在樹幹上的箭。她聽到了他的腳步聲，跳了起來，但他一個箭步就追上了她，抓住她上衣的紅兜帽。她轉過身，先是看著他，然後看著他抓著帽子的手。他放開了她。

「妳爲什麼逃跑？」

「你管不著。」她擤了擤鼻涕。「不要來打擾我，你……你……」

「妳這白痴小鬼。」他憤怒地嘶聲說：「這裡是布洛奇隆，一條蜈蚣還嚇不了妳嗎？妳一個人在這裡是活不到明天早上的，妳還沒弄清楚這一點嗎？」

「不要碰我！」她大叫：「你、你這個僕人！我是公主，你可別忘了！」

「妳是個愚蠢的小鬼。」

「我是公主！」

「公主不會一個人在森林裡亂跑，而且公主的鼻子很乾淨。」

「我要叫人砍掉你的頭！還有她！」女孩用手擦了擦鼻子，充滿敵意地看著走過來的德律阿得。布萊恩不屑地笑了一聲。

「嗯，好啦，妳吼夠了吧。」獵魔士打斷她。「妳爲什麼逃跑，公主？還有妳要跑去哪裡？妳在怕什麼？」

她沉默著，吸了吸鼻子。

「好吧，隨妳便。」傑洛特對德律阿得說：「我們要走了。妳高興一個人留在森林裡，就留在森林裡。但是當伊格漢第二次逮到妳的時候，妳可不要叫，這不是很合乎公主身分的行為。公主甚至連叫都不會叫就會死去，死前還會先把鼻子擦乾淨。我們走吧，布萊恩。再見，尊貴的公主。」

「等……等一下。」

「啊哈？」

「我和你們一起走。」

「我們眞是感到榮幸無比。對不對，布萊恩？」

「但你不會又把我帶去奇斯特林那兒吧？你保證？」

「誰是……」他開始說。「啊，我靠。奇斯特林？奇斯特林王子？維爾登的艾爾維爾國王之子？」

女孩翹起小嘴，擤了擤鼻涕，然後別過頭。

「遊戲玩夠了。」布萊恩不悅地說：「我們走吧。」

「等等，等等。」獵魔士直起身了，俯視著德律阿得。「計畫要改變一下，我美麗的弓箭手。」

「啊？」

「見艾思娜可以等。我得先送這個小女孩回家，到維爾登。」

德律阿得瞇起眼睛，把手伸向箭袋。

「你哪裡都不去，她也是。」

獵魔士不懷好意地笑了。

「小心點，布萊恩。」他說：「我可不是昨天被妳從暗處放箭射中眼睛的小鬼，我是會保護自己的。」

「布洛德阿斯！」布萊恩斷聲說，抬起弓。「你要去杜恩・卡奈爾，她也是！不去維爾登！」

「不！不去維爾登！」灰髮小女孩跳到德律阿得身邊，抱住她瘦長的大腿。「我和妳走！就讓他自己去維爾登好了，去那個笨蛋奇斯特林那裡，如果他想去的話！」

布萊恩甚至沒有看她，沒有把目光從傑洛特身上移開，但她放下了弓。

「艾斯土爾德！」她往他腳上吐了口口水。「哼！你愛去哪兒就去好了！我倒要看看你做不做得到。在你離開布洛奇隆之前，你早就沒命了。」

她說的對，傑洛特想。我沒有什麼選擇。沒有她，我沒辦法離開布洛奇隆，也沒辦法到達杜恩・卡奈爾。好吧，我們看著辦，也許我可以說服艾思娜……

「好吧，布萊恩。」他用拉攏的語氣說，微微一笑。「不要生氣，漂亮的女孩。好吧，我們就照妳說的話去做，我們一起去杜恩・卡奈爾。去見艾思娜女王。」

德律阿得低聲咒罵了一聲，把箭從弦上拿了下來。

「我們上路吧。」她說，調整了一下綁頭髮的髮圈。「浪費了不少時間。」

「喔……」女孩走了一步，開始呻吟。

「怎麼了？」

「我的腳……好像受傷了。」

「等一下，布萊恩！過來，小鬼，我讓妳坐在我背上。」

她的身體很溫暖，聞起來像隻濕麻雀。

「妳叫什麼名字，公主？我忘記了。」

「奇莉。」

「妳介意告訴我妳的領土在哪裡嗎？」

「我不告訴你。」她不高興地說：「就是不告訴你。」

「沒關係，妳不告訴我，我也不會死，不要一直動來動去，還有不要把鼻涕擤到我耳朵上。妳在布洛奇隆做什麼？妳迷路了嗎？走錯路了嗎？」

「才怪！我從來都不會走錯路。」

「不要亂動。妳從奇斯特林身邊逃開的嗎？從那斯洛格的城堡逃出來的？是在婚禮之前還是之後？」

「你怎麼知道？」她在意地擤了一下鼻涕。

「因爲我絕頂聰明。妳爲什麼剛好逃到布洛奇隆？沒有比這更安全的方向嗎？」

「一匹笨馬把我帶到了這裡。」

「妳撒謊。以妳的身材看來，妳能騎上貓就不錯了，還得是隻溫馴的貓。」

「是馬茨克騎的，他是渥依米爾的見習騎士。馬在森林裡跌倒了，弄傷了腿，然後我們就迷路了。」

「妳說妳從來不迷路的。」

「是他迷路，不是我。起了霧，然後我們就迷路了。」

你們迷路了，傑洛特想。可憐的渥依米爾見習騎士，他不幸地碰到了布萊恩和她的女伴們。這個男孩一定還不知道什麼是女人。他只是聽多了那些騎士故事、關於被逼婚的女孩，就決定幫助這個有雙綠色眼睛的小鬼逃跑。他幫助她逃跑，只爲了被那些臉上塗著顏料的德律阿得用箭殺死。她們一定還不知道什麼是男人，但她們已經學會了殺戮。

「我剛才問，妳從那斯洛格的城堡逃出來是在婚禮之前還是之後？」

「我逃跑了，就這樣，你管這麼多幹嘛。」她生氣地說：「外婆說，我只是要去那裡認識他，那個奇斯特林。只是認識他而已。而他爸爸，那個大肚子的國王……」

「艾爾維爾。」

「……馬上就提婚禮的事。而我不想要那個奇斯特林。外婆說……」

「妳這麼討厭奇斯特林王子嗎？」

「我不想要他。」奇莉強硬地說，大聲地吸了吸鼻子。「他又胖、又笨，而且還有口臭。在我到那裡之前，他們給我看他的肖像畫，畫上他看起來並不胖。我不想要這樣的丈夫，我根本不想要丈夫。」

「奇莉，」獵魔士不確定地說：「奇斯特林還是個孩子，就像妳一樣。過幾年，他可能會變成很英俊的年輕人。」

「那就讓他們過幾年再把第二幅肖像畫送來給我。」她噴了口鼻息。「還有把我的肖像畫也送給他。因爲他告訴我，在他們給他看的畫像上，我看起來漂亮多了。他還承認自己愛的是宮女愛維娜，想要成爲她的騎士。你看到沒？他不想要我，我也不想要他，那爲什麼要結婚？」

「奇莉。」獵魔士小聲說：「他是王子，妳是公主，王子和公主就是這樣結婚的，這是習俗。」

「你說話的樣子就和所有人一樣，你以爲我小，就可以把我騙得團團轉。」

「我沒有騙妳。」

「你騙我。」

傑洛特沉默下來。走在他們前面的布萊恩轉過頭來看他們，肯定是對這寂靜感到奇怪。她聳了聳肩，又開始趕路。

「我們要去哪裡？」奇莉不悅地說：「我想知道！」

傑洛特沉默著。

「我問你話的時候你就要回答！」她威脅地說，同時大聲地擤著鼻涕。「你知道，誰……誰坐在你肩膀上嗎？」

他沒有反應。

「我要咬你的耳朵了喔！」她大叫。

獵魔士受夠了。他把女孩從脖子上放下來，放到地上。

「聽著，小鬼。」他厲聲說，一邊把皮帶的帶釦解開。「我現在要好好打妳一頓，把妳的褲子脫下來用皮帶抽妳。沒有人會阻止我，因爲這裡不是王宮，我也不是妳的朝臣或僕人。妳馬上就會後悔自己沒有乖乖待在那斯洛格。妳馬上就會知道，當公主比當個在森林裡吸鼻涕的小鬼要好得多。因爲公主理所當然地可以爲所欲爲、無理取鬧，就算她這麼做，也沒有人會打公主的屁股，除了國王本人之外。」

奇莉縮起身子，吸了好幾次鼻涕。布萊恩把身子靠在樹上，靜靜地看著。

「怎麼樣啊？」獵魔士問，把皮帶捲在拳頭上。「我們現在開始要乖乖的、好好克制自己了嗎？如果不是，那我們就要打公主那尊貴的小屁股。嗯？是好還是不好？」

女孩抽抽噎噎地哭泣，吸了吸鼻子。然後忙不迭地點了點頭。

「妳會乖嗎，公主？」

「我會。」她不情願地說。

「天馬上就要黑了。」德律阿得說。「我們快走吧，格文布雷德。」

森林逐漸變得稀疏。他們走過一片長著幼樹的沙地，走過一片長著石南的草原，走過充滿了霧氣的草地，上面還有一群鹿在吃草。天氣變得越來越涼了。

「尊貴的先生……」在很長、很長一段的沉默後，奇莉開了口。

「我叫傑洛特，怎麼了？」

「我餓得要死。」

「我們很快就會停下來了，馬上就要黃昏了。」

「我忍不住了。」她抽抽噎噎地說：「我什麼都沒吃，從……」

「不要哭得那麼可憐。」獵魔士把手伸入皮袋，拿出一塊豬油、一小塊乳酪和兩顆蘋果。「吃吧。」

「這個黃色的是什麼？」

「豬油。」

「我不要吃那個。」她不情願地說。

「太好了。」獵魔士把豬油塞進嘴，口齒不清地說：「那就吃乳酪，還有一顆蘋果。」

「爲什麼只能吃一顆？」

「不要亂動，兩顆都吃吧。」

「傑洛特？」

「嗯？」

「謝謝。」

「不用謝，慢用。」

「我不是……不是爲這個謝你。也可以說是，但是……你在那隻百足蟲前面救了我……嗯……我差點就嚇死了……」

「妳差點就死了。」他嚴肅地同意。*妳差點就以特別痛、特別淒慘的方式死去，他想。*「妳該謝的人是布萊恩。」

「她是誰？」

「德律阿得。」

「森林女妖嗎？」

「對。」

「她把我們……她們會抓小孩！她綁架了我們嗎？可是，你並不是小孩啊。爲什麼她說話的方式這麼奇怪？」

「她怎麼說話並不重要，重要的是她射箭射得很好，等會我們停下來的時候，別忘了向她道謝。」

「我不會忘。」她擤了一下鼻涕。

「不要亂動，公主，維爾登未來的王妃。」

「我才不要……」她氣呼呼地說：「當什麼王妃。」

「好，好，妳不當王妃。那妳就變成一隻黃金鼠，住在洞裡。」

「才不是眞的！你什麼都不知道！」

「不要在我耳朵上面尖叫，不要忘了皮帶！」

「我不要當王妃，我要當……」

「嗯？當什麼？」

「這是祕密。」

「啊，是的，祕密。太好了。」他抬起頭。「怎麼了，布萊恩？」

德律阿得停了下來，聳了聳肩，看看天空。

「我累了。」她柔聲說：「揹著她，你也一定累了，格文布雷德。我們在這裡停下吧。天已經黑了。」

Ⅲ

「奇莉？」

「嗯？」女孩吸了吸鼻子，她身子底下的樹枝發出窸窸窣窣的聲音。

「妳不冷嗎？」

「不。」她嘆了一口氣。「今天很暖和。昨天……昨天我快凍死了，天哪。」

「真不可思議。」布萊恩說，一邊解開柔軟長靴上的繩子。「這麼一個小不點，卻走過了這麼大一片森林。走過了守衛站，走過了濕地，走過了濃密的森林。強壯、健康，而且勇敢。真的，她對我們……對我們有幫助。」

傑洛特很快地看了德律阿得一眼，看著她在黑暗中發亮的雙眼。布萊恩靠著樹幹坐著，拿下髮帶，甩了甩頭，讓頭髮散開。

「她來到了布洛奇隆，」她低聲說，不讓獵魔士作出任何評論。「就是我們的了，格文布雷德。我們要去杜恩・卡奈爾。」

「做決定的人是艾思娜女王。」他嚴厲地說。雖然他知道布萊恩說的沒錯。

眞可惜，他想，看著在綠色墊子上翻身的女孩。這樣一個勇敢的小孩，我是在哪裡看過她的？不重要。但是眞可惜，世界如此之大、如此美麗，而現在起到她死的那天爲止，她的世界只有布洛奇隆。也許這段時間不會很長。也許這段時間只到她在蕨類、尖叫聲和箭的颼聲之間倒下的那一天爲止。她會在那場無意義的、保衛森林的戰爭中戰鬥，爲了那註定失敗的一方。她們註定會失敗，這只是早晚的事。

「奇莉？」

「嗯？」

「妳的父母住在哪裡？」

「我沒有父母。」她吸了吸鼻子說：「他們在我小的時候就在海上淹死了。」

是的，他想，這說明了很多事情。這位小公主——她是已故親王夫婦的孩子。誰知道，也許是四個兒子之後的第三個女兒，她的頭銜比宮務大臣或騎士團長的頭銜還沒有地位。這個灰髮綠眼的小東西在王宮裡打轉，每個人都在想：要趕快把她踢走，爲她找個丈夫。越快越好，在她長大，變成一個小女人之前，在她變成醜聞、門不當戶不對的婚姻或是亂倫的威脅之前——在宮廷的寢宮裡，這樣的故事司空見慣。

獵魔士對她的逃離一點都不感到驚訝。他已經遇過不少和流浪藝人一起四處遊走的公主，甚至是皇女；她們都很高興自己有機會逃了出來，不必成爲那些七老八十、但仍然想要生孩子的國王們的妻子。他也看過許多王子，他們寧可選擇當個生活顚沛流離的傭兵，也不想接受那些被他們的父王選中、跛腳或長滿水痘的公主們。這些公主不是老處女，就是貞操不明不白——爲了和他國結盟或是建立起姻親關係，代價就是這些公主的貞操。

他在女孩身邊躺下，用自己的外套蓋住她。

「睡吧。」他說：「睡吧，小孤兒。」

「你再說一遍！」她憤怒地說：「我是公主，才不是什麼小孤兒。我有外婆，我的外婆是女王，你給我記清楚。要是我告訴她，你想用皮帶抽我，我外婆就會叫人把你的頭砍掉。你看著好了。」

「好可怕！奇莉，求妳行行好！」

「我才不要！」

「妳其實是個好女孩，砍頭很痛的。妳什麼都不會說，對不對？」

「我會說。」

「奇莉。」

「我會說，我會說，我會說！你怕了吧，嗯？」

「我好怕喔。妳知道，奇莉，要是有個人被砍了頭，他可是會死的。」

「你在取笑我嗎？」

「我怎麼敢。」

「你會後悔的，你看著好了。和我外婆作對可不是好玩的，只要她跺一跺腳，最偉大的戰士和騎士都會在她面前下跪，這是我親眼見到的。如果有人不聽她的話，就喀嚓，頭就沒有了。」

「眞可怕。奇莉？」

「什麼？」

「也許他們會砍妳的頭。」

「我？」

「當然。畢竟要妳嫁給奇斯特林的，不就是妳的女王外婆嗎？送妳到維爾登，到那斯洛格的人也是她。現在因爲妳很不聽話，所以當妳回去的時候……喀嚓！頭就沒有了。」

女孩沉默下來，甚至不再翻來翻去了。傑洛特聽到她用牙齒咬著下唇，發出嘖嘖聲，又吸了吸充滿鼻涕的鼻子。

「這才不是眞的。」她說：「外婆不會讓人砍我的頭，因爲……因爲她是我外婆，對不對？喂，我頂多只會得到……」

「啊哈。」傑洛特大笑。「和妳外婆作對不是好玩的？妳已經被棍子打過了，是不是？」

奇莉生氣地噴了口鼻息。

「妳知道嗎？」他說：「我們去告訴妳外婆，我已經好好打過妳一頓了，同樣的錯是不會打第二遍的。好不好？」

「你大概眞的很笨！」奇莉用手肘撐起身子，底下的樹枝發出沙沙聲。「如果外婆知道你打了我，她二話不說就會把你的頭砍掉！」

「所以妳還是心疼我的腦袋嘛？」

女孩沉默下來，再次吸了吸鼻子。

「傑洛特……」

「什麼，奇莉？」

「外婆知道我必須回去。因爲我不能當公主，也不能當那個笨蛋奇斯特林的太太。我必須回去，就這樣。」

妳必須回去，他想。可惜，這不是妳或妳的外婆能決定的，而是要看老艾思娜的心情，還要看我說服她的能力。

「外婆是知道的。」奇莉繼續說：「因爲我……傑洛特，你要發誓你不會告訴任何人，這是可怕的祕密。好可怕喔，我告訴你，快點發誓。」

「我發誓。」

「好，那我就告訴你。我媽媽是個女巫，我爸爸曾經被巫術詛咒，這些事都是一個奶媽告訴我的。當外婆知道這件事，她們吵得可厲害了呢。因爲你知道嗎？我的命運是註定好的。」

「註定好什麼？」

「我不知道。」奇莉擔憂地說：「但我的命運是註定好的，奶媽是這樣說的。而外婆說，她絕不允許這種事。要這種事發生，這個天……天殺的城堡大概會先垮下來。你明白嗎？而奶媽說，命運的事——雖然我根本不知道這個命運是什麼——是沒辦法抵抗的。哈！然後奶媽就哭了，而外婆大吼。你了解了嗎？我的命運是註定好的，我不會當那個笨蛋奇斯特林的太太。」

「睡吧。」他打了個大呵欠，連下頷骨都在顫抖了。「睡吧，奇莉。」

「講個故事給我聽。」

「什麼？」

「講個故事給我聽。」她生氣地說：「沒有故事怎麼睡覺？別鬧了！」

「我不知道什麼故事，我靠，快睡。」

「別說謊。難道你小的時候沒有人說故事給你聽嗎？你在笑什麼？」

「沒什麼，我想起一些事。」

「啊哈！你看。好啦，說吧。」

「什麼？」

「故事。」

他再次大笑，把手枕到頭下，看著頭頂上在樹枝間眨眼的星星。

「從前從前有一隻……貓。」他開始說：「就是一隻普通、有條紋、會抓老鼠的貓。有一次這隻貓自己一個人跑到了遠遠的、可怕的、黑色的森林裡，牠走啊走啊走啊走的……」

「你別以爲，」奇莉咕噥，一邊抱住他。「我會在牠走到前睡著。」

「閉嘴，小鬼。對……牠走啊走的，然後碰到了一隻狐狸，紅色狐狸。」

布萊恩嘆了口氣，在獵魔士身邊躺下，也輕輕地抱住了他。

「嗯，」奇莉吸了吸鼻子，說：「然後怎麼了，說下去啊。」

「狐狸看著貓。你是誰呀，牠說。我是貓，貓這麼回答。哈，狐狸說，貓啊，你自己一個人在森林裡走來走去，你不怕嗎？如果國王來這裡打獵，你怎麼辦？他會帶著狗，還帶著騎著馬、一起圍獵的隨從。我告訴你呀，貓兒，狐狸說，打獵對於像你我這樣的動物來說，是最可怕的了。你有皮毛，我有皮毛，獵人從來都不會放過像我們這樣的動物，因爲獵人有未婚妻、有情人，她們的手和脖子凍著了，獵人就想拿我們來做領子和皮手筒給這些妓女們穿。」

「皮手筒是什麼？」奇莉問。

「不要插嘴。狐狸還說：我啊，貓兒，我可以騙過他們，對付這些獵人，我有一千兩百八十六種辦法，我就是這麼厲害。而你，貓兒，你對付獵人有多少種辦法？」

「喔，眞好聽的故事。」奇莉說，把獵魔士抱得更緊了一點。「說下去，貓說了什麼？」

「對啊，」布萊恩從另一邊輕聲說：「貓說了什麼？」

獵魔士轉過頭。德律阿得的眼睛發著光，她半張著嘴，伸出舌頭舔著嘴唇。當然，他想。小德律阿得都很渴望聽故事，就像小獵魔士一樣。因爲不管是小德律阿得，還是小獵魔士，都很少在睡前聽到有人講故事給他們聽。小德律阿得聽著樹葉的濤聲入眠，而小獵魔士則聽著肌肉的疼痛。當維瑟米爾在卡爾．默罕講故事給我們聽的時候，我們的眼睛也發著光，就像布萊恩的一樣。但那是很久以前的事了……好久好久……

「喂，」奇莉不耐煩了。「接下來怎麼了？」

「貓就說了：我啊，狐狸，我沒有任何辦法，我只會一件事：爬到樹上。這應該夠了，是不是？狐狸哈哈大笑。喂，牠說，你還眞是個笨瓜。夾著你的條紋尾巴，趕快離開這裡吧，如果獵人包圍了你，你就只有死路一條了。突然，不知道從哪裡傳出一陣震耳欲聾的聲音，正是號角的聲音！從灌木叢中跳出一群獵人，他們看到了貓和狐狸，然後就撲向了牠們！」

「天哪！」奇莉擤了一下鼻涕，而德律阿得則猛地一顫。

「閉嘴。獵人撲向牠們，一邊大喊著：快點，我們要剝牠們的皮！做皮手筒，做皮手筒！他們放狗去追貓和狐狸。貓三兩下就跳上了樹，像所有的貓一樣，爬到了樹頂。而狗一下就抓到了狐狸！在紅色狐狸來得及動用任何一種狡猾的辦法前，牠已經變成了大衣上的領子。貓在樹頂上對獵人喵喵叫、哼氣，而獵人們對牠一點辦法也沒有，因爲那棵樹高得不得了。他們站在樹下指天罵地，但最後還是空著手回去了，這時候貓就從樹上溜了下來，平平安安地回家去了。」

「然後呢？」

「沒有了，這就是結局。」

「教訓呢？」奇莉說：「故事都有一個教訓的，不是嗎？」

「呃？」布萊恩問，緊緊抱住傑洛特。「什麼是教訓？」

「好的故事有教訓，而壞的故事沒有教訓。」奇莉肯定地說，吸了吸鼻子。

「這個故事是好故事。」德律阿得打了個呵欠。「所以它有它該有的意義。小女孩，下次妳看到伊格漢，就要像那隻聰明的貓一樣躲到樹上去，不要多想，爬上樹就對了。喔，這就是故事中的意義。活下去，不要放棄。」

傑洛特輕輕地笑了。

「城堡的園子裡沒有樹吧，奇莉？那斯洛格呢？與其跑到布洛奇隆，妳可以爬到樹上去啊，然後妳可以坐在上面，直到奇斯特林打消了結婚的念頭。」

「你在笑我嗎？」

「啊哈。」

「你知道嗎？我討厭你。」

「眞可怕。奇莉，妳弄得我的心好疼啊。」

「我知道。」她嚴肅地同意，吸了吸鼻子，然後更用力地抱緊了他。

「好好睡吧，奇莉。」他低聲說，嗅著她那好聞、像麻雀一樣的氣味。「好好睡吧。晚安，布萊恩。」

「德阿爾馬，格文布雷德。」

在他們頭頂，成千上萬根樹枝和成千上萬片樹葉正發出嘩啦嘩啦的聲音。

IV

第二天他們來到了群樹之森，布萊恩跪了下來，低垂著頭。傑洛特感覺到自己也應該這麼做。奇莉發出一聲驚歎。

那裡的樹大多是橡樹、紅豆杉和山核桃樹，這些樹幹的周長都有雙臂長度的十倍。它們的樹冠到底有多高，這一點沒有人知道。這些樹的根部十分巨大、彎彎曲曲，樹根和平滑樹幹的交接處，已經比他們的頭要高出許多。他們可以走得更快——這些巨樹並不是很多，而在巨樹的陰影中沒有別的植物，只有一層像地毯似的腐爛樹葉。

他們可以走得更快，但他們慢慢地走著，安安靜靜地，低垂著頭。因爲在群樹之森中，他們是如此渺小、不重要、可有可無、一點都不算數，甚至連奇莉都安靜了下來——大概有半個鐘頭，她都沒有說話。

走了一個小時以後，他們走過了群樹之森，再次進入了峽谷，走入潮濕的山毛櫸林。

奇莉的鼻水越流越多了。傑洛特沒有手帕，但他已經受夠了一直聽到她在那裡吸鼻子，於是教她把鼻涕擤在手指上。女孩愛死了這玩意。看著她的微笑和閃閃發亮的雙眼，獵魔士十分肯定她很高興很快就可以在王宮展示她的新把戲，比如說在某次隆重的晚宴或是在女王接見來自海島國家大使的時候。

布萊恩突然停了下來，轉過身。

「格文布雷德，」她說，拿下纏在手肘上的綠色手帕。「過來，我要綁起你的眼睛，我必須這麼做。」

「我知道。」

「我會帶你走，把手伸過來。」

「不。」奇莉抗議：「我會牽他，好嗎，布萊恩？」

「好，小ㄚ頭。」

「傑洛特？」

「嗯？」

「格文……布雷德是什麼意思？」

「白狼，德律阿得們是這麼叫我的。」

「小心，這裡有樹根。不要撞到了！她們這麼叫你，是因爲你有一頭白髮嗎？」

「對……我靠！」

「我不是說過了，有樹根。」

他們慢慢地走著。腳下有許多落葉，讓路變得很滑。傑洛特感覺到臉上有溫暖的陽光，透過罩著他眼睛的手帕穿了過來。

「喔，傑洛特。」他聽到奇莉的聲音。「這裡好漂亮……可惜你看不到。這裡有好多花，還有好多鳥。喔，還有松鼠。小心，現在我們要過一條小河，走過一座小石橋，不要掉到水裡。喔，這裡有好多小魚！到處都是，牠們在河裡游泳，你知道嗎？天哪，這裡有好多小動物。沒有別的地方有這麼多……」

「沒有別的地方。」他低聲說：「沒有別的地方，這裡是布洛奇隆。」

「什麼？」

「布洛奇隆，最後的淨土。」

「我不明白……」

「沒有人明白，沒有人想要明白。」

∪

「拿下手帕吧，格文布雷德。已經可以了，我們到了。」

布萊恩站在一層厚厚的、高度及膝的霧氣中。

「杜恩・卡奈爾。」她用手一指。

杜恩・卡奈爾。橡樹之地，布洛奇隆之心。

傑洛特已經來過兩次，但他沒有告訴任何人，沒有任何人會相信。

山谷的頂端被巨大、翠綠樹木的樹冠封住。山谷浸在霧氣和從地底冒出的蒸氣中，蒸氣從岩石裡冒出來，從溫泉。山谷……

他胸前的徽章微微顫動著。

浸在魔法之中的山谷。杜恩・卡奈爾，布洛奇隆之心。

布萊恩抬起頭，調整了一下揹在背上的箭袋。

「我們走吧。把手給我，小丫頭。」

一開始，山谷裡看起來一片死寂，沒有任何人跡，但這樣的狀態並沒有維持很久。山谷裡傳來一聲嘹亮、抑揚頓挫的口哨聲，然後一個高瘦、有頭黑髮的德律阿得很快地從樹頂跑下來，踩著環繞在樹幹上、幾乎看不到的靈芝。就像所有的德律阿得一樣，她身上穿著有偽裝作用的迷彩裝。

「卡阿得，布萊恩。」

「卡阿得，西爾薩。凡沃特梅阿斯艾思娜阿？」

「南恩，阿芙德。」黑髮女孩說，慢慢地打量著獵魔士。「艾思阿恩塞德荷？」

她微微一笑，露出白色牙齒。即使是以人類的標準來看，她也非常迷人。傑洛特有種不確定和愚蠢的感覺，他感覺到德律阿得正在衡量他，一點也沒有感到不好意思。

「南恩。」布萊恩搖了搖頭。「艾斯瓦特格亨，格文布雷德，阿凡恩梅阿斯艾思娜瓦，阿斯。」

「格文布雷德？」美麗的德律阿得歪了歪嘴。「布洛德卡爾馬！阿恩那卡恩涅魏德沃特！特艾斯佛依勒！」

布萊恩咯咯笑了。

「什麼意思？」獵魔士問，他有點生氣了。

「沒什麼。」布萊恩再次咯咯笑。「沒什麼，我們走吧。」

「喔！」奇莉驚歎地說：「你看，傑洛特，好古怪的小房子喔！」

山谷的深處，出現了真正的杜恩．卡奈爾——「古怪的小房子」，看起來像是一團團巨大的槲寄生，黏附在位於不同高度的樹幹和粗枝上。有些十分低矮，就在地面上方不遠，而有些很高，有的甚至非常高——就位在樹冠之下。傑洛特看到了幾個比較大的、在地面上的房屋結構，是用還帶著樹葉的樹枝編織而成的簡單樹屋。房屋的縫隙中可以看到屋內動靜，但幾乎看不到德律阿得的身影。與他上次來這兒時相比，德律阿得的人數明顯地減少了。

「傑洛特，」奇莉低語：「這些房子會生長，它們有葉子！」

「這些房子都是活生生的樹。」獵魔士點點頭。「這就是德律阿得的居住環境，她們就是以這種方式建造房子。沒有一個德律阿得會傷害樹、砍樹或是用鋸子鋸樹，永遠不會。她們深愛著樹，她們就是有辦法讓樹枝這麼長，好讓它長成房子的樣子。」

「真棒，我也希望我們的園子裡有這樣的小房子。」

布萊恩在一間比較大的樹屋前停了下來。

「進去吧，格文布雷德。」她說：「你在這裡等艾思娜女王。瓦菲爾，小丫頭。」

「什麼？」

「那是道別的意思，奇莉。她說：再見。」

「喔。再見，布萊恩。」

他們走了進去。「小房子」裡閃爍著像是萬花筒的微光，有著一塊一塊金點，那是穿過天花板的縫隙篩灑下來的陽光。

「傑洛特！」

「佛列克森納特！」

「你還活著，見鬼的！」受傷的人露齒一笑，從用雲衫嫩枝做的草褥上爬起來。他一看到抱著獵魔士大腿的奇莉，眼睛就瞪得大大的，臉也漲紅了起來。

「妳這個小害人精！」他生氣地大吼：「爲了妳，我差點連命都丟了！喔，妳還眞走運，我現在起不來，不然我就狠狠揍妳一頓！」

奇莉噘起小嘴。

「這已經是第二次了。」她說，可笑地皺了皺鼻子。「第二次有人說要打我，我是個女孩耶，女孩是不可以打的！」

「我馬上就會讓妳瞧瞧……可不可以。」佛列克森納特用力地咳了幾聲。「妳這個惹禍精！艾爾維爾已經快瘋了……他四處派遣信使，嚇得要命，怕妳的外婆率領大軍來打他。誰會相信他，妳是自己逃跑的？每個人都知道艾爾維爾是什麼樣子，也知道他的癖好。每個人都會以爲，他……在喝了幾杯以後對妳做了什麼事，然後教人把妳淹死在池子裡！與尼夫加爾德的戰爭就要開打了，而與妳外婆的條約和結盟都因爲妳而搞砸了！妳知道妳自己做了什麼嗎？」

「不要太激動了，」獵魔士警告他。「因爲你可能會大出血。你怎麼會這麼快就到這裡來的？」

「鬼才知道，大部分時候我都不省人事，她們往我喉嚨裡灌了一種可怕得要命的東西，而且是用蠻力。她們捏著我的鼻子，然後……眞丟臉，我靠……」

「你能夠活下來，都要感謝她們灌到你喉嚨裡的那玩意，是她們把你帶到這裡來的嗎？」

「用雪橇拖過來的。我問起她們關於你的事，她們什麼也不說，我本來還很確定你被她們射死了呢。你那時那麼突然就消失了……而你現在好端端的，甚至沒有被綁起來，不只如此，你還找到了奇莉拉公主……天殺的，你不管走到哪裡都有辦法，傑洛特，你總是可以像貓一樣四腳著地跳下來。」

獵魔士微微一笑，沒有回答。佛列克森納特猛咳了一陣，轉過頭，吐出一口粉紅色的痰。

「是啊。」他加了一句：「還有，她們沒把我殺了，毫無疑問也是拜你所賜。她們認識你，這些該死的森林女妖，這已經是你第二次救我了。」

「別再說了，男爵。」

佛列克森納特喘著氣試著坐起來，但最後還是放棄了。

「男爵的頭銜根本是個屁。」他喘著氣說：「在漢姆，我才是男爵。現在，在維爾登，在艾爾維爾這裡，我的地位只像個省長。而且，是在以前。就算我能夠爬出這座森林，維爾登已經沒有屬於我的地方了。如果有，也許是在斷頭台上。這隻小狐狸奇莉拉，是在我和我的守衛手下溜走的。你以為怎樣，我們三個是因爲好玩才會跑到布洛奇隆來的？不，傑洛特，我也逃跑了。如果我還能指望艾爾維爾對我仁慈一點，那也是在我把她帶回去的時候。現在好啦，我們好死不死偏偏碰上了森林女妖……如果不是你，我就會在那個洞穴裡嗝屁了。你又救了我的命，這一定是命運，再明白也不過了。」

「你太誇張了。」

佛列克森納特搖了搖頭。

「這是命運。」他重複。「我們會再次見面，你會再次救我的命，這一定是早就註定好的，獵魔士。我記得在漢姆的時候，當你解除了我身上那個鳥的詛咒時，人們就是這麼說的。」

「那只是巧合。」傑洛特冷冷地說：「只是巧合，佛列克森納特。」

「什麼巧合。我靠，要不是你，我今天都還會是一隻魚鷹【註】……」

「你以前是一隻魚鷹？」奇莉興奮地叫著說：「眞的魚鷹？一隻鳥？」

「我以前是。」男爵齜牙咧嘴。「某個……妓女……對我施了咒語，操……爲了復仇。」

「一定是因爲你沒有給她皮毛。」奇莉肯定地說，皺了皺鼻子。「嗯，那個……皮手筒。」

「是因爲別的原因。」佛列克森納特的臉微微紅了一紅，然後他威脅地看著女孩。「但這和妳有什麼關係？妳這小鬼！」

奇莉擺出一臉受辱的表情，掉過頭去。

「是啊。」佛列克森納特咳了一聲。「我剛說到……啊哈，說到你在漢姆救了我的事。要不是你，我這輩子都要當隻魚鷹了。我會在湖邊飛來飛去，在樹枝上大便，抱著不切實際的幻想，以爲那由我妹妹用蕁麻韌皮織成的襯衫可以拯救我。她對那件事還眞是堅持得不得了，這份堅持用在別的事情上還比較好。我靠，每次一想到她那件襯衫，我就想找個人狠狠踢一下，這個白痴……」

「別這麼說，」獵魔士微微一笑。「她是出自一番好意。她只是聽到了不實的消息，如此而已。關於如何解開巫術的神話實在是太多了。不管怎樣你的運氣還算好，佛列克森納特。她本來會有可能叫人把你浸到沸騰的牛奶裡，我曾聽說過這樣的案例。不管怎樣，披上用蕁麻做成的襯衫對健康是沒什麼害

【註】魚鷹（Cormorant），又叫鸕鷀、水老鴉，是種廣泛分布的鸕鷀科海鳥。這邊的故事是作者將安徒生童話「野天鵝」加以改編的版本。原著中，艾莉莎用蕁麻做成的衣服救了十一個哥哥，讓被魔法變成天鵝的他們回復人形。

處的，即使沒什麼用處。」

「哈，也許你是對的，也許我對她要求太高了。艾莉莎總是很笨，從小時候起就又笨又美麗，作爲國王的妻子眞是理想的一塊料。」

「什麼是美麗的一塊料？」奇莉問：「還有爲什麼是國王的妻子？」

「不要插嘴，小鬼，我說過了。是啊，傑洛特，我運氣眞好，那時候你剛好在漢姆。還有我那國王妹夫也願意出那幾個錢，讓你來替我消除魔咒。」

「你知道嗎，佛列克森納特？」傑洛特說，嘴笑得更開了。「關於這件事的消息傳得可遠了。」

「眞實的版本嗎？」

「不太眞實，第一點，他們給你加了十個兄弟。」

「喔不！」男爵用手肘撐起身子，咳了幾聲。「所以，連艾莉莎在內，我們一共有十二個兄弟姊妹？眞是蠢斃了！我媽又不是兔子！」

「這還不是全部，因爲人們認爲，變成魚鷹這件事不太浪漫。」

「因爲根本一點也不浪漫啊！哪有什麼好浪漫的！」男爵露出不快的神色，摸了摸用樺木的樹皮和韌皮包起來的胸口。「那根據故事，我是被詛咒變成了什麼？」

「天鵝群。我是說，一隻天鵝，你們一共有十一個人，別忘了。」

「和魚鷹比起來，天鵝到底是哪一點比較浪漫了？」

「我不知道。」

「我也不知道。但是我猜，在那個故事中艾莉莎用她那可怕的襯衫救了我？」

「你答對了。艾莉莎最近過得怎麼樣？」

「她得了肺結核，小可憐，大概也撐不久了。」

「真令人沮喪。」

「很令人沮喪。」佛列克森納特平淡地說，看著旁邊。

「回到那個咒語的事。」傑洛特把背靠在糾纏在一起、富有彈性的樹枝上。「它沒有再復發嗎？你沒有再長羽毛？」

「感謝眾神，沒有。」男爵嘆了一口氣。「一切都很好。那段日子唯一留下的後遺症，就是喜歡吃魚。對我來說，傑洛特，再也沒有比魚更美味的東西了。有時候我一大早就跑到港口的魚販那裡去，而在他們幫我準備好更高貴的東西以前，我會先抓起魚池裡的小歐白魚，一把一把地塞進嘴裡，還有幾條泥鰍、雅羅魚或者鰱魚……這已經不是飽餐一頓，而是一種狂喜的感覺。」

「他以前是隻魚鷹，」奇莉慢慢地說，看著傑洛特。「而你替他消除了魔咒，你會使巫術！」

「他會使巫術，」佛列克森納特說：「這很理所當然吧，每個獵魔士都會使巫術。」

「獵……獵魔士？」

「妳不知道他是獵魔士嗎？大名鼎鼎的利維亞的傑洛特？是啊，像妳這樣的小鬼，怎麼可能會知道獵魔士是誰呢。現在可和以前不同啦。現在獵魔士很少了，幾乎都看不到。妳大概從來沒看過獵魔士吧？」

奇莉慢慢地搖頭，沒有把目光從傑洛特身上移開。

「小鬼，獵魔士就是……」佛列克森納特突然停了下來，他看到了走進來的布萊恩，臉色刷地變白。「不，我不要！我不讓妳們再往我的喉嚨裡灌任何東西，再也不要！傑洛特，告訴她……」

「冷靜點。」

布萊恩只是瞟了佛列克森納特一眼，然後直接走到坐在獵魔士膝蓋上的奇莉面前。

「來吧。」她說：「來吧，小丫頭。」

「去哪裡？」奇莉露出不愉快的表情。「我不去，我要和傑洛特在一起。」

「去吧。」獵魔士勉強擠出微笑。「妳去和布萊恩和小德律阿得玩一會兒，她們會帶妳參觀杜恩．卡奈爾……」

「她沒有把我的眼睛綁起來。」奇莉非常慢地說。「當我們來這裡的時候，她沒有把我的眼睛綁起來。她把你的眼睛綁起來了，這樣當你離開這裡後，就沒辦法找到路回來，這表示……」

傑洛特看了布萊恩一眼。德律阿得聳了聳肩，然後抱住了女孩，把她擁在懷裡。

「這表示……」奇莉突然失聲說：「這表示我再也不會離開這裡了，是不是？」

「沒有人能逃過自己的命運。」

每個人聽到這個聲音，都轉過了頭。那個聲音很輕，但是很嘹亮、很強硬、很篤定。那是一個要求別人聽從的聲音，不讓人發出反對意見的聲音。布萊恩彎身鞠躬，傑洛特半跪在地。

「艾思娜女王……」

布洛奇隆的統治者穿著一件長度及地、輕盈的淺綠色袍子。像大多數德律阿得一樣，她的身材不高，很瘦，但她驕傲地昂著頭，那張嚴肅、稜角分明的臉還有充滿決心的嘴唇給人這樣的印象——她比任何人都來得高貴、有權力。她的眼睛和頭髮是閃亮的銀色。

她走進屋子裡，身旁跟著兩個比較年輕、拿著弓箭的德律阿得。她一語不發地向布萊恩點了點頭，布萊恩馬上就抓住奇莉的手，低垂著頭，拖著她往出口走去。奇莉僵硬、笨拙地走著，臉色蒼白，驚訝無比。當她們經過艾思娜身邊時，銀髮的德律阿得飛快地用手抬起她的下頷，盯著女孩的眼睛，看了很長一段時間。傑洛特看到奇莉在發抖。

「去吧。」艾思娜終於說：「去吧，孩子，什麼都不要怕。已經沒有任何事能改變妳的命運了，妳在布洛奇隆。」

奇莉聽話地小步跟著布萊恩離去，當走到門口時她回過頭來。獵魔士看到她的嘴在顫抖，而她綠色的眼睛裡盈著淚光。他一個字都沒有說，依然半跪在地上，低垂著頭。

「起來吧，格文布雷德。你好。」

「妳好，艾思娜，布洛奇隆的女王。」

「我再次有這樣的榮幸，在我的森林裡接待你。然而，你來到這裡的事，我卻是一點也不知情，也沒有同意。在我不知情、不同意的情況下來到布洛奇隆是件很危險的事，白狼，即使是你。」

「我是以使節身分來到這裡的。」

「啊……」德律阿得微微地笑了。「這就是爲什麼你這麼大膽的原因——我並不想用別的、更強烈的字眼來形容這件事。傑洛特，使節的不可侵犯性是人類的習俗，但我不接受這個習俗。我不接受任何人類的東西，這裡是布洛奇隆。」

「艾思娜……」

「安靜。」她打斷他，並沒有抬高音量。「我下令讓你活命，你可以活著走出布洛奇隆。不是因爲你是使節，是因爲別的原因。」

「妳不想知道我是誰的使節嗎？我是從哪裡來的，又代表誰？」

「老實說，不想。這裡是布洛奇隆，你是從外面來的，從一個我不關心的世界來，我爲什麼要浪費時間聽你說話？由一個和我想法不同、感覺也不同的人想出來的提議和最後通牒，對我來說有什麼價值？凡茨拉夫國王想什麼，和我有什麼關係？」

傑洛特驚奇地搖了搖頭。

「妳怎麼知道我是從凡茨拉夫那裡來的？」

「這很明顯。」德律阿得笑著說：「艾柯哈特太笨了，艾爾維爾和維拉克薩斯又太恨我，其他國家和布洛奇隆沒有交界。」

「妳對布洛奇隆以外的地方發生的事了解得很清楚，艾思娜。」

「我知道很多事，白狼。這是活到我這把年紀所擁有的特權。現在，如果你同意，我想解決某件事。這邊這個看起來像頭熊的男人——」德律阿得臉上的笑容消失了，她瞪著佛列克森納特。「他是你的朋友嗎？」

「我們認識，我曾經解開他身上的魔咒。」

「問題是這樣子的——」艾思娜冷冷地說：「我不曉得該怎麼處置他，畢竟我現在不能命人把他殺了。我可以允許他康復，但他會成為威脅。他看起來並不像個瘋子，但看起來很像是獵頭皮的人。我知道艾爾維爾會為每一張德律阿得的頭皮付錢，價錢多少我忘記了。再說，價錢的多寡是和貨幣的價值成反比的。」

「妳弄錯了，他並不是獵頭皮的人。」

「那他為什麼跑到布洛奇隆來？」

「他是來找那個受他保護的女孩。為了找她，他冒了生命的危險。」

「真是愚蠢。」艾思娜冷冷地說：「這甚至不能說是冒險，他來到這裡就是必死無疑。他現在能活下來，該感謝的只有他那壯得像牛一樣的體魄，還有他的抵抗力。關於那個孩子，她能活下來也是巧合。我的女孩們沒有朝她放箭，是因為她們以為那是帕克或是矮妖【註】。」

她再次看了看佛列克森納特，而傑洛特看到她嘴角那不悅的強硬線條消失了。

「嗯，好吧。我們就來慶祝一下今天吧。」

她走到用樹枝做的床墊前，那兩個跟隨她的德律阿得也一起走了過來。佛列克森納特臉色蒼白，身

【註】矮精靈或矮妖（Leprechaun）是愛爾蘭非常有名的傳說生物，共通特徵是紅鬍子和綠衣綠帽，喜歡蒐集黃金，並把黃金藏在彩虹的盡頭；受到威脅才會透露黃金所在。在童話故事中，矮妖同時是鞋匠的幫手。

體縮成一團——這並沒有使他的身形看起來變得較小。

艾思娜看了他一會兒，瞇起眼睛。

「你有孩子嗎？」她終於問：「我在和你說話，大樹幹。」

「啊？」

「我應該說得很明白。」

「我沒有……」佛列克森納特清了清喉嚨，咳嗽了一聲。「我沒有妻子。」

「我才不管你的家庭生活怎樣。我感興趣的是，你兩條肥腿之間的那玩意有沒有用處，看在樹神的份上！你有沒有使女人懷孕過？」

「呃……有……有，女王，但是……」

艾思娜隨意地揮了揮手，轉向傑洛特。

「他會留在布洛奇隆。」她說：「一直到他康復為止，之後還要再留一陣子。然後……就讓他走吧，隨便他高興到哪裡就到哪裡。」

「謝謝，艾思娜。」獵魔士鞠躬。「那……女孩呢？她怎麼辦？」

「你問這做什麼？」德律阿得用她銀色的眼睛冷冷地看著他說：「你又不是不知道。」

「她不是平凡的村莊小孩，她是公主。」

「這對我來說沒有差別，事情也不會有任何不同。」

「聽著……」

「不要再說了，格文布雷德。」

傑洛特沉默下來，緊咬著嘴唇。

「我的使命怎麼辦？」

「我會聽的。」德律阿得嘆了口氣。「不過，不是因爲好奇。我這麼做是爲了你，好讓你在凡茨拉夫面前有個交代，並且能拿到你那一份佣金——他八成答應你，只要你能來到我這裡，就會付你錢。但不是現在，現在我很忙，晚上到我的樹屋裡來。」

當她走出去以後，佛列克森納特用手肘撐起身子，哀叫著咳了一聲，把痰吐在掌心。

「這是怎麼一回事，傑洛特？爲什麼我要留在這裡？還有孩子的事是怎麼回事？你把我捲進什麼麻煩裡了，啊？」

獵魔士坐了下來。

「你的命保住了，佛列克森納特。」他用疲倦的聲音說：「你會成爲那少數活著走出這裡的人之一，至少是最近，而且你還會成爲小德律阿得的父親，也許是好幾個小德律阿得的父親。」

「什麼？我要變成……種馬？」

「隨便你怎麼說，你沒有多少選擇。」

「我懂了。」男爵低聲說，淫蕩地微笑了。「嗯，我看過在礦坑工作或是被派去開河道的俘虜，兩惡我寧願選……我只希望我有足夠的體力，她們這裡人還不少……」

「不要笑得那麼白痴。」傑洛特露出不悅的表情說：「還有不要作夢了。不要以爲你在這裡會有什麼尊敬、音樂、美酒、扇子還有一大群愛死你的德律阿得。會有一個，或者兩個德律阿得和你執行這件事，她們不會愛死你，而是抱著很實際的態度在看這整件事。對於你，則更實際。」

「這不會讓她們快樂？但也許不會讓她們難過吧？」

「少天眞了。在這方面，她們和一般的女人並沒什麼不同，至少是生理上。」

「這表示？」

「這會讓德律阿得感到快樂或難過，都要看你的表現。但這不會改變事實——她想要的只是結果。你這個人的意義是其次的，不要期待她們會感謝你。啊哈，還有不管表面上看起來是怎樣，不要自己主動去嘗試做任何事。」

「不要主動什麼？」

「如果你在早上遇到她，」獵魔士耐心地解釋：「要向她鞠躬，但是，見鬼的，不要隨便笑或眨眼。對德律阿得來說這件事是非常嚴肅的。如果她對你微笑，或者走到你旁邊，你可以和她講話。最好是講關於樹的事，如果你對樹一竅不通，那就談天氣。但如果她假裝沒看到你，你最好離她遠一點。還有要離其他德律阿得遠一點，並且小心你的手。對於那些還沒準備好的德律阿得來說，這件事不存在。你要是碰她，你就會挨刀子，因爲她並不了解你的目的。」

「關於她們的交配習俗，」佛列克森納特微微一笑。「你知道得很清楚嘛，這事也曾發生在你身上嗎？」

獵魔士沒有回答。他眼前浮現那個美麗、高瘦的德律阿得的身影，以及她那目中無人的微笑。瓦特格亨，布洛德卡爾馬。獵魔士，天殺的命運。妳把什麼人帶來給我們了啊，布萊恩？我們要他幹什麼？獵魔士一點用處也沒有……

「傑洛特？」

「什麼？」

「那奇莉拉公主呢？」

「忘了她吧，她會變成德律阿得。過個兩、三年，她就會把箭射到自己兄弟的身上，如果他們試圖進入布洛奇隆。」

「我靠。」佛列克森納特咒罵了一聲，露出一張苦臉。「艾爾維爾會氣瘋的。傑洛特，你想能不能……」

「不。」獵魔士打斷他。「甚至不要試，你沒辦法活著走出杜恩・卡奈爾的。」

「也就是說，我們失去那女孩了。」

「對你們來說，是的。」

VI

艾思娜的樹屋是棵橡樹——正確來說，是三棵長在一起的橡樹。這些樹看起來還很翠綠，沒有露出一絲乾枯的痕跡，雖然根據獵魔士的推測，這些樹少說也有三百年了。橡樹是中空的，它的樹洞看起來像個寬敞的大房間，有著挑高、呈圓錐形的天花板。樹洞裡面點著無煙的油燈，布置成雖然不豪華，但舒適又雅緻的房間。

艾思娜跪在房間的中央，跪在一塊用某種植物纖維織成的地毯上。奇莉跪坐在她面前，直起身子，一動也不動，就像是石化了一樣。她全身被洗得很乾淨，流鼻水的毛病也被治好了，現在她睜大了那雙祖母綠的眼睛看著前方。獵魔士注意到，當她那張小臉上沒有骯髒的痕跡和那小惡魔的表情，奇莉的臉看起來倒還挺漂亮的。

艾思娜梳著女孩的長髮，細心又緩慢地一遍遍地梳著。

「進來吧，格文布雷德。坐下。」

傑洛特坐了下來。在那之前，他先按照規矩單膝下跪。

「你休息夠了嗎？」德律阿得問，沒有看他，也沒有停下手中梳頭的動作。「你什麼時候可以上路？你覺得明天早上怎麼樣？」

「妳只要下一道命令就夠了。」他冷冷地說：「布洛奇隆的女王，只要妳一句話，我就不會在杜恩．卡奈爾這裡繼續打擾妳。」

「傑洛特，」艾思娜慢慢地轉過頭。「不要誤會我的意思。我了解你，而且尊敬你。我知道你從來不曾傷害德律阿得、羅莎卡、西爾芙或寧芙，正好相反，你反而保護她們，救了她們的命。但是這並不會改變什麼。我們之間的差異太大了，我們是屬於不同世界的人。我不想，也不能爲你破例。我不爲任何人破例。我不會問你明不明白，因爲我知道事情就是這樣，我問的是你接不接受。」

「這會改變任何事嗎？」

「不會，但我想知道。」

「我接受。」他說：「那她呢？奇莉怎麼辦？她也是來自另一個世界的。」

奇莉用充滿恐懼的眼光看著他，然後往上看了一眼，看著德律阿得。艾思娜微微一笑。

「她即將屬於這個世界。」她說。

「艾思娜，拜託，請妳再想想。」

「想什麼？」

「把她還給我，讓她隨我回去，回到她的世界。」

「不，白狼。」德律阿得再次把梳子埋入女孩灰色的長髮中。「我不會把她還給你。別人就算了，但你至少應該明白。」

「我？」

「是的。這些消息甚至都傳到布洛奇隆來了。消息是關於一個獵魔士，他有時候會在幫別人完成工作時，逼對方發下這樣的誓言：『給我那個你在家裡找到，意料之外的東西。』或者『給我那個你已經擁有，但自己還不知道的東西。』聽起來很熟悉嗎？畢竟你們從某個時候就開始試著以這種方式掌控命運，尋找那些被命運選中的男孩來當你們的繼承人，你們想以此來防止族群的消失和被人遺忘，防止你們的傳承變成一片虛無。你爲什麼覺得我做的事是奇怪的呢？我也關心德律阿得的命運。這是公平的吧？每一次當人類殺死一個德律阿得，我就要他們用一個人類的女孩來償還。」

「妳要是留下她，會激起人類的敵意和復仇的渴望，艾思娜。妳會挑起無法消弭的憎恨。」

「人類的憎恨對我來說不是什麼新鮮事。不，傑洛特，我不會把她還給你。尤其，這還是個健康的女孩，最近這樣的女孩很少了。」

「為什麼？」

德律阿得用她銀色的大眼睛看著獵魔士。

「人們把那些生病的女孩丟給我們。得白喉、猩紅熱、喉頭白喉的，最近還有得水痘的。他們以為我們沒有免疫力，以為這些流行病會把我們毀滅，或至少讓我們元氣大傷。告訴他們，讓他們失望吧，傑洛特，我們有比免疫力更強的東西，布洛奇隆會照顧它的孩子。」

她沉默了下來，彎下身，小心地梳理奇莉頭上一條糾結的頭髮，伸出另一隻手去幫忙。

「我能不能，」獵魔士咳嗽了一聲，說：「向妳傳達凡茨拉夫國王要我向妳傳達的事？」

「這不會有點浪費時間嗎？」艾思娜抬起頭說：「你為什麼要花這個力氣？畢竟凡茨拉夫想要什麼我清楚得很。要知道這件事，不需要什麼預言家的天分。他想要我把布洛奇隆給他，一定是到維達河為止。據我所知，他覺得——這是布魯格和維爾登的自然國界。為此，我猜想他會給我一塊內飛地【註】，一塊小小的、野生森林的角落。當然，他會用他國王的威信和保衛來保證，這一塊小小的、野生的角落，這一小片原始森林會永遠永遠屬於我，而且沒有人膽敢在那裡打擾德律阿得的生活。怎麼樣，傑洛特？凡茨拉夫想要終止和布洛奇隆之間歷時兩百年的戰爭。而為了終止戰爭，德律阿得要把那個她們保衛了兩百年，這些年來為它而死的東西交出去？就這樣——交出去？交出布洛奇隆？」

傑洛特沉默不語，他沒有什麼好說的。德律阿得微笑了。

「國王的提議是不是這樣呢，格文布雷德？還是他說的更坦白一點，像這樣：『不要再趾高氣揚了，妳這森林裡的怪物、原始林的野獸、過去的殘骸，聽聽我凡茨拉夫國王想要些什麼。我想要雪松、橡樹和山胡桃木，我想要黃柏、金樺、製造弓的紅豆杉和拿來做桅杆的松樹。布洛奇隆就在旁邊，而我卻得從山上運這些木材下來。我想要埋在地底下的鐵和銅。我想要埋在卡拉格・安的黃金。我想在砍樹、鋸木、挖地的同時不會聽到箭在耳邊呼嘯。最重要的一點，我想要嘗嘗終於當上了眞正國王的滋味，享有這個國家裡的一切。我不想要國家裡有一個什麼布洛奇隆，一座不能進入的森林。這座森林讓我心煩、讓我生氣、讓我睡不著覺，因爲我是人類，我統治這個世界。我可以——如果我想要——容忍在這個世界上有幾個精靈、德律阿得或羅莎卡，如果他們不會太囂張。照我的意志去過活吧，布洛奇隆的巫婆，不然就滅亡。』」

「艾思娜，妳自己也承認了，凡茨拉夫不是笨蛋或瘋子。妳一定也知道，他是個公平且愛好和平的國王。流血衝突讓他難過、擔心……」

「如果他離布洛奇隆遠遠的，就不會有人流一滴血。」

「妳明明知道，」傑洛特抬起頭說：「妳明知事情並非如此。她們在維帕蘭奇殺人，在八哩殺人，在貓頭鷹丘殺人；她們在布魯格殺人，在小帶河的左岸殺人，這些地方都在布洛奇隆之外。」

【註】內飛地（Enclave）指的是某個國家境內有塊土地，其主權屬於另外一個國家，則該地區稱爲此國家的內飛地。

「這些你剛才提到的地方，」德律阿得平靜地回答：「都是布洛奇隆，我不承認人類的地圖，也不承認他們的國界。」

「但那些地方在一百年前就開始砍樹了！」

「一百個夏天對布洛奇隆來說算什麼？一百個冬天又算什麼？」

傑洛特沉默不語。

德律阿得放下梳子，摸著奇莉灰色的頭髮。

「想想凡茨拉夫的提議，艾思娜。」

德律阿得冷冷地看著他。

「這會給我們什麼好處？對我們這些布洛奇隆的孩子？」

「延續下去的可能。不，艾思娜，不要打斷，我知道妳想說什麼。我了解妳的驕傲，妳希望布洛奇隆遺世獨立，然而世界在改變，某些事物正在結束。妳想接受，或不想接受，都不會改變人類作爲世界之主的事實。那些與人類融合的種族會留下來，而其他的則會死去。艾思娜，有這樣的森林——在那兒，德律阿得、精靈和羅莎卡可以平靜地過自己的生活，因爲他們和人類達成了協議。畢竟我們是如此地相近，畢竟人類可以成爲妳們孩子的父親，妳正在進行的戰爭可以帶給妳什麼？那些可能成爲妳們孩子父親的男人都死在妳們箭下。這帶來了什麼樣的結果？在布洛奇隆的德律阿得之中，有多少個是純種的？有多少個是被抓來、被改造成德律阿得的人類女孩？妳甚至必須利用佛列克森納特，因爲妳沒有別的選擇。我在這裡沒看到什麼小德律阿得，艾思娜。我只看見她——人類的女孩，怕得要命，被毒品弄得一臉呆滯，因爲恐懼而麻木……」

「我一點都不怕！」奇莉突然大叫，有一瞬間，她臉上又出現了小惡魔的表情。「而且我才沒有呆滯！你搞清楚！我在這裡一點事都沒有。我才不怕！我一點都不怕！我外婆說，德律阿得並不邪惡，而我外婆是世界上最聰明的人！我外婆……我外婆說，應該要有更多像這樣的森林……」

她沉默下來，低下頭。艾思娜哈哈大笑。

「古老血液的孩子【註】。」她說：「是的，傑洛特。古老血液的孩子仍然在這世上出生，一如預言所說。而你說，某些事情正在結束……你擔心，我們是否能夠延續下去……」

「這個小鬼本來要嫁給維爾登的奇斯特林。」傑洛特打斷她。「可惜，她現在不會嫁給他了。奇斯特林有一天會繼承艾爾維爾的王位，如果他娶了有這種世界觀的妻子，也許他會停止侵犯布洛奇隆？」

「我才不要嫁給那個奇斯特林！」女孩尖叫，她綠色的大眼睛閃著光芒。「讓奇斯特林自己去找美麗、愚蠢的一塊料吧！我才不是什麼料！我不要當什麼王妃！」

「安靜，古老血液的孩子。」德律阿得抱住奇莉。「不要叫。當然，妳不會成爲王妃……」

「當然。」獵魔士不快地插嘴：「妳和我都很清楚她會變成什麼，艾思娜。如我所見，這件事已經決定了。好吧，沒辦法。我要怎麼答覆凡茨拉夫國王，布洛奇隆的女王？」

【註】古老血液（Starsza krew/Elder blood）是一股受污染的血、被詛咒的血，奇莉的祖先時代就傳下，具有這個血脈的人擁有特殊的魔法能力。

「什麼都不要。」

「這是什麼意思？什麼都不要？」

「什麼都不要。他明白的。很久很久以前，當凡茨拉夫還沒有來到這個世上的時候，就有傳令官到布洛奇隆來，帶著號角和喇叭，他們身上穿著閃閃發亮的鎧甲，搖晃著小旗和旗幟。『投降吧，布洛奇隆！』他們叫。『柯齊藏別克國王，禿山和濕草原的領主，要求你投降，布洛奇隆！』而布洛奇隆的回答永遠是一樣的。當你離開我的森林後，格文布雷德，轉過身仔細聽一聽，在樹葉的喧譁聲中你會聽到布洛奇隆的回答。把這個回答告訴凡茨拉夫，並且告訴他，他不會聽到別的回答，只要橡樹還矗立在杜恩．卡奈爾。就算這裡只有一棵樹，只剩下一個德律阿得，也不會改變。」

傑洛特沉默不語。

「你說，某些事正在結束。」艾思娜慢慢地繼續說：「這不是眞的。有些事是永遠不會結束的。你剛才提到延續下去的事？我就在爲延續下去而戰鬥。布洛奇隆能延續下去，都要感謝我的戰鬥。因爲樹活得比人長，要做的只是保護它們不受人類斧頭的侵害。你剛才提到國王和親王的事，他們是誰？那些我認識的人，他們都已經變成一堆白骨，躺在森林深處，躺在卡拉格．安的大墓場裡。在大理石墓穴裡，在一堆黃色金屬和閃閃發光的石頭上。而布洛奇隆會延續下去，群樹會在宮殿的廢墟上發出喧譁，它們的根部會穿過大理石。你的凡茨拉夫記不記得這些國王是誰？你記得嗎，格文布雷德？如果不，你憑什麼說某些事正在結束？你怎麼知道，誰的命運是毀滅，而誰的命運又是永恆的延續？什麼給了你談論命運的權力？你到底知不知道，什麼是命運？」

「不。」他同意。「可是……」

「如果你不知道，」她打斷他。「就沒有任何的『可是』。如果你不知道，很簡單，你就是不知道。」

她沉默下來，用手摸著額頭，別過臉去。

「當你很多年前第一次來到這裡時，」她說：「你也不知道。而莫瑞恩……我的女兒……傑洛特，莫瑞恩已經不在了。她在小帶河上死了，爲了保護布洛奇隆而死。當她們把她帶回來的時候，我甚至認不出她，她的臉被你們的馬踩得面目全非。是命運嗎？而今天，你，一個不能給莫瑞恩孩子的獵魔士，把這個女孩帶來給我，這個古老血液的孩子，這個女孩知道什麼是命運。不，這不是你所喜歡，或你能接受的知識。她就是相信。再說一遍，奇莉，再說一遍妳在這個獵魔士、白狼，利維亞的傑洛特進來以前對我說的話，這個獵魔士什麼也不知道，再說一遍，古老血液的孩子。」

「偉大的……尊貴的女王，」奇莉用彷彿不是自己的聲音艱難地說：「不要把我留在這裡。我不能……我想要……回家，我想和傑洛特一起回家，我一定要……和他……」

「爲什麼要和他？」

「因爲他……他是我的命運。」

艾思娜轉過頭。她的臉色十分蒼白。

「你怎麼說，傑洛特？」

他沒有回答。艾思娜拍了拍手，布萊恩出現在橡樹的樹洞中，像一縷幽靈般從外面的黑夜中浮現，她雙手捧著一只大銀杯。獵魔士脖子上的徽章開始發出很快的、有節奏的震動。

「你怎麼說？」銀髮的德律阿得重複，站起身來。「她不想留在布洛奇隆！她不想變成德律阿得！她不想代替莫瑞恩，她想要離開，和自己的命運一起離開！是這樣嗎，古老血液的孩子？這就是妳想要的嗎？」

奇莉低垂的頭點了點，她的肩膀在顫抖。獵魔士再也無法忍受了。

「妳爲什麼這樣折騰這個孩子，艾思娜？畢竟妳馬上就要給她喝下布洛奇隆的水，她到底想要什麼再也沒有任何意義。妳爲什麼這麼做？爲什麼要在我面前這麼做？」

「我想讓你看看命運是什麼。我想讓你知道，沒有什麼事在結束，一切才剛開始。」

「不，艾思娜。」他邊說邊站起來。「很抱歉，我要破壞妳這場自我炫耀的秀，我沒有要繼續看下去的意思。妳想要強調那把我們分隔開來的差異，但妳弄得有點太過火了。你們這些古老的種族總是喜歡重蹈覆轍，你們說你們不知道什麼是恨，恨是只有人類才有的感情，但這不是事實。你們知道什麼是恨，而且你們也知道怎麼去恨，只是你們表現的方法不太一樣，比較聰明，比較不暴力。但卻因此而顯得更殘酷。我代表全人類接受妳的恨，艾思娜，這是我應得的，我爲莫瑞恩感到難過。」

德律阿得什麼都沒有說。

「這就是我要帶給布魯格的凡茨拉夫的答案，是不是？一個警告，一種挑釁？妳就是要讓我親眼看見那在群樹之間沉睡的恨意和力量，就是因爲它們，一個人類的孩子馬上就要喝下消除記憶的毒藥，而端這毒藥給她的，正是另一個記憶和心靈都受損了的人類之子，是不是？這樣的回答，就是妳要獵魔士帶給凡茨拉夫的？這個獵魔士不是別人，而是一個認識這兩個孩子，也喜歡她們的獵魔士？是那個害死妳女兒的獵魔士？好的，艾思娜，就讓這件事照妳的意思發生吧。凡茨拉夫會聽到妳的回答，他會聽到我的聲音，看到我的眼睛，他會讀出這一切。但我不必繼續在這裡觀看即將發生的事，我也不想。」

艾思娜繼續沉默。

「再見了，奇莉。」傑洛特跪下來，抱了抱女孩。奇莉的肩膀猛烈地顫抖。「不要哭，妳很清楚，不會有壞事發生在妳身上。」

奇莉吸了吸鼻子。獵魔士站起身來。

「再見了，布萊恩。」他對年輕的德律阿得說：「健健康康的，還有好好照顧自己。活下去，布萊恩，就像妳的樹活得一樣久，就像布洛奇隆。還有一件事……」

「是的，格文布雷德？」布萊恩抬起頭，眼裡有什麼濕潤的東西在發光。

「用弓箭殺人是容易的，女孩。這是多麼容易，把弦放開，然後想著那不是我，那不是我，是箭。我手上沒有那個男孩的血，是箭殺死他的，不是我。但是箭在晚上不會夢到任何事，希望妳在晚上也不會夢到任何事，藍眼睛的德律阿得。再見了，布萊恩。」

「夢娜……」布萊恩口齒不清地說。她手中端著的銀杯顫抖了起來，裡面透明的液體也不停晃動。

「什麼？」

「夢娜！」她哀叫：「我是夢娜！艾思娜女王，我……」

「夠了。」艾思娜厲聲說：「夠了。自制點，布萊恩。」

傑洛特冷笑了幾聲。

「這就是妳的命運，森林的女王。我尊敬妳的堅持和妳的戰鬥，但是我知道，很快妳就會只剩一個人戰鬥了。布洛奇隆最後的德律阿得，會把這些還記得自己眞正名字的女孩們送向死亡的懷抱，不管怎麼樣，我祝妳成功。再見了，艾思娜。」

「傑洛特……」奇莉小聲說，她依然一動也不動地坐著，低垂著頭。「不要留我……一個人……」

「白狼，」艾思娜說，抱住女孩弓起的背。「你一定要等到她開口求你嗎？求你不要丟下她？求你留在她身邊，直到最後一刻？你爲什麼想要在這種時候離開她？讓她一個人？你想要逃到哪裡去，格文布雷德？還有想要逃避什麼？」

奇莉把頭垂得更低了，但她沒有哭出來。

「那我就待到最後。」獵魔士點了點頭。「好的，奇莉。妳不會是一個人，我會在妳身旁，什麼都不要怕。」

艾思娜從布萊恩顫抖的手中拿過銀杯，舉起杯子。

「你會讀古老的盧恩字母嗎，白狼？」

「我會。」

「那就讀讀刻在這個銀杯上的字，這是來自卡拉格·安的銀杯。那些用它來飲酒的國王，現在已經沒有人記得了。」

「杜爾塔安奧夫奇蘭卡爾門格拉迪夫。音阿厄塞阿斯。」

「你知道這是什麼意思嗎？」

「命運之劍有兩道劍鋒……其中之一是你。」

「站起來，古老血液的孩子。」德律阿得的聲音中有種像鋼一樣的命令，那是種不能反抗的命令，一種不能不對它臣服的意志。「喝吧，這是布洛奇隆的水。」

傑洛特看著艾思娜銀色的眼睛，咬了咬唇。他沒有看奇莉，雖然他知道她正在慢慢地把銀杯往嘴唇貼近。他已經看過這種事了，在很久以前。他看過痙攣、抽搐、不可思議、可怕、慢慢沉靜下來的尖叫，還有空洞、死寂、沒有感情、慢慢睜開的眼睛。他已經看過了。

奇莉喝下了杯裡的水。眼淚從布萊恩毫無表情的臉上緩緩淌下。

「夠了。」艾思娜拿走她手中的杯子，將之放在地上。她用雙手撫平了女孩披垂在肩，波浪似的灰色長髮。

「古老血液的孩子。」她說：「選擇吧，妳是要留在布洛奇隆，還是要跟隨妳的命運而去？」

獵魔士不能置信地搖了搖頭。奇莉的呼吸變得急促了些，臉上出現紅暈。但除此之外，什麼都沒有，沒有任何反應。

「我想跟隨我的命運而去。」女孩看著德律阿得的眼睛說。

「那就這樣做吧。」艾思娜簡短、冰冷地說。布萊恩發出一聲驚歎。

「讓我一個人靜一靜。」艾思娜轉過身，背對著他們。「你們都出去。」

布萊恩抓住奇莉，碰了碰傑洛特的手，但獵魔士移開了她的手。

「謝謝，艾思娜。」他說。德律阿得慢慢地轉身。

「為什麼謝我？」

「為了命運。」他微笑了。「為了妳的決定。這不是布洛奇隆的水，對不對？奇莉的命運就是要回家。而演出這命運角色的人，就是妳，艾思娜。我就是為這個謝妳。」

「你對命運的了解真是少得可憐。」德律阿得苦澀地說：「你了解的真少，獵魔士。你看到的也真少，你根本什麼都不了解。你謝我？為了我所扮演的角色謝我？為了一場沒有品味的秀？為了小伎倆、謊言和騙局？為了命運之劍——就像你想的那樣——是用鍍了金的木頭做成的？那就來啊，不要謝我，而是拆穿我的真面目。你高興怎麼做就怎麼做吧，向我證明你是對的。用你的真相來污辱我，讓我看看，清醒的人類的真相和理智的勝利，讓我看看在你們的想像中，它們是怎麼掌握這個世界的。這是布洛奇隆的水，還剩下一些。你有這個膽量嗎？世界的征服者？」

傑洛特雖然被她的話惹毛了，但還是遲疑了一下，只有一下子。即使這是真正的布洛奇隆的水，對他也不會有任何影響。他對那水裡有毒的、會引起幻覺的單寧酸有完全的免疫力。但這不可能會是布洛奇隆的水，奇莉喝了它還一點事也沒有。他用雙手接過杯子，看著德律阿得銀色的雙眼。

一瞬間，地面從他腳下溜走了，他仰天倒在地上，巨大的橡樹開始旋轉、震動。他吃力地用麻木的手想要抓住周圍的什麼，他睜開眼睛，費力的程度像是要移開大理石棺材板。他看到布萊恩小巧的臉蛋，在那之後是艾思娜像水銀一樣閃亮的雙眼。還有另一雙眼睛，綠得像祖母綠，不，比那更明亮。像是春天的草地。他脖子上的徽章搔著他的皮膚、不停震動。

「格文布雷德。」他聽到聲音。「仔細看著。不，閉上眼沒有什麼幫助。看吧，看著你的命運。」

「你記得嗎？」

一陣突如其來的強光炸開了厚重的霧氣。許多巨大、沉重的大燭台，上面插滿了滴著一層層蠟油的蠟燭。石牆和陡峭的樓梯。樓梯上走下來一個有著綠眼灰髮的女孩，戴著綴有精雕細琢寶石的髮帶，穿著銀藍色禮服，她的裙襬由一個穿著大紅色長衫的僕人拿著。

「你記得嗎？」

他自己的聲音說著……說著……

我六年後會回到這裡……

涼亭，溫暖，花香，蜜蜂單調、嘈雜的嗡嗡聲。他跪在地上，把玫瑰遞給一個有頭灰色鬈髮的女人，她頭上戴著細緻的金冠。在她那隻接過花的手指上，戴滿了用祖母綠做的戒指，那些蛋面寶石看起來又大又綠。

「回到這裡來。」女人說：「回到這裡來，如果你改變了主意，你的命運會在這裡等你。」

我沒有再回到那裡，他想。我再也沒有……回到那裡，我再也沒有回到……

哪裡？

灰色頭髮。綠色眼睛。

又是他的聲音，黑暗中，所有事物都消亡的黑暗中。只有火光，整個地平線都在燃燒的火光。紅紫色煙霧中冒著一團團火星。五朔節！五月之夜！那團煙霧中有一雙黑暗、紫羅蘭色的眼睛看著他，在蒼白的三角臉上閃閃發光。那張臉被黑色、像波浪一樣起伏的鬈髮覆蓋著。

葉妮芙！

「太少了。」幽靈那張薄薄的嘴唇突然扭曲了，她蒼白的臉上很快地流下淚珠，越來越快，就像在蠟燭上滴的蠟油。

「太少了，得要有比那更多的東西。」

「葉妮芙！」

「虛無之外還是虛無。」幽靈說，聲音聽起來像是艾思娜。

「這就是在你體內的虛無和空洞。世界的征服者，你甚至無法得到自己愛的女人，你的命運就在咫尺之處，但你卻離開它、逃開它。命運之劍有兩道劍鋒，其中之一是你，另一個是什麼，白狼？」

「沒有所謂的命運。」他聽到自己的聲音。「沒有。沒有。它不存在。所有人唯一的命運，就是死亡。」

「沒錯。」有頭灰髮和謎樣微笑的女人說：「這是事實，傑洛特。」

女人身上穿著沾了血的、變形的銀色鎧甲，上面破了幾個洞，是被矛或戟戳出來的。一條血絲從她那謎樣的、邪惡的、帶著微笑的嘴角流下來。

「你嘲笑命運。」她說，臉上依然掛著微笑。「你嘲笑命運，玩弄命運。命運之劍有兩道劍鋒，其中之一是你，另一個是……死亡？但死的人是我們，我們都因你而死。死亡沒辦法抓住你，於是拿我們來獻祭。死亡亦步亦趨地跟隨著你，白狼。但死的是別人，因爲你。你記得我嗎？」

「卡……卡蘭特！」

「妳可以救他。」艾思娜的聲音從霧氣後頭傳來。「妳可以救他，古老血液的孩子。在他陷入他所愛的虛無之前，在那沒有止盡的黑暗森林。」

那對像春日草地的綠色眼睛。觸摸。同時發出的聲音，令人無法理解。臉龐。

他什麼都看不到，他掉入一座深谷，墜入虛無和黑暗之中。他最後聽到的是艾思娜的聲音。

「那就這樣做吧。」

VII

「傑洛特！醒來，醒來，求求你！」

他張開眼睛，看到了頭頂的太陽，看起來像枚輪廓分明的金幣，掛在樹冠之上，在模糊的清晨薄霧之後。他躺在潮濕、像海綿一樣柔軟的青苔上，背後的樹根把他弄得很痛。

奇莉跪在他身邊，扯著他外套的衣襬。

「天殺的……」他咳嗽了一聲，四下張望。「我在哪裡？我是怎麼到這裡來的？」

「我不知道。」她說：「我剛剛才醒來，在這裡，在你旁邊，好冷喔，我都凍壞了。我不記得我們是怎麼……你知道嗎？這一定是魔法！」

「妳一定是對的。」他坐起來，一邊把領子裡的松針抽出來。「妳一定是對的，奇莉。布洛奇隆的水，我靠……看來，那些德律阿得擺了我們一道。」

他站起來，拿起放在地上的劍，揹到背上。

「奇莉？」

「嗯？」

「妳也擺了我一道。」

「我？」

「妳是芭維塔的女兒，琴特拉的卡蘭特的孫女。妳從一開始就知道我是誰了吧？」

「不。」她紅著臉說：「不是一開始，你解除了我爸爸身上的巫術，對不對？」

「不對。」他搖搖頭。「解開巫術的人是妳媽媽，還有妳外婆。我只是在旁邊幫忙。」

「但奶媽說……她說，我的命運已經註定好了，因爲我是驚奇、驚奇之子。傑洛特？」

「奇莉，」他看著她，搖著頭，一邊微笑。「相信我，妳是我遇到最大的驚奇。」

「哈！」女孩的臉亮了起來。「這是眞的！我的命運已經註定好了。奶媽說，會有一個白髮的獵魔士到來，然後把我帶走，而外婆大吼……啊，這有什麼關係！你要帶我去哪裡，你說？」

「回家，到琴特拉。」

「啊……我本來還想……」

「在路上想吧。我們走，奇莉，我們得離開布洛奇隆，這不是個安全的地方。」

「我一點都不怕！」

「但是我怕。」

「外婆說，獵魔士什麼都不怕。」

「外婆太誇張了。上路吧，奇莉，但是要往哪個方向……」

他看看太陽。

「好吧，我們冒個險……走這條。」

「不。」奇莉皺了皺鼻子，指著反方向的路說：「那條，那裡。」

「妳怎麼知道要走那條？」

「我就是知道。」她聳了聳肩，用毫無防備、帶著驚訝的祖母綠眼睛看著他。「因爲……嗯嗯……我不知道。」

芭維塔的女兒，他想。孩子……古老血液的孩子？有可能，她從母親那裡繼承了什麼。

「奇莉，」他隨意地拉開襯衫，拿出徽章。「摸摸這個。」

「哇，」她張大嘴。「好可怕的狼啊，好長的牙齒……」

「摸摸看。」

「喔！」

獵魔士微微一笑。他也感覺到了那股劇震，像猛烈的浪潮一樣沿著銀鍊往上竄。

「它動了！」奇莉驚歎地說：「它動了！」

「我知道。我們走吧，奇莉，妳帶路。」

「這是魔法，對不對？」

「當然。」

一切就像他所想的，女孩可以感覺到方向，他不知道她到底是怎麼辦到的。很快地——比他預期的快——他們就從森林裡走了出來，來到路上，來到三岔路口。這是布洛奇隆的邊界，至少對人類來說。艾思娜，如他所記得的，並不承認這點。

奇莉咬著唇，皺了皺鼻子，遲疑地看著岔路，看著坑坑洞洞、布滿了馬蹄印和車輪痕跡的沙子路面。傑洛特現在已經知道他們在哪裡，他不必、也不想依賴她那不確定的天分。他朝通往東方的那條路走去，這個方向會把他們帶到布魯格。奇莉依然皺著臉，看著通往西邊那條路。

「那條路會通往那斯洛格的城堡。」他笑她：「妳想念奇斯特林啦？」

奇莉不快地咕噥了一聲，聽話地跟在他身後，但還是回了幾次頭。

「怎麼回事，奇莉？」

「我不知道。」她小聲說：「但是這條路不好，傑洛特。」

「爲什麼？我們去布魯格，去凡茨拉夫國王那裡，他住在漂亮的城堡裡。我們可以在大浴池裡洗澡，睡在有羽絨被的床上……」

「這條路不好。」她重複：「不好。」

「確實，我看到了更好的路。不要再唸了，奇莉，我們快走吧。」

他們通過一段長滿灌木林的彎道。事實證明，奇莉是對的。

那些人突然從四面八方包圍了他們。那些人戴著圓錐形頭盔，身上穿著鎖子甲和深靛色長衫，胸前有著維爾登的紋章，是黃色與黑色的棋盤花樣。對方包圍了他們，但沒有一個人逼近，也沒有人舉起手中的武器。

「你們從哪裡來，要上哪裡去？」一個壯漢咆哮。他穿著綠色的破爛衣服，兩腳大大張開，站在傑洛特面前。他有張滿是皺紋的臉，膚色很黑，看起來像顆乾李子。他揹著一把弓，以及有著白色羽毛的箭，箭尾高高豎在背後，高過頭頂。

「從維帕蘭奇來。」獵魔士圓滑地撒了個謊，意有所指地捏了捏奇莉的小手。「我要回家裡去，回布魯格。怎麼了？」

「我們是國王的士兵。」黑臉大漢有禮貌地說，彷彿現在才注意到傑洛特背上的劍。「我們……」

「讓他過來，揚格漢斯！」站在前方路上的人大叫。士兵們分散了開來。

「不要看，奇莉。」傑洛特很快地說：「轉過去。不要看。」

路上有棵倒地的樹，糾結纏繞的粗枝擋住了去路。路邊茂密的灌木叢旁可以看到被砍斷的樹幹，長長的枝椏豎立起來，看起來像光線。樹的前面有輛馬車，上面蓋著用來蓋貨物的帆布。許多毛茸茸的小馬躺在地上，露出黃色牙齒。牠們身上纏繞著車把和韁繩，軀幹上還插滿了密密麻麻的箭。有匹馬還活著，發出濃重的呼吸，踢著後腿。

地上躺著死屍。他們倒在被血浸濕的沙地上，半掛在馬車的邊緣，或者蜷縮在車輪旁。從那群站在馬車旁、全副武裝的人之中，慢慢地走出來兩個人，然後第三個人也走了出來。其他人——大概有十個——動也不動地站著，拉著身旁的馬。

「這裡發生了什麼事？」獵魔士問。他刻意遮住奇莉，不讓她看見屠殺的現場。

那個斜眼、穿著短鎖子甲和長靴的男人打量著他，一邊摸著濃密的鬍子，發出沙沙的聲音。他的左手臂上有個破爛、閃閃發光的皮袖口，就像弓箭手使用的一樣。

「攻擊事件。」他簡短地說：「森林女妖殺了路過的商旅，我們在這裡調查。」

「森林女妖？攻擊商旅？」

「你也看到了。」斜眼人把手一揮。「他們身上插了那麼多箭，看起來就像刺蝟一樣。在幹道上！這些森林裡的女巫真是越來越無法無天了，現在不但不能到森林裡去，連經過森林旁的道路都不能。」

「而你們，」獵魔士瞇起眼，問：「你們又是誰？」

「艾爾維爾國王的軍隊，駐守那斯洛格。我們原先是由佛列克森納特男爵率領的，但男爵在布洛奇隆裡被殺了。」

奇莉張開嘴，但傑洛特用力地捏了一下她的手，教她不要出聲。

「血債血還，我說！」斜眼的同伴——那個穿著鑲有黃銅長袍的大漢——大聲說：「血債血還！我們絕不能輕易放過她們。先是佛列克森納特，還有琴特拉的公主被綁走，現在又是商旅。看在眾神份上，我們要報仇、報仇！我們看著好了，如果不這麼做，明天她們就會跑到人們家裡，在門檻上殺死他們！」

「布雷克說的沒錯。」斜眼說：「是不是？而你，兄弟，你是打哪兒來的？」

「布魯格。」獵魔士撒謊。

「這個小女孩，是你的女兒嗎？」

「是我女兒。」傑洛特再次捏了捏奇莉的手。

「從布魯格來的啊。」布雷克皺起眉說：「我說啊，兄弟，讓這些女妖怪這麼囂張的人，就是你們的國王凡茨拉夫呢。他不想和我們的國王艾爾維爾，還有科拉克的維拉克薩斯國王聯手。如果他們能從三面包圍布洛奇隆，我們就可以消滅這些女妖了……」

「這場屠殺是怎麼發生的？」傑洛特慢慢地問：「有誰知道嗎？商旅中有沒有生還者？」

「沒有任何證人。」斜眼說：「但我們知道發生了什麼事。這裡的守林人，揚格漢斯，一眼就可以認出這些痕跡。告訴他，揚格漢斯。」

「嗯。」那個臉皺巴巴的人說：「事情是這樣的：商旅從幹道上經過，他們遇上了障礙。您看，先生，路上橫躺著一棵松樹，是不久前砍下來的。樹叢裡有留下痕跡，您想看看嗎？嗯，當商旅停下來要把樹從路上移開時，她們就在一瞬間對他們放箭。從灌木叢裡面，那棵彎曲的樺木那裡，那裡也有留下痕跡。還有兄弟，您再看看這箭，也都是森林女巫做的，羽毛是用樹脂黏上去的，箭杆上纏繞了韌皮……」

「我看到了。」獵魔士打斷他，看著屍體。「我想，有幾個人躲過了箭。那些人的喉嚨被刀割開了。」

他面前的那群士兵之後，又走出來一個人——個子不高，身材精瘦，穿著駝鹿皮做的長衫。他有頭削得很短的黑髮，臉頰上的黑鬍子刮得很乾淨，使他的臉看起來帶著靛青色。獵魔士只看了他一眼就知道了。那個男人的手很小、很窄，戴著黑色露指手套。他的瞳孔顏色很淡，像魚眼一樣。他帶著一把劍，腰帶上插著匕首，左腳的長靴裡也插著一把。獵魔士看過太多殺手了，不用再看第二眼就可以馬上認出他們。

「你的眼光眞利。」黑髮人慢慢地說：「眞的，你看得很仔細。」

「這很好啊。」斜眼說：「他看到了什麼，就讓他去向他的國王凡茨拉夫說去吧。凡茨拉夫還在那裡賭咒說什麼不用殺死森林女妖，因爲她們善良又可愛。我猜他八成在五月的時候會到她們那裡去和她們上床。嘿嘿，在那方面來說，她們可能是善良又可愛的吧。要是我們活捉了一個森林女妖，我就可以來試試看這是不是眞的了。」

「一個半死不活的也可以啊。」布雷克大笑著說：「好啦，天殺的，那個德魯伊到底在哪？已經快中午了，而他連個影子都沒看到，該是上路的時候了。」

「你們打算做什麼？」傑洛特問，依然緊緊握著奇莉的手。

「你管這麼多幹什麼？」黑髮人斷聲說。

「喂，不要這麼凶嘛。列衛克。」斜眼不懷好意地笑了。「我們是誠實正直的人啊，我們沒什麼好隱瞞的。艾爾維爾送了個德魯伊來給我們，他是個偉大的巫師，甚至還會和樹說話。他會帶我們到森林裡爲佛列克森納特復仇，然後試著找到公主。兄弟，這可不是一群烏合之眾，而是平剿逆匪的討……討……」

「討伐。」黑髮的列衛克說。

「嗯，對。你幫我說出來了。所以啊兄弟，你還是快上路吧，再過不久這裡就會有火爆場面了。」

「是——啊。」列衛克拖長了聲音說，一邊看著奇莉。「這裡會很不安全，特別是對小女孩來說。森林女妖等的就是這樣的小女孩。是不是，小女孩？媽媽在家裡等妳嗎？」

奇莉顫抖著，點了點頭。

「這會多麼可怕啊，」黑髮人繼續說，仍盯著奇莉。「如果她沒有等到妳，她八成會跑到凡茨拉夫國王面前說：你放任那些森林女妖為所欲為，現在好了，還我丈夫和女兒的命來。誰知道，也許凡茨拉夫那時候會重新考慮和艾爾維爾聯手的事？」

「好了，列衛克先生。」揚格漢斯咆哮，他那張皺巴巴的臉看起來更皺了。「讓他們走吧。」

「再見，小女孩。」列衛克伸出手，摸了摸奇莉的頭。奇莉顫抖了一下，往後退去。

「怎麼了？妳害怕嗎？」

「你手上有血。」獵魔士低聲說。

「啊哈。」列衛克抬起手。「確實，這是他們的血，那些商人的。我查看了一下有沒有生還者。但是可惜，森林女妖射得很準。」

「森林女妖？」奇莉以顫抖的語氣說。獵魔士掐了掐她的手心，她沒有理會。「喔，尊貴的騎士們，你們弄錯了，這不可能是德律阿得！」

「妳在那邊尖叫什麼，小女孩？」黑髮人淡色的眼睛瞇了起來。傑洛特往左右看了看，衡量距離。

「那不是德律阿得，騎士先生。」奇莉重複。「事情很明顯！」

「啊？」

「這棵樹……這棵樹被砍過了！是用斧頭砍的！而德律阿得永遠不會砍樹，不是嗎？」

「確實。」列衛克說，看了看斜眼。「喔，妳眞是個聰明的小女孩。太聰明了。」

獵魔士事先已看到了他那窄小、戴著手套的手像隻黑蜘蛛般往匕首的刀柄上滑去。雖然列衛克沒有把目光從奇莉身上移開，但傑洛特知道攻擊會衝著他來，他等待著列衛克的手碰到武器那一刻。斜眼屏息以待。

三個動作，只有三個。他用鑲滿了銀飾釘的前臂狠狠往黑髮人的太陽穴擊去。在他倒地前，獵魔士已站在揚格漢斯和斜眼之間，而他的劍則發出嘶聲，出了鞘，在空氣中發出一聲尖嘯，在布雷克——那個穿著鑲黃銅長衫的巨漢——的太陽穴上劃了道血口子。

「快逃，奇莉！」

斜眼拔出劍，跳了過來，但他沒有趕上。獵魔士往他胸前從上到下猛力地斜劃了一劍，接著利用這一劍的力道，由下往上斜劃了第二劍，在士兵身上劃出一個血紅的X字。

「男孩們！」揚格漢斯對著其他嚇得一動也不動的士兵們大喊：「跟我來！」

奇莉跑到一棵彎曲的山毛櫸旁，然後像松鼠一樣沿著粗枝往上爬去，消失在樹葉中。守林人用箭射她，但沒射中。其他人跑到樹下，在樹下圍成半圓，拿起了弓，從箭袋裡抽出箭。獵魔士跪在地上，用手指比出了阿爾德符咒，不是朝弓箭手——因爲距離太遠了——而是朝布滿沙塵的道路。沙子紛紛揚起，擋住了弓箭手的視線。

揚格漢斯往旁邊跳開，很快地從箭袋中抽出第二枝箭。

「不！」列衛克大叫，從地上爬了起來。他右手拿著劍，左手則握著匕首。「不要動他，揚格漢斯！」

獵魔士流暢地旋過身，轉向黑髮人。

「他是我的。」列衛克說。他甩了甩頭，用手臂擦了擦臉頰和嘴。「是我一個人的！」

傑洛特彎著身，繞著半圓，但列衛克沒有繞著他打轉，他往前跳了兩步，立刻就展開了攻擊。

他很不賴，獵魔士想。他吃力地舞出一朵劍花，擋下了殺手的長劍，同時也轉了個半圓，閃過對方的匕首。他故意沒有反攻，跳了開來，希望列衛克會伸長手從遠距離攻擊他，這樣他就會失去平衡。但是殺手經驗老到。他彎下身，也開始劃著半圓，用貓般柔軟的步伐移動。他出其不意地跳起來，舞出一朵劍花，一個迴轉縮短了他們之間的距離。獵魔士沒有正面迎擊，只是很快地從上方虛晃了一招，讓殺手不得不往後跳開。列衛克彎下身，作出擊劍防禦的第四式，把手連同匕首一起藏到身後。獵魔士這次依然沒有攻擊，沒有縮短兩人之間的距離，他又開始劃著半圓，繞著殺手打轉。

「啊哈。」列衛克慢慢地說，直起身子。「我們要延長這場遊戲嗎？爲什麼不呢，好玩的遊戲永遠都不嫌多！」

列衛克跳起來，作了個迴旋，然後用很快的速度從上方揮了一劍、兩劍、三劍，接著，立刻用匕首快速地從左邊平揮出去。獵魔士沒有亂了速度——他擋下攻擊，跳了開來，然後再次開始劃著半圓，迫使殺手轉過身來。列衛克突然往後退，劃著半圓，往反方向移動。

「每一個遊戲，」他斷聲說：「都是要結束的。我們用一擊結束這遊戲怎樣，你這個狡猾的傢伙？只要一擊，然後我們會把你那個雜種從樹上射下來。你意下如何？」

傑洛特看到列衛克在觀察自己的影子。他在等待自己的影子射到對手身上——也就是說，他在等對手的眼睛裡出現陽光。傑洛特不再繞著殺手轉，好讓事情照對方的期望發展。

然後他讓瞳孔變得垂直，變成兩條狹窄的細線。

爲了製造這個假象，他輕輕地皺起眉，假裝太陽使他的視線變得模糊。

列衛克跳了起來，一旋身，向旁伸出拿著匕首的手，好讓自己保持平衡。他把手腕彎成一個不可能的角度，然後從下方出擊，瞄準了獵魔士的胯下。傑洛特往前衝去，轉了個身，擋下攻擊，也把手臂和手腕彎成一個不可能的角度，利用反擊的衝力把殺手往後推開，然後用劍尖在他的左臉頰劃了個血口。列衛克翻倒在地，用手摀住臉。獵魔士原地一個半迴旋，把全身的重心放在左腳，然後很快地割斷了殺手的頸動脈。列衛克縮成一團，流著血跪在地上，彎下身，整張臉埋進了沙地。

傑洛特慢慢地朝揚格漢斯的方向轉身。揚格漢斯那張皺巴巴的臉上露出憤怒的表情，他拉起了弓。獵魔士彎下身，用兩隻手握著劍。其他的士兵也在沉默中舉起了弓。

「你們還在等什麼！」守林人大叫：「射啊！射他……」

他絆了一跤，搖晃了幾下，小步往前走了幾步，然後頭朝下倒在地上，脖子上插了一枝箭。箭的尾端繫有帶小條紋的羽毛，那是母雉雞的翼尾羽，用樹皮煮成的湯汁染成了黃色。

一枝又一枝箭從黑色的森林裡飛來，在空中劃過一道道長長的、平滑的拋物線，發出尖銳的嘶聲。它們發出羽毛的聲音，飛得似乎很慢、很平靜，彷彿是擊中目標時才突然變得又快又猛。這些箭精準、致命地命中了那斯洛格的士兵，讓他們一個接一個地癱倒在沙地上死去，就像是被棍棒打倒在地的向日葵。

那些僥倖活下來的人連滾帶爬地跑向馬匹，還在路上撞到了彼此。空中的飛箭沒有停止，在他們逃跑的路上或坐上馬鞍時射中了他們。只有三個人來得及跳上馬，一邊尖叫，一邊猛力地用鞋子上的馬刺刺著馬匹，逼馬兒快步奔馳；但他們也沒能跑遠。

森林闔了起來，擋住了他們的去路。突然，那條覆蓋著沙子、滿是陽光的幹道消失了。取而代之的是濃密、沒有縫隙，由黑色樹枝組成的一堵牆。

士兵們勒住馬，又驚又恐，不知所措。他們想要往回跑，但箭就像大雨一樣向他們傾瀉而來，並且追上了他們。他們從馬鞍上落下，在馬兒的嘶聲、蹄聲之間，在恐怖的尖叫之間。

然後是一片寂靜。

擋住幹道的森林之牆閃了一閃，變得模糊，發出彩虹般的光芒，然後消失無蹤。幹道又再次出現了，而路上站著一匹銀色的馬，馬上坐著一個人——他身形壯碩，留著掃帚般的灰黃色鬍鬚，穿著海豹皮做的長衫，身上斜揹著一條格子花樣的羊毛肩帶。

銀色的馬轉過頭，嚼著馬銜往前走去。牠高高地抬起前蹄，發出呼嚕呼嚕聲，對滿地的屍體和血跡感到不悅。馬上的人直著身子坐在馬鞍上，抬起一隻手，然後突然吹起一陣疾風，拍打過樹枝。

森林遠處邊緣的灌木叢裡，走出了許多瘦小的身影，身上穿著緊身、褐色和綠色相間的衣服，她們的臉上塗了一道一道用堅果皮塗上去的斑紋。

「卡阿德米爾，魏德布洛奇隆恩那！」馬上的人大叫：「菲爾，阿那沃厄魏德！」

「菲爾！」森林那邊傳來的聲音像是一陣微風。

那些綠褐色身影開始一個接一個地消失，沒入濃密的森林中。只留下有頭蜜色亂髮的女子。她往前走了幾步，走近他們。

「瓦菲爾，格文布雷德！」她叫，走得更近了一點。

「再見了，夢娜。」獵魔士說：「我不會忘了妳的。」

「忘了吧。」她強硬地說，調整了一下背上的箭袋。「夢娜不存在，夢娜是一場夢。我是布萊恩，布洛奇隆的布萊恩。」

她再一次朝他揮手，然後就消失無蹤。

獵魔士轉過身來。

「米須維爾。」他看著坐在銀色馬匹上的人說。

「傑洛特。」馬上的人點點頭說，用冰冷的眼光打量他。「眞是有趣的相逢，但我們還是從最重要的事情開始吧。奇莉在哪裡？」

「這裡！」女孩大叫，她整個人都藏在樹葉間。「我可以下來了嗎？」

「可以。」獵魔士說。

「但我不知道怎麼下來！」

「妳怎麼上去的，就怎麼下來，只是往反方向。」

「我怕！我在樹的最頂端！」

「下來！我說！我們得好好談談，我的小姐！」

「有什麼好談的？」

「我靠，妳爲什麼要跑到那上面，而不是逃進森林裡？要是那樣，我就可以跟著妳逃，就不必……啊，天殺的，下來！」

「我只是照故事裡的那隻貓那樣做啊！不管我做什麼，你都覺得不好！爲什麼？我想知道。」

「我也是。」德魯伊說，從馬上下來。「我也想知道，還有妳外婆卡蘭特女王，她也想知道。好了，下來吧，公主。」

樹上掉下來一些樹葉和枯枝。然後傳來一聲尖銳的布料撕裂聲。最後奇莉出現了，兩腳跨坐在樹幹上溜了下來。她外套上已經沒有兜帽，取而代之的是一塊漂亮的碎布。

「米須維爾伯伯！」

「正是我。」德魯伊抱起女孩，擁住了她。

「外婆叫你來的嗎？伯伯？她很擔心嗎？」

「不太擔心。」米須維爾微笑著說：「她正忙著準備打人的棍子。奇莉，到琴特拉還要一段時間，妳就用這段時間好好想一想，怎麼解釋自己的所作所爲吧。最好是——如果妳想聽我一句建議——又簡短、又實際的。喔，就是那種可以很快很快說完的。但公主，我覺得不管怎樣，她最後還是會對妳大吼，而且很大聲很大聲。」

奇莉露出痛苦的表情，皺了皺鼻子，低聲咕噥了一聲，她的手掌反射性地摸了摸那受威脅的部位。

「我們離開這裡吧。」傑洛特四下張望，說：「我們離開這裡，米須維爾。」

VIII

「不，」德魯伊說：「卡蘭特改變了計畫，她現在不想把奇莉嫁給奇斯特林，她有自己的理由。另外，我想我也不用向你解釋，這起僞裝攻擊商人的事件後，艾爾維爾國王在我心裡的地位大大下滑了，而我的意見在皇室裡可是很重要的。不，我們甚至不必去那斯洛格了，我們直接帶她到琴特拉。和我們一起走，傑洛特。」

「爲什麼？」獵魔士看了一眼奇莉，她正抱著米須維爾的大外套在樹下沉睡。

「你很清楚是爲了什麼。這個孩子——傑洛特——是你的命運，這已經是第三次了，沒錯，這是你們的道路第三次交會。這當然是個隱喻，特別是前兩次的交會，也許你不會稱之爲意外？」

「我如何稱呼它又有什麼差別。」獵魔士歪著嘴笑了。「重點不是稱呼，米須維爾。我去琴特拉幹什麼？我已經去過琴特拉了，我的道路也和她的道路——如你所說——交會了。那又怎樣？」

「傑洛特，你那時候要求卡蘭特、芭維塔和她的丈夫許下誓言，誓言也實現了。奇莉是你的驚奇之子，命運要求……」

「要我帶走這個孩子，把她變成獵魔士？一個女孩？你好好看看我吧，米須維爾，你能想像我看起來像個漂亮女孩嗎？」

「去你的獵魔士。」德魯伊生氣地說：「你到底在說什麼啊？這兩者有什麼關係？不，傑洛特，我看你根本什麼也不明白，看來我得用淺白一點的話和你溝通。聽著，每一個笨蛋，這其中也包括你，都可以要求別人發誓，強迫他們許下承諾，這點很正常。不平凡的是孩子，不平凡的是，當那個孩子出生，和你之間有著異常的羈絆。還要再說明白一點嗎？沒問題，傑洛特，從奇莉出生的那一刻開始，你想要什麼、你計畫什麼就不再有任何意義。你不想要什麼，你放棄了什麼，這也一點都不重要。你啊，該死的，根本一點也不重要！你明白了嗎？」

「不要吼，你會把她吵醒的。我們的驚奇正在睡覺，而當她醒來的時候……米須維爾，即使是不平凡的事物也是要……有時候必須要放棄。」

「你應該知道，」德魯伊冷冷地看著他說：「你永遠都不會有自己的孩子。」

「我知道。」

「這樣你還要放棄嗎？」

「我要放棄，我有這個自由吧？」

「你有這個自由，」米須維爾說：「當然。但有很大的風險。有一句古老的預言是這麼說的，命運之劍……」

「有兩道劍鋒。」傑洛特把話接下去說完。「我聽說過。」

「你愛怎樣就怎樣吧。」德魯伊轉過臉，啐了一口。「想想吧，我本來還準備好要爲你犧牲項上人頭的……」

「你？」

「我和你相反，我相信命運。而且我知道玩弄有雙刃的劍是很危險的，不要隨便玩弄它，傑洛特。利用這個意外的機會，讓你和奇莉之間的羈絆成爲健康、正常，保護者與孩子之間的關係。因爲如果不這樣……那麼這個羈絆可能會成爲別的東西，變得負面、具有毀滅性，更加可怕。我想要保護你，也保護她不受這力量的侵害。如果你想帶她走，我是不會反對的。我會承擔向卡蘭特解釋原因的風險。」

「你怎麼知道奇莉想跟我走？因爲古老的預言嗎？」

「不。」米須維爾嚴肅地說：「因爲她只有在你抱過她後才沉沉睡去，因爲她在夢中叫喚著你的名字，而且用小手尋找著你的手。」

「夠了。」傑洛特站起來。「因爲你快要感動我了。保重，大鬍子，代我向卡蘭特致意。至於奇莉的藉口……想個什麼主意吧。」

「你逃不了的，傑洛特。」

「逃不了什麼？命運嗎？」獵魔士扯了一下馬的腹帶——那是他新得到的馬。

「不。」德魯伊說，看著睡著的女孩。「你逃不了她。」

獵魔士點了點頭，跳上馬鞍。米須維爾一動也不動地坐著，用木棍挖著正在熄滅的營火。

他慢慢地騎著，走過一片高及馬鐙的石南，走過那通往山谷的山坡，往黑色森林那頭走去。

「傑——洛——特！」

他轉過頭去。奇莉站在山坡頂端，看起來像是個小小的灰影，她灰色的頭髮在風中亂舞。

「不要走！」

他揮了揮手。

「不要走！」她尖聲大叫：「不——要——走！」

我必須走，他想。我必須，奇莉。因為……我總是會離開。

「不管怎樣你是不會成功的！」她大叫：「你給我聽清楚！你逃不了的！我是你的命運，你聽到沒？」

沒有命運這回事，他想。它不存在。唯一的命運，也是所有人的命運，就是死亡。死亡才是雙刃劍的另一道劍鋒，一道是我。而另一道是死亡，跟在我身後亦步亦趨。我不能，也不可以把妳捲進來，奇莉。

「我是你的命運！」她的叫聲從山坡頂端傳來，她的聲音比較小了，但更絕望。

他用鞋跟踢了踢馬，一直往前走去，走入森林深處。就像深淵一樣，他走入黑暗、冰冷、潮濕的森林，走入友善、熟悉的陰影中，走入那似乎沒有盡頭的黑暗。

比那更多的東西

一

當木橋上傳來馬蹄聲時，尤爾加甚至沒有抬起頭——他只是輕輕地叫了一聲，放開了手中緊抓著的車輪套環，然後以最快的速度爬到馬車底下。他趴在下面，背部摩擦著黏在車底粗糙、變乾的牛糞和泥濘。他發出像狗一樣的哀號，因恐懼而全身發抖。

馬兒慢慢地走近馬車。尤爾加看到牠非常輕柔、小心地走在腐爛、覆滿了青苔的木板上。

「出來。」馬車外的騎士說。尤爾加的牙齒咯咯地打著冷顫，用手抱住頭。馬兒噴了口鼻息，跺了跺馬蹄。

「安靜點，小魚兒。」騎士說。尤爾加聽到他拍了拍馬兒的脖子。「從底下出來吧，好人。我不會傷害你。」

商人一點都不相信陌生人說的話。然而那聲音中有種讓人平靜的東西，同時也令人心生好奇，雖然那根本算不上是聽了會令人愉快的聲音。尤爾加以幾乎聽不見的聲音同時向十幾位神明禱告了一陣，然後小心地把頭從馬車下伸出來。

馬上的騎士有頭像牛奶一樣白的頭髮，額頭上戴著皮製頭帶，他身上穿著黑色羊毛大衣，大衣的衣襬一直蓋到栗色母馬的臀部。他沒有看尤爾加。他在馬鞍上彎下身，仔細地看著馬車的車輪——車輪卡在橋面碎裂的木板之間，直至輪軸。他突然抬起頭，瞟了商人一眼，然後面無表情地觀察著峽谷邊緣上的灌木林。

尤爾加費力地爬了出來，他眨了眨眼睛，用手擦擦鼻子，把輪軸裡的焦油都擦到了臉上。騎士用瞇起的黑色眼睛看著他，他的眼神具有穿透力，而且銳利得像刺棒一樣。尤爾加沉默著。

「我們兩個人沒辦法把它弄出來。」陌生人終於說，指著卡在橋上的車輪。「你是一個人來的嗎？」

「三個人。」尤爾加呻吟著說：「和僕人一起，先生。但是他們跑走了，這群爬蟲……」

「我不驚訝。」騎士說，看著橋下的谷底。「我一點都不覺得奇怪。我認爲，你應該也像他們一樣逃跑，現在還來得及。」

尤爾加沒有隨著陌生人的眼光看過去。他不想去看那乾涸的河谷，那長在河谷底部的牛蒡和蕁麻，還有那躺在草叢中成堆的、四散在石頭間的骷髏頭、肋骨和脛骨。他害怕，只要再多看一眼那些黑色眼窩、露出的牙齒和和支離破碎的骨頭，他體內的一切就會碎裂，他所剩那一點絕望的勇氣就會像從魚鰾中跑出去的空氣那樣離他而去。他就會沿著幹道跑回去，越跑越高，尖叫得岔不過氣——就像不到一小時以前他的僕人和馬車夫所做的一樣。

「你還在等什麼？」騎士小聲地問，一邊掉轉馬頭。「要等到天黑嗎？那時候就太遲了。只要天一暗，它們馬上就會來找你。好啦，上馬吧，跟在我後頭。我們一起離開這裡，越快越好。」

「那馬車呢，先生？」尤爾加扯開嗓門大叫，不確定是因爲恐懼、絕望還是憤怒。「貨物呢？一整年辛苦的成果呢？我還寧願死了好！我不會丟下它！」

「我看，你還不太明白自己遇上了什麼可怕的鬼東西，朋友。」陌生人平靜地說，把手指向橋下那恐怖的墓地。「你說，你不會丟下馬車？那我就告訴你，當天黑的時候，就算是戴茲摩德國王的寶藏都救不了你，更別說是你那噁心的馬車了。見鬼的，你到底是哪根筋不對勁，竟然想要抄捷徑穿過這片荒野？你不知道戰爭過後這一帶出現了什麼東西嗎？」

尤爾加搖了搖頭表示不知道。

「你不知道。」陌生人點了點頭。「但躺在底下的那堆東西你看到了吧？很難不注意到它們。這都是那些想要抄近路的人的骨骸。而你卻說，你不要丟下馬車，你那馬車上到底是裝了什麼有趣的東西啊？」

尤爾加沒有回答，不信任地看著騎士，似乎試著在「粗麻」和「破衣服」這兩個說法之間做選擇。騎士看起來對答案不太感興趣，他安撫了嚼著馬銜並搖晃著腦袋的馬。

「先生……」商人終於囁嚅地說：「幫幫我，救救我。我畢生都會感謝您……不要丟下我……您想要什麼，只要您說一句，我都會給您……救救我，先生！」

陌生人猛地把頭轉向他，用兩隻手抓著馬鞍的前穹。

「你說什麼？」

尤爾加張開嘴，但什麼都沒說。

「你會給我任何我要的東西？再說一次。」

尤爾加咂了咂嘴，然後閉上，開始覺得遺憾他不能把說出去的話吞回來。他腦中盤旋著一大堆猜測，關於這個奇怪的陌生人可能會向自己要求什麼樣的獎賞。大多數的猜測——其中也包括每個禮拜使用他那年輕太太卓特莉特卡的特權——和失去馬車這件事比起來，都沒有那麼可怕，更不像淪爲躺在谷底的另一堆白骨那麼陰森。商人的職業病強迫他作出快速的計算。騎士——雖然他看起來不像是戰爭後在路上常見的乞丐、流浪漢或脫隊的散兵，但他也不可能會是高官、貴族或是那些驕傲、自視甚高、喜歡獅子大開口的騎士們。尤爾加猜測這大概不會超過二十枚金幣。然而做生意的天性卻阻止他說出價錢，於是他只模糊地說了一句：「畢生都會感謝您。」

「我問的是，」陌生人等到商人沉默下來後，才平靜地問：「你是不是會給我任何我要的東西？」

沒有別的出路了。尤爾加吞了口口水，低下頭點了點，重複了那句話。出乎他的意料，陌生人沒有邪惡地大笑，完全相反，他看起來根本不像做了一票划算生意的樣子。他在馬鞍上彎下身，往峽谷裡啐了一口。

「我在幹什麼。」他臉色一沉地說：「我又在幹我最擅長的事了。沒辦法，好吧。我們試試看把你救出來，雖然我不知道我們會不會兩個人一起死在這裡。但如果成功了，你就要相對地……」

尤爾加縮起身子，一副快要哭出來的樣子。

「給我那個，」穿著黑大衣的騎士很快地說：「你回家以後在家裡找到、意料之外的東西。你答應嗎？」

尤爾加呻吟了一聲，然後很快地點了點頭。

「很好。」陌生人露出不悅的表情。「現在讓開點，最好躲回馬車底下，太陽馬上就要西沉了。」

陌生人跳下馬，把大衣從身上脫下。尤爾加看到他背上揹著一把劍，用皮帶繫著斜掛在胸前。他有個模糊的印象，好像以前曾聽說有一群人就是這樣揹著劍的。陌生人穿著長度直到腰際的黑色外套，外套的袖口很長，上面釘滿了銀製飾釘。這一點可能表示，陌生人是從拿威格拉德或是那附近來的。但這種穿衣的風格最近也在各處流行得很廣，尤其在年輕人之中。然而，陌生人看起來並不年輕。

騎士把馬背上的馱包拿了下來，轉過身。他胸前有枚掛在銀鍊上的圓形徽章，正在搖晃。他的腋下夾著一個不大、鑲了金屬條的小盒子，還有個長形的包袱，上面纏著皮革和皮繩。

「你還沒躲到馬車下面去啊？」他一邊問一邊走近。尤爾加看到徽章上刻著一個狼頭，狼的嘴張了開來，露出尖利的牙齒。他突然想起了什麼。

「您是……獵魔士？先生？」

陌生人聳了聳肩。

「你猜對了。獵魔士。現在走開，到馬車另一邊去。不要出來，還有安靜點，我得獨處一陣子。」

尤爾加照他的話去做了。他蹲在車輪旁邊，拉緊了身上的斗篷。他不想看陌生人在馬車的另一邊做什麼，更不想看谷底的白骨。於是他看著自己的鞋子，還有長在腐爛木板上看起來像小星星一樣的綠色青苔。

獵魔士。

夕陽已西沉。

他聽到腳步聲。

陌生人慢慢地、非常緩慢地從馬車後走出來，走到橋的中央。他背對著尤爾加——尤爾加看到，他背上那把劍已經不是先前看到的那一把。這把劍很漂亮——柄端圓頭、護手和鞘口閃著寒星一樣的光芒，即使在暮色中看起來依然耀眼，雖然周遭已經幾乎沒有光線了，就連不久之前還懸掛在森林上方那金紫色暮光都已消失了。

「先生……」

陌生人轉過頭。尤爾加費了好大的力氣，才沒叫出聲來。

陌生人的臉是白的——又白又多孔，看起來像是擠過了水、從布裡面拿出來的乳酪。而他的眼睛……眾神啊，尤爾加在心裡頭尖叫。眼睛……

「到馬車後頭，立刻。」陌生人啞著嗓子說，那不是尤爾加之前聽到的聲音。商人突然感到自己漲滿的膀胱讓他十分難受。陌生人轉過身，往橋的前方走去。

獵魔士。

綁在馬車欄杆上的馬兒噴了口鼻息，嘶鳴了幾聲，在橋面的木板上跺著蹄子，發出悶響。尤爾加的耳朵上方嗡嗡地飛著一隻蚊子，商人甚至沒有伸手將之揮走。另一隻也在嗡嗡響，在峽谷另一邊的樹林裡，一整群蚊子都在發出嗡嗡聲，不停地嗡嗡響。

而且在尖叫。

尤爾加咬緊牙關，突然明白了，那不是蚊子。

在長滿了灌木的峽谷斜坡上，從那一片越來越濃密的黑暗中，浮現出一些小小的、醜陋的影子——它們的身高不會超過四厄爾，身形消瘦得可怕，根本就像是一具具骷髏。它們踏著古怪的、像是白鷺一樣的步伐走上了橋，用力地把像長了腫瘤一樣的膝蓋高高抬起。它們有著平板、布滿皺紋的額頭，還有著閃著黃色光芒的眼睛，而在它們那像青蛙一樣的大嘴裡，則長滿了尖利、白森森的牙齒。它們不斷逼近，不時發出嘶嘶聲。

陌生人一動也不動地站在橋中央，就像雕像一樣。他突然舉起右手，用手指比出一個奇怪的手勢。那些可怕的侏儒往後退去，發出更響亮的嘶聲，但馬上就快速地繼續往前移動，越來越快，舉起像棍子一樣細長、長滿利爪的前肢。

從左邊的方向，另一隻怪物突然從橋下跳了上來。它沿著木板爬了上來，爪子在木板上發出嘎吱嘎吱聲，其他的怪物則以令人無法想像的敏捷速度往前跳動。陌生人在原地來了一個迴旋，不知何時出鞘的劍在空中閃了一道寒光。那隻正在爬上橋的怪物的頭帶著一道血柱往空中飛去，飛了約有兩臂之高。白髮人一個箭步跳到其他的怪物之間，左右迴旋，見一個砍一個。怪物們揮舞著前肢、發出尖叫，從四面八方朝他發出攻擊，根本不在意那閃著寒光、像剃刀一樣的劍鋒。尤爾加縮起身子，緊緊抱住馬車。

有個東西掉到了他腳邊，把鮮血灑到了他身上。那是一截細長、瘦骨嶙峋的前肢，上面有四根爪子，覆滿了鱗片，看起來像是雞的腳。

商人大聲尖叫。

他感覺到有什麼東西閃到了他身邊。他縮起身子，想要躲到馬車底下，就在這時，另一個東西跳到了他的脖子上，用長滿利爪的前肢抓住了他的太陽穴和臉頰。他遮住眼睛，大叫著、奮力甩動著頭，跳了起來，搖搖晃晃跑到橋的中間，一路上不斷踩到躺在木板上的屍體。橋上正進行著戰鬥──尤爾加什麼都沒看到，只看到一團憤怒翻轉的漩渦，還有在那其中不時閃動的銀劍光芒。

「救──命──啊──！」他大叫，感覺到尖利的牙齒穿過氈子兜帽，咬上了自己後腦。

「把頭低下！」

他縮起下頷，眼角瞄到劍鋒的光芒一閃。劍在空中發出一聲嘶鳴，輕輕擦過兜帽。尤爾加聽到一聲可怕的、濕答答的、某種東西斷裂的聲音，然後他背上流滿了溫熱的液體，像是從水桶中倒出來似的。他被肩上的重量拉得跪了下來──他脖子上還掛著那隻怪物，但怪物已經動彈不得了。

在他眼前，另外三隻怪物又從橋下跳了出來。它們像是奇怪的姦斯一樣跳到陌生人身邊，抓住了他的大腿。其中一隻像蟾蜍般的腦袋被迅疾砍了一劍，僵直地踏了幾個小步，然後倒在木板上。第二隻是被劍尖劃中的，它倒了下去，抽搐著在地上翻滾。剩下的怪物像螞蟻一樣蜂擁衝向白髮人，一直推擠到橋的邊緣。又一隻怪物從漩渦中飛了出來，它的身體向後仰，噴著鮮血，全身顫抖地尖叫。就在這時，那一整個翻滾著的漩渦翻過了橋的邊緣，滾下了峽谷。尤爾加倒在地上，用手抱住頭。

橋下傳來一陣充滿勝利意味、怪物的嘶叫聲，然而那很快就變成痛苦的吼聲、尖叫，其中夾雜著劍的呼嘯聲。然後從黑暗中傳來石頭碰撞聲，還有被踩碎的枯骨所發出的聲音，接著又是劍的嘶鳴，短促、可怕、讓人的血液都為之凝結的物體斷裂的嘎吱聲。

然後只剩下寂靜，以及受驚的鳥叫聲，從森林深處的大樹之間傳來。接著連鳥叫都消失了。

尤爾加吞了口口水，抬起頭，吃力地站了起來。周圍還是一片寂靜，甚至連葉子都沒有發出聲音，整座森林彷彿被這可怕的一切嚇得說不出話來。一片片形狀不規則的雲使天空暗了下來。

「喂……」

他轉過身，反射性地舉起手，遮住自己。獵魔士站在他面前，一身黑衣，他的手低垂著，手裡拿著閃閃發光的劍。尤爾加注意到，他站得有點歪，好像彎向一邊。

「先生，您怎麼了？」

獵魔士沒有回答。他走了一步，步伐既笨拙又沉重，左腰微彎，伸出手扶住馬車。尤爾加看到血——閃閃發亮、漆黑，滴在木板上。

「您受傷了，先生！」

獵魔士沒有回答。他直視著商人的眼睛，趴在馬車的車廂上，然後身體慢慢地滑倒在橋上。

＝

「小心點，慢慢來……頭下面……喂，哪個人扶著他的頭下面！」

「這裡，這裡，到馬車上！」

「眾神啊，他流了好多血……尤爾加先生，血從繃帶中滲出來了……」

「不要聊天！好啦，快點，波克維特，快上路！用羊毛大衣蓋著他，維爾，你沒看到他抖得多厲害嗎？」

「要不要倒一點伏特加到他嘴裡？」

「給一個昏迷不醒的人？你腦袋有問題啊，維爾。但是把伏特加拿過來，我必須喝一口……你們這群狗，渾球，沒良心的膽小鬼！你們就這樣跑了，就這樣把我一個人丟下！」

「尤爾加先生！他在說話！」

「什麼？他說什麼？」

「呃，不太清楚……好像是個名字……」

「什麼名字？」

「葉妮芙……」

Ⅲ

「我在……哪裡？」

「躺著，先生，不要動，不然傷口又要裂開了。那些噁心的傢伙一直把您的腿咬到見骨，您流了一大堆血……您認不出我嗎？我是尤爾加啊！您在橋上救了我一命，您記得嗎？」

「啊哈……」

「您渴嗎？」

「渴得要命……」

「喝吧，先生，喝吧。您發燒了。」

「尤爾加……我們在哪裡？」

「我們在馬車上。什麼都不要說，先生，還有不要動。我們必須從這座森林出去，到有人煙的地方。我們一定要找到懂得治療的人，我們在您腳上包的東西可能太少了，血不停地流出來……」

「尤爾加……」

「是的，先生？」

「我的小箱子裡……有個用綠色的蠟封著的……小瓶子。把封印拆開，把它給我……放在一只小碗裡。碗要洗乾淨，不要讓任何人去碰那些小瓶子……如果你可以……快點，尤爾加。我靠，這馬車顛得眞厲害……瓶子。尤爾加……」

「好了……您喝吧。」

「謝謝……現在聽好了，我馬上就會睡著，我會激動地動來動去，還會夢囈，然後我會像個死人一樣躺著。這沒什麼，不要害怕……」

「躺著吧，先生，不然傷口就會裂開，您又要流血了。」

他在皮革上躺了下來，把頭轉了轉。他感覺到商人把一件羊皮大衣和一條聞起來有馬汗臭味的破毛毯蓋到自己身上。馬車搖晃著，每晃一次，他腿上和腰上的傷就猛地一疼。傑洛特咬著牙，他看到頭頂上有百萬顆星星，它們是如此地靠近，好似伸出手就能抓住。就在頭上，樹梢頂端。

他走著，選擇他的道路，好遠離光線，遠離營火的光亮，好讓自己總是處在波浪般洶湧的陰影中。這不是件容易的事——用冷杉樹幹燒成的火堆在四處發出耀眼的光芒，往天空射出一道道帶著亮眼火花的紅光，發出一團團像是飄舞的旗幟一樣的明亮煙霧，劃破了黑暗。火堆震動著，在圍繞著它跳舞的人影之間炸出光亮。

傑洛特停下來，空出道路，好讓那一群往他的方向走來、擋住整條路的人們通過。那群人手牽著手，瘋狂地尖叫、跳著舞。有人抓住他的手臂，想要把一只溢滿泡沫的木頭杯子塞到他手裡。他拒絕了，輕輕地，但堅定地把某個腋下抱著酒桶、正往四周潑灑啤酒的男人推到旁邊去。他不想喝酒。

不想在這樣的一個夜晚喝酒。

不遠處有一個用樺樹樹幹做成的木棚，比巨大的營火還高。上面站著一個有頭金髮的五月國王，他頭上頂著花圈，身上穿著一條粗布褲子。他正在親吻有頭紅髮的五月王后，他的手抱著她沁著汗水的薄長衫下的乳房。國王喝得醉醺醺的，在台上晃來晃去，他抱著王后的背以保持平衡，手裡還握著一杯啤酒。王后也不太清醒，頭上的花圈都蓋到了眼睛，她抱著國王的脖子，兩腳不停晃來晃去。群眾在木棚下跳舞、唱歌、尖叫，晃著手中綁滿了一串串綠葉和花的棍子。

「五朔節！」一個身材不高的年輕女孩在傑洛特的耳邊吼。她扯住他的袖子，強迫他和圍繞在他身邊的人群一起轉圈。她跳到他身邊來，她的裙子在空中旋轉，她沾滿了花的頭髮也在空中飛舞。他讓她拉著自己轉圈，他旋轉著，靈巧地閃開其他跳舞的伴侶。

「五朔節！五月之夜！」

他們身邊有著激烈的拉扯，尖叫和緊張的笑聲。又有一個女孩被男孩抬到黑暗中，抬到光亮之外。女孩假裝掙扎、反抗。拉著手的人們吼叫著，像一條長蛇一樣擠入發光的火堆之間，有人絆了一跤，跌倒了，放開了手，讓長長的隊伍分了開來。

女孩透過裝飾在她額頭上的葉子看著傑洛特，向他走近，猛地擠到他身上來，用手臂環抱住他，喘著氣。他粗魯地抱住了她——雖然他原先不打算這麼粗魯——從抱著她的背的手掌上，他透過纖薄的亞麻感覺到她濕潤的身體。她抬起頭。她的眼睛是閉著的，她的牙齒在她微張、歪曲的上唇底下閃著光。她聞起來有汗、菖蒲和煙霧的氣味，還有渴望的氣味。

爲什麼不呢，他想，用手掌摸著她的連身裙和背部，享受著手指上那濕潤、散發著熱氣的溫暖。女孩不是他喜歡的那型——她太嬌小、太圓潤了——他的手感覺到某處，女孩太緊的連身裙腰身嵌到了肉裡去，把她的背分成兩個明顯、圓滾滾的塊狀。他不應該有這種想法和感受的。爲什麼不呢，他想，畢竟在這樣的晚上……這沒有什麼意義。

五朔節……在地平線延燒的火。五朔節，五月之夜。

離他們最近的火堆發出轟的一聲，吞噬著人們投入其中的那乾燥、有許多樹枝的松樹，一道金色的明亮光芒噴出，淹沒了周圍所有的事物。女孩睜開雙眼往上看，看到了他的臉。他聽到她發出一聲驚呼，感覺到她的身體緊繃了起來，她的手則猛力地壓住他的胸膛。他立刻放開了她。她遲疑了一下。她的手臂微微伸直，把身體往後仰，約有一個手臂的長度，不過她並沒有把腰從他的大腿上移開。她低下頭，然後移開了她的手，往後退去，看向旁邊。

他們動也不動地站了一會兒，直到那群跳舞的人們又回到他們身邊，搖搖晃晃地把他們分開。女孩很快地轉身逃走，笨拙地想要加入人群。她轉過頭來看，只看了一次。

五朔節……

我在這裡做什麼？

黑暗中有一點星光閃過，引起了他的注意。獵魔士脖子上的徽章顫動了一下。傑洛特反射性地讓瞳孔放大，毫不費力地就看穿了眼前的黑暗。

那女人不是村姑。村姑不會穿黑色的天鵝絨大衣，被男人抬進或拉進樹林裡時她們會大叫、咯咯笑，揮動手腳，還會像從水裡釣上來的鱒魚一樣緊繃著身子。她們不會讓人覺得，是她把那個有頭金髮、衣衫不整的高個子男孩帶進黑暗中的。

村姑不會在脖子上戴著用天鵝絨做的項圈，上面還嵌著用黑曜石做成的星星，旁邊鑲著鑽石。

「葉妮芙。」

她蒼白的三角臉上那一對發著光的紫羅蘭色眼睛突然睜大了。

「傑洛特……」

她放開那個漂亮男孩的手，他的胸膛上沾滿了汗珠，看起來就像銅板一樣閃閃發亮。男孩晃了晃身子，翻倒在地，他跪在地上，轉頭看著四周，眨了眨眼。他慢慢站起來，用困惑、尷尬的眼神看著他們，然後搖搖晃晃地往營火的方向走去。女巫甚至沒有看他一眼。她仔細打量著獵魔士，而她的手緊緊捏住大衣的衣角。

「我很高興再次看到妳。」他輕鬆地說。他馬上就感覺到他們之間的氣氛緊繃凝結了起來。

「當然。」她微微一笑。他覺得她的微笑中有一絲勉強，但並不是很確定。「眞是很令人愉快的巧遇，我不反對。你在這裡做什麼，傑洛特？啊……對不起，原諒我的笨拙。當然，你和我是爲了同樣的目的來的，畢竟這是五朔節。只是你在，嗯，我這麼說好了，在最火熱的那一幕逮到我了。」

「我打擾到妳了。」

「我無所謂。」她大笑。「夜還很長，如果我想要，我可以迷倒第二個。」

「可惜我沒辦法做到這點。」他說，十分吃力地裝出一副不在乎的樣子。「剛好有一個在光線中看到了我的眼睛，然後就逃走了。」

「在接近清晨的時候，」她說，她臉上的微笑越來越假。「當他們已經瘋得不能再瘋的時候，他們就不會注意到這個細節了。你還可以找到另一個的，你看著……」

「葉……」接下來的話語哽在他喉頭。他們彼此注視了很長、很長一段時間，紅色火光在他們臉上跳動。葉妮芙突然嘆了口氣，低垂著眼睛。

「傑洛特，不。我們別開始……」

「這是五朔節。」他打斷她。「妳忘了嗎？」

她慢慢地靠近，把手掌放在他的手臂上，小心地把身子靠在他身上，用額頭碰觸他的胸膛。他撫摸她那頭鬈曲，像蛇一樣蜿蜒的烏黑頭髮。

「相信我，」她抬起頭，低聲說：「我想都不會多想，如果我們只是要……但是這沒有意義。所有的一切又會重新開始，然後就像上次一樣結束。這沒有意義，如果我們……」

「每件事都要有意義嗎？這是五朔節。」

「五朔節。」她別過頭。「那又怎樣？某件事把我們吸引到這些火堆前，這些歡樂的人們面前。我們本來想要跳舞、好好瘋一瘋，喝得醺醺然，然後利用一下這裡一年一度習俗的自由——那和自然循環的節慶息息相關。好了，我們在這裡突然地巧遇了，在……從那之後過了多久……一年？」

「一年兩個月又十八天。」

「真令人感動，你是故意的嗎？」

「故意的。葉……」

「傑洛特。」她打斷他，突然從他身上移開，把頭仰起來。「我們把話說清楚，我不想要。」

他點了點頭，表示這句話他再明白也不過了。

葉妮芙把大衣猛地披到肩膀上。大衣底下她穿著一件很薄的白色襯衫，一條黑色裙子，上頭繫著用銀環做成的腰帶。

「我不想要。」她重複。「我不想要重新開始。而傑洛特，要和你做那件事的想法……那件我本來要跟那個金髮男孩做的事……用同樣的規則……這個想法讓我感到不舒服。對你我來說都是一種污辱，你明白嗎？」

他再次點頭。她從低垂的睫毛底下看他。

「你不走嗎？」

「不。」

她沉默了一會兒，不安地聳了聳肩。

「你生氣了？」

「不。」

「那就過來，我們找個地方坐一坐，離那噪音遠一點，我們聊一聊，因爲我很高興看到你。眞的。我們一起坐一會兒。好吧？」

「好的，葉。」

他們遠離人群，走入黑暗中，走到靠近黑色森林的石南草原上，避開那些交纏在一起的愛侶。爲了找到只屬於自己的地方，他們得走得遠遠的。他們找到了一座小山坡，那裡長了一株刺柏，就像絲柏一樣修長。

女巫解開大衣的領針，拍了拍大衣，將之攤在地上。他在她身邊坐下。他很想抱住她，但因爲倔強而沒有這麼做。葉妮芙把解得很開的襯衫調整了一下，眼神銳利地看著他，嘆了口氣然後抱住他。他可以料到這點。爲了讀出他的心思，她得花費力氣，但她靠本能就可以感覺出他的目的。

他們一語不發。

「唉，可惡。」她突然說，把身子抽開。她抬起手，大聲唸出咒語。他們頭頂出現了一顆紅綠相間的球，高高地往上飛去，然後在空中炸開，碎成了五顏六色、像羽毛一樣的花。火堆那裡傳來人們的笑聲和歡樂的尖叫。

「五朔節。」她苦澀地說：「五月之夜……週期又要開始了。就讓他們玩吧……如果可以的話……」

附近還有別的巫師。在遠處，三道橘紅色光芒射到天空中，而在另一個方向，在森林旁邊，則爆發出像間歇泉一樣、七彩且旋轉飛舞的流星群。火堆旁的人們發出一聲聲驚歎，大聲喊叫著。傑洛特緊繃著身體，撫摸著葉妮芙的鬈髮，嗅著她身上散發的接骨木和鵝莓的味道。如果我太渴望她，他想，她會感覺得出來，然後她就會生氣。她會開始防衛，豎起她的刺，把我推開。那我就平靜地問她，她最近怎麼樣……

「我最近沒怎麼樣。」她說，她的聲音中有某種東西在顫抖。「沒有，沒有什麼值得一提的事。」

「不要對我這麼做，葉。不要讀我的心思，這讓我很尷尬。」

「對不起，自然反應。那你呢？傑洛特，有什麼新鮮事嗎？」

「沒有，沒有什麼值得一提的事。」

他們沉默了下來。

「五朔節！」她突然咆哮，他感覺到她貼在自己胸前的肩膀僵硬、緊繃了起來。「他們在玩樂，在慶祝這古老的自然重生週期。而我們呢？我們在這裡做什麼？我們這些註定要消逝、滅亡、被遺忘的殘留物？自然會重生，週期會重複，但我們不會，傑洛特，我們沒辦法重複。我們被剝奪了這個可能。我們被賜予了這樣的天分，可以利用自然創造出不可思議的事物，有時甚至可以違反自然。但是同時我們也被剝奪了那在自然之中最簡單、最自然的一部分。我們活得比他們長，那又怎麼樣？我們的冬天之後不會有春天，我們不會重生，那些會結束的事，將和我們一起結束。但不管是你或我，我們都被這些火堆吸引過來，雖然我們的存在只是對節慶帶有褻瀆意味的邪惡嘲諷。」

他沉默著。他不喜歡她陷入這樣的情緒，他太了解原因了。又來了，他想，這件事又開始折磨她了。曾經有過這樣一段時間，他以為她已經忘了這件事，並且像別人一樣接受了它。他抱住她，擁著她，像哄孩子一樣輕輕地搖晃著她。她讓他這麼做，他不驚訝。他知道，她需要這個安撫。

「你知道，傑洛特，」她突然說，已經平靜了下來。「我最缺乏的就是你的沉默。」

他用嘴唇碰觸她的頭髮和耳朵。我渴望妳，葉，他想。我渴望妳，妳知道。妳知道這點，葉。

「我知道……」她小聲說。

「葉……」

她再次嘆息。

「只有今天。」她說，用睜大的眼睛看著他。「只有今夜，這個馬上就要消逝的夜晚，就讓它成為我們的五朔節。清晨我們就要分離了。拜託，不要期望更多，我不能，我沒辦法……原諒我。如果我污辱了你，吻我一下然後離開。」

「如果我吻妳，我是不會離開的。」

「我也是這麼期望。」

她低下頭。他用嘴碰觸她微張的唇，很小心。先是上唇，然後是下唇。他把手指埋進她的鬈髮中，摸她的耳朵、她的鑽石耳環、她的脖子。葉妮芙回吻了他，一邊依偎到他懷裡，用她靈巧的手指把他外套上的釦帶解開。

她仰天倒在大衣上，大衣下面是柔軟的青苔。他把嘴湊向她的乳房，他感覺到她的乳頭硬挺了起來，在薄薄的襯衫下清晰可見。她不安地呼吸著。

「葉……」

「什麼都別說……拜託……」

他觸摸她赤裸、光滑、冰涼、讓手指和手心起觸電感覺的皮膚。一陣寒顫流過他的背脊，流過戳在背上的她的指甲。火堆那裡傳來尖叫、歌聲、口哨聲和傳得遠遠的、一團團帶著火星的紅紫色煙霧。愛撫和觸摸。她的。他的。冷顫。還有迫不及待。她細長的雙腿環繞住他的腰，在上面摩擦，像是釦帶一樣緊緊扣住他。

五朔節！

被撕碎成一聲聲嘆息的呼吸。眼皮底下的光亮，接骨木和鵝莓的味道。五月的王后與國王？褻瀆的嘲諷？遺忘？

五朔節！五月之夜！

呻吟。她的？他的？覆在眼睛和嘴唇上的黑色鬈髮。交纏的手指，猛烈顫抖的手。尖叫。她的？黑色的睫毛。濕潤。呻吟。他的？

寂靜。在寂靜中的永恆。

五朔節……在地平線燃燒的火……

「葉？」

「喔，傑洛特……」

「葉，妳在哭？」

「不！」

「葉……」

「我答應自己……我答應……」

「什麼都別說，沒必要。妳不冷嗎？」

「我冷。」

「現在呢？」

「比較暖了。」

天空以令人害怕的速度亮了，那片黑濛濛的森林現在呈現出清楚的輪廓，有稜有角的樹梢從一片沒有形體的黑暗中浮現了出來。在那片森林之後，一片預示清晨即將到來的藍色爬了出來，沿著地平線蔓延開來，把星星的光芒熄滅了。空氣裡沁著一陣更深的涼意。他更用力地抱緊了她，用大衣裹住她。

「傑洛特？」

「嗯？」

「天要亮了。」

「我知道。」

「我傷害到你了嗎？」

「有一點。」

「要重新開始了嗎？」

「從來不曾結束。」

「拜託……你讓我覺得……」

「什麼都不要說，一切都很好。」

石南草原上、接近地面之處飄散著煙霧的味道，接骨木和鵝莓的味道。

「傑洛特？」

「是的？」

「你記得我們在紅隼山相遇的那一次嗎？還有那頭金龍……他叫什麼名字？」

「三隻寒鴉。我記得。」

「他對我們說……」

「我記得，葉。」

她吻了他的脖子和鎖骨交界的地方，然後把頭埋到那裡，用頭髮搔他的癢。

「我們是爲彼此而被創造出來的。」她低語：「也許是爲彼此而註定的？但這畢竟不會有什麼結果。眞可惜，當清晨到來的時候，我們就要分離。沒有別的選擇。我們一定得分開，爲了不要彼此傷害。我們，這命中註定的一對，爲彼此而被創造出來的一對。眞可惜。那個——或者那些——把我們創造出來的人，應該要留點神，處理好比那更多的東西才對。光是命運是不夠的，這太少了。還要有比那更多的東西。原諒我。我必須告訴你這件事。」

「我知道。」

「我知道的，我們做愛一點意義都沒有。」

「妳錯了，有意義，不管怎麼樣。」

「去琴特拉吧，傑洛特。」

「什麼？」

「去琴特拉。去那裡，這一次不要再放棄。不要再做那個……你上次在那裡做的事……」

「妳怎麼知道？」

「我知道你的所有事。你忘了嗎？去琴特拉，以最快的速度到那裡去。邪惡的時代就要來了，非常邪惡。你一定要趕上……」

「葉……」

「什麼都不要說，拜託。」

很涼。越來越涼。天也越來越亮了。

「還不要走，我們等到清晨……」

「好的。」

IV

「不要動，先生。我得給您換繃帶，因爲傷口沒有癒合，而您的腿腫得很厲害。眾神啊，看起來真可怕……一定要趕快找到醫生……」

「去他的醫生。」獵魔士嘶聲說：「把我的小箱子拿過來，尤爾加。喔，就是這個小瓶子，直接把它倒到傷口上。喔，該死!!沒關係，沒關係，再倒……喔喔!好了。把傷口包得厚厚的，然後把我蓋起來……」

「先生，整條腿都在腫啊，您還發燒了……」

「去他的發燒。尤爾加？」

「是的，先生？」

「我忘了謝你。」

「要道謝的人不是您，而是我啊，先生。是您救了我的命，您是爲了保護我才會受傷的。而我呢？我做了什麼？我只是把一個受傷、不省人事的人包紮起來，帶到馬車上，不讓他就這樣死去。這算什麼呢？這是很平常的事啊，獵魔士先生……」

「不是那麼平常，尤爾加。人們會在這種情況……把我丟下……像狗一樣……」

商人低下頭，沉默了一陣。

「嗯，沒辦法，我們生活在一個可怕的世界。」他終於低聲說：「但我們不能因爲這樣就變得卑鄙。我們需要善良，我爸爸是這樣教我的，我也是這樣教我的兒子們。」

獵魔士沉默著，看著掛在頭頂上的樹枝在馬車的行進中往後移動。他的大腿規律地脈動著。他感覺不到疼痛。

「我們在哪裡？」

「我們已經從淺灘過了特拉瓦河，現在我們在酸漿森林裡。這兒已經不是特馬利亞，而是索登。在我們通過國界的時候，那些關稅官上馬車亂翻亂搞時，您正熟睡著。不過我告訴您啊，他們看到您的時候覺得非常奇怪呢。但是那些人的頭子認識您，他馬上就下令讓我們通過。」

「他認識我？」

「啊，這是當然的。他叫您傑洛特。他是這樣說的——利維亞的傑洛特。這是您的名號嗎？」

「是我的……」

「謝謝你，尤爾加。」

「那個稅官答應找人去放出訊息，說我們需要醫生。我還塞了點錢在他手裡，免得他忘記。」

「不，獵魔士先生，我已經說過了，要道謝的人是我。而且不只這樣，我還欠您什麼。我們說好……您怎麼了，先生？您覺得虛弱嗎？」

「尤爾加……綠色封印的小瓶子……」

「先生……您又會……您之前在夢中喊得那麼厲害……」

「一定要，尤爾加……」

「好吧。等等，我馬上把它倒到小碗裡……眾神啊，一定要找醫生來，要趕快，不然的話……」

獵魔士轉過頭，他聽到小孩的尖叫。他們在環繞城堡花園，已經乾涸的內護城河那兒玩耍，大概有十個人。那些小鬼發出刺耳的噪音，他們用尖細、興奮、高得走音的聲音向彼此尖叫。他們在護城河底到處跑來跑去，看起來就像一群快速游泳的小魚，飛快、而且無法預期地改變方向，但總是聚集在一塊。就像平常一樣，在這群尖叫著、像是稻草人一樣瘦的年長男孩身後，跟著一個氣喘吁吁的幼小男孩，壓根兒都追不上他們。

「小孩還眞多。」獵魔士注意到。

米須維爾不情願地笑了，拂著鬍鬚，聳了聳肩。

「嗯，是很多。」

「他們之中哪一個……這些男孩中的哪一個是那個有名的驚奇？」

德魯伊移開目光。

「傑洛特，我不可以……」

「是因爲卡蘭特？」

「當然。你應該不會以爲她會如此輕易地就把那個孩子給你吧？畢竟你也認識她，她是個鐵娘子。我告訴你一件我不該告訴你的事吧，我希望你會明白。我同時也寄望，你不會在她面前出賣我。」

「說吧。」

「當那個孩子六年前出生的時候，卡蘭特把我叫過去，命令我去找你，然後把你殺掉。」

「你拒絕了她。」

「卡蘭特是無法拒絕的。」米須維爾直視他的眼睛，嚴肅地說：「我本來已經準備要上路了，這時候她把我叫了回來，收回了命令，沒有多說一句話。當你和她說話的時候，小心點。」

「我會小心。米須維爾，告訴我，杜尼和芭維塔到底發生了什麼事？」

「他們從斯格利加坐船要到琴特拉，遇上了暴風雨，船甚至沒有留下一塊碎片。傑洛特……那孩子那時候沒有和他們在一起，是非常匪夷所思的事，沒辦法解釋。他們本來要帶她上船的，但在最後一秒鐘沒把她帶上去，沒有人知道原因是什麼，芭維塔從來不會丟下……」

「卡蘭特承受得了這件事？」

「你覺得呢？」

「我懂了。」

男孩們像一群哥布林發出尖叫，猛地向上跑去，飛快跑過他們身邊。傑洛特注意到，在那群身影閃爍不定的小孩前方不遠處，有一個女孩正在跑著，她和那些男孩一樣瘦，一樣在哇哇亂叫，不過她綁著一條色澤明亮的麻花辮。那群孩子發出狂野的尖叫，再次沿著護城河的陡坡往下衝去——至少有一半的人是用屁股滑下去的，包括那個女孩在內。那個年紀最小的孩子一直沒辦法追上，他跌倒在地，翻了幾翻，在底下開始壓著疼痛的膝蓋大聲哭泣。其他男孩圍住他，哈哈大笑地嘲弄他，然後又往前跑去了。

女孩跪在小男孩身邊，抱住了他，幫他擦掉眼淚。小男孩的嘴扭曲著，他嘴上的灰泥被擦得散了開來。

「我們走吧，傑洛特。女王在等了。」

「我們走，米須維爾。」

卡蘭特坐在有靠背的長椅上，長椅用鍊子綁在一棵巨大菩提樹的樹幹上。她看起來像是在打盹，但並非如此。她的腳不停地動著，不時讓鞦韆前後擺動，還有三個年輕的女人和她在一起。一個坐在鞦韆旁的草地上，她白色的連身裙散在草地上，看起來就像是一大塊雪。另外兩個也在不遠的地方，像鳥一樣吱吱喳喳，小心地撥開覆盆子樹叢的樹枝。

「女王。」米須維爾彎下腰。

女王抬起頭。傑洛特跪了下去。

「獵魔士。」她冷冷地說。

就像以前一樣，她戴著祖母綠的首飾，和她綠色的禮服及眼瞳顏色很相配。就像以前一樣，她的灰髮上戴著細細的金冠。但他記憶中那白皙、窄小的手，現在沒那麼窄了，她變胖了。

「我向妳致意，琴特拉的卡蘭特。」

「你好，利維亞的傑洛特，我正在等你。米須維爾，好朋友，把女士們帶到城堡。」

「遵命，女王。」

「六年，」卡蘭特說，她臉上沒有半點微笑。「你眞是準時得恐怖啊，獵魔士。」

他沒有說話。

「有時候——我在說什麼——這幾年，我有著這樣的幻覺，我以爲你會忘記這件事。或者，會有其他的理由讓你不能來這兒。不，我並沒有希望你會遭遇不幸，但我也必須考慮到你所從事的職業並不是很安全。人們說，死亡跟在你身後亦步亦趨，利維亞的傑洛特，而你從來都不回頭去看。然後……當芭維塔……你已經知道了嗎？」

「我知道。」傑洛特低下頭。「我對妳的不幸感同身受……」

「不。」她打斷他。「這已經是很久以前的事了。如你所見，我沒有在服喪，我已經服得夠久了。芭維塔和杜尼……他們是命運註定的一對，一直到最後。看到他們如此，怎能不相信命運的力量呢？」

他們都沉默了。卡蘭特動了動腳，再次讓鞦韆開始擺動。

「所以現在，獵魔士在約定的六年後回來了。」她慢慢地說，怪異的微笑在她臉上綻開。「他回來了，並且要求兌現承諾。你覺得怎樣？傑洛特，也許一百年後那些說故事的人會這樣傳頌我們的會面。我想，他們會的。只是他們一定會爲這個故事加油添醋一番，讓它變得溫馨感人，撩撥人們的感情。是的，他們就是會這一套，我可以想像，請聽著吧。所以那個可怕的獵魔士就說了：『兌現妳的承諾，女王，不然可怕的災禍就會降臨到妳身上！』而淚眼汪汪的女王會在獵魔士面前跪下，大叫：『行行好吧！不要把那個孩子從我身邊帶走！我只剩下他了！』」

「卡蘭特……」

「不要打斷我。」她厲聲說：「我正在說故事，你沒注意到嗎？繼續聽下去。邪惡、可怕的獵魔士跺了跺腳，揮了揮手然後大叫：『小心，妳這個不守信用的女人，小心命運的復仇。如果妳不遵守妳的誓言，妳是逃不過懲罰的。』然後女王就說了：『好吧，獵魔士，我們就照命運想要的去做。喔，你看那邊，那裡有十個孩子在玩耍。你要是認出哪一個是你命運中註定的孩子，你就把他當成是自己的孩子一樣帶走，然後留下心碎的我。』」

獵魔士沉默著。

「在故事中，」卡蘭特的微笑看起來越來越邪惡了。「女王——我是這樣想像的——讓獵魔士猜了三次。但我們現在已經不在故事中了，傑洛特。我們是眞實地存在在這裡，你和我、我們的問題，還有我們的命運。這不是故事，這是人生。噁心、可怕、沉重的人生，充滿了失誤、傷害、遺憾和不幸，不管是獵魔士還是女王，都沒辦法逃過它。這也就是爲什麼，利維亞的傑洛特，你只有一次機會。」

獵魔士依然沉默著。

「一次，只有一次。」卡蘭特重複道。「但是，就像我說的，這不是故事，而是人生，我們必須自己給它一些愉快的瞬間，因爲我們無法仰賴命運和它的微笑。所以，不管你最後是猜中了還是沒有猜中，你不會空著手離開這裡。你可以帶走一個孩子，那個被你選中的孩子，你可以把他訓練成獵魔士——當然，如果他能通過野草的試煉。」

獵魔士猛地抬起頭。女王微笑了。他熟悉這樣的微笑，可怕而且不懷好意，充滿輕蔑，因爲它毫不掩飾它的虛假。

「你感到很驚訝。」她明白地指出獵魔士的驚訝。「嗯，我做了一番研究，因爲芭維塔的孩子有可能成爲獵魔士，所以我就費了這個工夫。我的消息來源卻沒有告訴我，十個孩子裡有幾個能夠通過野草的試煉。你想要滿足我對這件事的好奇心嗎？」

「女王，」傑洛特咳嗽了一聲，說：「妳花了這麼大一番工夫來研究這件事，所以妳一定知道，行規和誓言甚至不允許我說出它的名字，更別說和人討論了。」

卡蘭特猛地停下鞦韆，把高跟鞋的鞋跟插入地面。

「十個之中的三個，最多四個。」她說，一邊點著頭，假裝在沉思。「很嚴格的篩選，非常嚴格，而且是在每一個階段。先是『選擇』，然後是『試煉』，然後是『改變』。最後有幾個青少年會得到徽章和銀劍？十個之中的一個？還是二十個之中的一個？」

獵魔士沉默著。

「這件事我想了很久。」卡蘭特繼續說，她臉上已經沒有了笑容。「我作出了這樣的結論：在『選擇』的階段對那些孩子進行篩選是沒有什麼意義的，這孩子會死，或是會被塞在他身體裡的毒品弄瘋。這孩子是誰，傑洛特，又有什麼差別呢？誰的腦會被夢囈撕裂，誰的眼球無法成爲貓的眼睛，而會爆裂、擠出來，這有什麼差別？那個死在自己的血泊中或嘔吐物裡的孩子是被命運選中的，還是完全巧合才變成那樣，這有什麼差別？回答我。」

獵魔士雙手交纏，放到胸前，好控制住它們的顫抖。

「爲什麼？」他問：「妳在期待回答嗎？」

「確實，我沒有期待回答。」女王再次微笑了。「就像平常一樣，你作結論的能力很精確。誰知道，也許我雖然沒有期待你的回答，卻想仁慈地花一點注意力聽聽你自願、誠實的話語。誰知道，也許你想要把那些話語連同那擠壓你靈魂的東西一起吐出來？但如果不是那樣，那也沒辦法。好啦，我們開始行動吧，因爲我們得給說故事的人提供素材。我們去選孩子吧，獵魔士。」

「卡蘭特，」他看著她的眼睛說：「沒有必要在意那些說故事的人。就算妳不提供他們素材，他們也會自己編造。當他們有了眞實的素材，他們就會扭曲它。就像妳正確無誤地注意到的一樣，這不是故事，是人生，噁心又可怕的人生。但是，該死又天殺的，我們還活得不錯又體面，我們把我們對別人所做的傷害降到最低。在故事中，當然，女王必須乞求獵魔士，而獵魔士則要求自己想要的東西，還跺著腳。在人生中，女王可以直接說：『不要帶走那個孩子，拜託。』而獵魔士回答：『既然妳這麼拜託，我就不帶他走。』然後他會往夕陽西下的方向離去。典型的人生。但這樣的結局不會讓說故事的人從聽眾那兒得到一分錢，最多得到屁股上的一腳，因爲這很無聊。」

卡蘭特不再微笑，她眼中閃著某種他曾經看過的東西。

「你說什麼？」她嘶聲說。

「我們不要兜圈子了，卡蘭特。妳知道我在想什麼，就像我來到這裡一樣，現在我也會以同樣的方式離開。我要選孩子？我要他做什麼？妳以爲他對我有這麼重要嗎？妳以爲我來到這裡，來到琴特拉，就是爲了一股偏執，要奪走妳的孫子？不，卡蘭特。也許我想要看看那個孩子，看著命運的眼睛……因爲我自己也不知道……但是不要怕。我不會帶他走，只要妳開口拜託……」

卡蘭特從鞦韆凳上猛地站起來，她的眼中閃著綠色火光。

「拜託？」她憤怒地斷聲說：「你？害怕？我要害怕你這個受詛咒的巫師？你竟敢把你那輕蔑的同情扔到我臉上？你要用你的同情污辱我？你要控訴我膽小，懷疑我的意志？我看你是把我的親切當縱容了！給我小心點！」

獵魔士決定不要聳肩，他作了結論，跪下低著頭是比較安全的。他做對了。

「嗯。」卡蘭特斷聲說，高高地站在他面前。她的手向下垂著，戴滿了戒指的手掌緊緊握拳。「嗯，終於。這是個正確的姿勢，如果女王問你問題，你就該用這樣的姿態來回答。如果這不是問題，而是命令，你就要把你的頭垂得更低，然後毫不遲疑地去執行。你明白了嗎？」

「是的，女王。」

「太好了，起來。」

他站起身來。她看了他一眼，咬了咬唇。

「我發怒這件事很讓你受傷嗎？我說的是形式，不是內容。」

「不太會。」

「很好，我會試著不要發怒。所以，就像我說的，護城河那裡有十個小孩在玩耍。去挑一個你覺得最合適的吧，把他帶走，然後看在眾神份上，把他訓練成獵魔士，因爲命運希望如此。如果這不是命運，那我告訴你，是我希望如此。」

他看了一眼她的眼睛，深深彎下身子。

「女王，」他說：「六年前我向妳證明了，有比女王的意志還強大的事物。看在眾神份上，如果這樣的事物存在，我就再向妳證明一次。妳無法強迫我作出我不想做的選擇。我爲這句話的形式向妳道歉，而不是爲內容。」

「我在城堡底下有很深的地牢。我警告你，你再說一個字，再過一下，你就要在那裡頭腐爛了。」

「在護城河那裡玩耍的孩子們，沒有一個可以成爲獵魔士。」他慢慢地說：「而且他們之中沒有芭維塔的兒子。」

卡蘭特瞇起眼睛，甚至沒有抖一下。

「過來。」她終於說，轉過身。

他跟著她走過一排一排開著花的灌木，走過花床和樹籬。女王走進一座雕空的涼亭。有一張用孔雀石做的桌子，桌子周圍有四把用柳條編成的大椅子。那有著像是血管紋理的桌面是由四隻獅鷲支撐的，桌上則擺著酒瓶和兩只銀製大酒杯。

「坐下，倒酒吧。」

她像個男人一樣明快、堅定地伸出手，向他敬酒。他也以同樣的方式回敬她，沒有坐下。

「坐下。」她重複。「我想要聊聊。」

「我在聽。」

「你怎麼知道，那群在護城河玩耍的孩子裡沒有芭維塔的兒子？」

「我不知道。」傑洛特決定誠實以對。「我只是隨便猜的。」

「啊哈，我早該知道的。那他們沒有一個可以成爲獵魔士這件事，是眞的嗎？還有你怎麼能夠如此斷定？靠魔法來檢驗的嗎？」

「卡蘭特。」他輕聲說：「我不需要判斷，也不需要檢驗。妳之前所說的話千眞萬確，每一個孩子都有資格成爲獵魔士。至於他會不會變成獵魔士，就是靠之後的篩選來決定了。」

「看在海上眾神的份上啊，就像我那永遠都不在家的丈夫常說的！」她大笑。「所以這一切都不是眞的了？這整個驚奇的法則？那些關於孩子的傳說，那些人們沒有預期會擁有的孩子，那些回家後第一個遇到的東西？就像我懷疑的一樣！這是遊戲！與意外相關的遊戲，與命運相關的遊戲！但這是個危險得不得了的遊戲啊，傑洛特。」

「我知道。」

「這是玩弄某人傷口的遊戲。告訴我，爲什麼要讓父母或監護人發下那麼困難又沉重的誓言？爲什麼要奪走他們的孩子？畢竟四周有這麼多孩子，根本不需要把他們從任何人身旁奪走。路上有一大群沒有家的孩子和孤兒在漫無目的地遊蕩。每個農村都可以用很便宜的價錢買到孩子，在缺乏農作物的時期每個農民都很樂意賣掉自己的孩子，因爲這對他來說沒什麼大不了的，過沒多久他又可以再生一個。所以爲什麼？爲什麼你強迫杜尼、芭維塔和我立下這個誓言？爲什麼你在孩子出生的六年後來到這裡？還有爲什麼，該死，你不想要他，爲什麼你說他對你一點用都沒有？」

他沉默著。卡蘭特點了點頭。

「你不回答。」她說，一邊傾著身子，靠在椅子的扶手上。「讓我們來想想你爲什麼沉默，邏輯是所有知識之母。她會告訴我們什麼？我們在這裡有著什麼狀況？一個獵魔士，在奇怪又可疑的驚奇法則中尋找隱藏其中的命運。他找到了那個命運，但他又突然放棄了它。他不想要，正如他所說的，那個驚奇的孩子。他的臉看起來像石頭一樣，而他的聲音聽起來像冰塊、像金屬。他以爲，女王——不管怎樣她還是個女人——是可以被他欺瞞的，被他那強硬的男子氣概騙過去。不，傑洛特，我不會放過你。我知道你爲什麼不想選那個孩子。你放棄他，是因爲你不相信命運，因爲你不確定。而你，當你不確定的時候……你就開始害怕。是的，傑洛特，那指使你的東西就是恐懼。你害怕。反駁我吧。」

他慢慢地把酒杯放在桌上。他慢慢地放，爲的是不讓銀杯碰到孔雀石桌面的聲響洩露他的手在顫抖——他無法控制那顫抖。

「你不反駁嗎？」

「不。」

她很快地把身子傾過來，用力地抓住了他的手。

「你得到了我的尊敬。」她說，並且微微一笑，那是個好看的微笑。不由自主地，那一定是她不由自主所露出來的。他也報以一笑。

「妳是怎麼想到的？卡蘭特？」

「我沒有想到。」她沒有放開他的手。「我只是隨便猜的。」

他們同時大笑。然後他們沉默地坐著，坐在群樹中和稠李的香味中，在溫暖的空氣和蜜蜂的嗡嗡聲中。

「傑洛特？」

「是的，卡蘭特？」

「你不相信命運嗎？」

「我不知道我是否相信任何事。至於命運……我怕，只有它是不夠的，還需要比那更多的東西。」

「我必須問你一件事。那你呢？畢竟，你自己也似乎是驚奇之子。米須維爾說……」

「不，卡蘭特。米須維爾想的完全是另外一回事。米須維爾……他大概知道，但是他用了這個方便的神話，因爲這對他而言比較容易。不，這不是眞的。我不是那個在家裡被找到、不預期會擁有的孩子。我不是因爲這個原因才成爲獵魔士，我只是個平凡的棄兒，卡蘭特。某個女人不想要的雜種。雖然我不記得她，但我知道她是誰。」

女王以銳利的眼光看著他，但獵魔士沒有說下去。

「所有那些關於驚奇法則的故事都只是傳說而已嗎？」

「沒錯，妳很難把意外稱之爲命運。」

「但是你們，獵魔士，卻沒有停止尋找？」

「沒有，但這一點意義也沒有，什麼事都沒有意義。」

「你們相信，命運之子會安全地通過試煉？」

「我們相信，這樣的孩子不需要試煉。」

「再一個問題，傑洛特。很私人的問題，你允許嗎？」

他點了點頭。

「我們知道，要傳達遺傳的特質，沒有比自然的途徑更好的方法了。你通過了試煉，你也活了下來。如果擁有一個具有特殊性質和免疫力的孩子對你這麼重要……你爲什麼不找一個女人，她可以……我太直接了，是不是？但是我似乎猜中了？」

「一如往常。」他憂鬱地微笑了。「妳所作的結論總是如此精確，卡蘭特，妳猜中了。妳剛才所說的，對我來說是無法辦到的。」

「請原諒我。」她說，微笑從她臉上消失了。「嗯，這是人性。」

「這不是人性。」

「啊哈……所以沒有一個獵魔士……」

「沒錯。野草的試煉，卡蘭特，是件可怕的事。而之後在『改變』的過程中對男孩們做的事，則比那更恐怖，而且那是無法復元的。」

「不要博取別人的同情，」她低聲說：「因爲這不太適合你。他們曾經對你做了什麼並不重要。我看到的是結果。以我的品味看來，這結果很令人滿意。如果我可以這麼假定，芭維塔的孩子有一天也會變成像你這樣，我一刻都不會遲疑。」

「風險太大了。」他很快地說：「是的，就像妳說的一樣。十個之中最多只有四個能活下來。」

「見鬼的，只有野草的試煉才算是危險嗎？只有未來的獵魔士才要冒險嗎？生命充滿了風險，生命中也有篩選，傑洛特。可怕的意外、疾病、戰爭篩選著我們，反抗命運和服從命運是一樣的冒險。傑洛特……我想把這個孩子給你，但……我也害怕。」

「我不會帶走那個孩子，我沒辦法負起這個責任，我沒辦法同意讓它成爲妳的重擔。我不希望，將來有一天當這個孩子想起妳時……會有和我同樣的感覺……」

「你恨那個女人嗎，傑洛特？」

「我母親？不，卡蘭特。我猜，她在選擇面前……也許她沒有選擇？不，她有的，畢竟妳知道，只要有合適的咒語或魔法藥水……選擇。這是個必須尊重的選擇，因爲這是每個女人擁有的神聖又不可質疑的權力。情感在這裡沒有任何意義。她有著不可質疑、作決定的權力，她也作出了決定。但是我想，當我遇到她的時候，那時她臉上會出現的表情……會給我一種變態的快感，如果妳知道我在說什麼。」

「我非常了解你在說什麼。」她微微一笑。「但你嘗到這樣的快樂的機會很小。我沒辦法判斷你的年紀，獵魔士，但是我推測，你的實際年齡比你看起來的要老得多。那麼這個女人……」

「這個女人，」他冷冷地說：「現在看起來一定比我年輕得多。」

「女巫？」

「對。」

「眞有趣，我以爲女巫不能……」

「她一定也是這麼想的。」

「一定是。但你是對的，我們不要討論女人作決定的權利了，因爲這是不需要討論的。我們回到我們的問題身上吧。你不帶走那個孩子嗎？你不會反悔？」

「我不會反悔。」

「那如果……如果命運不只是神話？如果它眞的存在，會不會有這樣的顧慮，它會向我們復仇？」

「如果它要復仇的話，也是向我復仇。」他平靜地回答：「是我反抗它的。妳畢竟做了妳該做的事。所以如果命運不是傳說，那麼在那一群妳命令他們去玩耍的孩童之中，我就必須選出那個合適的。畢竟芭維塔的孩子是在那一群孩童之中？」

「是的。」卡蘭特慢慢地點頭。「你要看看他嗎？你要直視命運的眼睛嗎？」

「不，我不想。我放棄，我不要，我放棄那個男孩。我不要直視命運的眼睛，因爲我並不相信它。在命運之外，還需要比那更多的東西。我嘲笑這樣的命運，我不會像個盲人一樣任由它牽著我的手往前，我沒有這麼愚蠢和天眞。這是我不會反悔的決定，琴特拉的卡蘭特。」

女王站起身來，她微笑了。傑洛特沒辦法參透，她那微笑底下藏著什麼。

「那就這樣做吧，利維亞的傑洛特。也許你的命運就是放棄和逃避？我想，它從以前到現在就是這個樣子。你得知道，如果你選了那個正確的，你就會看到，你所嘲笑的命運其實會狠狠地嘲笑你。」

他看著她深綠色的眼睛。她微笑了，他無法看透她的微笑。

涼亭旁邊長著一株玫瑰。他折斷花莖，摘下一朵玫瑰，跪了下來，低垂著頭，用雙手把花獻給她。

「可惜，我沒有早一點認識你，白頭髮的。」她低聲說，接過他手上的玫瑰。「起來吧。」

他站起身。

「如果你改變了心意，」她說，把玫瑰貼到臉前。「如果你決定……就回到琴特拉，我會等著你，還有你的命運也會等著你。也許不是永遠，但毫無疑問還會等一段時間。」

「再見，卡蘭特。」

「再見，獵魔士。自己小心，我有……剛才我有一種預感……奇怪的預感……這會是我最後一次見到你。」

「再見，女王。」

Ⅴ

他醒了過來，驚訝地發現大腿上那惱人的疼痛不見了，還有，那鼓動著、使皮膚緊繃的腫塊也一起消失了。他想要伸出手去碰，但他的身體一動也不能動。在他意識到那使他動彈不得的只是皮革的重量之前，一股令人發冷的恐懼流進了他的腹部，像雀鷹的爪子一樣緊緊攫住他的內臟。他重複地抓緊又放鬆手指，一邊在腦海中不停對自己說：不，不，我沒有……癱瘓。

「你醒了。」

肯定的語氣，不是問句。那是一個輕柔但清晰的聲音，是個女人，一定很年輕。他轉過頭，呻吟了一聲，想要坐起來。

「不要動，至少動作不要這麼激烈。會痛嗎？」

「ㄅ……」黏住嘴唇的渣裂開了。「不。傷口不……是背……」

「褥瘡。」沒有感情、冰冷的斷定，與她柔軟的女低音不相配。「我會把它治好。來，喝吧。慢慢地，小口喝。」

那液體中有明顯的刺柏味道與氣味。老方法，他想。刺柏或是薄荷，不管加哪種都沒有差別，兩者的作用只是遮掩住眞正原料的味道。即使如此，他還是認出了西特那切茨菇，也許是謝吉各朗。對，一定是謝吉各朗，它能夠中和毒素，清滌被壞疽或感染所污染的血液。

「喝吧，把它喝完。慢一點，不然你會嗆到的。」

他脖子上的徽章開始輕輕地震動，所以這個液體中也有魔法。他吃力地讓瞳孔放大。現在當她把他的頭抬起來時，他可以仔細地看清楚她。她的個子很嬌小，身上穿著男人的衣服。她的臉也很小，在黑暗中看起來很蒼白。

「我們在哪裡？」

「在做焦油的人的草地。」

確實，空氣裡有樹脂的味道。他聽到從火堆那裡傳來人聲。有人剛好往火堆裡丟了一把柴，火發出劈啪的聲音，往上竄升。他再一次利用火光瞧了瞧她，她的頭髮用一條蛇皮做的髮帶綁著。頭髮……

他感到喉頭和胸骨有一陣令人窒息的痛，他用力地用雙手壓住胸口。

她的頭髮是紅色的，像火光一樣明亮的紅色。在火堆的光芒照耀下，她的頭髮看起來紅得像硃砂。

「痛嗎？」她察覺了他的感受，但解讀得不是很正確。「馬上好……等一下……」

他突然感到從她手掌上傳來的一陣溫暖，在他背部蔓延，一直往下，直到臀部。

「我們要把你翻過來。」她說：「不要自己動，你很虛弱。喂，有沒有人能來幫我一下？」

火堆那裡傳來腳步聲、影子和剪影。有人彎下身來，是尤爾加。

「您覺得怎樣，先生？好一點了嗎？」

「幫我把他翻過來，讓他趴著。」女人說：「小心，慢點。喔，對……好了。謝謝。」

他已經不必再看她。俯臥著，就不會看到她的眼睛。他平靜了下來，控制住顫抖的手。她有可能會感覺得到。他聽到她袋子的釦環發出金屬的聲響，還有小瓶子和小瓷罐互相敲擊發出的清脆聲音。他聽到她的呼吸，感覺到她大腿的溫暖。她在他身旁跪下。

「我的傷，」他無法再忍受他們之間的寂靜，開口說：「很難處理嗎？」

「有一點。」她的聲音聽起來沒有一點溫度。「牙齒咬成的傷就是如此，這是最可怕的一種傷口。但對你來說應該不是什麼新鮮事，獵魔士。」

她知道。她在搜索我的思想，在讀它嗎？大概不是。而我知道為什麼。她在害怕。

「對，這應該不是頭一遭。」她重複，又開始移動著玻璃的瓶瓶罐罐。「我在你身上看到了其他的傷痕……但是我應付過來了。你也看見了，我是個女巫。而且是個治療師，這是我的專長。」

確實，他想。他沒有說話。

「回到你的傷口——」她平靜地繼續說：「有件事你必須知道，你能夠活下來，要感謝的是你那比平常人慢四倍的脈搏。如果不是這樣，你早就死了，我可以這麼肯定地說。我看到了你腳上包的東西。它本來是要充作繃帶的，但不是很成功。」

他沉默著。

「之後，」她繼續說，把他的襯衫拉起來，一直拉到脖子。「感染就開始了，這在牙齒造成的傷口中是很平常的事。不過感染止住了，是用獵魔士的魔法藥水吧？它的幫助很大。我不明白的是，你爲什麼同時也使用了會產生幻覺的藥，我聽到你說了一大堆夢囈，利維亞的傑洛特。」

她在讀我的心思，他想，所以她還是在讀我的心思。或者是尤爾加告訴她我叫什麼名字的？也許是我在「黑鷗」的影響下，自己在夢中說出來的？鬼才知道……但是我叫什麼名字，不會給她任何線索。什麼都不會。她不知道我是誰，她根本不知道我是誰。

他感覺到她用冰冷、令人舒適、帶著強烈樟腦氣味的膏藥輕柔地擦拭他的背。她的手又小又柔。

「請原諒，我用傳統的方式治療。」她說：「我本來可以用魔法把你的褥瘡消除掉的，但我在你的腳傷上多花了一點力氣，現在我人並不是很舒服。我把你腳上可以接合、可以黏結的地方都接了起來，也黏好了。但這兩天不要下床。即使是用魔法接起來的血管，也很有可能破裂，到時候你會有很可怕的瘀點。疤痕當然是會留下來的，你的收藏又多了一項。」

「謝謝……」他把臉貼近皮革，好讓他的聲音變得模糊，以掩飾其中的不自然。「我能不能知道……我要謝的人是誰？」

她不會告訴我的，他想。或者她會說謊。

「我叫維瑟娜。」

我知道，他想。

「我很高興。」他慢慢地說，還是讓臉頰貼著皮革。「我很高興，我們的道路交會了，維瑟娜。」

「沒什麼，一場巧合。」她冷冷地說，把他背上的襯衫拉下來，然後用羊毛大衣蓋住他。「我從駐守國界的關稅官員那裡得知有人需要我。如果有人需要我，那我就會上路，這是我的怪癖。聽著，我把藥膏留給那個商人，你讓他早晚替你擦拭。他說，你救了他的命，那現在就讓他來感謝你。」

「那我呢？我要怎麼感謝妳，維瑟娜？」

「我們別提這個，我不收獵魔士的錢。如果你想的話，就稱之爲團結吧，職業上的團結。還有同情。看在這同情的份上，就讓我這個治療師給你一個友善的建議，或者，如果你想的話，可以把它當成是忠告。不要再用迷幻藥了，迷幻藥不會治療任何傷口。什麼都不會。」

「謝謝，維瑟娜。謝謝妳的幫助和建議，我爲……所有的一切謝謝妳。」

他把手從皮革下伸出來，按住了她的膝蓋。她抖了一下，然後把他的手放到自己的手中，輕輕地壓著。他小心地把手指掙脫出來，用手指摸著她的手和上臂。

當然。年輕女孩平滑的皮膚。她抖得更厲害了，但沒有把手抽開。他讓手指回到她的掌中，握住了她的手。

他脖子上的徽章開始顫動。

「謝謝，維瑟娜。」他重複，努力克制聲音中的顫抖。「我很高興，我們的道路交會了。」

「巧合……」她說，但是這一次她的聲音中沒有冰冷。

「也許是命運？」他問。他驚訝地發現，激動和緊張突然從他身上消失了，沒有留下一絲痕跡。

「妳相信命運嗎，維瑟娜？」

「是的。」她沒有立刻回答。「我相信。」

「妳相信，」他繼續說：「那些被命運聯繫在一起的人總是會相遇嗎？」

「也包括這……你做什麼？不要翻身……」

「我想要看著妳的臉……維瑟娜，我想要看著妳的眼睛，而妳……妳必須也看著我的眼睛。」

她做了一個好像是要猛然站起來的動作，但她還是留在他身邊。他慢慢地翻身，嘴唇因爲痛苦而扭曲。火光更亮了一點，有人又丟了一些木柴到火堆裡。

她已經不再動了。只是把頭偏過去，露出了側面，但這使得她嘴唇的顫抖看起來更明顯。她用力地用手指壓著他的手掌。

他看著。

沒有任何共同點。她有張完全不一樣的側臉，鼻子很小，下巴也很窄。她沉默著。然後突然彎下身，直視他的眼睛，很近地看著。一語不發。

「妳覺得怎樣？」他平靜地問：「我那被改造過的眼睛？那麼的……不平凡。維瑟娜，妳知道爲了改造獵魔士的眼睛，他們會做些什麼嗎？妳知不知道，成功的機率並不高？」

「別說了。」她柔聲說：「別說了，傑洛特。」

「傑洛特……」他感覺到好像有某種東西在他體內撕裂。「這名字是維瑟米爾給我的，利維亞的傑洛特！我甚至還學會了模仿利維亞的口音。大概是我心裡需要擁有一個故鄉，即使只是虛構出來的。維瑟米爾……給了我這個名字，維瑟米爾也向我透露了妳的名字，雖然他不太情願。」

「安靜，傑洛特，安靜。」

「妳今天告訴我，妳相信命運。那麼那時候……那時候妳相信嗎？啊，是的，妳一定相信。妳一定相信命運會使我們相見，因爲妳自己根本不會努力要讓我們相會。」

她沉默著。

「我一直想要……我揣想了很多次，當我們終於見面的時候，我要對妳說什麼。我想著自己要問妳的問題，我以爲，它會給我一種變態的快感……」

那在她臉頰上閃動的東西，是淚。毫無疑問。他感覺到自己的喉頭緊得都疼了起來，他感到很累，很想睡，很虛弱。

「在白天的光線中……」他呻吟：「明天，在陽光中，我要看妳的眼睛，維瑟娜……然後我要問妳我的問題。也許我不會問，因爲已經太遲了。命運？喔，是的，葉是對的。只是命中註定是不夠的。還要有比那更多的東西……但是明天我會看妳的眼睛……在陽光中……」

「不。」她以輕柔、像天鵝絨一樣的聲音說。那聲音挖掘、搖晃著一層層的記憶，那已經不復存在的記憶。那記憶從來都不曾存在——但是它畢竟曾經存在。

「是的！」他抗議。「是的。我想要這麼做……」

「不，現在你要睡了。當你醒來的時候，你就不會想要這麼做了。我們要在陽光底下看彼此做什麼？這會帶來什麼改變？它已經不能挽回任何事，或者改變任何事了。問我問題有什麼意義，傑洛特？

我無法回答這個問題的這件事，真的會給你變態的快感嗎？彼此傷害能帶給我們什麼？不，我們不會在白天的光線中看到彼此。再見，傑洛特。我只告訴你這件事，給你這個名字的人根本不是維瑟米爾。雖然這也不會改變或挽回任何事，但我希望你知道這一點。保重，自己小心，還有不要試著找我……」

「維瑟娜……」

「不，傑洛特，現在你要睡了。而我……我是你的夢。保重。」

「不！維瑟娜！」

「睡吧。」那天鵝絨的聲音中有一種安靜的命令，瓦解人的意志，像撕裂布料一樣撕開它。一股溫暖突然從她掌中流出。

「睡吧。」

他睡著了。

VI

「我們已經在扎澤徹了嗎，尤爾加？」

「昨天就到了，傑洛特先生。我們馬上就會到亞魯加河，再過去就是我的家鄉了。你看，連馬都跑得比較快了，頭也抬了起來。牠們知道家已經不遠了。」

「家……你住在城裡嗎？」

「就在城外。」

「眞有意思。」獵魔士四下張望。「幾乎看不到戰爭留下的痕跡，人們說，這個國家被破壞得很慘。」

「是啊。」尤爾加說：「之前我們這裡什麼都缺，但廢墟可不少。您看仔細點，每棟小房屋，每間農舍都是新的、白色的木板。而在河的那一邊，您看，那裡的情況就比較糟了，那裡所有的東西都被燒光了……但沒辦法，戰爭就是戰爭，人總是要活下去的。當黑色的軍團從我們的土地呼嘯而過的時候，我們經歷了一場最大的風暴。沒錯，那時候看起來，好像他們會把這裡的一切都變成沙漠。許多那時候從這裡逃走的人，後來都沒再回來，但新的居民來到這裡，取代了他們的位置。人總是要活下去的。」

「這是事實。」傑洛特低聲說：「人總是要活下去的，不管以前發生了什麼事，人總是要活下去……」

「您說的一點都沒錯。好啦，拿去，穿上吧。我把您的褲子縫好了，縫上了補丁，它會像新的一樣。就像這塊土地一樣，傑洛特先生。它被戰爭撕裂，像是被耙上的鐵犛過，撕成碎片，流了不少血。但現在它會像新的一樣，而且會生長得更好。甚至那些在這塊土地上死去的人，他們的血也沒有白流，他們會使土地變得更肥沃。現在犁田是很困難的，因爲田裡到處都是白骨和鐵，但就算是鐵，土地也會有辦法對付的。」

「你們不怕，尼夫加爾德人……黑色的軍團會回來嗎？他們已經找到從山那頭過來的路……」

「嗯，我們是很怕啊。但那又怎樣？我們要呆呆坐著，大哭、發抖嗎？人總是要活下去的。未來會發生什麼事，就讓它發生。命中註定會發生的事，畢竟是躲也躲不掉的。」

「你相信命運嗎？」

「我怎麼能不相信？在我們於橋上相遇之後，在您於那片荒野中救了我的命之後？喔，獵魔士先生，您看著好了，我的卓特莉特卡會跪在您腳邊……」

「別提了。老實說，我欠你的還比較多呢。在橋上的那件事……畢竟是我的工作，尤爾加，我的職業。畢竟我是爲了錢保護人類，而不是因爲我有一副好心腸。承認吧，尤爾加，你聽過人們是怎麼說獵魔士的吧？人們說，他們不知道哪一個比較糟，是獵魔士，還是被他們殺死的怪物……」

「這不是眞的，先生，我不知道您爲什麼這麼講。我是怎麼著，沒長眼睛來著？您和那個治療師，你們是同一種人……」

「維瑟娜……」

「她沒告訴我們她叫什麼名字，但她馬上就跟著我們來了，因爲她知道有人需要她。她在晚上的時候趕上了我們，她剛從馬背上跳下來，就立刻開始動手治療您。喔，先生，她在您的腿上花了好大的力氣啊，連空氣都因爲魔法而震動，我們都怕得逃到了森林裡。在那之後，她的鼻子裡流出了血。看來，施魔法是件很不容易的事。喔，她帶著那麼擔憂的表情幫您包紮，眞的，好像……」

「好像母親一樣？」傑洛特咬著牙問。

「是啊。您說的沒錯。當您睡著了以後……」

「是的，尤爾加？」

「她連站都站不穩了，臉白得像紙一樣。但她卻走了過來，問我們有沒有人需要幫助。她替一個做焦油的人治好了他被樹幹壓傷的手，沒有取一毛錢，而且還留下了藥。不，傑洛特先生，我知道，人們總是說著各種關於獵魔士和巫師的傳聞，但在我們這兒不同。我們這些從高索登和扎澤徹來的人，我們知道得比他們清楚。我們欠巫師的太多了，多到沒辦法不知道他們到底是什麼樣的人。在我們這裡，關於巫師們的記憶不是在流言和傳聞中，而是被刻在石頭上。當我們從這片小林子裡走出去的時候，您自己會看到的。再說，您自己應該更清楚。關於這場戰役的事可是傳遍了全世界呢，而它發生的時間還不到一年，您一定聽說過的。」

「我不在這裡。」獵魔士低聲說：「我不在這裡已經一年了。我在北方，但我聽說過……索登的第二場戰役……」

「沒錯。您可以一起看到山坡和那塊石頭，以前我們給那座山丘取的是個平凡的名字，叫傘菇丘，但現在大家都叫它巫師丘或者十四人丘。因爲一共有二十二個人在那山丘上，二十二個巫師參加了那場戰役，而十四個人倒下了。那眞是一場可怕的戰役啊，傑洛特先生。地面被掀了起來，火從天空中落下，就像雨一樣，閃電不停閃爍……屍體堆得像小山一樣。但巫師們打敗了黑色軍團，他們破除了帶領這些黑色軍團的力量。而十四個人在這場戰役中犧牲了，十四個人獻出了他們的生命……嗯，先生？您怎麼了？」

「沒什麼。繼續說，尤爾加。」

「那眞是一場可怕的戰役啊，如果不是那些在山丘上的巫師，誰知道，也許我們今天就不會在這裡一邊走在回家的路上，一邊聊天了。因爲家不會存在，我也不存在，也許您也不存在……是的，這都要感謝那些巫師。他們之中死了十四個人，他們是爲了保護我們這些索登和扎澤徹的人而死的。哈，當然，其他人也在戰鬥，武士和貴族，還有農民。只要是能戰鬥的人，都拿起了乾草叉和斧頭，或者只拿棍子……每個人都變得勇敢了起來，在這些人之間也有好多人犧牲。然而巫師……對於士兵來說，戰死並不是什麼困難的事，因爲這畢竟是他的職業，而人生本來就很短。然而，巫師畢竟可以想活多久就可以活多久，而他們沒有遲疑。」

「他們沒有遲疑。」獵魔士重複，用手擦了擦額頭。「他們沒有遲疑。而我在北方……」

「您怎麼了，先生？」

「沒事。」

「是的……現在，我們這附近的人都會帶花放到山坡上去，而五月的時候，五朔節期間，總是會在那裡燒營火。這把火會一直燒下去，直到永恆，那十四個巫師會永遠活在人們的記憶中。這樣在記憶中的存活畢竟是……它是……比生命還多的東西！比那還多，傑洛特先生！」

「你說的對，尤爾加。」

「我們這裡的每一個孩子都知道那十四個巫師的名字，那些名字被刻在石頭上，而石頭就在山坡的頂端。您不相信嗎？那就聽好了：被稱爲拉比的艾克瑟、特瑞絲・梅莉戈德、阿特蘭・科爾克、布魯格的凡涅利、沃羅的大戈伯特……」

「別說了，尤爾加。」

「您怎麼了，先生？您蒼白得就像死人一樣！」

「沒什麼。」

VII

他慢慢地、小心翼翼地走到山下，聆聽著那被魔法治好的腿的肌肉和肌腱所發出的聲音。雖然傷口看起來是完全好了，他還是護著他的腿，不敢把全身所有的力量都放到它上面。天氣很熱，而草的氣味不斷衝擊著他的頭，讓他感到暈眩，但那是一種令人愉快的暈眩。

石碑並不是矗立在平坦山坡頂的正中央，而是在更深處，在那一圈有稜有角的環狀列石之外。如果他落日時分的前一刻來到這裡，石碑的影子就會映到環狀列石上，精確地標示出它的直徑，並且指出在戰役發生時那些巫師的臉是朝向哪個方向。傑洛特看著這個方向，看著那一片無邊無際、起伏不斷的坡地。如果那裡還有陣亡者的骨骸——毫無疑問，一定是有的——它們也被茂盛的野草蓋住了。一隻蒼鷹張開寬大的翅膀，在空中平靜地盤旋，在那一片凝結於熱浪中的風景中，牠是唯一在移動的點。

石碑的底部很寬——至少要四、五個人合抱，才能把它環抱住。無庸置疑，沒有魔法的幫助，是無法把這麼大的石頭拉到山坡上來的。石碑面對著環狀列石的那一面被磨得很光滑，上面刻著盧恩字母。

那是戰死的十四個巫師的名字。

他慢慢走近。確實，尤爾加說的沒錯。石碑下方放著許多花——普通的、田野裡的花——罌粟、羽扇豆、錦葵和勿忘我。

十四個人的名字。

他慢慢地從上方開始讀，同時在他面前浮現出那些他認識的人的臉。

有頭栗色頭髮的特瑞絲．梅莉戈德。她總是很開朗，可以爲任何一件小事咯咯笑，看起來像個少女。他喜歡她，而她也喜歡他。

姆利維爾的拉伍德堡。獵魔士和他差一點就在維吉馬打了起來——當他逮到對方在賭局中用微妙的念力擺布骰子。

莉塔．涅德，又叫作珊瑚，這個綽號是來自於她所用的口紅。莉塔曾經在波洛漢國王的面前說他壞話，搞得他在地牢裡頭待了一星期。當他們把他放出來時，他去找她問她爲什麼這麼做。他不知道那是什麼時候發生的，但他上了她的床，然後在那裡度過了第二個星期。

老格拉茲德。他曾經想要付獵魔士一百馬克，好讓他檢查他的眼睛。他還願意出一千來爲他做解剖——「不一定要今天。」他那時是這麼說的。

剩下三個名字。

他聽到身後有一陣沙沙聲，轉過身去。

那個女人光著腳，穿著一件樸素的亞麻連身裙。她有頭金色長髮，隨意披在肩膀和背上，頭上戴著一頂用雛菊做的花冠。

「妳好。」他說。

她抬起冰冷、湛藍的眼睛望著他，沒有回答。

他注意到她的皮膚沒有被晒黑。這很奇怪，因爲現在，在夏末，所有農村的女孩都有著被太陽晒成褐色的皮膚。她的臉和裸露的手臂散發著淡淡的金色。

「妳帶花來嗎？」

她微微一笑，垂下睫毛。他感到一陣涼意。她一語不發地走過他身邊，在石碑旁跪了下來，用手掌摸著石頭。

「我從來不帶花給任何人。」她抬起頭說。「這些躺在這裡的花，都是給我的。」

他看著她。她跪著的方式剛好擋住他的視線，不讓他看到那刻在石碑上的最後一個名字。她看起來很明亮，在黑色的石頭之前，她看起來像光一樣明亮，亮得很不自然。

「妳是誰？」他慢慢地問。

她笑了笑，從她身上沁出一股涼意。

「你不知道嗎？」

我知道，他想，看著她那對冰冷的藍色眼睛。對，看來，我是知道的。

他很平靜。他沒辦法有別的感覺，已經沒辦法了。

「我總是很好奇妳長什麼樣子，女士。」

「你不用這樣稱呼我。」她輕聲說：「我們畢竟認識了這麼多年。」

「我們認識。」他同意。「他們說，妳總是在我身後亦步亦趨。」

「是的，而你從來都不回頭看，直到今天。今天是你第一次回頭看。」

他沉默著。他沒有什麼好說的，他感到很疲倦。

「接下來……接下來會發生什麼事？」他終於問，冰冷地，沒有感情地。

「我會牽起你的手。」她直視著他的眼睛說：「我會牽著你的手，帶你走過草地，走入又濕又冷的霧中。」

「然後呢？霧的另一頭有什麼？」

「什麼都沒有。」她微笑了。「另一頭什麼都沒有。」

「妳亦步亦趨地跟在我身後。」他說：「而妳抓住了其他人，那些和我在路上擦身而過的人。爲什麼？妳的目的是讓我變成獨自一人，是不是？好讓我終於開始害怕？我就告訴妳眞相吧。我一直都害怕著妳，一直。我不往後看，是因爲恐懼，是因爲膽小，我害怕看到妳就跟在我身後。我總是害怕著，我的人生在恐懼中度過。我一直害怕著……直到今天。」

「直到今天？」

「是的。直到今天。我們現在面對面站著，而我並不感到恐懼。妳奪走了我的一切。妳甚至奪走了我的恐懼。」

「那爲什麼你的眼中充滿了恐懼，利維亞的傑洛特？你的雙手顫抖、臉色蒼白。爲什麼？你那麼害怕這最後的第十四個名字，這個刻在石碑上的名字嗎？如果你想要的話，那我就告訴你那個名字。」

「妳不用這麼做，我知道那個名字是什麼。圓圈要封閉了，蛇咬住了自己的尾巴。必須如此。妳和那個名字。還有花。給她的，也是給妳的。第十四個被刻在石頭上的名字，那個我在白天和黑夜都在唸的名字，在冰天雪地中，在酷熱中，在雨中。不，我現在不怕唸出那個名字。」

「那就把它唸出來。」

「葉妮芙……凡格爾堡的葉妮芙。」

「而花是給我的。」

「我們讓它結束吧。」他吃力地說：「牽起……牽起我的手。」

她站起來，走近他身邊，他感覺到從她身上散發出來的寒意，銳利且冰冷刺骨。

「不是今天。」她說：「有一天會的，但不是今天。」

「妳奪走了我的一切……」

「不。」她打斷他。「我什麼都沒奪走。我只是牽起人們的手，為了不讓任何人在那時候獨自一人。孤獨地在霧中……再會了，利維亞的傑洛特，有一天會再相見的。」

他沒有回答。她轉過身，慢慢地離去。在那團突然包圍住山丘頂端的霧氣中。所有的事物都在那團白色、潮濕的霧氣中消失、融化——石碑、在那底下的花和刻在上面的十四個名字。什麼都沒有，只有霧和腳下那潮濕、閃著水珠光澤的草地，聞起來令人暈眩，有一種沉重的甜香味，讓人覺得太陽穴疼痛，讓人忘了一切，讓人疲累……

「傑洛特先生！您怎麼了？您睡著了嗎？我告訴過您了，您還很虛弱。您這麼辛苦跑到山丘頂做什麼？」

「我睡著了。」他用手掌擦了擦臉，眨了眨眼睛。「我睡著了，我靠……沒什麼，尤爾加，天氣太熱了……」

「對啊，見鬼的眞熱……我們得上路了，先生。過來，我扶您走下坡。」

「我沒事……」

「沒事，沒事。我眞好奇，您爲什麼晃得這麼厲害。您幹嘛在這麼熱的鬼天氣跑到那山坡上？您想讀他們的名字嗎？我可以把它們都告訴您呀。您怎麼了？」

「沒事……尤爾加……你眞的記得所有的名字嗎？」

「當然。」

「讓我來考考你的記性怎麼樣……最後一個名字，第十四個名字。那個名字是什麼？」

「您還眞是個愛懷疑的人，您什麼都不相信。您想看看我有沒有說謊嗎？我告訴過您了，這些名字我們這裡每個小孩都知道。您說，最後一個名字？嗯，最後一個名字是卡列拉斯的又爾．格列森，也許您認識他？」

傑洛特用手腕揉了揉眼皮，然後他看了一眼石碑，看了所有的名字。

「不。」他說：「我不認識。」

VIII

「傑洛特先生？」

「是的，尤爾加？」

商人低下頭，沉默了一陣，把他用來修理獵魔士馬鞍的細皮繩纏繞在手指上。最後他終於抬起了頭，輕輕地用拳頭拍了拍駕馬車僕人的背。

「坐到空著的馬上去，波克維特。我來駕車，而您，傑洛特先生，坐在我身後。波克維特，你在那裡繞著馬車打轉幹什麼？遠一點，到前面去！我們有話要說，我們不需要你在這裡伸長耳朵！」

小魚兒在馬車後頭慢慢走著，發出嘶鳴，猛力地拉扯著繩子，嫉妒地看著波克維特的母馬快速地跑在前面的幹道上。

尤爾加吹了一聲口哨，輕輕地用皮鞭打了打馬。

「嗯。」他慢慢地說：「事情是這樣的，先生。我答應您……在橋上的那個時候……我對您許了一個承諾……」

「不必。」獵魔士很快地打斷他。「沒必要，尤爾加。」

「有必要的。」商人銳利地說：「我的話可不是煙霧。那個我在家裡找到、沒有預料到會擁有的東西，就是您的。」

「別說了，我不想要從你身上得到任何東西，我們扯平了。」

「不，先生。如果我在家裡找到什麼東西，那就是命運。如果和命運開玩笑，如果想要欺騙命運的話，那時候命運就會給我們嚴厲的懲罰。」

我知道，獵魔士想。我知道。

「但是……傑洛特先生……」

「什麼事，尤爾加？」

「我在家裡不會找到任何我預期之外的東西，什麼都不會找到，更不會是您原先所期望的那個東西。獵魔士先生，您聽好了：卓特莉特卡，我的女人，生完上一個孩子後就沒辦法再生產了。我們家別的什麼都不缺，但孩子是不會再有了。我看，您是找錯人了。」

傑洛特沒有回答。

尤爾加也沉默了。小魚兒再次噴了口鼻息，把頭昂了起來。

「但是我有兩個兒子。」尤爾加突然很快地說，看著前方的幹道。「兩個健康、強壯，而且也還挺聰明的兒子。我總要送他們去學個什麼一技之長啊。我想，他們其中一個會和我學怎麼做生意。那另一個……」

傑洛特沉默不語。

「您怎麼說？」尤爾加轉過頭，看著他問。「您在橋上要求我許下承諾。畢竟您要的不是別的，而是個能夠被訓練成獵魔士的孩子。爲什麼那個孩子是要在意料之外的？意料之中的不可以嗎？我有兩個兒子，就讓其中一個學習如何當個獵魔士。它只是一項職業。不比別的職業差，不比別的職業好。」

「你確定，」傑洛特悄聲說：「不比別的職業差嗎？」

尤爾加眨了眨眼。

「保護人類，拯救他們的生命，依您看，是善良還是邪惡？或者是像那山丘上的十四個人？像您在那座橋上做的一樣？您做的事，是善良還是邪惡？」

「我不知道。」傑洛特吃力地說：「我不知道，尤爾加。有時候我覺得我知道，有時候我感到懷疑。你希望你的兒子有這樣的懷疑嗎？」

「就讓他有吧。」商人嚴肅地說：「就讓他有吧，這種事又人性，又好。」

「什麼？」

「懷疑。傑洛特先生，只有邪惡永遠不會有懷疑，而自己的命運是沒有人逃得過的。」

獵魔士沒有回答。

幹道轉了個彎，來到一片陡峭的石壁下，那裡長著傾斜的樺樹，以不可思議的方式長在垂直的峭壁上。樺樹長著黃色葉子。秋天，傑洛特想，又是秋天了。下方有一條波光粼粼的河，河畔置有守衛的柵欄，很新，顏色是白色的。那裡還可以看到幾間小屋和一個小港口。輪軸發出嘎吱嘎吱的聲響。渡船靠在岸邊，在前方激起一堆水花，它用呈鈍角的船頭分開河水，把水面上漂浮在一層厚厚灰塵上、動也不動的稻草和葉片推到一邊。渡船夫拉著繩索，發出吱吱聲。聚集在岸邊的群眾開始鼓譟，這噪音中包含：女人的尖叫、男人的詛咒、小孩的哭泣、牛的吼叫、馬的嘶鳴、羊的咩咩叫——整齊劃一、低沉、恐懼的音樂。

「滾開！滾開，往後退，你們這些狗娘養的！」一個騎著馬的人大叫，他頭上綁著一塊染血的破布。馬站在河裡，河水一直淹到了牠的腹部，牠猛烈地晃動著，把前腳高高地抬了起來，水花往四面噴灑。港口傳來尖叫、吼聲——盾牌兵殘忍地推擠著群眾，用槍的握柄猛力地往他們身上戳。

「離渡船遠一點！」馬上的騎士大叫，晃著手中的劍。「只有軍隊才能上來！滾開，不然我就砍下你們的頭！」

傑洛特拉住韁繩，讓正在峽谷邊緣亂動的馬停了下來。

一群重裝武士騎著馬從峽谷中奔馳而過，他們身上的盔甲和武器發出鏗鏘聲，他們身後揚起一大片灰塵，遮住了跑在後頭的盾牌兵。

「傑——洛——特！」

他往下看。在一輛被推到旁邊、被遺棄的馬車上，在一堆木籠之間，有一個身材削瘦的男人正在跳動，揮舞著雙手。他穿著櫻桃色長衫，頭上戴著有白鷺羽毛的帽子。籠子裡關著雞和鵝，正在啪啪地拍著翅膀，嘎嘎尖叫。

「傑——洛——特！是我！」

「亞斯克爾！過來這裡！」

「滾開，從渡船旁邊滾開！」那個頭上纏了綳帶的騎士大喊。「渡船是給軍隊用的！你們想要到對岸去，你們這些狗尾巴，就拿斧頭到樹林裡去，去造木筏！渡船是軍隊才能上去的！」

「眾神啊，傑洛特。」詩人沿著峽谷的坡地爬上來，喘著大氣說。他那櫻桃色長衫上沾滿了鳥羽，看起來就像白雪。「你看到這裡發生什麼事了？那些索登人一定是輸了戰役，現在要開始撤退了。這哪是撤退？這是逃亡，根本就是混亂的逃亡！我們必須離開這裡，傑洛特。要到亞魯加河的另一邊……」

「你在這裡做什麼，亞斯克爾？你怎麼會來到這裡的？」

「我在做什麼？」吟遊詩人大叫：「你還問？我就像所有人一樣在逃跑，我一整天都在這馬車上顛來顛去！一個狗娘養的傢伙在晚上偷了我的馬！傑洛特，我求你，帶我離開這個地獄！誰要是不通過亞魯加河，逃離他們，就會被刀砍死。被刀砍死，你明白嗎？」

「不要慌張，亞斯克爾。」

下面的港口，馬兒發出嘶鳴，被硬推著上了船，在木板上咚咚地踏著馬蹄。尖叫。混亂。一輛載滿了東西的馬車掉進水裡，發出嘩啦的一聲。閹牛發出吼叫，把頭伸出水面。傑洛特看到從馬車上掉出來的包袱和箱子在河流裡翻轉，碰撞著船的側邊，往旁邊流去。尖叫。咒罵。峽谷中煙塵漫天，並且夾雜著慌亂的腳步聲。

「一個一個來！」頭上纏著繃帶的人大叫，向群眾策馬而去。「懂不懂什麼是規矩啊，你們這群狗娘養的！一個一個來！」

「傑洛特，」亞斯克爾呻吟，抓住馬鐙。「你看到那邊發生的事了嗎？我們一輩子都上不了那渡船了。士兵們會用它渡河，能載多少人就載多少人，然後他們會把船燒掉，好防止尼夫加爾德人使用它。他們通常就是這麼做的，不是嗎？」

「沒錯。」獵魔士點點頭。「通常就是這麼做的。但我不明白的是，人們為什麼這麼慌張？這難道是第一場戰爭，以前都沒有打過仗嗎？就像平常一樣，國王們的軍隊會殺個你死我活，然後國王們把事情談攏，簽個盟約，然後雙方都會爲此喝個昏天黑地。對於那些現在在港口把自己肋骨擠斷的人來說，根本不會有什麼改變。既然如此，爲什麼要鬧得那麼凶？」

亞斯克爾仔細地看著他，沒有放下手中的馬鐙。

「你聽到的消息八成有問題，傑洛特。」他說：「不然就是你沒辦法理解它們的意思。這不是一般關於王位繼承的戰爭，也不是關於一小塊土地。這不是兩個領主之間的戰爭，農民沒辦法站在旁邊觀看，還不停下手中的鐮刀。」

「那麼這是什麼？就請你開示我吧，因爲我眞的一點都不了解。告訴你好了，其實這件事我也不是很感興趣，但還是請你向我解釋一下。」

「從來沒有過一場像這樣的戰爭。」吟遊詩人嚴肅地說：「尼夫加爾德的軍隊所到之處都會留下燒焦的土地和屍體，堆積如山的屍體；這是一場毀滅的戰爭，毀滅一切的戰爭。尼夫加爾德要和所有人開戰，殘酷無比……」

「沒有一場戰爭是不殘酷的，現在沒有，以前也沒有。」獵魔士打斷他。「你太誇張了，亞斯克爾。就像這艘渡船一樣：一般就是這麼做的，這就是戰爭的傳統。從以前到現在都是如此，那橫掃全國的軍隊會殺人、搶劫、放火、強暴婦女，順序不一定。從以前到現在，在戰爭的時候男人會和女人一起躲在森林，帶著一些手邊的東西和錢財，當這一切結束時，他們會回來……」

「在這場戰爭中不會，傑洛特。這場戰爭結束後，他們回來時不會有任何人或任何東西迎接他們。尼夫加爾德人攻打後留下燒焦的廢墟，軍隊成群結隊地來，把所有的東西都奪走。絞首台和立木柱在幹道上綿延了好幾哩，而黑煙則燒得和地平線一樣長。你說，從以前到現在這世上都沒有過這樣的事？你現在就遇上了。對，從以前到現在的世界。我們的世界。因爲看起來，尼夫加爾德人從山後面過來，就是要終結我們的世界。」

「這沒有意義。毀滅這個世界對任何人來說有什麼好處？人們進行戰爭不是爲了毀滅。戰爭只會有兩個理由，一個是權力，另一個是金錢。」

「不要說大道理，傑洛特！你沒辦法用大道理改變這裡所發生的一切！爲什麼你不肯聽？爲什麼你看不到？爲什麼你不想了解？相信我，亞魯加河不會擋下尼夫加爾德人。當冬天來到，河水結冰的時候，他們會繼續往前走。我告訴你，要盡量逃，一直逃到北方，也許他們不會到那裡去。但即使他們不到那裡，我們的世界也再不會像以前一樣了。傑洛特，不要把我留在這裡！我一個人沒辦法！不要丟下我！」

「你大概瘋了，亞斯克爾。」獵魔士從馬鞍上彎下身來。「你大概是害怕得瘋了，才以爲我會丟下你。把手伸過來，上馬吧。你在這裡沒什麼好找的，反正你也擠不上渡船。我帶你到河的上游，我們在那裡找條小船或是木筏。」

「尼夫加爾德人會追上我們的。他們已經在附近了。你看到這些馬了嗎？看得出來牠們是直接從戰場上過來的。我們到下游去，到和伊那河的交界。」

「少烏鴉嘴了。我們會順利過去的，你看著好了。下游也會有一大票人擠在每艘渡船邊，就像這裡一樣，所有的小船也一定被人拿走了。我們逆流到上游去，不要怕，我會送你上路的，即使只是用樹幹渡河。」

「對岸根本看不到！」

「別發牢騷。我說過了，我會送你過去的。」

「那你呢？」

「上馬，我們在路上聊。喂，見鬼的，別帶這一大袋東西，你想讓小魚兒的背折斷嗎？」

「這是小魚兒？小魚兒是紅褐色，這匹是栗色的。」

「我的每一匹馬都叫小魚兒，這件事你很清楚，不要把話題岔開。我說過了，把這袋東西扔了。我靠，你那裡面到底有什麼，金子嗎？」

「手稿！詩歌！還有一點吃的……」

「丟到河裡。你會寫下新的詩歌，吃的東西我會分給你。」

亞斯克爾露出一臉悲慘的表情，但他沒有想太久，就用力地把袋子扔進水裡。他跳上馬，扭動了一下，在馱包上坐好，抓住了獵魔士的腰帶。

「快點上路，快點上路。」他不安地催促。「我們別浪費時間，傑洛特，我們趕快進森林，在他們……」

「別這樣，亞斯克爾，因爲你的緊張開始影響到小魚兒了。」

「不要笑我，如果你看到我所看到的……」

「閉上你的嘴，我靠。我們走吧，我想在天黑之前幫你把渡河的事弄好。」

「我？那你呢？」

「我在河的這一邊還有事要處理。」

「你大概瘋了，傑洛特。你活得不耐煩啦？什麼樣的事？」

「不干你的事，我要去琴特拉。」

「琴特拉？琴特拉已經不在了。」

「你在說什麼？」

「琴特拉已經不在了，只有一堆被燒剩的廢墟和斷垣殘壁。尼夫加爾德人……」

「下馬，亞斯克爾。」

「什麼？」

「下馬！」獵魔士猛地轉身。吟遊詩人看到了他的臉，慌亂地從馬上跳了下來，往後退了一步，撞到了什麼東西。

傑洛慢慢地下了馬。他把韁繩繞過馬頭放了下來，有一瞬間他不知所措地站著，然後用戴著手套的手擦了擦臉。他在一棵被風吹倒的樹的邊緣坐了下來，坐在一叢有很多枝椏、枝葉呈血紅色的山茱萸旁。

「過來這裡，亞斯克爾。」他說：「坐下。告訴我，琴特拉發生了什麼事，把一切都告訴我。」

詩人坐了下來。

他沉默了一陣，然後開始說：「尼夫加爾德人是從山口那邊過去的。他們有好幾千人，在馬爾拿達山谷包圍了琴特拉的軍隊。接著開始了一場戰役，一共持續了一星期，從清晨打到晚上。琴特拉的士兵英勇作戰，但他們被打得落花流水。國王被殺了，而那時候他們的女王……」

「卡蘭特。」

「對。她不允許他們亂了陣腳，不讓他們四處逃竄。她把還可以戰鬥的人集中在自己和旗幟旁邊，他們就這樣突破重圍，退到河的那一邊，往城的方向退去。能退的人，都撤退到那裡去了。」

「卡蘭特呢？」

「她和幾個騎士保護撤退的軍隊，讓其他人上了船。他們說，她就像個男人一樣戰鬥，瘋了似地跑到戰況最激烈的地方。當她徒步過去攻擊尼夫加爾德人的時候，他們用矛刺穿了她，她身受重傷地被帶進了城裡。那個扁酒瓶裡裝的是什麼，傑洛特？」

「伏特加，你想喝嗎？」

「嗯，大概。」

「說吧。說下去，亞斯克爾，告訴我一切詳情。」

「他們沒有守住那座城。沒有圍城，因爲已經沒有任何人可以站在牆上了。剩下的騎士和他們的家人，大臣和女王……用障礙物堵住了城堡。尼夫加爾德的大軍一來就奪下了城堡，他們的巫師把大門和部分的城牆變成了粉末。只有堡壘還沒有倒下，很明顯地是用巫術保護的，因爲它抵抗著尼夫加爾德的魔法。但是即使如此，過了四天，尼夫加爾德人還是到了裡面去。沒有留下一個活口，連一個都沒有。女人們殺了孩子，男人們殺了女人，然後用劍自殺或者……你怎麼了，傑洛特？」

「說下去，亞斯克爾。」

「或者……就像卡蘭特一樣……一頭栽下去，從城垛，從堡壘的最頂端。人們說，她哀求那些人把她……沒有人想要這麼做。於是她爬到城垛，然後……一頭栽下去。他們好像對她的屍體做了很可怕的事，我不想說……你怎麼了？」

「沒事。亞斯克爾……在琴特拉有……一個女孩。卡蘭特的孫女，大概十歲或者十一歲，她叫奇莉。你聽說過關於她的事嗎？」

「沒有。但城裡和城堡裡發生了可怕的大屠殺，幾乎沒有人活著從那裡走出來。那些保護堡寨的人，一個都沒有活下來，而來自顯赫家庭的女人和小孩大多都在那裡。」

獵魔士沉默著。

「那個卡蘭特，」亞斯克爾問：「你認識她嗎？」

「我認識。」

「而你問的那個女孩呢？奇莉？」

「我也認識。」

河上吹起了一陣風，把河水吹得起了皺，晃動著樹枝，而樹枝上落下一團閃爍著微光的樹葉。秋天，獵魔士想，又是秋天了。

他站起身來。

「你相信命運嗎，亞斯克爾？」

吟遊詩人抬起頭，睜大了眼睛看著他。

「你爲什麼問？」

「回答我。」

「嗯……我相信。」

「你知不知道，只有命運是不夠的？還要有比那更多的東西？」

「我不明白。」

「不只你不明白。但事情就是這樣，需要比那更多的東西。問題就在於，我……我已經永遠不會知道那是什麼了。」

「你怎麼了，傑洛特？」

「沒什麼，亞斯克爾。來吧，坐上馬。我們上路吧，別浪費時間，誰知道我們需要多少時間才能找到船。而我們需要一艘大船，畢竟我是不會丟下小魚兒的。」

「我們要一起過去？」詩人高興地說。

「對。在河的這一邊，已經沒有我要找的東西了。」

IX

「尤爾加！」

「卓特莉特卡！」

她從門邊跑過來，頭巾下的頭髮在空中飛舞，她跌跌撞撞地跑著，一邊大叫。尤爾加把韁繩交給僕人，從馬車上跳下來，跑去迎接她，用力地抱起她的腰，把她從地上舉了起來，轉了一圈。

「我回來了，卓特莉特卡！我回來了！」

「尤爾加！」

「我回來了！喂，把大門打開！主人回來了，卓特莉特卡！」

她身上是濕的，聞起來有肥皂粉的味道，顯然她剛才正在洗衣服。他把她放了下來，但她卻不肯放開他，她溫暖的身體緊緊抱住他，全身顫抖個不停。

「帶我們進屋子，卓特莉特卡。」

「眾神啊，你回來了……我好多個晚上都沒睡……尤爾加……好多個晚上都沒睡……」

「我回來了。喂，我回來了！而且我有錢地回來了，卓特莉特卡。嘿，快點，把馬車駕過來！妳看到馬車了嗎，卓特莉特卡？我帶了好多東西回來，可以……」

「尤爾加，我要東西做什麼，我要馬車做什麼……你回來了……健康……毫髮無傷……」

「我說，我有錢地回來了。妳馬上就可以看到……」

「尤爾加？那人是誰？那個穿黑衣服的？眾神啊，他帶著劍……」

商人轉過頭。獵魔士下了馬，背著身，假裝正在調整馬的腹帶和馱包。他沒有看他們，也沒有走近。

「我待會兒再告訴妳。喔，卓特莉特卡，要不是他……孩子們在哪兒？他們健康嗎？」

「健康，尤爾加，很健康。他們到田裡去打烏鴉，但鄰居會去告訴他們你回來了。他們會三個一起回來……」

「三個？妳說什麼，卓特莉特卡？妳不會……」

「不……但是我必須告訴你一件事……你不會生氣吧？」

「我？生妳的氣？」

「我收留了一個女孩，尤爾加。我是從德魯伊手上接過那個女孩的，你知道，就是那些在戰爭後拯救孩子的那些人……他們在森林裡到處找那些沒有家和迷路的孩子……那些孩子半死不活的……尤爾加？你生氣了嗎？」

尤爾加把手放到額頭上，轉過頭去看。獵魔士慢慢地牽著馬，走到馬車後。他沒有看他們，一直別著頭。

「尤爾加？」

「喔，眾神啊，」商人呻吟：「喔，眾神啊！卓特莉特卡……那個我沒有預料到會擁有的東西！在家裡！」

「不要生氣，尤爾加……你看著，你會喜歡她的。那女孩很聰明，很可愛，很勤快……只是有點奇怪。她不想說她是打哪兒來的，一問馬上就哭，所以我也不問她。尤爾加，你知道，我一直好想要一個女兒……你怎麼了？」

「沒什麼……」他輕聲說：「沒什麼。命運。一路上他一直說夢話，在高燒中囈語，什麼別的都不說，只是一直重複著命運命運的……眾神啊……這不是我們所能理解的，卓特莉特卡。像他這樣的人在想什麼，不是我們能懂的。他們作什麼夢，我們無法理解……」

「爸爸！」

「拿德伯！蘇利克！你們長得好大了啊，就像小牛一樣！喂，過來啊，來我這裡！快點……」

看到那個慢慢地跟在男孩身後、有頭灰髮的瘦小身影，他停了下來。女孩看了他一眼，他看到她有著一雙大眼睛，就像春天的草地一樣翠綠，像兩顆星星一樣閃著光。他看到女孩突然跳了起來，看到她奔跑，看到她……他聽到她的叫聲，又尖又細。

「傑洛特！」

獵魔士迅速、流暢地從馬兒那邊轉過身，奔跑著迎向女孩。尤爾加驚歎地看著。他從來沒想過，有人竟然能以這麼快的速度移動。

他們在院子的中心相遇。一個是身穿灰衣的灰髮女孩，另一個是穿著閃有白銀光芒的黑衣、揹著劍的白髮獵魔士。獵魔士輕輕地往前跳去，女孩則是小碎步跑著。獵魔士跪了下來，女孩細小的手抱住了獵魔士的脖子，她鼠灰色的頭髮披在他的肩膀上。卓特莉特卡發出一聲低沉的驚呼。尤爾加抱住她，一句話都不說地把她拉近自己身邊，另一隻手則抱住了自己的兩個兒子。

「傑洛特！」女孩重複道，靠到獵魔士胸前。「你找到我了！我早就知道！我一直知道！我知道你會找到我的！」

「奇莉。」獵魔士說。

尤爾加沒有看到獵魔士被灰髮遮住的臉。他看到獵魔士戴著黑手套的手緊緊抱住女孩的背和肩膀。

「你找到我了！喔，傑洛特！我一直在等！等了好久好久……我們會在一起了，對不對？現在我們會在一起了，對不對？告訴我，傑洛特！永遠在一起！告訴我！」

「永遠在一起，奇莉。」

「對，就像他們說的！傑洛特！對，就像他們說的……我是你的命運？告訴我！我是你的命運嗎？」

尤爾加看到了獵魔士的眼睛。他感到十分驚奇。他聽到卓特莉特卡輕聲的哭泣，感覺到她的肩膀在顫抖。他看著獵魔士，全身緊繃著，等待著他的回答。他知道，他不會明白他的回答，但他還是等待著。他等到了。

「妳是比那更多的東西，奇莉。比那更多的東西。」

全書完

敬請期待長篇系列作

國家圖書館出版品預行編目資料

獵魔士：命運之劍／安傑・薩普科夫斯基（Andrzej Sapkowski）著；林蔚昀譯.——初版.——台北市：蓋亞文化，2012.04-
冊；公分.——（Fever；FR021）
譯自：Miecz przeznaczenia

ISBN 978-986-6157-75-2（平裝）

882.157 100026147

Fever 021

獵魔士 命運之劍 Miecz Przeznaczenia

作者／安傑・薩普科夫斯基（Andrzej Sapkowski）
波蘭文譯者／林蔚昀
封面插畫／Alejandro Colucci
封面設計／克里斯
出版／蓋亞文化有限公司
地址◎台北市103承德路二段75巷35號1樓
電話◎（02）25585438 傳眞◎（02）25585439
網址◎www.gaeabooks.com.tw
電子信箱◎gaea@gaeabooks.com.tw
投稿信箱◎editor@gaeabooks.com.tw
郵撥帳號◎19769541 戶名：蓋亞文化有限公司
法律顧問／宇達經貿法律事務所
總經銷／聯合發行股份有限公司
地址◎新北市新店區寶橋路二三五巷六弄六號二樓
電話◎（02）29178022 傳眞◎（02）29156275
港澳地區／一代匯集
電話◎（852）27838102 傳眞◎（852）23960050
地址◎九龍旺角塘尾道64號龍駒企業大廈10樓B&D室
初版七刷／2019年5月
定價／新台幣 350 元
Printed in Taiwan

GAEA ISBN／978-986-6157-75-2

GAEA

GAEA